刘先平大自然文学文集典藏
麋鹿找家

时代出版传媒股份有限公司
安徽文艺出版社

刘先平◎著

在哈巴雪山与玉龙雪山之间的长江虎跳峡，峡长约17千米，落差约200米，两岸雪峰高出江面3000多米。

刘先平，1938年11月生于安徽省肥东县长临河西边湖村。父母早逝。12岁离家到三河镇当学徒，后在大哥刘先紫的帮助下脱离学徒生活。求学道路坎坷，依靠人民助学金完成学业。1957年毕业于合肥一中。1961年毕业于浙江大学中文系。在合肥师专、合肥六中等校任教师。1972年之后，在安徽省文联任文学刊物编辑、主编。

1957年开始发表作品，先是诗歌、散文，后涉足美学。1963年，因一篇评论再次受到批判，停笔。20世纪70年代中期，跟随野生动物科学考察队野外考察数年。1978年，响应大自然召唤，重新拾起笔来，致力于大自然文学创作与思考……

他被誉为我国"当代大自然文学之父"。

他曾经两次横穿中国，从南北两线走进帕米尔高原。

他曾经三次穿越塔克拉玛干大沙漠，四次探险怒江大峡谷。

他曾经六上青藏高原，多年跋涉在横断山脉。

他曾经两赴西沙群岛，在大自然中凿空探险40多年。

他的代表作有四部描写在野生动物世界探险的长篇小说和几十部大自然探险奇遇故事。

他的作品共荣获国家奖九项（次）。其中有三届中宣部精神文明建设"五个一工程"奖、三届全国优秀儿童文学奖……

2010年，安徽省人民政府建立并授牌"刘先平大自然文学工作室"。

他2010年获国际安徒生奖提名。

他2011年、2012年连续两年被列为林格伦文学奖候选人。

他2018年获首届中国自然好书奖。

他2019年获第三届比安基国际文学奖。

他历任安徽省人民政府参事、安徽省政协常委和人口与资源环境委员会副主任、安徽省作家协会常务副主席、中国野生动物保护协会理事。现为中国作家协会名誉委员。1992年，国务院授予其"突出贡献专家"称号。享受国务院政府津贴。

刘先平大自然文学文集典藏

麋鹿找家

刘先平 ◎ 著

时代出版传媒股份有限公司
安徽文艺出版社

图书在版编目（CIP）数据

麋鹿找家/刘先平著.--合肥：安徽文艺出版社，2021.6
（刘先平大自然文学文集典藏）
ISBN 978-7-5396-7155-0

Ⅰ．①麋… Ⅱ．①刘… Ⅲ．①纪实文学－作品集－中国－当代 Ⅳ．①I25

中国版本图书馆CIP数据核字(2021)第023351号

出 版 人：段晓静
策　　划：朱寒冬　姚巍　统　筹：宋晓津　张妍妍
责任编辑：姚衍　段婧　装帧设计：张诚鑫
....
出版发行：时代出版传媒股份有限公司　www.press-mart.com
　　　　　安徽文艺出版社　www.awpub.com
地　　址：合肥市翡翠路1118号　邮政编码：230071
营 销 部：(0551)63533889
印　　制：三河市华东印刷有限公司　(010)61594404
....
开本：700×1000　1/16　印张：20　字数：300千字　插页：12
版次：2021年6月第1版
印次：2022年1月第1次印刷
定价：1200.00(精装，全15册)
....

（如发现印装质量问题，影响阅读，请与出版社联系调换）

版权所有，侵权必究

4月,太平沟的山光水色

川金丝猴生活的森林。在这个季节,常绿树和落叶树色彩分明。

五彩猴树。遗憾的是,李老师兴奋得把拍照片的任务抛到了九霄云外,未能记录下那最为精彩的情景。

经过一个漫长的冬季,川金丝猴最喜欢吃落叶乔木上萌发的新芽。新芽有蜜的香甜。

川金丝猴三兄弟悄悄溜到这棵树上,兴高采烈地采摘嫩芽。

虽是春意盎然的4月,但一夜间,风雪悄然来到了山岭。

新叶如花

山谷中的落叶树刚刚苏醒,向阳的山坡上野花已经开得灿烂。

紫色的花儿在悬崖旁展示着迷人的魅力。

藏马鸡每天早晨在山岭上叫着,撩拨着我们,不期而遇时却使我们那般狼狈、尴尬。然而,我们意外地碰到了它。管它是绿尾虹雉还是斑尾榛鸡,反正都是雉类家族的,更何况它很美哩。

这片林子,春风来得很迟,但树的上层已得到了眷顾。在这个季节,在杜家坪一带观看森林色彩的变化,是一件十分惬意的事。

大森林里物种丰富。这种如象牙雕刻的"艺术品",其实是羊肚菌的一种。小唐告诉我们,它味道鲜美,常引得金丝猴跳到林地上寻找。

受惊的猴群分成了两股,有一股向我们所在的山坡跑来。我们心急火燎地赶到时,只见它们在地上迈开四肢飞窜,一阵风似的远去。小唐告诉我们,金丝猴在从山上向山下运动时,是在树冠上飞跃,一次可跃八九米的距离;在从山下往山上运动时,多采取纵跳;而在水平方向的山排上,则多是下树在地上跑。

被惊散的猴群中的一股,就是向这片林子中转移的。

一只野猪的小崽突然走出了灌木丛,它看到了我们,可毫不在乎、旁若无人地走到了草地上。我们却没有它的大无畏精神,只有在摸清情况后,才敢决定下一步的行动——它的妈妈肯定就在附近,野猪群可不是好惹的。

小片的湿地出现,在幽深的森林中犹如星星一般。

　　在树干上开花，叫"老茎生花"，那是热带树木所为。大名鼎鼎的可可、波罗蜜等等，果实都是结在树干上。花儿开在叶子上的植物叫"叶上花"，我们在高黎贡山见过，还拍过李恒教授采来的标本。可在叶子上长出一颗颗珠子的，我们还是在追踪金丝猴时第一次见到。

美丽的兜兰害羞地躲在草丛中。

新芽披着茸毛,幻化出了森林梦境……

猴王发怒了——有三人监视着一个正在玩耍的黔金丝猴家族,我在七八米外悄悄地进行拍摄。我把焦距对好,正要按动快门时,突然镜头一黑,随之头发、耳朵被揪抓……耳边顿时有了一道血口,疼得我跳了起来,猴王却怒目相视。

黔金丝猴的肖像。它只生活在贵州的梵净山地区,是极度濒危的珍稀动物。

虎的捕食方式常常是潜伏守候,发现目标迅速出击。如对付这样的小牛,先是跃起趴到牛背上,将其缠住;继而翻身、腾跃、空中转体,敏捷地施以著名的"锁喉"战术;然后利用自己的体重掀翻猎物,利齿同时切开猎物颈部的主动脉,使劲吮吸……

在青海孟达国家级自然保护区,我们在树林深处见到了这棵陇南杨树王。它张扬着生命的艰难和不屈。

这棵柏树王,虽然经历了千年的风雪,但至今依然雄伟矗立,苍苍郁郁。

猎蜜人的单车技艺。他肩上挑着装满野蜂蜜的巢脾。奇人,肯定有奇事。

白头叶猴肖像

傍晚,白头叶猴在洞口等待亲人归来。环境险恶,常有不归客。

夜色朦胧,白头叶猴仍然在洞口的树上眺望亲人的身影。

晨之歌。白头叶猴生活在广西崇左布满峰丛、溶洞的石灰岩山上。

白头叶猴们高扬着尾巴,在陡峭的溶岩上攀爬,虽生活在极其艰难的环境中,却仍然创造着生活的欢乐。它们原来的家园早已被人类挤占。

"活化石"银杉的发现,震惊了世界植物学界。

铁杉在山谷中挥洒成一幅壮美的水墨画。

雪域高原是滇金丝猴的家乡,也是金丝猴生活的最高海拔地区。

飞机给了我们翅膀,从舷窗观看雪山、冰川,自有另一种感受。这是我们长期在峡谷中跋涉而缺少的视野。

滇金丝猴也喜爱林中附生在大树上的兰花。

这只滇金丝猴正在大树上进行警戒。

滇金丝猴肖像

在森林中行走的滇金丝猴

几朵雪白的杜鹃盛开在枯树上,高唱着生命之歌。

山下傈僳族人的村寨

生活在江苏大丰麋鹿国家级自然保护区中庞大的麋鹿群。这是黄海之滨的滩涂地。

湖北曾侯乙墓出土的漆木鹿,证明了古云梦泽是麋鹿的家园,以及麋鹿在楚文化中的地位。古籍中有"麋沸蚁动"一词,但曾几何时,麋鹿已在野外灭绝。此漆木鹿为漆器,而角却是麋鹿的真角,至今依然鲜亮。

以麋鹿角做精美青铜器的装饰。它同样是曾侯乙墓出土的文物。

益母草。母麋鹿专拣益母草繁茂的地方做产房,产后就近采食。益母草是一味中药,也用于对产妇的调养。

奔腾在湖北石首的麋鹿

冥冥之中，神秘的召唤突然降临，年轻的公鹿们纷纷跳进水沼，滚上一身烂泥——婚饰，这将是最华丽的新郎礼服。

石首麋鹿国家级自然保护区在长江故道的水滨。鹿王正带领庞大的三宫六院渡河，还要时时提防在争偶中失败的公鹿，因为它们常常伺机偷偷拐走母鹿。

　　不知是哪个月白风清的夜晚或是阳光普照的时候,公鹿们感知到神秘的生命律动,顷刻纷纷捉对厮杀,角的撞击如战鼓频催,进行殊死的争偶角斗……直到鹿王产生。鹿王不是传袭的,而是在每年的角斗中产生的。

　　鹿王只有一个,但每年每只公鹿都义无反顾地踊跃参加角斗。种群的利益至高无上。

新的鹿王身着婚饰,角上挂着青草,圈走了嫔妃群。

石首。1998年,30多只麋鹿横渡长江,游程3000米,到达江南。它们是自动回归自然,现已发展到近百只,成为全世界最大的野生种群。

从空中俯瞰川藏边的高山峡谷。

卷 首 语

　　我在大自然中跋涉四十多年,写了几十部作品,其实只是在做一件事:呼唤生态道德——在面临生态危机的世界,展现大自然和生命的壮美。因为只有生态道德才是维系人与自然血脉相连的纽带。我坚信,只有人们以生态道德修身济国,人与自然和谐之花才会遍地开放。

——刘先平

序

呼唤生态道德

生态道德的缺失，造成了我们生存环境的危机。

感谢大自然！ 在山野跋涉的三十多年中，大自然给予了我最生动、深刻的生态道德教育，因而无论是我的描写在大熊猫、相思鸟世界探险的长篇小说，还是在野生动植物世界探险的奇遇，都是努力宣扬生态道德的伟大，呼唤生态道德在人们心间生根、发芽。

环境危机重压着世界已是不争的事实，人们都在纷纷追究其原因，并寻找济世的良方。环境危机实际上是生态危机。

建设生态文明，中国为世界树立了榜样，具有划时代的意义。生态文明的建设，必然呼唤生态法律的完善、生态道德的树立，从根本上消解环境危机，保护、营造良好的生态。

法律和道德是一切文明的两大支柱，也是人类文明的标志。几千年来，我们已有了处理人与人之间、人与社会之间关系的行为规范、法律法规、道德准则，却根本没有处理人与自然关系的行为规范。按《辞海》(1979年版)中"道德"的释文："道德是一定社会调节人们之间以及个人和社会之间的关系的行为规范的总和。"这足以证明：人与自然之间的关系根本未被纳入"道德"的范畴，缺失了生态道德；或者说，生态道德在这之前，根本没有进入我们的观念。这是认识的失误。

"生态"一词的出现,至今不过二百来年的历史,而生态与人、与生存环境的紧密关联,在时间上则是更近的事情。这也从另一个侧面反映了人类在认识自然、认识人与自然、认识人与环境方面的重大失误,更加说明了树立生态道德的紧迫和重要!如果不能在全社会牢固地树立生态道德的观念,就无法建设生态文明和人与自然和谐的社会。

　　正是生态道德的缺失,成了产生环境危机的重要原因。长期以来,我们在处理人与自然关系方面,根本没有建立系统的行为规范、树立道德,法律也严重滞后;因而对大自然进行了无情的掠夺,无视其他生命的权利,任意倾倒垃圾,没有预后评估、监测地滥用科技,造成了环境污染、资源枯竭、生态失去平衡,以致受到大自然的严厉惩罚,直到危及人类本身的生存,才迫使人类重新审视与自然的关系,规范人与自然关系的法律和生态道德才得以突显。强调生态道德,在于强调、突出它比之于其他道德的鲜明特点——人与自然的关系。我们急需建立对于自然应具有的行为规范,以调节人与自然之间的关系,消解环境危机,建设人与自然的和谐。这是时代向我们提出的重大命题。

　　比较而言,树立生态道德比制定、完善生态法律,有着更为艰巨的一面。法律是"由立法机关或国家机关制定,国家政权保证执行的行为规则的总和",而道德是公民应具有的修养、品质,带有自觉或自我的约束。当然,对法律的遵守,也是修养和道德的表现。法律可以明令从哪一天开始执行或终止,但同样的方法并不适用于道德。比如某一行为并不违背法律,但违背了道德。这大约也就是媒体纷纷设立"道德法庭"的原因。生态道德在全社会的树立,是个艰难而长期的任务,需要启蒙和培养的过程,对一个人说来甚至是终生的,需要全体公民的参与和努力。

　　三十多年来在大自然的考察,七十多年的人生经历,使我逐渐深刻地认识到树立生态道德的重要、紧迫。三十多年前我所描写的青山绿水,现在已有不少面目全非。大片原始森林被砍伐了,很多小溪小河都已退化或干涸,有些物种消亡了……

记得1981年第一次到西部去,云南的滇池,四川的岷江、大渡河、若尔盖湿地……美丽而壮阔的景象,使我心潮澎湃。滇池早已污染、水臭。2007年10月,再去川西,所经岷江、大渡河流域,到处在建水电站,层层拦江垒坝。在一个山村水电站工地,村民忧心忡忡地诉说:大坝建成后,村前的小河将干涸,到哪去找吃的水啊?!这种只顾眼前的利益,无序、愚蠢的"改造自然",对整个生态系统的破坏已有显示。我国最大的高寒泥炭沼泽湿地若尔盖,泥炭层最深达9米,它在雨季吸水,干季溢水,1千克干泥炭可吸蓄8—12千克的水。它是黄河上游的蓄水库,蓄水量相当于三个葛洲坝。枯水季节,黄河水的30%(一说40%)是由这里补给的。但在20世纪曾挖沟沥水采掘泥炭。现在湿地已大面积退化为草原,沙化、鼠害严重。最发人深省的是,在这里拍摄红军战士过草地时,竟然无法找到深陷的沼泽,只好人工制造。黄河屡屡断流,当然不足为怪了!

水是生命的源泉。水的污染给整个生物链带来的是灾难性的影响,使人类的健康、生命处于极不安全的状态。中国五大淡水湖是长江中下游湖泊群的代表,是中国人口最为密集地区的生命线,号称"鱼米之乡"。但只经历了短短的二十多年,其中的太湖、巢湖,已是一湖臭水,根本无法饮用。其他的也都面临着湖面缩小、污染等生态恶化。在经济发达的长三角、珠三角,水污染更是触目惊心。

大自然养育了人类,可我们缺失了感恩,缺失了对其他生命的尊重,妄自尊大,胡作非为。当人类对自然缺失了道德时,自然也会还之以十倍的惩罚!

我曾立志要为祖国秀丽的山河谱写壮美的诗篇,但只是短短的二三十年,我所描写的山川河流不少都已是"历史""老照片"。

我曾冒着种种的危险和艰难,在野生动植物世界探险,无论是描写滇金丝猴、梅花鹿、黑叶猴还是红树林、大树杜鹃,都是为了歌颂生命的美丽,但是总也避免不了生命的悲壮——它们在人类的猎杀、砍伐、压迫下苦苦挣扎。即如每年要进行一次宏伟生育大迁徙的藏羚羊,或是给人类带来福祉的麝,或是山野中呼唤爱的黑麂……都无可避免地遭受着厄运。它们生存的空间,正被人类蚕食、掠夺。

这使我无限忧伤、愤怒,更加努力地呼唤生态道德的树立,也更寄希望于孩子。

正是大自然的生存状态,激起了我决心在一些作品之后写下后记,为过去,为未来,立此存照。

三十多年来,大自然以真挚、纯朴、无比的热情,接纳了我这个跋涉者,倾诉、抚慰……结下了深厚的友谊。

热爱生命,尊重生命,热爱自然,保护自然,保护环境,应是生态道德最基本的范畴。

我们来自自然,与自然有着血肉相联的关系。人类初期对自然是顶礼膜拜的。很多的部落,将动物的形象作为图腾。我们的祖先,对人和自然关系的认识,曾有过很多智慧的表述,如"天人合一"、盘古开天地的创世纪之说等等,至今仍是经典。

从世界教育史考察,对自然的认识,一直是教育的最基本、最经典的内容,讲述天体气象、山川河流、森林、环境和资源等等。以人类生存的环境、人类在自然中的位置作为人生的启蒙,在孩子们幼小的心灵中培植对生命的热爱、对自然的感恩。但这种优良的传统,随着人类社会、经济,尤其是科学技术的发展,逐渐淡化或消失。城市钢筋水泥的建筑,活生生地切断了孩子们与自然的联系。现在城里的孩子不知稻、麦为何物已不是怪事,甚至连看到蚂蚁也发出了惊呼。缺失生态道德的社会、科学技术的发展,不仅使自然失去了自然,更为可怕的是使孩子们失去了自然。

我希望用大自然探险奇遇,还给孩子一个真实的大自然世界,激活人类曾有的记忆,接通与大自然相连的血脉,接受生态道德的洗礼、启蒙,同时,启迪智慧的成长。大自然是人类的母亲,请千万不要忘记,大自然也是知识之源,正是在人类不断探索自然的奥秘中,科学技术才发展到辉煌灿烂。即使到今天,生命起源仍是最艰难的课题。

  道德是一个人的品质、修养、不朽的精神。道德力量的伟大,犹如日月星辰。我一直坚信,只有人们以生态道德修身济国,人与自然和谐之花才会遍地开放。

2008年4月2日

目 录

卷首语 / 001
序 呼唤生态道德 / 002

金丝猴跟踪 / 001
蛇趣
　　——新安江上游考察 / 077
鹦鹉唤早 / 089
纵虎 / 094
陇南杨树王 / 104
初探白头叶猴 / 116
银杉王 / 152
寻访红艳艳的厚嘴唇 / 167
麋鹿找家 / 175
人生三步 / 247

后记 我的三十年
　　——跋涉在大自然文学 / 294
附录 刘先平四十多年大自然考察、探险主要经历 / 305

金丝猴跟踪

我敢打赌,你绝对没有看到过五彩猴树——一棵屹立在山崖、高耸云天、苍绿的云杉树上,聚集了十几只色彩斑斓的川金丝猴。

猴王居中,蓝色的面孔庄严、凝重,袒胸露腹,不可一世。

臣民们全都簇拥着它坐在横向的树枝上,对你——

一个另类——端着照相机、背着爬山包、伸头缩肩、神情紧张、蓬首垢面的家伙——挤鼻子弄眼,指指点点,评头论足,说三道四……

请看这照片,我敢打赌,这是世界上最具魅力的生命树,多姿多彩的金丝猴,就是常绿常青云杉树上的累累硕果——充满了生命的快乐、生命的多彩!

每当这幅景象浮现在脑海中时,我总是忍不住笑出了声——

是看猴,还是猴看?

至今,它们的神情还历历在目……

三四只狗在狂奔中狂吠

大自然为何要赋予灵长类的动物、昆虫和鸟类,最为华丽的色彩?

我国有川金丝猴、黔金丝猴、滇金丝猴三种,全是特产动物,属国家一级保护动物。

川金丝猴的毛色金黄。

黔金丝猴的毛色闪着银灰。

滇金丝猴的毛色黑白分明。

它们的面孔五彩斑斓,奇特在没有鼻头,只有两个朝天的鼻孔;全都咕嘟着丰满的厚嘴唇,最为叫绝的是滇金丝猴的嘴唇厚得饱满、红得艳丽。

川金丝猴的美丽,曾深深地感动了为它鉴定的法国的爱德华教授,他将其定名为洛克安娜猴。

洛克安娜何许人也?原来她是11世纪时十字军司令的美丽的夫人。金丝猴使爱德华联想到了这位长着可爱的翘鼻子的美人。

在金丝猴的传奇故事中,有位重要的人物,即曾在宝兴县传教的法国天主教传教士阿曼德·戴维。他于1869年5月,获得了两只大熊猫和五只金丝猴。这一发现震惊了当时西方的动物学界,也使大熊猫和金丝猴走向了世界。

川金丝猴第一个登上了国际舞台。

我曾和研究大熊猫的专家胡锦矗教授,在宝兴县邓池沟疾行数十里,探望了藏在深山中的当年戴维栖身的天主教堂。

第一位与我不期而遇的"客人",正是川金丝猴。

那是1981年11月初,我正在四川卧龙"五一棚"高山营地,跟随胡锦矗教授考察大熊猫。

那天,在去探望大熊猫珍珍和她尚未满月的孩子的路上,天气阴沉,森林中迷漫着雾气。

我突然发现遍地都是断枝残叶。树枝断痕新鲜,残叶的边缘凝着汁珠……

是谁如此糟蹋树木?

胡教授说:"这是川金丝猴的'杰作',它们喜欢吃树上的松萝、嫩叶、嫩芽,还啃树皮,你看都是掰下的嘛。猎人说这叫'丢下棍子,留下影子'。"

我已是第二次来营地了,可一直无缘见到彩色的金丝猴,心里痒着哩!

可他说,这些精灵神出鬼没,警惕性高,行动诡秘、敏捷,在这样地形复杂的地方,是无法跟踪的。别忘了今天的主要任务啊!

我们只好满怀失落,继续行程。

珍珍是研究中心第一只诱捕后戴上跟踪项圈又放回山野的雌性大熊猫。它的爱情生活,是科学家们第一次观察到的大熊猫在野外的繁殖行为。她的孩子,当然就成了高山营地的第一个宝宝。

回程的路上,时而落雨,时而飘雪。

正爬一陡坡时,一阵冰豆瓣里啪啦打来,我闪到了一棵树下,突然听到左上方有咔嚓声。

我抬头一看,高大、苍绿的铁杉树上,垂下了一根根长长的、金色的、毛茸茸的果子。

真多,多得像是丰收在望。

我正在猜测、审视是哪种植物的杰作时,正巧与一张彩色面孔上的目光相遇,激得我往树后一闪:"金丝猴!"

森林中顷刻犹如刮起一阵大风,连天响起树叶的哗哗声、枝条的嗖嗖声……

等到胡教授赶来时,只有树枝在晃动。

醒过神来,我提脚就去追。胡教授眼疾手快,一把将我拉住:"金丝猴在林子里飞挪腾跳如鱼得水,现在至少已在五六百米外,想追它是白费劲。刚才你不躲不喊,它也不怕羞害臊……"

川金丝猴瞬间展示的美丽,在我心头留下难忘的遗憾、向往。后来,为了完成《大熊猫传奇》的写作,我又在几年中多次去川西参加大熊猫考察,但都未能了却心愿。

我总希望着哪天能与它们相约、倾谈。

22 年之后的 2003 年 4 月,终于有了机会。虽然已有关于"非典"的报道,但我和李老师还是毫不犹豫地赶到了四川九寨沟白河自然保护区。

川金丝猴生活的区域较大,湖北的神农架、陕西的秦岭、甘肃都有它们的踪影,但以四川为主,几乎与大熊猫、牛羚生活在同一区域。朋友告诉我,保护工作已见成效,白河的金丝猴种群已增加到两千多只,较为容易跟踪。

白河自然保护区在九寨沟县。九寨沟县即原来的南坪县。南坪县藏在白河的河谷。

1981年我和自然保护专家胡铁卿来时,他说了当地的一首顺口溜:"小小南坪县,杵鼻子才看见,堂上打大板,四门都听见。"

二十多年过去了,现在的九寨沟县城已占据了大片的河谷,有了高楼大厦。我再三寻找,只找到了一些似是而非的记忆。

天公不作美,竟然下起了连阴雨,关于"非典"的报道又一天紧似一天。保护区的老阳总是想法安慰焦急的我们。他身材颀长,人长得精干,办事也很精干。

那天雨稍小了一点儿,我坚持上山。老阳无奈,只好做了安排。

在蒙蒙细雨中,近12点,我们赶到了太平沟口。

一进保护站,有位20来岁的小伙子,敦敦实实,满脸堆着憨厚的笑容迎接我们。我乐了,上去一把抓住了他的手:"你一定就是小唐!"他突然笑得有些腼腆。这也证实了我的判断。

老阳很惊奇:"你们认识?"

"这不认识了!"

这两天,听到了不少关于他的故事。他是保护区的传奇人物,曾连续数年跟随动物学家在山上考察金丝猴,在帐篷里一住就是几个月。

刚才,我就是凭着他脸上透着一般人难以察觉的、被山风野雨沐浴过的色彩,认准肯定是他。常在山野跋涉的人,见面时总有种难以言明的亲切感,或许就是心有灵犀吧。

我们很快就将一些事情计划好了。

老阳说:"你们像老朋友,一切由小唐负责。我还要赶回去开会。注意安全啊,山道陡险啊!"

为了在天黑之前赶到杜家坪保护点,我们只得边走边啃着干粮。这里虽然离九寨沟风景区不远,但自然景观不太一样。

沿着一条小溪进山,沟口愈来愈窄。过了小桥,山势立即陡险。

天还下着小雨,青苔更滑。

李老师以惯常的风格,总是走在最前面,好在有保护站的小曲做向导。小曲是位瘦精精的小伙子,两只眼略嫌小了点儿,但清澈明亮,特别有神。

我们走在山道上,左边是险峻的悬崖,右边是陡壁。

山谷里的森林茂密,垂直分布明显。1900米以下,属常绿落叶阔叶混交林带,有刺叶栎、卵叶钓樟……

1900米至2400米就是针叶阔叶混交林了,有紫果云杉、珍贵的银杉、麦吊云杉……银杉是极珍贵的"活化石",在欧洲等地早已消失。现在只有广西、四川等部分地区,依然有它们美丽的身影。

海拔2400米至3500米为亚高山针叶林带,有红杉等等。

它们以各自的色彩,报道着春天的信息。

路旁,红桦、白桦、铁杉……挤得密密实实,只能听到山溪哗哗地响着,一丝水光掠影也见不着。我们只得小心翼翼地攀爬。

稍缓处,我才注意到路旁的马尾松很奇特,树皮像是红桦的树皮一样,一块块地从树干上翘起。我问小唐,他说就是怪,也不知什么原因。

山路虽险,但一弯一重天,不断有新的风景扑面。

最令人心动的是,总有悦耳的鸟鸣声伴着我们。那婉转的嘹亮、富有变化的节奏,似乎有些耳熟。我问小唐,小唐却反问:"是不是有点儿像画眉?"

我说:"是有些。鹛类家族的鸟全都是绝妙的歌唱家。"

他说:"这里是鹛鸟的天堂,有些鸟你可能根本没见过。你听:那个嗓门特大的,是大声噪鹛;喉咙尖尖的是花额噪鹛;会耍花腔的是绿翅噪鹛;唱得抑扬顿挫、很有韵味的是白领凤鹛……它们都是森林中的快乐汉,成天唱着歌儿过日子。"

我真的吃惊了。高黎贡山也号称鹛类王国,但我多次去那里,真的还没听到他说的这些。对这里鸟类的丰富,对巡护员小唐知识的广博,我真的很感动。待到我表扬他时,他又腼腆了:"是老师们教得好。在考察中我带路,不懂就问,他们就详详细细地说。日久天长,忘掉的比记住的多。"

突然,森林里沉寂下来。所有的鸟像是听到了噤声的号令,只有山鹡鸰在水溪的上空起起伏伏,以惯常的波浪式飞行匆匆越过树梢。

左边的崖头上掉下了几块小石子,一路磕磕碰碰……

小唐早已隐身到岩石后。

我也伏到他的身边,快速地搜索着林子里的动静……

肯定是一只凶猛的家伙,要不然,那些快乐的鸟才不会买账哩!

等到眼睛都瞅疼了,还是一丝踪影都未发现。雨虽然停了,但树叶上的滴水毫无秩序地打在下层的树叶上……

咔嚓!又是咔嚓一声。前一声脆嘣嘣的,后一声有些拖泥带水……

在左前方 30 多米的地方,树枝、树叶有异样的波动。

"金丝猴?"我乐得声音都变了调。

小唐摇了摇头:"不像。它还在海拔高的地方,这里海拔还不到 2000 米。再说,金丝猴这时还在营群,几十几百只聚在一起,没这样守规矩。"

再也没有声音了。虽然李老师是和小曲同行的,又走在前面,但若是凶猛的家伙,还是让人不放心的。

再说,情况不明,我们也难以继续行程。别看是陡崖,它若是发起攻击,只要一个纵身就上来了。我们谁都没有带自卫的武器……

天色已经不早,在这样的山里走夜路可不太好玩……

正当我在前思后想决定行止时,耳边骤然响起一阵狗叫声。

绝不是一只狗,是三四只狗在奔跑中狂吠……震得耳朵都涨。

左前方30多米处果然有了响应,一只黑乎乎的家伙,噘着长嘴,四肢并用地往树上挪着肥硕的身子……

狗叫得格外激烈、兴奋,那家伙就爬得越发出力……

哈哈!原来是只傻大黑粗的狗熊!

我笑得喘不过气来,只是用手指点着小唐。

他不理不睬,满脸的顽皮相,专心专意地撮唇弄舌,只顾将那三四只狗的狂奔狂吠声播撒在山野……

黑熊终于爬到树丫处,坐在那里,肚子一起一伏地喘气,还瞪着那对小眼,紧张地探视着树下……

狗吠声停了。

小唐眨着眼,对着黑熊大喊一声:"你也有怕的?别真以为你是森林里的老大!"

黑熊视力差,俗称"熊瞎子",这时它才笨拙地将头转了过来,循声找到了小唐,全身一怔,但又茫然。

黑熊傻大黑粗,力大无穷,又有尖利的牙齿和像锉刀一样的舌头,食性很杂。别说麂子、野羊、野猪不是它的对手,就是豹子对它也不敢轻举妄动。它熊劲上来了,专跟对手玩命。

这里没有老虎,因而它在森林里霸气十足。但它怕狗,狗一来就是一群,最可怕的还是跟在狗后的猎人。

等到气息稍平,我说:"没想到你这家伙还有这一绝招儿,简直可以当口技演员了!"

"我也是被逼的。小意思,不值一提。谁叫它躲在林子里装神弄鬼?

我们走不是,不走天又晚了。其实,这样的场面不算啥,缺少精彩……"

"说你胖,你就喘了。吹牛吧!牛皮哄哄的,谁不会?"

没有回应。我只好紧走几步超到他前面,回头瞅着他。这样的好机会当然不能放过。

他却只是微微地笑着,憨里憨气。

"怎么?穿帮、露馅儿了吧!"

"你别用激将法。我可是个山里的穿山甲,团起身子像个球,软硬不吃……不过,烂在肚里也没多少营养,说出来,让你有劲儿赶路也不错。"

森林中弥漫起白色的雾气,幻化成了各色的形象。绿翅噪鹛、白领凤鹛在树丛中叫得欢欣鼓舞。旋木雀在树干上用嘴咚咚敲两声,又盘旋而上……

小唐还是只顾走路,不声不响。

我也不打算催他,精彩的故事总是要有酝酿的过程。

金丝猴、食盐兽、黑熊狭路相逢

小唐的故事:

还是说熊吧。我还真喜欢它那股面子上傻、骨子里精的劲儿哩!

那年中秋,我跟随老林他们考察金丝猴的繁殖行为。

春天,在山上住了四个多月的帐篷,走破了三双鞋,都没见到金丝猴的影子。急得老林他们像热锅上的蚂蚁。我也急得嘴唇燎泡。

可这群猴子,明明就在这片森林中——说句不亏心的话,这片林子有几十平方千米哩,又有沟沟壑壑,够走的——谁知它们浪荡到了哪里?

大量的考察资料,还是让我们多少知道了一些它们的行动规律……

金丝猴在九十月份进行交配,第二年的四五月份产崽,也就是这个季节。

它们在交配期和产崽期都结成大群,常能见到四五百只的群体,那真叫你眼花缭乱。

平时多呈小家族生活，一群七八头十只。

为什么呢？你去考察后就知道了。

选择这个季节来，是课题本身的需要，也是春天的经验积累。

有人说，金丝猴是典型的树栖动物，其实，它们很喜欢下地活动。

那天，阳光很好。高山地区的草木已开始变色，金黄闪闪的，杂着绿色任意铺张。

秋天是草地、森林的节日，全都打扮得鲜亮、光彩。

在海拔近3000米的地方，我跟上了一群，总有五六十只。

我那个高兴劲儿别提了，不说热泪盈眶，那也是心潮澎湃啊！春天在山上四个月，跑破了三双鞋，连个猴毛影子都没见到啊！

这些家伙一点儿也不老实，总是在树上腾跳，像是到哪里赶集。

我哪里跑得过它们！只能循着它们丢在地上的断枝残叶往前赶。

野果的香味直往鼻子里钻，我也顾不得采两个压压馋。

快到林缘，终于追上了。严格地说，是它们在这里耍，在等我。

那幅景象简直让我惊呆了——满地锦霞啊！金黄灿烂，真像是一片鲜花簇拥的草地，在风的吹拂中起伏……我以为看花了眼，怎么可能出现这样一片云霞？

嗨，一点儿不错，是金丝猴！这些家伙全在地上掏呀挖的。

这片草地正是林缘的豁口，面对着前面的大雪山。大雪山戴着银盔，在阳光下闪着刺目的光芒。

金丝猴在地上，就像是狮狮狗，只是要抬起长长的尾巴：有的干脆将长尾高高举起，像面旗子；有的却将高举的尾巴卷成一个环，像是蜗牛圈……

老的、小的、公的、母的，全都忙成一团，在地下抓呀，挖呀。

要不是它们不断将挖到、抓到的东西往嘴里放，吃得津津有味，真让人以为是在寻宝、淘金哩！这玩的是哪门子把戏？

不久,我发现了:金丝猴们在采食野草和它们的地下根。只看到过它们啃树皮,还从来没见过吃草根哩,像羚羊那样,连听都没听说过。

怪呀!这时森林里正是食物丰富的季节,它们爱吃的火棘果已鲜红耀眼,花楸的果子散发着香气,野栗、橡实不说落得遍地皆是,但也不稀罕呀!

是什么使它们舍易求难?

你看,树上还有两只猴子急得抓耳挠腮的,不断从这棵树梢蹿到那棵树梢,一刻也不忘记东张西望。

直到有两只猴子跳到树上,它们才迫不及待地跳下来,迅速地加入了又抓又掏又挖的行列,再馋相八拉地吃着嚼着送到嘴里的食物。

原来它们是哨猴,轮流值班负责警戒,全是体格健壮的公猴。因为它们嘴丫两边都长了个大肉瘤,像是佩戴了嘴饰。

这个发现很重要,为我们对金丝猴繁殖期食性的了解以及以后的考察,积累了重要的经验。

以我那时对金丝猴的了解,无法想通这件事,但知道这对林老师他们肯定很重要。

它们究竟是在吃什么呢?嫩芽、草根?这边林子中它们爱吃的松萝也很丰富呀!

我想去喊林老师,可营地还在几里路之外,又不能用咒语把它们定住。等到林老师来了,它们也无影无踪了。

我想还是耐心等待吧!解了馋总该走了吧!

是的,中午时分,它们先先后后蹦着跳着回到了树上。它们上树根本不是爬,是一纵就上到了树上,两三个腾跳就到了树冠,快得像扯闪。

等到它们懒洋洋地打哈欠、垂头抵胸时——难道它们也有午睡的习惯?——我才慢慢地、轻手轻脚地走出隐蔽地。尽管这样,还是被哨猴发现了,它们很不情愿地往森林的深处转移。

这倒也好,使我轻松起来。

我走到草地细细检查它们采食的是什么。山里人,从小就跟着父母上山讨生活,对这些花儿草儿的植物世界不陌生。

我捡起它们吃剩的看看,越看越奇怪。能认识的,最多的有细辛、羌活、柴胡、丹参、大黄……全是我们上山采的中草药!

更奇怪的是它们还挖贝母、当归、柴山药,甚至还有虫草,也都是名贵的中草药!当然,还有一些我不认识的草呀果的。

这片草地能有这么多的中草药,当然也是在核心区。这几年保护工作做得好,禁止采挖中草药有了成效。也可能是我对中草药植物熟悉、敏感。

我听爷爷说过,野生动物都是医生,要不它们生病了,又没有医院,那还不是等死?其中还有很多是养生高手。譬如鹿在产崽后,总是去找益母草吃。

转而一想,现在正是金丝猴繁殖期,难道吃这些有滋补作用的植物,也是繁殖期的特殊行为?

这次真是让我大开了眼界。我尽量多收集一些它们吃剩的东西带回去给林老师。

既然发现了金丝猴,我当然要跟踪,可是已找不到它们的踪影了。

可能是饱食之后,或者正在午休之中,地上既没有它们丢下的断枝残叶,也听不到它们的叫声。

走了一段路后,我想这样穷追下去不是个办法,春天时四个月都没见到它们的影子,更别说只剩下半天的时间;但跟丢了,又太亏。

这一带,在我巡护路线的旁边,较熟悉。在右前方3000多米的地方有个隘口,南来北往、东走西奔的野兽都得从那里过。干脆,到那里去等。

隘口在山梁子上,最少是三条山梁的交会处。左边是雪山,雪山下有草场。右边是陡坡,不远处就是林子。这是这边林子到那边林子的必经之路。

这里地形复杂而巧妙。我先巡视了一番,看看有没有偷猎者布下的钢丝套、夹子……因为这是猎人最看重的地方。还好,什么也没发现。

我找了个很好的潜伏地,才去找一些吃的。饿得实在不行。旁边的灌木丛中就有悬钩子、紫莓,又找了些野栗,然后就优哉游哉地等起来。

直到下午5点多钟,还不见猴精们的影子。西天已扯起了云霞。我也不太愿走夜路,山太陡峭了。再说林老师他们也会着急。

正当我快失去耐心时,左边林子响起了咔嚓声,金丝猴行进时枝叶发出的特有的簌簌声、嗖嗖声。我心里乐了:"你们终于来了。"

听声音,金丝猴们正快速向隘口行进。真是说时迟,那时快,它们在林子上纵跳飞蹿的身影,已近在30来米。

眼看就要到达隘口时,有只正在纵跃的大雄猴,突然发出一声尖锐的鸣叫,立即扭转身子,来了个急刹车。

霎时,所有的猴子都改变了动作,就近停到树上,眼睛齐刷刷地盯着一个地方,像是行注目礼。

那只雄猴——看来是猴王——神色特别凛峻,骨碌着眼瞅着隘口,好像那里埋着地雷、炸弹。

是发现了我?不可能!我隐蔽得很好,即使它在离我四五米处,也未必能看到我……

"呷履行——呷!"猴王叫了一声,这是发现情况的惊叫声,但声音不大,好像不是向对方发出,倒像是对猴群的提醒,或者是在向某处询问。

金丝猴注视的地方,像是无波无漾的一潭静水。

风在山野轻轻地拂动,播撒着热烘烘的果香。

猴王又连连叫了两声。那声音已提高了音调,充满了警惕、不满。

怪!隘口的下方居然有了动静,灌木丛中的枝叶有了大幅度的晃动,像是一条水流。这是大型野兽的作为……

影影绰绰,浅黄色……有犄角,角形奇特……

啊,是食盐兽!一点儿不错,就是那家伙。屁股头子都长圆了,一只有四五百千克重。

它的角长得很奇特:两三岁时,角基部直直顶出;以后,角向外转,再向后转;随着年龄的增长,两角基部愈向内靠,角尖却扭向外后侧,像麻花扭。它学名叫"扭角羚",是极珍贵的稀有动物,和金丝猴、大熊猫同列"保护区三大名旦"……

它最喜爱舐盐,由于生理的需要,对盐有着狂热的追求。当地的百姓都叫它"食盐兽"。过去,猎人就是利用它的这种特性,在含盐的地方设伏,一次能收获十几只……

盐对于我们人来说,号称"百味之王"。盐对于很多动物来说也是不可或缺的食物,驯鹿、水鹿、野牛……都有追求盐的嗜好。

鄂温克族人只要摇动盐袋子,就能在森林中唤来自己的驯鹿。

独龙族人只要去投盐,就能找到野放在山林中的独龙牛。

想起来了,眼下已是仲秋,它们是来这边臭水沟赶盐场的。老人说,隘口那边有著名的臭水沟。

臭水沟不仅含盐,还含有硫黄等其他矿物质。扭角羚特别喜欢这里,它们边舐盐,边在水中打滚,将污泥涂满全身——消灭寄生虫,治疗皮肤病。

特别是中秋前后月白风清的夜晚,它们常常排着队去吃盐,队伍有几十米长哩……

那猴王却没有改变警戒的姿势,又"呷履行——呷!"地叫了两声。还有两只公猴对着这边龇牙咧嘴,显示尖锐的门牙。

怪,真怪!扭角羚是草食动物,从来没听说金丝猴和它是敌人……

我正在想时,就在我隐蔽地的下方,轰隆一声,接着是块大石头在山崖上滚动的咚咚声,像是放起了山溜子……

扭角羚立即吧嗒起嘴来,发出了"哪!哪!哪!"的声音,很像一个更夫敲起了更棒。

是报警声。领队的公羚立即停止了脚步,全队就地立定,全都耸起了前胛,绷紧了躯体。

只见一只乌黑的家伙一蹈一蹈地动作了起来。

好家伙,是只黑熊!

大约是踩滑了石头,黑熊自己也被吓了一跳,自惊自乍地跑了起来……

它鬼头鬼脑地躲在这里干什么?看风景?

它可没这样的雅兴。

赶路?也是要翻过隘口到那边?谁能阻挡得了它?

肯定是在野兽们过隘口的必经之地设伏狩猎的!没想到被树冠上的猴子发现了。

它想来个山鸡政策,只顾将头埋到树丛中。谁知猴子们火眼金睛,不依不饶。它只好转移隐蔽地,可是慌里慌张中踩踬了石头,暴露了自己。它虽然傻大黑粗,可并不缺少猎取食物的智慧、技巧!

嗨,嗨,好玩了!等了半天啥也没有,说来,一下就到了三种不速之客。有好戏看喽!

金丝猴、扭角羚都是吃素的,它们碰到一起不碍大事。现在来了个荤素不拒、就爱横行霸道的家伙,有热闹看了。更何况,离冬眠不远,正是它要养膘壮肥、储备脂肪过冬的时候,它是撵着扭角羚的足迹来的?

扭角羚也不是好惹的,天生强壮有力的四肢,它在峭壁陡崖上行走的本事,比黑熊要高明得多,还有那稀奇古怪的角,又成群——我粗略地估计了一下,最少有七八只哩。

扭角羚在遭到攻击时,总是立即组成圆阵,公羚挺着利角严阵以待,护卫着圆阵中的幼兽、母兽——打起来有场恶仗!

至于猴子们,在树上。黑熊也能上树,但与金丝猴相比,它只能算是个瘸姑娘瞎舅子!

但是,金丝猴要过隘口,隘口处没有森林,必须从乱石中通过。黑熊只要一巴掌,就能把它们打得飞起来。不信,等着看好戏吧!

最精的是猴头们。

现在我明白正在腾跃中猴王的叫声了,是它首先发现了黑熊和扭角羚,那叫声不仅是警示猴群,还是告诉对方——喂!我发现你们了,别再躲躲藏藏!

常说就怕贼惦记着你。如果确认了他就是贼,就是强盗,危险性就小多了!

三番五次才逼得它们现身。除了因为警惕性高,当然还因为猴群居高临下,视野宽广。

猴群耐不住寂寞,虽然不出声,但还是有些猴子从这棵树上纵到那棵树上,有的还抓紧时间采食。只有猴王,还有两三只公猴,在专心注意着隘口、扭角羚、黑熊。

动物们在森林中,从来是神神秘秘的,不愿把自己的行踪明明白白地告诉其他的住客。但现在,谁都在别人的视线中,谁都失去了隐蔽的优势。

三方都在互相探视,都没有采取行动……

谁也不敢贸然行动。

但天色已晚,僵持状态必将被打破。从金丝猴的态势看,它们要翻过隘口,到那边的森林里游食。扭角羚因生理需要的驱使,急着赶到那边舐盐沐浴。

扭角羚早已停下脚步,它们成一纵队——它们和野驴一样,是最讲究行军队列的——领队的公羚不时看看金丝猴,又看看黑熊。对黑熊,它充满了警惕,因为曾遭到过黑熊的袭击。

黑熊紧盯着扭角羚,丑陋的长嘴上正挂着馋涎。它对美味有种特殊的嗜好。

我等待着看热闹。当然,我也没忘记作为保护区巡护员的责任,金丝猴、扭角羚都是国家一级保护动物,在必要时……

猴王突然对着扭角羚低沉地叫了一声:"呜——呷!"这是悠闲的声音,不是警报,也不是嬉闹,但透出了友好。

领队的扭角羚扫视了一下自己的队伍,但没有下达任何命令。

黑熊干脆坐了下来,装出一副若无其事、看风景的模样,心里一定在想:你能飞过去?算你本事!

西天将火红的霓霞射进了林子,林中弥漫着红艳。这是森林中最美丽的傍晚。飞鸟们急急地穿过林间,寻找着夜宿处……

猴王攀住树枝一跃一悠,就到了离扭角羚最近的地方,冲着领队的公羚,又连连"呜——呷!呜——呷!"叫了两声,再向旁一跃,似是在催促什么,又用肢体语言加以强调。

但是扭角羚没有动。领队的公羚只是扫视着四野,大约在思考如何行动。

因为它们的行军队列在这样的地形中有致命的弱点,即队伍拉得较长。这在空旷的地方不算什么,但在林丛、乱石中,一旦遭到攻击,首先是视野差,再是首尾难顾,更无法摆起圆阵,最怕敌人从中段突击,它们曾有过血的教训……

黑熊绝对不缺乏阴险、狡诈。

领队的公羚还有个选择:立即组成圆阵防卫、坚守,等待黑熊失去耐心。但在夜幕中又会发生什么不测?

金丝猴却突然采取了行动。在猴王的示意下,有两只猴子跳到了领队公羚和另一只公羚的背上。

驮着金丝猴的扭角羚,没有一丝惊慌,反而兴奋。

奇迹发生了。

领队的扭角羚似是下定了决心,回头威严地用目光扫视了其余每一只扭角羚,似是叮嘱,又像是命令,然后举起两只前蹄,后腿一蹬,已纵上了山崖——

一改平时行进的步伐,像马在高速奔跑时那样,利用粗壮有力的腿脚,前两腿和后两腿同时发力、同时腾空——隘口原本就非常险要,它还专拣险峻的崖头纵跃。后面的队员,也全都按照它的示范动作纵跃。

两只成年雄性金丝猴像是骑士一般,紧紧抓住扭角羚背上的鬣毛,随着它们的身体上下起伏,只是骑术特殊,背朝前,面向后,如张果老倒骑驴那样。

好家伙!真是极妙的奇观!

看清了,扭角羚一共有九只,前面两只都是大公羚,中间的是亚成体和幼体,压阵的是两只体格健壮的母羚。

霎时,只有它们跳跃、纵上的身影,蹄子敲打得岩石啪啪响。

太壮观了!

也就那么一小会儿吧,它们已接近隘口,眼看再有四五个纵跃,就可翻过隘口,到达那边的森林……

黑熊却突然出现在离扭角羚队列中段只有五六米的地方——这个家伙,什么时候已潜行到那个位置——发起攻击最佳的出发地?——只要出手,立即可以将扭角羚队列拦腰斩断,分割成小群,使它们在慌乱中犯错误,再选择幼羚下手。

我的心往下一沉。快呀,大公羚,你怎么放松了对敌人的警惕?

眼看黑熊已扑了过去。

"呷履行——呷!"骑在扭角羚背上的金丝猴发出了警报,还使劲用腿脚敲打着羚腹,哇哇叫。

黑熊腾扑的身躯已在空中……

树上四五只猴子也急得站起,使劲地摇起树枝呐喊……

领队的扭角羚突然(也只是稍稍)改变了一点儿方向,竟然偏离了隘口,往梁子上奔去了——把那种特殊的、在险峻的山崖上奔跑的技巧发挥得淋漓尽致。

太妙了!金丝猴充当了哨兵,英明的指挥员!

好聪明的扭角羚!多高明的领队!它若是还从隘口翻过,黑熊的扑杀肯定成功!

正当黑熊向扭角羚发起攻击,扭角羚险象环生时,猴王突然呼啸一声,带领猴群飞身而下,在乱石中纵挪腾跳,闪电般地从黑熊的身后冲上隘口,消失在山崖中。

黑熊只来得及斜视一眼金丝猴们。

似乎是早已看穿了黑熊的心思,又得到了金丝猴的警告,领队公羚在快到隘口时,突然偏到山梁子这边,整个打乱了对手的计划。

你看,它们这刻正站在山梁子上,居高临下,腹部快速地鼓动,但充满了自豪,充满了胜利后的喜悦。

那两只金丝猴乐得在羚背上跳起,翻了两个跟头,像个优秀的杂技演员,突然斜刺侧跃,闪电般地向猴群追去……

扭角羚回头瞅了一眼黑熊,又久久注视着离去的金丝猴,才快步地往梁上走去。

山梁上光秃秃的,视野好,论往上奔跑的本领,黑熊处在下风,彻底断绝了黑熊跟踪的妄想……

黑熊耐不住了,懊恨地一步一步地往隘口走,走得很不情愿,走得很无奈……是继续设伏狩猎,还是……

尽管没有看到它们的全武行,我还是格外高兴,这真是千载难逢的一见。

动物们有友谊,也有争夺;有智慧,也有勇敢;这就是它们的生活……

只听哗哗响,水滴像暴雨泻了下来,淋了我们一头一脸。

抬头看去,一只肥硕的大松鼠正跃向路左的树上。路右它刚蹬动的枝叶还在急剧晃动。我又气又恨:"又没惹你,干吗泼我们一身的水?"

它只是斜睨了我们一下,像是享受着恶作剧的快意,竟然在树枝上踮了几踮,又洒下了水滴。

小唐眼疾手快,捡了个石块就砸了过去。那家伙也就逃之夭夭了。

"是岩松鼠。松鼠中就数它的个头大,常欺负小松鼠。拿大做派惯了。"

山路在林子中穿行。虽然天阴,估计也已是下午5点多钟了,森林显得幽深。很长一段路,没听到小唐吭声。

"喂,怎么不说话了?"

"不都说了吗?"

"你舍得那群猴?"

"让你说着了。那天我比猴子们跑得更起劲,跟上了它们。春天来时,四个月都没见到它们的影子,这次还能放过?猴头们睡相实在不咋的:有的靠在树干上;有的一手抓着树枝,就将头抵着胸;最好玩的是小猴们,紧紧抱着妈妈……你说奇不奇?它们还打呼噜哩!开头我以为是听错了,仔细听,千真万确,是呼噜声。不过不是地动山摇的那种,只是微微的鼾声,像是孩子睡得很熟、很甜的那种。"

"你不怕黑熊来找你?"

"当然怕。不过,山里人有山里人的招数,要不然还能到山里讨生活?"

"又吹了!"

他只回头对我不屑地一笑。我也为老是用这种笨拙的激将法感到弱智。

"我担心的是林老师他们。半夜未归,不知我出了什么事,是给老豹子背走了,还是掉到哪个山崖里?要不乱成一锅粥了才怪哩!"

"你小子太托大了,不剋你才怪哩!"

"错了。他先是急得跳,等我说完了故事,又懊恼得直跺脚:'这样的好事,竟然让你这个孬儿子碰上了!'我赶紧表示立功赎'过'。第二天我就转移了营地,顺着昨夜留下的路标,到下午就找到了这群金丝猴,开展了各项考察……"

阳光骤然射进了森林,眼前立时亮堂起来。俗话说"晚晴一百天"嘛。

小唐说:"别高兴早了,还要等等再看……"

就那么四五分钟吧,阳光像来时一样,顷刻收敛得干干净净,林子里显得更为阴沉。

小唐说:"信不信由你,老天没霽过来,有几天的雨哩!"

刚转过一个山弯,一幢小屋从林子里显了出来。李老师正站在门口向这边张望。

跨过一条山溪,保护站到了。

这是一块只有百多平方米的草坝子,四周为大山,森林环绕。屋前斜坡上铺了层茵茵绿草,红的、黄的花朵灿烂。背后就是陡险的大山。

西天的光晕亮亮的,将这阴沉的天空、蒙蒙的大山,映衬得柔美。

保护区的巡护员也都陆陆续续回来了,还没来得及洗刷,就赶紧填写巡护日志。

晚饭后李老师拉着小唐去找刚吃过的水蕨菜。它清香、爽口,还有一种说不出的回味。小唐说:"天黑了,看不见,明早吧。"

大家都聚在火塘边。虽然已是4月,山里的夜晚还是凉气袭人。我将带来的黄山毛峰泡了,茶香立即溢满了屋子,大家全都争着去拿了一碗。

这时是听他们说山野故事的最好时刻,本想用茶做引子,谁知我弄巧成拙,大家都只顾品茶了。我真为这次的失策懊悔不已。

巡护工作很辛苦,一天要跑几十里山路。没一会儿,屋子里就响起了呼噜声,我想起小唐说的金丝猴打鼾声……

我披了一件衣服走到屋外,天上一颗星也没有,只有雪山屹立,森林一片夜的朦胧。我担心着天气,小唐的安排是那样诱人。

天色刚刚透亮,大家就都起来了。巡护员们要赶在黎明时上山。动物们早晨有个活动高潮,特别是金丝猴,也是《朱子家训》忠实的践行者——黎明即起,叽叽呷呷,是最容易发现的。

天阴沉着,浓云像个大锅盖似的罩在山崖上。

小唐说:"刘老师、李老师,你们二老就在家等我们的消息吧,发现猴群立即回来喊你们。"

李老师说:"你想甩掉我们？放心,不会成了你的累赘。在家等,还叫什么考察？"

我们跟随小唐。

雨天,山路很难走。林内土层较厚,一片泥泞。林外的山石陡险,像浇了一层油,滑溜溜的。

可是一天下来,根本没有发现金丝猴的踪迹。

傍晚,巡护员们都回来了,结果都是一样。

只有小曲带回了一株勺兰,赶快栽到站前。勺兰的花形真的很像一只弯柄大勺,花色黄绿中夹着鲜红、黑色的芝麻点子,像是盛满琼浆玉液,幽香沁心润腑。

小曲说:"虽是为了增加小花圃的品种,但也是为了带给李老师看稀罕,山野难得一见。"

李老师像是得了个宝似的,又是拿铲子,又是提水,兴致勃勃地说起了在高黎贡山与小叶贝兰、虎兰、珊瑚兰相遇的经历……

我很感谢小曲的善解人意,他使李老师扫除了一天的辛劳和失望……

晚饭很丰盛。小曲带回了香菇,小林带回了笋子、木耳,老尚带回了几种不知名的野菜,再加上我们带来的腊肉、豆腐,煮得热气蒸腾,香味四溢。

小曲立即去关大门。

小林说:"干什么?"

小曲说:"我怕把山猫、豹子、黑熊都馋来了。"

大家一边围着吊在篝火上的大锅烫着野菜吃饭,一边说着笑话。

小唐和几个巡护员一商量,估计猴群是游荡到背面的森林中去了,于是重新布置了明天的路线。

饭后,大家都找我要茶叶。

山泉水泡黄山毛峰,只一会儿,满屋子就弥漫起4月黄山的温馨、江南春天飘荡的鸟语花香……大家都只顾默默地沉浸在醉人的气息中,甚至有微微的鼾声……

猴面如一只蓝色的蝴蝶

一连三天,在山上都没发现金丝猴的踪迹,山里有时细雨霏霏,有时大雨倾盆。我和李老师滚得像泥猴子,傍晚一回到保护站就赶紧围到篝火旁烘鞋烤衣,直到泥巴都干了,才将鞋子往地下摔摁,使劲揉搓裤子。

巡护员们也十分奇怪,这群猴躲哪儿去了?

有的说,它们肯定是见到了刘老师、李老师——生人,怕羞害臊了!

我们只有苦笑,心里当然很急,但也隐隐泛起"好事多磨"的感觉。好戏总是要有铺垫的……

窗外刚发亮。

"嘎嘎——啦!嘎嘎——啦!"

蓝马鸡在左边山坡上洪亮地叫起了,有韵有辙地鸣唱,显得很兴奋。它那涨得红艳艳的脸也似浮到了眼前。

我连忙打开了门。

啊！对面山峰上一片银白，映得墨绿的针叶林，如舒展的水墨画。

夜里，雪花已无声地降落到高山。

幸而雨已停了，森林的上空飘荡着薄薄的雾气。

蓝马鸡还在一声声地叫着，很是洪亮。我循着叫声，判断着距离的远近。

藏马鸡、蓝马鸡、褐马鸡号称"高原之花"，都是我国特产雉类。

马鸡的体态健壮、雄伟。特殊在眼后长有长而尖的耳簇，非常像是马竖起的两耳。尾羽发达，尤其是中羽斜斜向上挺立，尤似马尾。它迈开健壮的两腿跑动时，活脱脱如骏马飞驰，因此得名。

蓝马鸡通体为蓝灰色，闪光耀彩，配着红脸蛋、长尾巴，特别可爱。那年在王朗，曾看到一只雄鸡，趾高气扬地领着头十只蓝马鸡在林中漫步……

"别妄想了。是在大铁杉树那边，少说也要翻个沟。就是到了那里，也见不到。它的警惕性高，飞的本事不大，奔走的本事不小，在树棵里钻，狗都撵不上。眼下正是它们繁殖的季节。想看，今天晚上我带你去，它们都住在树上。保护区还有绿尾虹雉、斑尾榛鸡、血雉哩。"

小唐看我还愣在那里，又说："赶快吃饭，上山。高山小雪，金丝猴今天可能要往下走。"

"你是说，今天的路线要做调整？"他的话让我回过神来。

"对头！"

吃饭时，小唐果然重新分配了巡护路线。我和李老师是不速之客，他们只有在保证巡护的情况下，才能兼顾我们。

出了保护站就向右拐，小唐领着我们从山溪溯沟而上。

没有路，只是寻找着可以落脚的地方。

很难走，一会儿要越过乱石，一会儿要下到沟底。没多久，我已浑身出汗了。

幸好,溪水边常有野花的清香,紫色、黄色、红色的小花灿烂绽放。

山溪中的鱼不断地拍起水花。

青蛙总是惊乍乍地往水里跳。

野蔷薇、覆盆子、悬钩子带刺的藤条,常常纠缠得我们手足无措。

小唐抢了几次,最后硬是不容分说,将李老师的摄影包夺下,挎到了自己的肩上。

"60多岁的老师,是不愿收我这个学生?你们的儿子都比我大哩!你能走这样的山路,已经很了不起了。头天下来,我就服了。你们真的对大自然有份特殊感情,游山玩水的旅游可不是你们这样的。难怪你们身体好!"

说得李老师不好意思地笑了。按规定,在考察野生动物时,行进中是不许说话的,行进在危险路段时更不许说话分心。小唐大约是不吐不快吧!

两岸的森林中时时涌起林涛,苍苍茫茫;时而向远处滚去,时而向这边涌来。

爬过一段乱石之后,突然断崖堵面。

一道小瀑布,哗哗地落到水潭中,一潭绿水就溅起了满目的翡翠。那水色绿得翠茵茵的,泛蓝。

李老师说:"这水和九寨沟的水,就有些亲戚关系了。"

说得小唐也笑了起来:"李老师会说。九寨沟的水色,那真是天下第一,没有谁能比得上它的色彩变化,看了让你不忍心去碰它一下。"

没有路了。

小唐这样矫健的身手,几次都没能爬到溪谷的上方。

我也忙着去寻路。

李老师丢了块石头到潭中,大约是想试试潭水有多深,能不能涉水过去。

扑通一声,接着是哗啦一声。

一个黑头黑脸、油光闪亮、骨碌着小眼的家伙突然露出了水面,嘴里叼着的一条鱼还在甩尾巴。它只瞄了一眼周围,又猛然一低头潜入了水中,只留下一圈一圈的水纹。

"水獭!"小唐惊呼。

哈哈,真是没想到,在这样的深山水潭,竟然见到了这个稀客!

它可是个捕鱼的能手,又叫"水猫子"。只要被它见到了,大鱼小鱼都难逃。

李老师乐得像个顽皮的孩子,又砸了几块石头,可那个精灵再没有浮出水面。

小唐刚巧也从岩上滑落了下来,兴趣盎然地打量起了这个水潭,说:"已走了两个多小时了,顺便歇歇吧!平时要特意找到水獭还真不容易哩!我们这里物种丰富吧?"

大约是这个机灵的家伙引起了他的童心,他也往潭里砸了几块石头。还是一点儿音信也没有。看来水很深。

小唐跺了跺脚,说:"走吧!只有把你们先托上去了。刘老师,我俩先托李老师。"

费了很大的周折,都像个泥猴子,才上到溪岸上。

没走多远,小唐手心往下一按,我们连忙收住脚步……

什么异常情况也没有。

只有偶尔的林涛声,还有两三种叫不出名字的鸟的鸣叫声。

刚走几步,小唐又猛然按下了手,回过头悄悄地对我说:"听,注意听!在那边。"

他指的是左前方。

不久,果然有树枝的断裂声,我浑身的热血突然一涌……

这几下更清晰了,连李老师也听到了咔嚓声,还有什么动物发出的嘈杂声。

"悄悄跟上！"小唐说完，就闪进了林子。

我和李老师快步跟上，但没一会儿，就见不到他的身影了。

失去了目标，有些茫然。好在多年的山野经验，使我依稀判断出声源的方向。

但走到一块山垄分岔的地方，我却有些疑惑了：看似方向没太大的变化，但在山垄岔路走错了，那真是差之毫厘，谬以千里……

"别急，静下心来，或许能听到金丝猴的声音。"

真的，没多大一会儿，就听到了隐隐约约的金丝猴争夺食物的"咿——呷"声，还有枝叶声。我提步就走。

"还是留个路标吧，以防万一。"

我向她投去一个感激的微笑。在多年的探险生活中，她总是以女性细腻的心，给予我一些必要提醒。正是她的智慧，弥补了我的粗枝大叶。

就这样走走停停，不断修正路线。因为在密林中，树木会将声音加以改造，像是布下迷魂阵似的……

这不，我们已走到断崖上，前面就是个大峡谷，该往哪里走呢？

像是有意为难我们，从岭上刮来的下滑风，将一切音响都刮得干干净净。连似是猴子发出的声音也一丝儿没有了……

李老师不时擦着头上沁出的汗水，我却大声地喘着粗气……

李老师碰了碰我的手，示意注意听。

下滑风带来了两声轻轻的狗叫声。是的，一点儿不错，是狗叫声……

我乐了，拉起李老师就往山上跑。

李老师满脸的茫然。

"一定是他。是小唐！"

"他没带狗呀！"

我几乎要笑出声,但仍然拉着她往前走。

几堵大岩堵在面前,只得绕了过去。刚拐过山弯,就见到了小唐。

他正顽皮地眨着眼,招着手。

李老师见面就问:"狗呢?"

小唐蒙了,一脸木木的。

我指着小唐说:"这就是呀!"

小唐恍然大悟,笑着说:"我给自己下套了……不过,能当狗也不错,起码在山林中能找到朋友,吓走敌人。前天不就派上用场了?"

我只得三言两语说了他学狗叫逼出黑熊的事。李老师直夸他聪明、机灵,还说,倒很像我的朋友猎人小张,嘴上的功夫能将猴子召唤来……

又是咔嚓一声。

这里也是在峡谷的边缘,临谷的一面陡得如刀削一般。这个峡谷特殊在如一"匚"形,三面都是险峻的山岭,围起了偌大的一片森林,犹如色彩斑斓的海子,掀波涌浪。

针叶林如黛,深沉、浑厚;阔叶林苍翠、闪亮;落叶乔木的枝条如铁线勾勒,萌出的新芽红艳、青翠……偌大的山谷林海就成了巨幅的套色版画,异常壮美!

我们站立的地方,和森林树冠相对高差有六七米,有几块巨崖黑森森地立着。

李老师为了找一块能支三脚架的地方,就很费了一番周折。小唐还一面说着当心,一面保护着。稍一失足,就会跌下去。我干脆只用独脚架。

只听到猴子们活动、嬉戏的声音,一点儿踪影也不见。我后悔没有带望远镜,只好借助变焦镜头。看久了,终于能根据树冠的晃动,判定猴群的位置。真像渔民观察水纹那样。

从直线距离判断,它们最少在七八百米之外,我们所带的变焦镜头,根本够不着。

"别急,曲娃子今天的巡护路线正好在那边。看样子,猴群已在往这边缓慢地移动。"

总有半个多小时过去,刚才汗湿的内衣已冰凉地贴到背上,猴子们还是没有显现。

"下去吧!到林子里去。还待在这里,就算它们出来了,也无法拍到。"我说。

"在林子里你也无法拍到,以后就明白了。从这里下去,先要绕到谷口,没两个小时走不到。还是这里居高临下,容易观察。曲娃子比猴都精,又知道我们的路线,连估带猜,也会想到我能发现这群猴子——这几天,就这一群猴子在这一带活动。他的路程远,估计还没到。只要他在那边,会想出办法的。"小唐说。

又过了半小时。从树冠的状况看,猴群仍然在原地不显山不显水地活动。

小唐清了清嗓子:"只好献丑试试了。"

憨厚人要顽皮起来,别有一种情趣。

"布谷——布谷!布谷——布谷!"

山谷造就了天然的音响世界,回荡着绵绵不断的布谷声。

可是,没有任何的应答。

"杜鹃这样早就到了这里?"李老师对正撮唇弄舌的小唐挑刺了。两声杜鹃是夏候鸟。

只有阵风在山谷森林上空拂过,林海立即有了波澜。

李老师不再烦躁了,倒是很有兴致地催着:"再学一种别的鸟叫。要不还是学狗叫,敲山震虎,把猴子们逼出来。"

"不行,不行!那样要乱套。金丝猴可不像黑熊那样慢吞吞的,你没见过它们在林子里跑动,我都撵不上。"

"布谷——布谷！布谷……"

嗨,山谷的对面,有了隐隐约约的回应,真的:"快打谷,快打谷……"音节短促、快速……

我听出了,似是小鸦鹃的叫声。它是一种很美丽的小鸟,越叫吐音越快,频率越高,最后却戛然而止。我曾在黄山的翡翠池那边听得不想挪步,因为有流水为它伴奏,格外美妙。

"李老师,各就各位,做好准备。"小唐脸上乐得像开了一朵花。

"是小曲？能断定？"

"我说'布谷',他说'快打谷',还能是谁呢？虽然没有无线电话,但大自然有的是智慧,只要肯动脑子,还学不会互相联络？"

李老师快步走去,守望着她的照相机。

是的,从树冠的状态,看到猴群正缓慢地向这边移动……

啊！一只小仔猴露出了树冠,站起来,正左顾右盼地眺望着广阔的世界。树冠下伸出了一只手,抓住它的腿将它拉了下去。

是的,确实是金丝猴！尽管只是一只小猴,但淡蓝色的面孔、带有粉红色的毛衣,已足以表现父母给它的遗传……

三十多年前与金丝猴的不期而遇所引起的渴望,在心里起了波澜。

嗨！小仔猴又冒出来了,强扭着身子往旁边扒。大猴也浮出了树冠——是只大公猴,嘴角的两边各有一个圆珠般的大肉球。

它没有再把仔猴拉走,而是就势轻轻一跃,到了一棵枝条红艳艳的树上。仔猴揪住它的又长又粗的尾巴也过来了。

大公猴迅速地用手揪下树芽往嘴里送,小猴照样办理。

我多盼望大公猴能将面孔转过来,可它像是有意躲闪着,只是将侧面留给我的视线。

看清了,那是一棵落叶阔叶树,树皮绛红色,刚刚冒出叶芽,紫红、鲜艳……

"是不是假稠李?"我问小唐。

"对头!金丝猴们最爱吃它的嫩芽,香、甜丝丝的。我尝过。"

又有几只金丝猴跳到了树上,还有一只坐在旁边铁杉的树冠上,像是盘腿打禅。只有一只仔猴和大公猴共同进餐,其他的只是看着。也有一只乘大公猴不注意,偷偷吃了两口……

一切迹象都表明,这是一个家族,已浮出树冠的有九只,那大公猴显然是酋长,享受着优先进食的特权。有三只成年的母猴,其余的都是亚成体了。

一直没听到李老师按动快门的声音,她只是在不断摆弄着相机。我投去了询问的眼神。

"距离太远,没法拍。"

李老师说完,干脆坐下观察了。

有两只母猴也跃到假稠李树上,它们很快抱起自己的孩子,参加到摘取树芽的行列。

"母猴的毛色比公猴的浅,是吧?"

"对头!它们聪明,一上去就抱孩子。只有带崽的母猴,才能受到酋长的特别照顾,其实,也受到整个家族,甚至整个猴群的照顾。这只是今年生的,那只是去年生的。"

酋长终于将脸转过来了,我心里起了个激灵——这个画面我见过。

对了,是在珍稀蝴蝶展览会上,是南美出产的一种叫"宙斯之光"的蝴蝶,从不同的角度看,闪耀着各异的色彩,犹如一粒钻石。酋长的面孔与它太相像了——两颊湛蓝色,中间朝天鼻有两个黑洞——活脱脱是只展翅欲飞的宙斯之光,几乎一模一样地闪着金属的光彩,产生多色的光彩效应……

我把发现一说,小唐说是有点儿像。李老师说太像了,她见过那张照片。

小唐说:"曲娃子讲它头上的冠毛像顶黑褐色的帽子。你看,眉骨上还有眉毛哩!林老师说在动物园里量过,有三四厘米长!颈子毛色棕红棕红的。下颌、喉咙那里是金红色。胸口、腹部就淡下来了。你们看不到的背部外面披的是金光闪闪的长毛,像不像一领大氅?其实里面的绒毛是黑褐色的,映衬得全身雍容华贵……

"难怪在林子里看到,让人眼花缭乱哩!它的身上集中了红、黄、蓝、白、黑这么多的色彩。"

我很兴奋,二十多年前只是匆匆一瞥,金丝猴就留存在了心间。今天,终于能仔仔细细欣赏它的美貌,欣赏大自然的造化。

面对色彩斑斓的昆虫、鸟儿……我常常痴想:大自然为何要用五颜六色去装扮它们?是为了世界不再单调,还是为了彰显生命的五光十色?

就说金丝猴吧,它们同是一个家族,都有丰满而厚实的嘴唇,都有单看丑陋无比的朝天鼻,都有一身华丽的毛衣。但大自然用不同的色彩,将它们个个都打扮得出类拔萃。

黔金丝猴的毛色为灰。后肩雪白雪白,身上这里那里也长有红斑。尾巴粗壮,如牛尾一样。整个有一种庄重华丽的美。

为了在山野中看到它们,1999年,我们硬是攀爬了八千多个石级,在梵净山中寻觅。全世界只有这一地区还生活着黔金丝猴。

我们终于如愿,见到了又被称作"灰金丝猴"的它们,得意忘形之中,遭到了猴王的三次袭击,狼狈不堪。

2000年,我曾和李老师在西藏的红拉山寻找滇金丝猴的踪迹,没有能够如愿,只得沿着澜沧江大峡谷进入云南,再去白马雪山。

谁知金丝猴的栖息地前两年遭到虫灾,森林遭受重大损失。

到了金沙江边的老君山,才有缘在大雨的森林中见到了它们。

滇金丝猴的毛色黑白分明,像大熊猫一样。雄性大猴头上有一撮黑色的冠毛,像刷子一般尖尖的、扁扁的,如乡村金贵孩子留的刮刮头,再加上红艳艳的厚嘴唇,浑身上下透出了无限的憨拙、无限的敦厚!

它们的这种美,只有在大自然中才能表现得淋漓尽致,是大自然赋予了它们各自的生命之美。这是在条件再好的动物园里也难以欣赏到的,失去了自然,美就黯然失色了——更别说在运动中的美了。

正当我们自以为距离远,对它们指指点点,肆无忌惮地评头论足时,有只猴突然蹿上了树冠,站到树冠上向我们这边眺望,居然还像人类一样手搭凉棚——因为我们在它们的东边,虽然是阴天但也还是逆光的——显然是为了看清目标。

它也是自以为距离远吧,竟然也肆无忌惮地对我们瞅个不停,那眼神好像是一道光。小唐大约也感到那犀利的目光在我们的脸上、身上来回地审视,愤愤不平地用手一指:"这个猴精!"

它突然一缩身子,遁入了浓密的树冠中。

这个小插曲深深地印在我的脑子中。

"它们往这边转移了!"

本该是高兴的事,可小唐的喊声中充满了复杂的情绪。

是谁偷袭?摄影包失踪,猴群逃窜

李老师慌得赶快站起,守着照相机。

这个家族确实是在向我们这边靠拢。在它们左边,离得更远的地方,也有一个家族在活动。靠后,似乎也有几个家族在觅食。

这是小曲的功劳。

也可能是那个猴精侦察了一番,发现我们并无恶意吧。

金丝猴猴群中的哨猴担负着特殊职责,具有特殊的本领,就像侦察兵一样。

观察了一会儿,我开始理解20多年前胡教授的讲解。川金丝猴平时是以小家族为基本单位生活的,但到了繁殖季节和产崽季节,会结成大群生活,群体能大到四五百只一群。小家族并没有重组,到了夜宿或危险时,依然在一起生活。

我估计这群猴有一百多只。小唐说误差不大。

大概只转移了10多米吧,酋长又发现了新的食物。油亮亮的树枝上长满了嫩叶,它索性掰下一根长的枝条,大口大口地啃了起来。

二十多年前,我见过它们这种吃法,在捡到的树枝上留有无数它们啃啮后留下的印迹。胡教授说在冬季食物缺乏时,它们啃树皮,估计可能是在采食那上面的芽苞,否则就要像撕去甘蔗皮一样了。

小仔猴急得爬到酋长的肩上。酋长只好将手中的树枝给它,再去扳一根。

"该不会是八仙花树吧?它不可能长这样高呀!"

"像是连香树。这种树的嫩芽也是又香又甜的,有股蜂蜜味。金丝猴还喜欢它的果实,有种特殊的香味。过去,僧人喜欢在寺庙的周围栽这种树,将成熟的果子送给善男信女,说是佛果,为人祈福。木姜子、红桦的嫩叶它们都喜欢……"

树冠上突然出现一只正在飞跃的猴子,妙在还搭载了一个乘客——它的孩子紧紧地吊在它的腹部,面朝上,四肢紧紧地抱住妈妈的腹部——全身、四肢绷直,长尾像舵杆一样掌握着方向,飞跃的距离,总有五六米。

刚落到酋长右边的树枝上,小家伙已翻身揪住了树枝,可只吃了两口树叶,就又回到妈妈怀里,叼起了乳头。妈妈只好一手拢着它,一手采摘树叶。

整个家族都逐渐向连香树靠拢,猴群中不时响起"呜——咿""呜——咿"声。两只亚成体在打打闹闹。

这是一幅猴群日常生活图。小唐说,在食物丰富又较安全的情况下,它们每天的活动范围大约也就1平方千米……

一只母猴悄悄攀到了酋长身边的仔猴处,轻轻地将它揽到了身边。这只仔猴显然是去年生的,因长大了,不知是有些不习惯这种爱抚,还是……感到它有些不情愿。母猴立即为它捋毛,温柔地为它捕捉身上的寄生虫。仔猴这才舒坦地靠到母猴的身上。

这家伙,竟然扳起左腿,将脚送到嘴边,专心致志地啃起……人类的孩子也喜欢吮指头,难道猴子是把脚趾当手指?

"是咬指甲!猴子没剪刀。指甲是它们的武器,但太长了不舒服,碍事!"

"哈哈哈!"李老师笑得特别欢。

没一会儿,又一只母猴跃到了树冠上。这只仔猴迅速地跃起,落到母猴背上,亲昵地翻上翻下。

"这才是它的妈妈?"

"对头!你猜得对头。仔猴在猴群中能得到所有成员的爱护。先头抱它的母猴……对,就是那只脖子上毛色特别鲜黄的,去年也产了一只崽……"

"怎么今天这几只猴子总是在树冠上活动?不怕被秃鹫、金雕发现?"

李老师突然冒出的话,使我吃了一惊。以动物本能来说,觅食时,总是把安全放在第一位,特别是以植物为生的动物。按理说在树冠中层活动是金丝猴最佳的选择。我转而一想:"可能是因为整个冬天吃的全是松萝、树叶、树皮,现在假稠李、连香树的嫩芽是时鲜,太好吃了,它们太馋了。"

"李老师说得有道理。我也感到今天有点儿怪,它们平时也很喜欢松萝,怎么今天在落叶阔叶树上活动这么长时间……另外家族却不显山不显水的……"

三人沉默了好一会儿,猴群还是只顾快速地采食。从表面上看,没有任何异常。

"你还是说那只脖子鲜黄的母猴的故事吧。"

"我们都留个心吧。这只母猴我认得准。去年比这时间晚一些,是5月份,我巡护时,发现它的行动有些怪怪的——总是用一只手把仔猴抱着,一刻也不放下。我跟了两天,都没发现仔猴吃奶。那天,它坐在一棵杜鹃花上吃花朵,把仔猴放在盘起的腿上,我这才看清了仔猴在发抖——原来生病了。我们几个人想了些办法,希望能将仔猴收留救治……"

一阵"呜——呷!呜——呷!"声激烈地响起,金丝猴们在树冠上互相追逐、打闹……

我和李老师都向悬岩边走了两步,不知它们发生了什么事。

"没啥子,没啥子,很平常。像群娃子,连吃带打闹,闹着玩儿。"

咔嚓!

清脆,震得我们一愣。

又是咔嚓一声。

清清楚楚,是树枝的断裂声,在左下方二三十米处。

树冠上浮出了大的波动,好像是谁在摇动树枝。

发生了什么事?

是猴群被赶过来了?

我和李老师连忙拿起三脚架,提着照相机火急火燎地向那边赶去。连小唐都差点儿摔了个大跟头。

等到我们赶到那里,刚才发生情况的那片树冠静静的、平平常常的……

正当我们快失去耐心,准备返回时,林子的深处有了响动,绿海中又掀起了波纹。

真的是猴群来接见?

那应该比现在嘈杂,不可能只是这样。

是黑熊、云豹,还是其他小兽?

云豹喜欢在树上活动,是金丝猴最危险的敌人。一般说来,猴子们对它特别警惕,早早就会避而远之。再说,从未听说云豹有掰树枝的爱好。

又观察了一会儿,一切的动静都消失了,消失得干干净净!

我和小唐反复讨论,最后的结论是:可能是黑熊,只有它才喜欢掰树枝,小兽制造不了脆嘣嘣的咔嚓声。

要么,就是猴群。

说着话,已回到我们原来的观察点。连忙去搜寻原来的猴群,生怕它们在这段时间中又隐匿到他处。

还好,它们还在那里。

从树冠的动静看,另外几个家族也在附近。只是这群的酋长,仍然在树冠上活动。

大家都放下心来。

"那个小摄影包呢?"

李老师的一声惊呼,使我们面面相觑。

"就是你那个小摄影包!"

是呀!我的小摄影包呢?

两个大摄影包都还躺在那里!其他物件一样也不少!

我和李老师各自有摄影包,装着照相器材。我用的变焦镜头较重,在野外时很不方便,因而又添置了一个小摄影包,平时不需换镜头时只带着它,较为方便。我记得很清楚,今天因为观察对象距离远,根本未用,只是放在大包的旁边。

"你带到下面去了?赶快去找!"

"怎么可能呢?紧急得像听到警报,哪里还会再去拿包?"

"出鬼了,还能是谁来拿走了?"

"不可能,要是偷儿,不拣值钱的大包拿?不将所有的东西一掳而光?我们山里人从来不捡丢在路上的东西,纯朴着哩!别是忘了,未带?"

小唐说得斩钉截铁,也提醒了我们。

我和李老师赶快检查,当然先是看路费,因为长期在野外,要带足差旅费,又担心遗失、被偷,所以习惯将现金分成几份,分别装在摄影包中。优点是摄影包从不离身,而又不致犯将所有鸡蛋装在一个篮子里的错误。

还好,包里的东西都在。

只是小摄影包中的一千元连同包失踪了。损失不大。

小唐认真地在附近搜索起来了,任何可疑的迹象也未发现。

是一阵窜山风把它刮走了?窜山风是山林的精灵,常能平地骤起,如龙如蛇般在丛林中游动,一般说来是由山上往下行。刚才我们离这里也就几十步路,不会毫无感觉,再说窜山风总是要掀起林涛,浩浩荡荡。

哪种小兽喜欢偷偷摸摸呢?其实,说偷偷摸摸也不恰当,动物们没这种概念,倒是有些家伙出于好奇,有收藏的癖好。比如喜鹊就特别喜爱发光的、颜色鲜艳的物体,在它的巢中常能发现玻璃块子和彩色的珠子。松鼠也爱将松子、橡实藏到树洞中……

可它们都没有本领取走那个有些分量的小包!

三个人好生奇怪,但怎么也理不出一个头绪来,还真的是堕入了山林神怪故事之中?

是的,流传在山林的神怪故事特多,譬如关于山魈的传说,常能令人毛骨悚然。我们当然不信,也就只能将摄影包神秘失踪作为悬案。

"我还是把那只母猴的故事说完吧!"

小唐想调节一下气氛。

从树冠的动静看,另外几个家族就在附近,时时有树冠急剧晃动。只是这群的酋长,一直在树冠上层活动。

"那两天,我将巡护员都集中起来注意这个家族。对成年或亚成体生病的猴子,常常采取投食的办法,在食物中放药品。可这个小家伙还在哺乳期,它妈妈又抱着不放……最后,只好冒险了。

"曲娃子突然从隐蔽地冒出来,猴群立即四散奔逃。可这只母猴根本没有丢下孩子,倒是用一只手抱着,一只手攀枝,在树林里飞跃。

"曲娃子认准了跟后追。追急了,旁边又跃出一只猴子,从母猴手中抱过仔猴又跑……有四五天找不到它们的踪影……大家都很难受。

"后来,有个老猎人说,金丝猴一个有难,其他的都会上来救助,更别说是仔猴了,死了以后,母猴还会抱好多天……半个多月后,才找到这个家族,那只母猴单身一个,无限忧郁……"

"呷履行——呷!呷履行——呷!"

山谷中犹如响起炸雷。炸雷之后,一片沉寂。

酋长不见了,刚才还嬉戏打闹的猴子们像是一下潜到绿海之中,只有树冠在剧烈晃动……

树冠的波纹分成了两股,一股向正前方偏右方向涌去,一股向我们这边的峡谷下方掀来……

"快走!这下面有条猴路!"小唐只来得及丢下这句话,就飞身下山了。

我扛起李老师支的三脚架,背起摄影包,催着她快跟上小唐。

李老师行动比我快捷。哪里还管得了藤藤蔓蔓、枯树倒木?我们连滚带爬地往下冲。

我明明看到李老师跌坐到地下,却无法去扶她一把。她倒好,索性像坐滑梯一样……

跑了200多米后,前面林子里一片五彩缤纷,在树上跳跃的、攀枝飞悠的、四肢紧绷腾飞的,更有在地下窜逃的金丝猴们……如流水飞霞一般,顷刻从面前消失。

后来与小唐会合后,三个人一凑,大致说出了印象:三四只大公猴在前面领路,中间是母猴携带仔猴、亚成体,压阵的还是几只健壮的公猴——这就是金丝猴的行军路线。

我曾在黄山参加短尾猴考察多年,比较注意它们的行军序列。短尾猴也是猴王带着左右大臣在前,中间是母猴、仔猴、亚成体及老弱病残,也是雄壮的公猴断后。

看来,它们之间倒是很有相似之处。或许这是自然选择的结果。因为这样的序列,能够最大限度地保护种群。

对营群性动物社群结构和社群行为的研究,是一门新兴的学科,因为它能揭示其生态和诸多生存之道的秘密……

对于种群说来,保护每一个成员也就是保护了群体;而作为个体说来,跟随着种群,也就是保护了自己。

换句话说,为了种群的利益,无论是群体还是个体,都可以牺牲个体的利益,这时所显现的生命光辉无比耀目。

金丝猴遭遇了谁的偷袭?

小唐说似是一只有斑纹的猫科动物,因为树冠的缝隙间只偶尔露出了这个攻击中的家伙……

"是豹子还是金猫?"

"没看清。好像比金猫要大。身子没豹子大。这里已多年没发现豹子的踪迹了。"

我心里有些烦躁,这次来真的不顺,天公不作美,刚跟踪上猴群吧,又碰到了"强盗",炸群了。这一炸群,要好几天才能再找到它们……

林中水滴频频落下,这才注意到又落雨了。我想回去看看往另一方向逃窜的猴群。

小唐说:"回吧!"

李老师和我都有些迟疑。

"不要急,等曲娃子回来后就知道情况了。怪事后面总是藏着精彩秘密,作家不都是特别喜欢故事吗?"

他善解人意,净说些宽慰我们的话……

回到保护站,刚喝了两杯茶,小曲回来了。看到他也像个泥猴子,我们都互相嘲笑了一番。

李老师和我的发问,连珠炮般发射了过去。这小东西却只是要茶喝,直到牛饮了三四杯后才说:"先回答第一个问题。炸群后,另一股向老头岩方向去了。"

"你跟上了?"小唐问。

"你能跟得上?但错不了。这群猴我也熟。昨晚不是说它们可能在山背后吗?我想绕过老头岩往那边去,谁知刚上去就发现了,听到小唐的信号,就把它们往你们那边赶。赶猴急不得也慢不得,急了容易惊了,慢了就跟丢了……"

我在考察黄山短尾猴时,因为考察的需要,也赶过猴,把它们赶到我们设计的目的地,以便于观察。这确实是个技巧活儿——总是要先查看地形,还要有三四个人配合。小曲只一个人,真的难为他了。

"赶着赶着,它们却不走了。想尽了法子哄吓诈骗,它们就是不挪窝,只顾在那一带。开头我想,是不是这片红桦、假稠李、木姜子刚发新芽?但时间长了,就起了疑心,也就不敢再做大的动作,只是四处搜索……什么也没发现。最少有两个家族的猴王,有些疑神疑鬼的紧张,整个猴群也像收缩了活动范围……"

"别卖关子,赶快拣要紧的讲。究竟是来了虎大爷、豹二哥,还是偷猎的?"

"只听到一只猴子尖叫,腾地一下就蹿出了好几米,像是被蛇咬了一样……"

"这季节的蛇,在这样高的海拔,有那样强的活动能力?还从来没听说蛇会攻击猴子哩!"

蛇有冬眠的习性。

"我说过是蛇吗?"

"难怪你姓曲,曲里拐弯的,理直了讲。"

"只看到那家伙在树上一纵,跃起来了。猴子反应比它快。它一击,没抓住。好像旁边还有一只,也是灰褐色的,伏在树干上……这只猴子一叫,猴王立即发出了警报!猴群闪电般地分成两股,一东一西地跑了……"

"它们没追?"

"往哪儿追?追哪边的?猴子比你刁……"

"究竟看清没看清?"

"看得不清。它的两只眼特别亮,贼亮贼亮的。对了,耳朵尖尖的、直端端的,耳尖上长了黑毛。身段有一米多长,不小哩!"

"耳朵直端端、尖尖的,还长了直端端的毛?"

"对头!"

"可能是猞猁。这家伙脸长得像猫,比猫大得多,能长到三十多千克重,最惹眼的就是你讲的尖耳朵,耳尖上长着直端端的毛……"

猞猁和金猫、山猫、豹子、老虎都是猫科动物,个个是狩猎的高手。

"像哩!让你这一讲还真像是它哩!它最喜欢打伏击,藏在草丛中,只要野雉、黄羊从面前过,它就突然袭击,几乎没有不得手的。一击不中,就再藏起来,等着下一个倒霉蛋……对了,它两回都伏到树上去了,没追。"

是的,猫科动物最拿手的是伏击战,连老虎也是,不像狼那样追击,在运动战中取胜。

难怪看到的猴群有些怪怪的。

一般说来,猞猁白天不行猎,只是伏在较为安全的树上睡大觉。它那灰褐色带斑纹的身子往树干上一伏,就混淆了,是最好的保护色。

猴王可能是感到了它的气味,但又不能确定,才疑神疑鬼地警惕。

金丝猴的日子,过得也很艰难啊!

小唐洗刷完了,见我还一身泥水地坐在那里喝茶,心事重重,说:"别发愁了。不说百分之百,大概也八九不离十。今天的事都很蹊跷,蹊跷的事,总有蹊跷的缘由,就是你们常说的故事。我都猴急急地等着哩!湿衣服捂在身上要生病的。"

我转而一想,顾虑那么多也解决不了问题,在野外考察,只能随缘了。

雨又淅淅沥沥地下了起来。

傍晚时,天出奇地亮了起来。蓝马鸡的鸣唱,高亢、洪亮、韵辙有致。我循声向那边走去。

离保护站200多米,只听林子里轻轻地响起窸窸窣窣声,我连忙放轻脚步。

拨开旁边的灌木丛,一只灰褐色的小兽嘴里衔着草,正站在林下:

身材匀称优美,四腿修长,两只水灵灵的眼睛正盯着我这位不速之客,没有惊慌,倒是透出了探询的意蕴。戳出唇外的獠牙,向内,雪白——是只雄性林麝。麝由于有珍贵的麝香,这些年来遭到偷猎者残酷的猎杀,属于濒危物种。

真没想到在这里、这样的时刻,能和林麝不期而遇。

这是自然保护区的成效,是巡护员们的功劳。因为林麝在森林中是弱小的动物,性子特别胆怯、机警,平时难得一见。

我们就是那样脉脉相视着,两个生灵相互用眼神交流着⋯⋯

"哇——呜!"

从山崖传来。

林麝轻轻一颤。

不是麝之间的呼唤。

呼声中充满了苍凉、焦急、忧伤……它触动了我心灵的深处。

那麇迈开了步子,缓缓地向森林的深处走去,至少还回过两次头,像是示意告别……

"哇——呜!哇——呜!"

它再次敲击了我的心灵,似曾相识,又是那样遥远,不可捉摸……是的,想起来了,那是在黄山考察短尾猴时,似乎也是这样的傍晚……

我立即转身,飞快地向保护站跑去。

老远地,我就看到小唐、小曲、李老师都在向后山张望。

"是金丝猴的失群声?"

小唐对我注视了一会儿,才说:"你也知道?"

"他参加过黄山短尾猴的考察。"李老师说。

喜悦和兴奋,如潮般涌来。

"我不是说过有好节目吗?考察中也不是轻易能碰到的。"

当我喘息稍稍平稳时,终于,左边远山也传来了"哇——呜"声,虽然隐隐约约,但这边的猴群立即有了应答。

李老师想往山上爬。小唐说:"天已晚了,你别去掺和它们的会合。"

两边就是这样一呼一答。从声音判断,是那边的一股正在往这边靠拢,速度很快。

不久,在黄昏中,就看到了森林中无数金黄的身影正往下飞跃,长尾巴很显眼。

"它们从高处往低处迁移时,都是从树上攀枝飞跃;水平运动时,常下地奔走;往高处活动时,怎样方便怎样动。"

远处传来了一片嘈杂的、喜悦的猴鸣声,一大片的森林掀起了波澜——上午被猞猁冲散的两股猴子合群了,它们有理由尽情欢呼!

凉气直往身上袭来,我刚想回到屋里,像一阵风刮来,猴群已到了屋后不远的山上。有几只还在高枝上向这边眺望,似乎是在眺望袅袅的炊烟……我总感到有只猴子在打量我们,虽然还有着一段距离,可我确定是感到它的目光在我脸上扫来瞄去,竟然触动了内心的情感神经,有了颤动、响应……

"它们今晚就要在这里歇夜了!"小唐宣布。

"是要沾点人气,防备天敌的偷袭?"

"对头,对头!人是最可怕的动物,然而,大熊猫、金丝猴、鹿……好多动物都有这样的特点,在危急时往寨子边躲,往人气重的地方靠。是遗传因子的激活,因为人和动物原本就是朋友。"

"说不定是特意来看刘老师、李老师的哩!它们好久好久都没来这里了,怎么今天偏偏来了?来了稀客嘛!"小曲说。

这戏谑的话,突然触动了我的心底,我突然想起了小摄影包的神秘失踪……

"你该姓曲,算你会说话!"小唐的手指点到他的额。

夜色渐浓,猴群也安静下来。

李老师问:"金丝猴为啥在繁殖期、产崽期结成大群?"

小唐说:"考察了两年,才有了些印象。动物结成大群,是为了对付天敌。种群集结,可以互相照应,以数量来迷惑敌人。产崽期的金丝猴处于弱势,更需要多种保护方法。幼崽毕竟是种群的希望。藏羚羊、原羚都有这种现象。再说,经过这么多年的保护工作,它们已熟悉了我们巡护员,甚至对保护站的房子也有了认识,偶尔也到这边投宿。它们似乎知道我们是为了保护它们的。其实,保护野生动物是为了保护它们赖以生存的环境,这个生存环境也就是我们的生存环境,也就是保护我们自己。"

不知为什么,小曲的话触动了我的那根神经,我便非常想去看看金丝猴的夜宿状况,机会难得。但说什么小唐都不同意。因为它们已受过一次惊吓,万一再惊吓了它们,可能引起临产母猴流产,造成整个猴群离散。

刚吃完饭,大家都来找我们要茶叶。

我说:"前两晚上当了,你们只顾品茶,却不摆龙门阵。"

小唐说:"刘老师,你这就冤枉人了。别的茶喝了提神、兴奋。谁叫你的黄山毛峰喝了后,浑身舒服,懒洋洋的,只想打瞌睡?"

厚道的李老师已拿来了茶叶。我一把夺过:"这就更不能给了,摆完再泡。"

小曲说:"这样吧,你给他们泡,我不喝,负责给你们摆龙门阵。你不就是要把我们的猴经都掏光吗?"

我刚要说话,小唐伸手来抢茶叶。我早有准备,闪开了。

"曲娃子快说,误了我们喝茶,当心明天叫大母猴把你抢走!"

大伙儿全都起哄,哄得屋顶都快被掀掉了。

一个说:"明年你妈就能抱上个猴娃了。"

一个说:"要是再找不到猴群,只要站在山头上一喊曲娃子就行了……"

小曲急了:"我说还不行?"

争偶、政变中的猴群突遭空袭

小曲摆开了龙门阵:

去年的深秋,那天在上杜家坪的猴子岩。

林子里的紫莓熟了。有片五六百平方米面积的灌木丛带,被高大乔木围着,形似天窗。一树一树爬满了紫莓藤,紫莹莹的紫莓一个总有拇指头大。熟透的莓子外面蒙了层甜霜,蜜样鲜甜,夹着丝丝酸味……后来我还带了一顶草帽给你们,没忘吧?

我正在挑肥拣瘦、尽着肚子装时,突然,真是突然,像一阵窜山风袭来——

"呜——咿""呜——咿"声响成一片,在树叶的哗哗声、树枝断裂的咔嚓声中,彩霞耀眼——

金丝猴,一群八九十只的金丝猴飞来了!真是从天而降。

我还没反应过来,这些家伙已经到了跟前。

我赶快往下一蹲,藏得严严实实。

嗨,连个愣子都不打,金丝猴们全都争先恐后地落到了紫莓上,两只手轮番动作,抓了就往嘴里送。你争我抢,吵吵闹闹,一点儿也不斯文。

看清了,它们糟蹋的比吃的多。有的猴子不分青红皂白,干脆一折一大枝,连拉带扯地往下拽,没吃两口,酸得皱眉、挤鼻子、咧嘴,丢了再掰。红的莓子没熟,酸得牙酥。

莓子林再大,也经不住它们这样折腾。

不一会儿,有的猴子跳到旁边的树上,坐到树丫处,但眼睛还是盯着那边的紫莓林。只几分钟吧,它们又飞身跃下,再去抢食。其实它们要是再聪明一点儿,一只分一丛莓子,会吃得更好。

你看,那边的两只猴子,像是亚成体的公猴,为抢夺一枝莓子,你追我赶,从莓丛打到树上,再从这棵树打到那棵树,又一起纠缠到地上。这里莓子多,再掰一枝只是伸伸手的事呀!为啥子要抢哩?

但像是抢着吃才香。

怪事,怎么没有看到猴王?再说大群的猴子是由小家族组成的,小家族中有族长,也有猴王。它有先进食的特权。但在这片莓林,猴子倒全是蜂拥而上。可能是食物丰富时,就不讲究这一套了吧!

又发现了怪事:有十七八只公猴——都是年轻力壮的——聚在一起,平时它们多散落在各个家族中。看多了,就感到它们经常互相望一眼,那眼神中藏着诡秘。

还有两只互相捋毛,叽叽咕咕,像是在密谋着什么。

左边的那只,两边嘴角长着圆圆的肉瘤,鼓胀得发亮。脸也特别蓝,蓝得有些翠,像是水灵灵的。

右边那只的左耳朵缺了一块,蓝色的面孔有些发青,显得阴沉……

仔细观察之后,我感到今天的猴群不寻常,心里咯噔了一下,在这盛宴、欢乐之中,好像正在酝酿一件大事。我也就多留了个心眼。

金丝猴们大多回到了树上。只有几只仔猴和它们的妈妈还留在莓林里,有一搭没一搭地边采食着莓子,边你挠一下我的头,我扯一下你的尾巴。

不久,林子里响起了一片安逸的"呜——咿"声。它们吃饱了,正享受着秋天暖洋洋的太阳、成熟果子散发出的馨香。

那只大角瘤和小耳朵却鬼鬼祟祟地行动了,它们正从不同的方向逐渐往一棵云杉——不,是一棵红豆杉处接近。

那棵红豆杉上栖息着七八只金丝猴——一眼就能看出是一个家族。金丝猴就是这样,结大群活动,但保持小家族的独立性。在迁移中看不清,在休息或过夜时就明显了。

酋长坐在树丫处,背靠主干,四肢舒舒服服地摊开。三只成年的母猴在它左右,还有两只仔猴在它上方的横枝上。亚成体的猴子在稍下一点儿的横枝上。这个家族和其他家族一样,休闲时宁静、平和。

只是靠在酋长左边的那只年轻的母猴特别漂亮,金色的冠毛泛着闪闪的红色,点缀着一抹黑毛,像一顶华丽的帽饰;深陷的眼窝,像是蓝色的大眼圈,两只眼睛水汪汪的;眼睫毛上方,淡黄色的睫晕,映得像蒙了层雾气。

它是酋长最喜欢的妻妾。我最少看到两次,它从酋长的嘴边抢走了紫莓。

难道它们是冲它去的? 眼下正是金丝猴的繁殖期哩!

听胡老师说过,灵长类的动物是人类的近亲,母猴每月有经期,只不过不太明显。平时也交配,但9月至11月是繁殖盛期。今天要上演一出争偶的大戏……

正在猜测中,大角瘤已潜行到距它只有四五米处,两眼闪着异样的光芒,紧紧地盯着它。

它只顾为酋长捋毛,酋长舒坦得微微闭起了眼睛。

大角瘤没有气馁,弹起了一根树枝。

它终于侧过头来,瞬间又转过头去,专心为酋长捋毛。

大角瘤又弹起树枝,它侧过脸来,抛了个媚眼。

大角瘤浑身一颤,用满脸丰富的表情,频频向它示意。它却只是偶尔抛来一个媚眼。

大角瘤按捺不住了,居然一挺身站了起来,树枝也嗖的一声响……

酋长猛然睁开了眼,一看是年轻力壮的大角瘤,立即龇牙咧嘴,露出两只尖利的犬齿,喉头发出了低沉的吼声。

如果这时大角瘤离去,或者低下头来,那也就算了,但是它也怒目相视……

酋长一斜身子,已闪电般扑向了大角瘤。

大角瘤奋勇迎了上去,两个家伙就打了起来。

它俩一开头就都使出了撒手锏,连连向对方的要害攻击。

只几个回合,大角瘤的脸上已被抓开一道血口,鲜血立即映得翠蓝的面孔成了花脸。可它根本没有逃窜,瞅准机会一下揪住了酋长背上的长毛。

酋长一扭粗壮的腰,左手抓住大角瘤的肩往下一按,只听树枝咔嚓一声——断了。

两个家伙就像秤砣一样掉了下去,眼看就要砸到地下……

就在这时,小耳朵已到了漂亮的母猴身边,正伸出手去要将它掳走。

酋长在空中猛然一拧身子,挣脱了大角瘤的纠缠,就势飞出,用脚一点树干,往上一蹿,张开血盆大口,扑向了小耳朵。

小耳朵真是个孬种,酋长距它还有四五米远哩,就抱头鼠窜了。那只耳朵肯定是被别的猴子撕下了一块！它可不是偷鸡摸狗的生手。

大角瘤也不是个凡角，还未落地就往斜里一跃，右手抓住了树枝——对了，金丝猴的前腿比后腿长，虽然不像长臂猿那样，这是为了适应在树上生活进化的结果——异常敏捷地悠到了对面的树上，愣子也未打，又向正在追击小耳朵的酋长扑来。

酋长只得再对付大角瘤。它像是吃了亏，有些小心，只要不利于攻击就向后退。两只猴子一直打到树冠上。

浓浓的树冠遮住了视线，我只能看到这棵那棵的树冠往下一压，然后往上一弹——我曾见过它们在树上玩，就像杂技演员跳蹦床一样。玩得开心时，还能翻跟斗哩！特别是能展着身子跃起，简直像是飞一样。杂技演员就不行了……

等到酋长和大角瘤打到树冠时，小耳朵又从树冠上层跃出，目标还是那只漂亮的母猴。

金丝猴很少玩这样的游戏，森林是它们的庇护所，离开了森林，就容易受到天敌的攻击。难道大角瘤有意将酋长引开，这是阴谋的一部分？

最让人看不惯的，是那只漂亮的母猴。它竟若无其事地斜靠在树干上，还顺手扯了几把挂在树上的松萝吃，就像闲得无事在嗑瓜子。

酋长赶快又去攻击小耳朵。大角瘤乘机在它背上咬了一口。酋长疼得一哆嗦，反身狠狠地给了大角瘤一拳，接着又是一爪。

不知是那拳太重，还是要躲闪利爪，大角瘤就从树枝上掉了下去。金丝猴的指甲又长又锋利，真是老天爷给它的好武器。

大角瘤又在空中跃起来，直往树梢上蹿，再飞身直下，伸直双爪，像是两把利剑，直刺酋长面门，更像一颗肉身炮弹，大有不是你死就是我亡的架势。

酋长绝没有想到对手用了这一毒招——以命相搏，两败俱伤。它只迟疑了秒把钟，就是这秒把钟，已被撞得人仰马翻，重重地跌到了地下……

我心里一惊,这恐怕不单是争偶——为那只漂亮的母猴争风吃醋——大概是要抢夺酋长的王位了。酋长的特权不仅是得到这一只母猴,若是夺得了王位,三只母猴都是它的了。

我也观察到金丝猴争偶,一般说来,外来的猴子总是有些心虚,只几个回合就逃走了。不逃走的话,只要把头低下抵胸,酋长也就大度地放过了。即使打起来,也没有这样厉害,更没看到过下这样的毒手。

酋长不是世袭的,全凭武力和智慧,它享有交配权,享有先进食的特权,但也有保护猴群的义务。

争偶是动物为了保护种群的强大,所采取的优胜劣汰的办法,对动物们来说是天经地义的法则。

仔猴长大后,会离开家族,会和一些同伴结群。胡老师说过,当它们觉得自己有了足够的力量时,生命本能的冲动,使它们去别的家族争夺交配权,更要争夺酋长的王位……

果然,大角瘤没有放过酋长。酋长从地上一翻身张口就咬,毫无逃跑的意思。两只猴就在地面上撕咬到一起,一会儿脱离接触,一会儿你追我赶……

看样子大角瘤今天确实有意把争偶、夺权作为一件事来办。

小耳朵已和漂亮的母猴坐到一起,还在为它捋毛,母猴低眉顺眼的……

我正看得津津有味,就在结果快要出来时,突然,林子里响起了尖锐的"呷履行——呷!"。

哨猴发出的惊叫声,真像警报器一样,森林里立时有了悄悄而又快速的响动声。猴子们转移到树冠密的枝上。

仔猴立即偎到妈妈的身边。母猴紧紧地抱着孩子。

酋长们纷纷站了起来,用警惕的目光迅速扫视……

正在追击大角瘤的酋长,突然掉转方向,只几个纵跃,已回到它的家族。

小耳朵一见酋长回来,慌张地悻悻而去。大角瘤也迅速向公猴群靠拢。

森林里静得出奇。

是哪个凶猛的敌人来了?它们为什么不跑?

平时,我们跟踪猴群时,只要哨猴发出惊叫,猴王就会立即带领猴群飞驰而去,快得像扯闪,顷刻间就不见踪影了……

天空传来了"嘀——嘀"的哨声,有块阴影从紫莓林上掠过。

啊!是胡秃鹫!肯定是它!

只有它在鼓动翅膀时,才会发出这种哨声。这家伙可是空中霸王,体型大,两羽展开有一两米长,飞行速度极快,目光特别敏锐。

它来干什么?

紫莓林是林间灌木林,四边被森林环绕,像是敞开的大窗口,露出一块蓝天。这也就是我看不到大鸟,只能从声音上去猜测的原因。

是例行的巡逻,还是另有所图?

又有笛声响起,接着是两三块阴影掠过紫莓丛。这家伙可是无利不起早的角色,平时专在天空巡视,最喜动物的腐尸,科学家称它为"清道夫"。但它也不是不喜欢新鲜的肉食。

我心里涌起一股莫名的紧张,哪还有看热闹的闲情?赶紧转移了一个位置,能更好地观察天空。

是的,确实是胡秃鹫!头上光秃秃的,脖子上光光的,一根毛也不长。你看,下颊还长有胡子,也只有它才长有胡子。

还在我是孩子时,爷爷就教我认识这种长胡子的鸟,说是它们在哪里盘旋,那下面一定有事。那胡子还迎风飘动哩!

常说的坐山雕就是它。

不得了,怎么一下集中了这么多的胡秃鹫?它们平时都是单个地在天空巡视,只有发现了食物,还是特殊情况,才发出信号,召集同伴,集体聚餐或行猎。胡老师说过,它们主要是用飞行动作传递情报。

猴子们,还不跑吗?

它们却藏得更严实。

"不说了,不说了,我都口干舌燥了!"小曲煞住话头,突然叫了起来。

我和李老师赶快给他们泡茶。正巧篝火里也不断冒出香气。

李老师用树棍从火灰里一掏,一个烤熟的土豆冒出来了。

没一会儿,品着茶,吃着土豆,我们又都催起小曲往下讲。

转而一想,我倒是个十足的笨蛋。猴头们比我聪明,跑得再快,能快得过天上飞的? 森林才是最好的防空洞哩!

我正在庆幸猴头的聪明,就见两只胡秃鹫一展翅,头一低,立即向紫莓林俯冲下来。笛声刚在耳边响起,它们就到了紫莓林。

金丝猴们都躲在林子的大树上,秃鹫只好迅速转弯,再爬高,飞走了。

我为金丝猴们高兴……

可是,又有三只胡秃鹫带着笛声俯冲而下,几乎是擦着紫莓林才转弯。

怪事,它们只略略爬高,竟然在紫莓林的上空盘旋起来。三个家伙一边厉声狂叫,一边纵横飞掠,有的竟然擦着林缘……

金丝猴们惊恐地畏缩。有只仔猴吓得叫了起来……

有一只爬高飞出了林中的空地。

那两只胡秃鹫仍然盘旋,纵横驰骋。

只一会儿,又来了三只胡秃鹫。

五只胡秃鹫组成了强大的阵营,展开巨大的黑色的翅膀,如飞蝗乱箭一般,在紫莓林的上空、林冠下部这一空间尽情地飞掠。

猴群中不断有仔猴的叫声。母猴们把孩子抱得更紧。

所有公猴都瞪着惊恐的大眼。

胡秃鹫们耀武扬威地上下翻飞、纵横驰掠,肯定把它们都转晕了。

可是,它们没有动。猴王没有发出任何命令。

我看这些家伙对猴子们无可奈何,只好虚张声势。

猴头们,千万别动!胡秃鹫只有在飞行中才能施展攻击,才能生龙活虎,稠密的树枝树叶就是最好的屏障。

我紧张得大气也不敢出。我是保护区的巡护员啊!金丝猴是我们的主要保护对象,可是,我即使有枪,也不能射击。胡秃鹫是国家一级保护动物!

不好,一只胡秃鹫突然向林子里钻去。我还未反应过来,猴子们已经哇哇叫起。

胡秃鹫一收翅,竟然落到了树上。

几只大公猴哗啦一声就蹿到了胡秃鹫的跟前,有的摇枝,有的呐喊,有的龇牙咧嘴大声恐吓……

胡秃鹫不理不睬,只是调整了一下身子,站得更舒服一点儿……

金丝猴也不是好惹的,大角瘤——不错,就是它,一个腾跳,跃到胡秃鹫前,伸开长臂就去抓……

说时迟,那时快,只见一道黑影闪过,另一只胡秃鹫已闪电般地射了过来。站在树枝上的那只也陡然展开翅膀,举起带钩的爪子。

大角瘤强扭身子,才闪开。

另两只胡秃鹫也飞来了……

眼看就要陷入混战,我悬着的心才落了下来。在树林里,胡秃鹫绝对占不了便宜,猴子们却如鱼得水。

又有两只胡秃鹫飞来。

它们全都展开巨大的翅膀,鼓足了力量,向林缘的树木劈去,那股气势大有斩树伐木的劲头,卷起呼啸的狂风,击得树叶如惊涛骇浪,直奔猴群……

猴王惊叫。

炸群了,如刮起平地风,一眨眼的工夫,金丝猴们在树上飞挪腾跃,逃得无影无踪,只留下了树叶哗啦声,枝条飞舞……

几只胡兀鹫迅速追随着猴群逃离的方向,飞出了林子。

按理,我该二十四个放心,可隐隐感到有些不安。

这几只胡兀鹫蠢到自己往刺棵里钻……

森林上空突然传来了猴叫、雕鸣……激烈、愤怒、惊恐。

大事不好!我慌得像兔子蹿了出去。

猴叫、雕鸣声不绝。

偶尔还能见到胡兀鹫飞掠的身影。

等到我跑到林缘,找到一处稍高的地方时,看到八九只胡兀鹫摆开了阵势,最少分成了三个层次。

下层的穿梭于树林稀疏处,一边尖厉地叫着,一边卷起劲风,枝摇叶晃,奋力将金丝猴赶往树冠。

贴着树冠的,各有自己的区域。连我这样笨的人也看清了,它们是不让猴子结群,也可说是要将猴群冲散。

高空的负责统揽全局、指挥。

它们的战略战术奏效了。

两只胡兀鹫摇了摇翅膀,就围起了一个七零八落的小群。金丝猴躲不住,跑不了,有的干脆抱着头待在树上,吓得浑身发抖……

一只胡兀鹫猛然一斜翅膀,擦着树枝,做了个优雅的回旋,伸出巨爪从仔猴的背后将它抓起,升高。

那仔猴一声也未叫出,只有长尾巴像根绳子拖下……

说时迟,那时快,三四米外一只金丝猴骤然跃起,伸出长臂,两手如卓戈,射向鹫——嘴角的大肉瘤闪着红光——疾如闪电,抓住了它的翅膀。

胡秃鹫万万没有料到这一突如其来的袭击,被袭的又是要害。失去了动力,它只能拼命挣扎——成年雄性金丝猴的体重可达20多千克——但怎么也鼓动不起飞行器,只有往下坠落的份儿……

惊慌失措中,胡秃鹫丢下了仔猴。

金丝猴眼见仔猴已掉到树上,立即松开双手,四肢乱舞着,降落到树上……

天空飘零着胡秃鹫的羽毛。

不知是受了伤,还是被惊吓的,那只胡秃鹫如醉汉一般,摇摇晃晃飞走了。

整个胡秃鹫群也沮丧地飞离了。

因为那只英勇的金丝猴的行动实在太猛、太迅速,犹如电光石火,胡秃鹫们还来不及反应,一切就已结束。

我敢肯定,那只英勇无畏的金丝猴,就是刚才争夺王位的大角瘤!不仅是那闪着红光的瘤子,还有它矫健的身手,特别是脸上的伤口……

森林一片沉寂,没有了金丝猴的身影,没有了雕鸣……

我抑制不住为金丝猴鼓起掌,热烈响亮。

当然也为那只雄猴担心,不知它是不是摔伤了?伤得有多重?

我一边走着,一边前思后想。我的心情是那样愉快。

我明白了:肯定是大角瘤和酋长在树冠上打斗,让巡山的胡秃鹫发现了目标。

那几只胡秃鹫飞到紫莓林,不是往刺棵里钻,是为了将猴子们驱赶出来,是种策略。而其他的胡秃鹫在树冠上空布阵,等待着机会——金丝猴犯了错误。

狼在追赶黄羊时,也是用这个办法,先打乱它们的阵营,将大群分割成小群,再在追击中等待羊们犯错误……

对手的错误,就是自己的机会。

只要拼命,弱者也能打败强者。

我懊恼反应太迟钝、太笨,否则,总能想点儿办法帮帮金丝猴的……

魔影跟踪,遭遇蓝马鸡、大熊猫

一夜睡得不太安稳。这都是小曲的故事闹的。

藏马鸡叫声刚起,我已一挺身下了床,刚从里间走出,就见小曲顶着满头水珠进来:"猴群不在了!"

大家一愣。按常理,金丝猴在这时是不会迁动的,深夜中又发生了什么事?

大家面面相觑,谁也没有说一句话。静了好一会儿,小唐才问:"看清了?"

"清清楚楚。昨天晚上我就觉得有点儿怪,天未亮就上去了。"

我们立即出去,向后山上爬。

没有听到一声猴叫。按理,现在正是它们最为活跃的时候,多远就能听到它们的嬉戏和对早晨的赞美。我的心情更是忐忑不安。

终于到了猴群昨夜的栖息地,从地上散落的粪便,大致估摸了范围。断枝很少,破碎的树叶也只偶尔见到。反复找了几遍,也没见到伤残的猴子……

回到保护站,小唐的神情有些凝重。我感到自然保护工作者肩上的分量,保证金丝猴的安全是他们的职责。

吃早饭时——早餐对巡护员来说很重要,饭后就要潜进大山,直到傍晚才能回来,一般说来都不带中餐的干粮,若是碰到特殊情况,直到深夜才能回来——小唐重新调整了巡护员的路线。

临出发时,小唐一再劝我们留在站里,说是要搞清猴群反常地悄悄地离开这里的前因后果,今天肯定很辛苦。

我明白了,事态确实严重,他们是担心我们两个60多岁的人影响他们工作的进度。我只好向李老师使了个眼色,就不再争了。

等他们走后半个多小时,我和李老师也出发了。这当然是依仗着多年在山野的经验。

我在川西参加大熊猫考察有数年之久,虽说白河自然保护区是第一次来,但它们同属一个地理单元。

再说,目前的情况,令我们在保护站也坐不住。更何况,在没有向导的情况下,常有意外的收获。

临行时,我还是按规矩告诉了烧饭兼留守的吴大爷,说是在附近随便走走,要是小唐先回来了,可以沿着我们留下的路标找我们。

出了保护站,我就向后山上爬。

"还去金丝猴夜宿的地方?"

"对头!"我学着小唐的川腔川调,希望把气氛调节得轻松一些。虽然李老师跟我在野外多年,但现在毕竟没有向导。

"你是发现了什么?"

"没有。只是觉得有些怪。"

到了金丝猴的夜宿处了。我仔细地检查了周围,还找到一处猴粪相对集中的地方,仔细察看了树,乐了:"红豆杉!胸径最少有1米,能称'树王'了。"

这棵红豆杉非常高大。她往后退了几步,赶快为这棵大树拍照。按了快门之后,她指着树上说:"在那个横枝的疤痕处,树皮像被剥了……"

我仔仔细细审视了半天,确有一块树皮像是没有了。

红豆杉的珍贵,她是知道的。我们在云南,曾看到过不少被剥了树皮枯死的红豆杉。因为红豆杉树皮中含有紫杉醇,是治疗某些癌症的特效药,比黄金还贵。境外的一些不法商人用巨大的利益,利诱境内的不法分子大量偷剥树皮,使得红豆杉尤为珍贵,亟待保护。

"可能是猴子们干的。要是偷剥树皮,只会从下部开始,不会到那上面去,又只剥那么一小块。"

"猴子干吗要剥树皮吃?"

"动物是医生,它们也会采药治病。"

"扯远了。疤痕旁边,就是那个树丫,好像有东西哩!"

这倒说得我一激灵。是的,树丫上确实像是有个物体。是豹子所为?它们喜欢将吃剩的猎物藏在树丫上,饥饿时再来取。

李老师赶快隐蔽。

红豆杉高大,有近30米高,树冠浓密,树叶与水杉叶相似。

从哪个方向都看不清树丫处的那个东西是什么,好像还泡咕囊囊的。猜来猜去也没有结果。

是撤回,还是继续向前?若真的有豹子在附近,还是避让较好。

思前想后,只有搞清那是什么才是上策。我捡了块石头就向它砸去,连击两次未中,气得我捡了块大石,使出浑身力气砸去。

哈哈,正中树干!

从树洞中哧溜一声蹿出一只小兽——

不是松鼠。它深青色的身子只在树上一闪,带翻了树丫处那团东西,更惊慌失措地连连纵跳……

天空中飘着一块布状物,深色的……

居然还有一张似是人民币百元票子在飘荡……

我们一定是惊得呆若木鸡,直等到那飘浮物快落地时,才慌里慌张地追去。

是一块被撕扯过的尼龙布!

是一张红色的百元大钞!

嗨!尼龙布是我小摄影包里的隔层布。一点儿不错,深蓝色的,还带有一小段拉链。我们的一千元就装在那个夹层中。

这真是变幻莫测了!

我们昨天遗失的包怎么竟然出现在这棵树上?

那个神偷究竟是谁?它干吗要取走那个小包?

那小兽虽然只是闪电般地出现,又闪电般地消失,可我已认出了它,是青鼬,金黄的喉部很显眼,又叫"黄喉貂"!

在食肉动物中,它可是个厉害的角色。别看它只有黄鼠狼大小,却敢跟黑熊、野猪、豹子打架。

它还有个名字叫"蜜狗",因为它和黑熊一样,特别喜爱甜食,四处掏蜜。

难道是它偷袭了猴群?它和野猪、黑熊作战时勇猛异常,当然,它主要是靠机智灵活和一套特殊的战术——跳到对手的背上,紧紧抓住,然后用锋利的牙齿啃咬、钻洞……对手疼痛难忍,狂跳疾奔……

可它干吗要取走小摄影包呢?从来没听说它有收藏除了食物之外的其他各种玩意儿的嗜好。

那边距这里最少有一二十千米的路程!

还有一个可能,那就是金丝猴。因为它们昨晚在这里栖息过。

是金丝猴?不可能。昨天它们一直在我们的视线中,我们又盯得那么紧,而且还有那么远的距离!

它怎么可能拿着或背着包,跑那么多的路?

昨夜是谁惊走了猴群?

是青鼬?虽然它在树上行动的本领也很高超,但与金丝猴相比,还是逊色很多。再说,它绝没有吞下一只猴子的肚量,我们也没发现血迹或猴子的遗骸!

我和李老师争论着,争来争去也争不出一个结果……

猛然,我心里有个火花一闪:猴群昨晚为什么到这里投宿?虽然小唐说它们也曾来此地,但小曲的话再次在耳边响起……只是偶尔,为何偏偏是我们来后?

难道我们被跟踪了?

李老师一连串的问题使我无法招架,看来她心里很不安稳。

顾虑李老师担惊受怕,我未将那火花一闪的思绪告诉她,只是说着失而复得的一百元,寻开心。

循着金丝猴留在地面上的粪便,我们慢慢向山上走去。没有路,只好隔一段就留一个路标,不厌其烦。这是在森林中行路最基本的守则。

走着走着,就没有目标了。找不到猴粪了,山体也没有了明显的特征物,不知该往哪边走。

天也开始晴朗起来,阳光洒进了林子,这里那里都闪着星星点点的光。山体更加陡峭……

我正驻足审视山野,寻找路径,突然感到侧背有异样声音,连忙转过身去查看,但林子里静悄悄的……

不,确实有种异样声。不是风声,不是地上昆虫的蹦跳声……似是一种蹑手蹑脚、偷偷摸摸声。声源来自树冠上,虽然非常轻微。

几十年的野外生活,使我一进入山野,每个细胞都灵敏极了。刚才我甚至感到有种眼神扫到我的背上,激得我全身一凛……

是的,我终于发现右后方树冠上,有朵正在消失的树花——枝叶晃悠——这证实了我的感觉。

肯定是种动物!是谁在狩猎?

难道我们被黑熊或豹子当作了狩猎的对象?否则干吗这样鬼鬼祟祟地跟踪?

我心里一紧,汗毛都竖起了。若是只有我一个人,倒是非常想看看这些久违的朋友,即使是遭到了攻击,相信也能与其周旋。但现在有李老师,我还要担负保护她的职责……

"发现了什么?"

我耸了耸肩,故作轻松,算是对她的回答。过了一会儿,我才装作漫不经心地说:"我们往那边去吧!"

我指了指那片树花消失的林子。

决定是迅速的,与其被跟踪,不如去直面它,那样危险要小得多。这就是所谓变被动为主动。

不是可以撤回吗?退回去的路程也很长,危险性并不比继续行程小。再说碰到这样有惊有险的事,千载难逢呀!但我心里还是思虑着种种准备……

那片林子在山谷的对面。谷沿很陡,徘徊了好一会儿都未找到下去的路。我们又都背着沉重的摄影包。

最后只好在一稍缓处,我先下去,一截截地接包,再接李老师。

下去后,才发现是个沟尾,因为有了较缓的扇形冲积地。灌木、箭竹特别茂密,云杉和乔木星星点点,一条山溪若隐若现地在丛林中穿过……

在沟里刚走几步,扑棱棱一声,一只大鸟突然迎面飞起。

我们慌得手忙脚乱,又要护脸又想抓。只见它蓝色的身子,长长的尾羽闪了几闪,就一低头,又钻进了灌木丛中……

"哈哈哈!"李老师欢畅地笑起来。

是的,我的形象一定非常可笑,如木桩一样站着,手里举着紧紧地攥着的几根鸡毛——

是蓝马鸡,绝对错不了!连那通红的脸膛都看得清清楚楚。

只有这个顾头不顾尾的家伙才会不到身前不挪窝。一只有四五斤重哩!所以它飞不远也飞不高,受惊吓也只飞一小段就落下,依仗一双强健的腿,可飞快地在灌木丛中奔走。

没等李老师乐够,我就有了新发现。真的,在它飞起的地方,在灌木丛严密遮挡、紧贴着树根的地方,有浅浅的、像是碟子一样的窝。

窝中躺着五六只泛着青色光亮的蛋……

"不能动!"我眼疾手快地拉住了正往窝里伸的李老师的手,"只要沾了别的气味,它可能就不再孵了。要拍照片就赶快。马上离开,蛋凉了会影响小生命哩!"

"算了吧!照片也不拍了。万一影响了它孵化,这个责任可负不起。"

两人像是偷儿似的,只是多看了两眼窝中的蛋,就急匆匆地向沟下走去。李老师还不时回头看看,念叨着:"快回去吧,我们不是有意的。"

走了很长一段路,李老师才说:"歇一会儿吧,腿都发软了。"是的,这一路经历的事情可真不少!

风徐徐地吹着。天上的云灰灰的,时时涌去遮住阳光。

鸟在林子里时而叽叽喳喳,时而激越嘹亮地叫着。

突遇蓝马鸡的兴奋过后,一路所遇的诡异又泛了起来,我总感到有个魔影一直在窥视着,也就格外谨慎地观察着一切……

没一会儿,汗湿的内衣就有了凉意……我正要招呼李老师走,发现她两眼盯着箭竹丛。

我的心一下悬了起来,正想问,她已向那边走去。

我也发现了,喜悦的浪潮汹涌,但理智诫我警惕。我连忙向附近搜寻,不一会儿就发现了几坨粪便。是的,纺锤形,有四五坨哩。我悬着的心这才放下。

"来看这边……"

李老师停在箭竹林中,正打量着一个形似洞的地方,是用箭竹编成的——不,是个穹隆形,好像有部隧道掘进机开了进去。刚才,就是它一下勾起了我20多年前的记忆、生活的片断。

"你先来看这边……"我审视、确定之后,才招呼李老师。

"发现了什么宝贝?粪团。谁的?是豹子还是黑熊的?"

"你仔细看看,粪中是什么?"

"竹节,没消化完的竹节,长度都差不多……不可能是食肉动物……难道是大熊猫留下的?"

"对头,对头!还有谁的牙齿能像铡刀一样,将竹子一截一截铡断吃掉?"我尽量学着川腔川调。

"箭竹中的洞也是它走出来的?"

"更对头了!我们1981年在卧龙高山营地和胡教授一道考察大熊猫时,他就说大熊猫在密密的箭竹林中行走,就是一部隧道掘进机。我们都还钻过哩!"

"对头,对头!你还写过哩!真难得。怎么样?去追踪吧!在野外能看到大熊猫,是亿万富翁也难做到的事!"

她一脸的兴奋,跃跃欲试的劲头很感人。

"它离开这里最少有四五天了。你看,粪团的颜色都泛白了。"

"跟着它留下的粪便——你不是说过,大熊猫吃得多,拉得也多——去追踪,不行吗?"

我摇了摇头,因为我深知在山野里追踪大熊猫的艰难,看到粪便容易,看到活体太难。由于滥伐森林,它的栖息地愈来愈小,为了生存,它必须更加严密地隐蔽……

看着李老师满脸的失望,我只好说:"当一次熊猫还是可以的。"

随即,我就为信口说了这句话后悔,那个魔影立即浮上心头。谁知大熊猫几天前走过的穹隆中现在隐藏了什么?

但李老师已利索地卸下了摄影包,像个老顽童,弯腰躬身钻进去了。

但我多了个心眼,将摄影包捡起背上,以免再生意外。这样,我这个一米八一的大汉就太委屈了。没一会儿,我只得干脆趴到地下。她却时时响起清脆的笑声,不多久,也手脚落地……

前面亮了,大概也就七八米吧,箭竹稀了,我们终于可以直起身子……

"难怪大熊猫那么惹人爱了!憨憨的,又顽皮,好好的路不走,别出心裁地钻洞……"

"大熊猫不仅天生会翻跟头,喜欢一切圆的东西,还爱钻竹笼。钻竹笼可能是让竹竿、竹枝给它挠痒痒,又擦亮了毛。人们不是也经常给皮夹克上油、擦亮吗?"

她笑得更欢,将手伸到我面前,是两根大熊猫的毛。她说是从一个竹茬子上摘下来的。

随即,她惊慌地叫了一声:"我的包呢?"

我指了指肩上。她连忙从我肩上拿去摄影包,取出笔记本,将它们夹好,收藏。

"你干吗背着包爬进去?不累?真笨!"好像直到这时她才发现我的狼狈,但只是愣了一会儿,才似有所悟,"是怕包又被偷?你也太……"话未说完,像是有片阴云掠过她的脸上。

正在收拾相机时,李老师突然碰了碰我,示意我注意听:

两只画眉像比赛似的叫着,嘹亮的歌声溢满了山谷。有一只粗喉咙的鸟,慢节奏地和着……隐约有布谷鸟的鸣唱……是的,是布谷鸟的鸣叫……

为了听得真切,我爬到了沟岸上。

是的,是的,是布谷鸟的叫声!是从左侧的山崖上传来的。

肯定是小唐发现了猴群。若是寻找我们,那声音应该是从保护站方向发出的。

"我们赶快往那边去!"李老师催促着。

我沉思了片刻,说:"不,往对面的林子去吧!"

她在我脸上审视了一会儿:"你肯定有事瞒着我!怎么往回走?究竟发现了什么?"

"怎么可能呢?小唐那边太远了,我有点儿累。还是边走边看吧,若是运气好,说不定金丝猴会来找我们哩!"

显然,她并不信服我的解释。但多年共同探险的经历使她深知,即使有什么怪异,我现在也不会说的,她只好打着哈哈:"嫁鸡随鸡,嫁狗随狗吧。"她的眼神中多了层疑虑、警惕。

我们终于走到了那片浮出树花的林子。从林相看,基本上和昨天金丝猴所待的相似,只是林缘处多了一些红桦。我往林子里走去。

李老师一定是看到了我专注搜寻的眼神:"到底发现了什么?"

"考察考察,不考不察能发现什么?"

这片林子的原生态保存得较好。林下植物繁茂,根本没有路,到处是倒木,胸径多在八九十厘米,二三十米长。从倒木上附生的苔藓、蕨类的多少等情况,很容易区分出时间的先后长短。在倒木旁的新生幼苗、幼树,更是报告了森林自然演变的过程。

但横七竖八的倒木,犹如古代战争中设防的拒马,使我们的行进异常困难。跨不过去时还得爬,有时还得从凌空的树干下钻。地上湿漉漉的,溪流、水凼遍布……

各种粪便、足迹,显示了森林里的居民来来往往的信息,水鹿、灵猫、麂子、金猫、林麝……都在忙着自己的营生。但没有人的痕迹,保护区的巡护员们大约也未来过。

呼吸醉人的芬芳,全身舒泰极了,似乎已忘了一切,只是享受着大自然的赐予……

突然,身后的李老师扯了下我的衣服。我回过头来,她使了个眼神,指着左前方七八米处——

那里的一棵小灌木上有些异样,上面挂着粉红色的东西。是一片树叶?不,像是一张纸。

纸是文明的象征,是老祖宗的四大发明之一,在城市里,它已与我们的生活密不可分。但在这片原始、蛮荒的深林中,它的出现就很奇异了。

我将李老师的肩头一按:"在这棵树后等着,我去看看。"

她却一拧身子,大步向前蹿去……

我们都惊呆了——

是张人民币,百元大钞!只是已被揉搓得不成形,还有撕扯出的裂口……

惊得我脑中一片空白。

是李老师的行动把我惊醒了。她大跨两步,从另一处的草丛中捡起了东西,是张百元大钞的一角。

是谁把钱如此不当钱?

是谁?是谁?

李老师还在寻找,拨拉开草丛、小灌木……

青鼬闪电般的身影、红豆杉上飘落的人民币……在我脑子里浮起。

难道这也是我们小摄影包中的路费?

这怎么可能呢?

绝对不可能!

然而,李老师将一个小纸片递到我的手上,是牛皮纸信封的一角——

错不了,是装钱的。我记得清清楚楚,是我亲手将一千元装进信封,放在小摄影包的夹层中。

绝对是我们的钱!

我的脑子里塞满一大堆乱麻,李老师的神情惊异而复杂:

"两地的距离最少有20多千米,再大的风,也不可能越过林子把它吹到这里!"

"风能把钱揉搓成这样,还撕碎?造币纸是特种纸!"

"是人,是神,是鬼……拿走我们的钱,一夜之间又跑到这里撒了?"

"好像是有意用钱来引诱我们,有么子阴谋诡计?"

是的,我们很可能是被谁跟踪上了。

这片林子就是浮出树花的地方。是谁藏头隐尾地来到了这里?它证实了有种眼神刺在我背上的感觉是存在的。

可是,两个普普通通的热爱大自然的60多岁的老人,有什么值得这样费心思的?

谋财?对方根本不把钱当回事,并不珍惜它的价值。就像一个孩子对待钱币,只是当作可以玩的玩具……

"金丝猴!"

我们俩同时惊呼,把自己也吓了一跳!

只有它才有可能这样做。只有这位朋友昨天和我们照过面,傍晚又来过这里。

只有人类近亲灵长类动物才有灵巧使用手的本领!黑熊没有,豹子没有,食草类动物更没有!

猴子是调皮捣蛋出了名的,但是什么使它偷——它没有偷的概念,只有拿的概念——摄影包?拿了就拿了呗,干吗还要追踪?是什么吸引了它?

虽然为了在野外好识别,我们的工作服颜色鲜艳一点儿,但李老师也只穿了件红色的风衣,我也只是一件深黄的夹克衫。这些颜色是它们在山林中惯见的……

那年在贵州沿河土家族自治县考察黑叶猴的经历突然浮现——

黑叶猴生活在麻阳河峡谷中,也是营小家族生活,非常隐蔽,根本找不到。急得小吴只好采取"敲山震虎"的办法,大喊大叫。

酋长果然从树冠中冒出了,但特别机警,总是站在大树梢上监视着我们的一举一动,只要我们一靠近,它就立即带领猴群迅速离开。

最后,我们一部分人吸引它的注意力,采取"声东击西"的办法,我却悄悄地潜入了森林。正在窥视它们的日常生活时,偶然的事故,还是让酋长发现并迅速率领猴群转移了。

之后我们在它们的必经之路等候它们返回家园时,它们却利用"明修栈道,暗度陈仓"的计谋,巧妙地躲过了我们……

金丝猴们为什么会采取"声东击西"的计谋,取走了我的摄影包呢?

我想起昨天发现小摄影包失踪前后的各种细节,是的,是下方的异常动静吸引了我们往那边赶去……

想来想去,排除了各种可能,留下了精彩,我心里乐了。

"走,回到林外!"

"你也神神秘秘了! 不能再往前走走?说不准猴群就在前面等着哩!"

"在这样深的林子里,就凭我们俩,能走多远?"

"回去?"

我指了指身旁的一棵树。在齐胸处有个树洞,树洞的旁边,布满了深深的横一道竖一道的爪痕,显得很狰狞!

"是黑熊来掏蜜留下的?"

"还能是谁?看那边地被翻成那样,痕迹新鲜,最多只隔一两天,是野猪来找食的。"

见我的话已产生了效果,我赶紧又说了一句:"我有妙计!"

李老师的神色,果然有了我期望的变化。

五彩猴树、猴王升堂

到达林外,我说还是"修理"一下自己吧。

两人首先是脱下鞋子,将浸进去的水倒掉。解鞋带时可费劲了,各种有刺的小果子,死皮赖脸地纠缠在带子上,要想把它们取下来,狠不得,轻不得。它们的母亲就是用这种劲头,不屈不挠地让后代搭乘到动物们的身上,带到别处萌芽、生根、发展……

等到把身上的各种"乘客"都清理得差不多了,我就一心一意地吸着烟,看风景了。

现在,我很从容,不再躲躲闪闪、慌里慌张……希望这一切都能够如山野中神秘的信息网络摄入、传输……山野的所有居民,都有自己的信息网络——那是人类尚不清楚的——否则它们怎么生存?

鸟儿们也凑趣,快活地唱着,潇洒地飞来飞去……

等到汗湿的内衣又冰凉地贴到背上时,左上方又传来了隐隐约约的布谷声,距离有两三千米。李老师说:"小唐在呼唤我们。这家伙真神,算定我们已休息好了。"

我站起来了:"我们往那边去!"

是右前下方10点钟的方向。

"这不是和小唐背道而驰吗?"

"一点儿不错!"

"你葫芦里装的啥?"

"天机不可泄露。你跟着好了,很可能有好戏看。"

"有把握?"

"不试试怎么知道?"

几天来的经历、一路的奇遇,已在我心里形成了奇妙的情节,这个故事,笼罩在神秘中。恐怖、刺激,使我童心萌动,顽皮劲儿在血液中鼓涌……

多年的野外探险生活,使我常常不顾向导,特别是熟练向导的指引。他们往往已形成一定的程式,就像经验丰富的导游一样,那只能看到常人看的东西。往往是只有离开他们的"向导",才有可能得到意外的收获。

其实,我说要去的那片林子,是刚才仔仔细细巡视这片山野后选定的。那个山头上有棵特别高大的针叶树——很可能是铁杉——它是标志物。在山林里行走,千万要确定标志物,否则几个山谷一转,就会晕头转向,迷路。

没多长时间,山形变了。看不到那棵标志性的树,不知该往哪边走。

我爬到一个岩上,但仍看不到那棵树——森林很密。

这里的山形是一垄一垄的,起起伏伏。山垄之间是山谷,山谷中溪水哗哗。

再爬到更高处,依稀望到了那棵树的顶层树冠。若不是在选定它时注意了树冠的特征,肯定会失去目标。森林里真是一步一重天。

路更难走了。费尽了周折,才找到一条可以斜插的路。

骤晴之后的阳光特别灼人。李老师仍是习惯走在前面,我在后面几乎看到了她头上蒸腾的热气。

刚拐过一个山弯,那棵高大的针叶树就矗立在左前方的山岭上,是棵云杉。岭下山谷中浓郁的春色,温馨、美艳得让我立住了脚。

这条山谷与我们行进的方向几乎呈直角。

一条清亮的山溪,不,是花溪,映着两岸火红的、金黄的、雪白的、紫莹莹的野花潺潺流动。

青翠的新叶,从岸边伸向山溪,形成了绝妙的绿茵茵中闪着黄晕的穹隆。

微风拂来,清香扑鼻。

山谷两旁是茂密的针阔混交林,多姿多彩,假稠李、红桦、木姜子的新芽新叶,把山谷渲染得五彩缤纷。

妙在谷底宽只不过20来米,在距谷底二三十米的空中,宽度也只有三四十米。云杉高大,其次是阔叶树、大灌木、小灌木、箭竹,群落层次清楚。

山谷的美艳,超过了我在选定那棵标志树时的想象,其生境比设计的还要完美。

我一溜小跑过去,站在新叶、鲜花丛中,乐得手舞足蹈。

"对,就是这地方!"

"你啥时候来过这里？梦里？"李老师奇怪。

"从没来过。是感觉告诉我的。"

"吹吧,反正这里只有我。"

我一指对面岭上那棵云杉:"我们一路不都是以它为目标吗？这能是吹的吗？"

"瞎蒙的……不过蒙得好,真是太美了!"她已无暇和我斗嘴了。

长期山林经验的积累,使你能根据山形、植被,判断出哪里的生境、风景,以及在这样的生境中可能生活着的野生动物。猎人就是这方面的高手。

"往这边来。我们就坐在这里看风景,看戏。"

我选定了溪边一块光滑的石头,上空架着青藤,藤上开着紫色的花朵,花朵形如小鸟。刚坐下,就感到群集的小鸟在头上熙熙攘攘。

"看戏？你今天怎么了？神神秘秘的,净说些不着边际的话。"

"想象力是创造的源泉,一个人没有丰富的想象力,能成为作家、科学家？"

"行,其实现在大自然上演的,就非常妙。就在这里欣赏春之歌,也值了。"

我心里的期盼却在汹涌地涌动。是的,我期盼着那不可思议的猜想的来临……

可那温暖的、沁香的气息,具有无限的魅力,熏得我躺到了草丛中,闭着眼,听着鸟鸣、水的潺潺流动声……

"布谷！布谷!"

惊得我猛然坐起。

嗨,是李老师正将双手拢在嘴边。

在山野中,她有时也像个小姑娘那样顽皮——这也是我们常常怀念山野、醉心于山野的原因——使你童心萌发、张扬,或许就是苏轼所谓"老夫聊发少年狂"吧……

她又站起来"布谷!布谷!"地叫了几声,还真有点儿布谷鸟的韵味哩!

然而没有任何的回应。

我又躺下了。

"潮气重,还是坐起来吧!"

"管他哩!先享受着再说。"

总是有只蜜蜂在耳边嘤嘤地唱着催眠曲……

正在蒙蒙眬眬之中,一种异样的声响震得我一惊。虽然很轻。

凝神倾听,那异样的声响没有了。

但我相信自己的感觉,感觉到与发现浮出树花时的异样声十分相似。

我清醒了,每个细胞都被激得特别灵敏,但没有起身,只是倾心于搜索声音,眯缝着眼……

李老师依然坐在那里,低眉垂目,无限陶醉。

时间似乎过得很慢。鸟的鸣唱声也失去了节奏,昆虫们好像只是窃窃私语,风也忽停忽起的。诡谲的气氛却更加浓重……

正在我思绪繁杂时,背后山上的林子里有了响动,是我们已有些熟悉的树枝树叶的簌簌声。

我一个鲤鱼打挺站了起来,招呼李老师赶快去取照相机。

就在李老师有些惊奇、茫然,但还是手忙脚乱地支三脚架时,山谷上空已响起了呼呼声——

好家伙!满目色彩、云霞,群集掠过天空,淡棕色的腹部上吊着崽,明亮的双眼斜睨,伸得笔直的四肢,长长的尾巴,蓝宝石般的面孔……有落到谷边再跃的,有攀枝悠落的,有直接飞过小溪的……霎时,真的眼花缭乱!

一切都比我想象、设计的更加美妙!

哈哈!有只大公猴飞到对岸山坡上那棵高大的云杉上,准确地坐到主干中央的树丫上,袒腹露胸,气宇不凡。

看吧,猴子们争先恐后,都向树上飞去、跃去……

瞬间,它们全都簇拥到猴王周围的树丫、横枝上,个个都披着金色的大氅,蓝色的面孔上,黑黑的朝天鼻,一双双大眼滴溜溜地转,只是并不看猴王,而是全都盯着我俩——

两个另类的,端着相机、背着爬山包、伸头缩肩、神情紧张、蓬头垢面的家伙……

先像是行注目礼;

眨眼工夫,就对我们挤鼻子弄眼,有些玩世不恭的味道;

有的舞爪,有的抓耳,做些小动作;

有一个小家伙还跷起二郎腿,像在观赏一出精彩的喜剧……

我敢打赌,这是世界上最难得的五彩猴树——彰显着生命的多彩、华丽!

我敢打赌,这是世界上最具魅力的生命树,多姿多彩的金丝猴,就是常绿常青树上的累累硕果——颂扬着生命的欢乐、幸福!

我敢打赌,它们对人的世界的兴趣,绝不亚于我们对它们的世界的兴趣!

这个场面——是看猴,还是猴看?

这就是人与自然!

猴王神情威严,一直注视着我们。

就在这时,我们身后的枝叶哗啦一响,一只猴子从小溪上空腾飞,在树梢上一点就落到了猴王的身边。

嘿,它脖子上挂着一个物件,是个包!

嘿,那不就是我们遗失的摄影包吗?虽然被撕扯得破破烂烂。

这只哨猴现在神气活现,在与我的眼神相遇时,那淘气、顽皮、扬扬得意的神态,我一生都忘不了!

它居然还双手举起了包,对着我们一顿一顿——像端着照相机按快门哩!

我恍然大悟,是照相机的闪闪发亮的镜头,引起了它浓厚的兴趣?

正在这时,猴王突然双肩一耸,大吼一声,似乎是在发问:"还不快快报上名来,为何闯进咱家的山寨?"

一阵聒噪声冲天而起,背后的山上,上百只乌鸦旋风般腾上树冠。

我的心往下一沉:糟糕!

哗!群猴腾起,如飞鸟展翅,眨眼之间,已消失到对面的森林里……

气得我捡起石块就砸了过去。乌鸦们却只顾大嚷大叫,盘着圈子飞行,惊乍乍的,似乎发现了什么怪物。

乌鸦是森林中让人离不了又极惹人嫌的家伙,它总是能最先发现情况,发出警告,对猎人、被猎对象一视同仁,能干好事,也能把好事搅黄。从它们盘旋的态势看,显然有了情况……

短短的几分钟,大起大落的情节,使我们的大脑有些短路……

"怎么是你们?怪……"

是小唐,正从背后的山上往下走。

"李老师,这下拍过瘾了吧?还不感谢我?今晚可得把我的茶泡浓点儿。"

他们哪里想到是猴群跟踪了我们。他们自以为聪明,跟上了猴群,才尾随到这里,无意中搅黄了刚开始的一出好戏。

我恨不得要扒他的皮!

李老师回过神来,懊恼得直跺脚,连说:"忘了拍,忘了拍!"

难怪没听到她按动快门声。

我正要开口修理小唐,小曲突然冒了出来:"别听他贪天之功。其实是你——李老师,把猴群招呼来了!我们不知道你们在这里,是你们引来的猴头。"

是看猴,还是猴看?

我们为了了解它而跟踪它、考察它……

同是大自然中的居民,何况它还是我们的近亲,为什么不能对我们产生兴趣?不能考察我们?不能跟踪?

在山野中跋涉了几十年,第一次有了这样的体会。

以后的几年,看猴,还是猴看,时时在我脑海中出现,我细细咀嚼着、体味着其中的况味……

后记:今年5月初,心中突然涌动创作的冲动——金丝猴生命的华彩焕发出的光芒。2003年4月,已有了关于"非典"的报道,但我们并未搁置去四川考察金丝猴的计划。首站是北川,这是个山谷中的小城,一条大河穿城而过。我们住在一个招待所中,傍晚在桥上欣赏山城的美丽。之后去了小寨子沟自然保护区。在开满了辛夷花的北川,生活着近100只大熊猫以及牛羚、金丝猴。途经五龙寨——五座羌族的村寨连片。当地的一位老先生讲述了很多羌族文化、历史。民族学家说,中国最古老的民族是羌族和苗族。我们还特意去瞻仰了大禹故里。有文记载:"禹生石纽。"博物馆即建在石纽。

离开北川后,去九寨沟白河自然保护区,再去青川唐家河自然保护区。我们迷恋那里丰富多彩的野生生物世界、奇异的山水风光……"非典"的形势也日趋紧张。朋友们一再劝说我们赶快回家。

5月12日,汶川大地震,犹如晴天霹雳,惊愕、悲痛……汶川、映秀、茂县、理县、北川、平武、青川,都是我曾考察过的地方,有的地方我还去过不止一次。特别是卧龙大熊猫保护中心和"五一棚"高山营地——我在那里生活过。

那些天,一家人都长时间地守在电视机旁,那边的每一条消息都牵动着我们的心。

《金丝猴跟踪》就是在这样的境况中写完的。我将对生命坚强、美丽、悲壮的赞美,对人与自然和谐的颂扬,对生命道德的呼唤……都倾注其间。

2008 年 8 月 10 日

蛇 趣

——新安江上游考察

晚霞从西天的紫云中透出时,我赶到了汪村的营地。汪村是在大山中的一块小盆地。新安江上游考察队的营地设在山乡两层楼的饭店中。我因事误了大队人马的行期两天。

老板是位胖嫂,笑脸上深陷两个酒窝。她说只有蛇王的房间空,他今天送蛇回蛇科研究所去了,回不来。常年在野外,住哪儿都行。

一进屋,我就闻到一股特殊的腥味,还夹着无以名状的臭味。凭经验,这是剧毒蛇五步龙的气味。五步龙大名叫"蕲蛇",学名为"尖吻蝮"。之所以有"五步龙"之美称,据说是因为被它咬后,走不到五步,必然倒毙。一提到它,考察队队员就不寒而栗。

胖嫂送水进来,笑呵呵地说:"这里蛇多。上个月一位富态的凌老板来住。掀开被子有条蛇,幸好客人在堂屋喝茶,我赶紧把它撵走。第二天早上,他说被子下硌人,掀开垫被,是他压死的一条蛇,吓得他事未办完就跑掉了。汪村不算大,每年总有人被蛇咬伤、毒死。来了客人我都说,提高警惕不坏事。"她竟用一串笑声作为结束语。

这一说,把我说得头皮发麻。在山野里,我不畏惧碰到老虎、豹子、熊等凶猛的动物,因为它们声势大,好防备,即使是不期而遇,也有周旋的余地,但我对毒蜂、山蚂蟥、蚂蚁、蛇有湿漉漉的恐惧,因为对它们防不胜防。

胖嫂一转身,我就赶快在房内各个角落检查,把每床被子都抖了抖,这才稍稍安心了一点儿。

下面响起一阵喧闹声,考察队队员们已陆续回到营地。黄昏时刻营地最热闹,大家说着收获,整理标本,洗脸洗澡。很多都是老朋友,从见面时的欢乐交谈中,我也有意了解了动物组、土壤组、植被组等这两天的工作情况。突然有人在我背上狠狠一拍,扭过头来,一张熟悉的面孔正冲着我笑。他那左耳朵像是掉下后重新安上去的,这一特征让我想起来了,他的绰号叫"小耳朵",是中学同学,比我高一级,但其名已想不起来了。他说是来搞土壤的。我们一起回忆了中学的趣事。

晚上,小耳朵来了,进门就问:"这个房间有几个人睡?"我说其他三张床暂时虚席。他转身就走,再来时已提着大包小包的行李,说是要和我住一个房间,在这深山里,碰到同学真难得,要和我好好叙叙。我说:"这个房间是蛇王老杨住过的,胖嫂说没人敢和他住一个房间,前两晚都是特殊优待。你闻闻看,到现在还有蝮蛇的腥臭味。"

他说:"不怕,你敢住我也敢住,不就是几条小爬虫吗?你别听他们吓唬你,爬虫还能厉害到哪儿?我见过抬杆长的五步龙,拾块石头就把它砸死了。蛇还能挡住我们同学的情谊?"

如此说来,我也无话可说,但他的豪言壮语中透出另一种东西,且不说五步龙有无长到有抬杆长的,即使有,或是扁担太短,或是太罕见。他吹牛壮胆在中学时就有名气。但不是这个引起我的注意,是深藏的另一种东西,使我感到他今天急忙搬来和我住很蹊跷。晚上,他和我聊天时,时不时突然立起,在房间里踱步,闪着游离的目光。临睡前,他还坚持反复研究门下的缝老鼠能不能钻进来。对于我带有嘲弄的诘问,他说是带有糕点,作山上充饥的,怕老鼠偷袭。这蹊跷的谜,直到两天后才解开。

在雨的敲打声中醒来,浓云雨雾将层层叠叠的大山裹住。平时,黎明时刻鸟鸣声不绝于耳,今天也只听到三两声画眉的叫声。小耳朵的床上摆满了装土壤的小白布袋,他正聚精会神地整理、标号。搞土壤考察很辛苦,寻找适合的取样地点,挖剖面,每层土质取样装袋,那每只袋子都有半斤来重。一天下来,爬山包中总装有几十袋,背在肩上在崎岖的山道中跋涉,确实负担不轻。

按计划,今天应是去石屋坑。但因落雨,改为考察大连河的护岸林。这一区域,是重要的木茶生产基地。凫峰又名"高岭脚",盛产著名的凫峰绿茶。大连河下游的流口也挺有名气,那里落差大,桃花汛一到,放排的壮观景象吸引过无数的人。史载这里是林木参天,可是昨天进山的路上,两旁的大山已多是次生林。在"大跃进"的年代,森林遭到了浩劫,那时砍树也要"放卫星",以至于很多林木未能运出,就腐烂在山上。昨天见流口依旧,渔梁依旧,但已没有了堆积如山的木材,听不到震撼人心的放排的号子了。这次考察活动,主要是由人民代表大会上的一项提案引起的。那项提案列举了新安江水库严重淤塞、两岸森林植被破坏的情况,呼吁联合治理。

新安江是条充满文化艺术的长河,著名的新安画派、垄断宫廷多年保健的新安医派、砖雕、石雕、木雕,乃至徽商,都是这条充满生命活力的大河所哺育的。

新安江发源于安徽,黄山的鳌鱼背脊上刻有"大块文章"四字,这浑然一体的黛色巨石横卧在天海,云雾、松露在"大块文章"下汇成小溪,一路不断壮大,是新安江的源头之一。据专家们说,另一源头是皖赣交界处的大山,休宁和婺源的交界处,溪水汇河,叫"大连河"。新安江有着不平凡的生命史,它从千山万壑中穿出,在浙江又名"富春江",再往下,就是钱塘江了。这条大河的命运,引起了代表们的关注,也警醒了科学家们。

溯大连河而上,这片河岸原始风貌浓郁,优势树种为枫杨、河柳、河岸梅。枫杨高大、伟岸,浓浓的树冠覆盖出幽深,透出神秘。河柳在哪里都是歪脖子扭颈的,在浅浅的沙岬、近水的河滩中尤为繁茂,鲜艳的红叶映得河水俏丽。

横跨河上的石桥、崖岸的巨石缝隙中扎根,斜出或倒悬的,一定是河岸梅,它是性格树,倔得俊俏、顽强。

一只黑背燕尾从开始就追随我们,飞翔的姿势优美,并不断在河的上空划出富有韵律的曲线。它停在河边石头上,黑羽上的白斑很是醒目,燕尾一刻不停地摆动,不时响起的鸣叫,在流淌的水中,悦耳动听,像是小河的吟唱,显得无比娇小玲珑。褐河乌是另一种性格,它一声不响,忙于觅食。小翠鸟、红尾水鸲在河边繁忙地穿行。河谷鸟类的丰富,说明小河鱼类的富有。它们都是匆匆过客,只有那只黑背燕尾起前跟后地伴着我们,尽管还是细雨蒙蒙,但并不寂寞。

水连口是个大村落,有几条河溪在这里汇合。徽式民居点缀在河的两旁。家家沿河的一面都搭了木架,上面结满了南瓜、长豆角、四季豆。深山土地金贵,向河争了一份空间。

深山的居民,多是将清亮的溪水引到家里,从天井中流过,洗菜、淘米可以不出门。近年发展了小型的家庭养鱼,在庭院中或屋前屋后挖有水池,有活源溪水流过,面积不大,但收获颇丰,想吃鱼随时可以捞取,甚至还投放市场。

一排10多株枫杨,很醒目地立在河岸,犹如一座绿岛。植被组的队员忙着测量。以其1米多的胸围看,树龄总在四五十年,这是我们今天考察中见到的最粗大的树。大家脸上都喜滋滋的。印象中这段河岸林的情况应是良好的。从雨后河水依然清亮,不难判断出这里的生态系统基本上是好的,也就是说,涵养水源的森林,以及护岸的森林带还未遭到大的破坏。然而,林科所的老赵说,20世纪50年代,这里的河岸林至少有30米宽,现在只有窄窄的一片林带了,再不加以保护,就要像渔亭至歙县的那段河岸了。那是大连河的下游,新安江的上游。河岸林的重要性,只要到那里去看看就明白了。

昨天,我从屯溪出发,直到渔亭,公路沿着新安江上溯,未见到像样的河岸林。有的河段甚至见不到一棵大树,河谷两旁,堤崩得像锯齿一般。失去了河岸林的护卫,河岸就完全暴露在水的冲击及各种人为的、自然的破坏中。1982年有个统计数字:六十年前,从渔亭可乘舟而下至屯溪,那时这是深山通向外界的黄金水道,现在只能是竹筏漂流。有个不太精确的统计,由于水土流失引起的河道淤塞,近五十年中,可通航的河段减少了近百里。河水不畅,还引起了数次大的山洪暴发。

雨渐渐停了,天空开始晴朗,空气特别清新,微风带有沁人的花香。

翻岭了,我突然见到一股混浊的溪水。两岸的林带尚未遭到大的破坏,我们沿着这条浊溪爬到了岭头,对面的山上是大片的开垦的坡地。以目测,山坡的坡度不小于50度。从留下的黑色树茬看,这是今年才烧的荒地,雨水将坡地上的泥土冲下,大量的泥沙夹在溪水中,水还能清亮?

超过30度坡度的山坡不准开荒,这是有明文规定的。违背了科学,大自然就要惩罚你!

晚霞满天,一只红尾伯劳高踞在树枝上,静静地立着。黑脸噪鹛高一声低一声地叫着。乌鸫耍着花腔,鸣声婉转多变。可红尾伯劳一声也不响,只是瞪着一双犀利的眼睛。突然,它双脚一蹬,箭似的冲出,往树丛中一掠,只听叽叽两声,它已猎获了一只小鸟,迅速爬高,落到原来的树上享用美餐。

回到营地,动物组的人已先回来了。他们捕到一条大鲵的标本,围了不少观看的村民。山民叫它"娃娃鱼",言其叫声似小娃娃哭叫。这是条大的个体,有三四斤重。动物组多是师范专科学校的老师,考察队同意他们为教学采少量的标本。程老师说,在横头那边观察到了猴群,是短尾猴,希望我明天和他们一道去。

正说话间,一位青年山民举着一根树棍来卖蛇。蛇被扣在一根2米多长的细杉木条子顶端,垂挂着的大蛇随着脚步晃悠、摇动,令人想起古代的以蛇作为图腾的部落的旗手。方形色斑从背中线披向两旁的形状表明:这是条五步龙!

从捕蛇的方法和工具来看,捕蛇不是这位青年的专业。他说今天上午在锄茶园,锄着锄着,一根如蛛网的游丝在锄边晃了一下。先前尚未在意,又是一根游丝一晃,他一愣,停下了锄,四处搜索……相传五步龙狩猎时,要布一道丝拦路,只要老鼠、青蛙等小动物一撞线,它就从潜伏地猝然袭击……

正站在原处不动,用眼搜索的青年,突然全身一凛:乖乖,就在前面的茶树下,盘了黑黑的一个大盘,盘中的蛇头微微翘起。他还没见过这样粗大的五步龙,但他还是决心不放过它。采茶和锄茶季节,山民常常受到五步龙的攻击,受到攻击的人,非死即伤。过去,蛇医、蛇药较少。被蛇咬后,如是手指、脚趾,山民们会牙一咬,举刀将手指、脚趾跺掉,或是用柴刀割开伤口在溪水中冲,甚至断臂救命……

我曾在医院里见过一位受伤的患者,她是弯腰采茶时,臀部被五步龙咬了。抢救较为及时,命保住了,但半个臀部犹如烂茄子,表皮灰白,脓血正顺着引流管往外淌。医生说,最少还要一个月才能康复。

山民们见到五步龙,是非打不可的。我们在宣传自然保护时,说到五步龙,山民们怎么也不同意看到时不将它打死!道理很简单:人命比蛇命重要!

这位青年知道考察队在这里,他赶紧砍了一根杉木条子,用绳子在杆端结了个活扣。绳扣刚到蛇前,蛇头如箭一击,未扣中。蛇击,再扣,蛇盘如石。如是再三,大蛇恼怒,呼地喷出一股雾液,绳扣刚巧也套中其要害,抽绳紧锁,他生生将大蛇扣住。

等到举杆时,杉木条子却举不起它,弯得吱吱响。这像是钓到大鱼起竿一样。蛇在游动,挣扎,甩尾。青年不敢大意,只好慢慢将手向前移动……终于挑起了,只听啪的一声,蛇尾抽打在杆上,震得青年差点儿失手。直到将杆竖起,蛇才将身子紧紧缠在杆上,收缩肌肉,紧紧勒住……

大家都在用眼睛寻找蛇王老杨,可怎么也找不到他的身影。传说中的老杨是个神秘的人物,因为他会捕蛇,又略懂蛇医,因而被蛇科研究所请去。在这毒蛇聚居的亚热带森林的山区中,他显赫的地位,那是可想而知的。我非常想听他讲故事。队长说他今天就要回来,可到现在,他还未露面。

小耳朵也下来了,第一句话就问:"蛇死了没有?""死了!上半天扣到它时,它把杆子缠得吱吱响,中饭后就松开、挂下。你看,嘴都张着呢,舌头也吐出来了……"

小耳朵说:"嘿!还真像个吊死鬼哩!绞刑,绞刑!"

果然,两个长长的毒牙狰狞地戳在外面。蛇王不在,大家又连忙去找来了程老师。程老师毕竟是搞动物的,他接过扣蛇的杆子,指指蛇牙:"这牙是空心的,咬人时,收紧毒囊肌肉,毒液就从空心牙中注射进它的猎获物体内。从这样大的蛇体看来,被咬的人很难活命。"

大多数人都在惊叹,小耳朵却说:"这条蛇不算大,我见到的要比这大一倍。""什么时候?在哪里?"有人问。"就是那天在杉木林……"底气不足。问话人表情很复杂地嘿嘿一笑。

尽管很多队员都知道五步龙是一味良药,但对这样的庞然大物,尤其是听了程老师刚才的介绍后,谁也不敢问津,即使它现在是条死蛇。

讨价还价之后,程老师为学校买下了。青年从绳扣中解下了大蛇,程老师提着它,丢在店堂里。

我说:"不行,一定要放到蛇笼子里去!"小耳朵一下蹿到我的跟前:"学弟,看你彪形大汉,怎么连一条死蛇也怕?"说着就捉住蛇尾,提起往我鼻子处伸。我连忙退了两步。"探险家怕蛇了,稀罕!"小耳朵一副恶作剧的神态。

我仍然坚持要放到笼子里。蛇笼被蛇王老杨带走了。大家找了半天,也没有找到合适的笼子。小耳朵说:"不行放我房间,这有什么好怕的?"

"行!可我不和你住。"听我这么一说,小耳朵才嗫嗫嚅嚅地不出声了。

还是程老师憨厚、体贴人,去楼上找了只装鸟的铁丝笼子。等到笼子关上,我还特意检查了一下笼扣是否扣紧,这才放心地去洗脸、吃饭。

雨后的山区夜晚，特别清净。时值9月，桂子飘香、板栗、梨、猕猴桃……各种野果相继成熟，大自然的住客都各自在散发着成熟的芬芳。繁星灿烂，一轮圆月从山峦升起，山色迷蒙，沉睡在甜美的梦中。丝丝缕缕的地气，在清辉中神秘地游荡。这是大自然赐给考察队队员的享受，虽然经过一天的野外作业都很疲乏，但大家都久久不愿离去，直到有人坐在那里发出微微的鼾声。

一进店堂，小耳朵就拉着我，戏谑地说："看看死蛇是否复活。"他捏亮了电筒，刚到笼前，只听噗的一声。"哎哟！妈呀！"手电筒跌落，小耳朵如兔子般反身向外逃去。又听见啪的一声，他摔了个狗啃泥！

几只电筒都捏亮了，只见大蛇正昂头怒视，尾端的硬鳞甩得啪啪响。大家吓得出了一身冷汗，连程老师也很愕然。它真的复活了，如此生龙活虎地呈现在大家面前！五步龙的"口扑气"，是愤怒、攻击的信号，铁丝笼网上还有喷出的毒液！

"老刘，你立了大功，最少救了一条人命！"大家再反身去救护小耳朵，只见他已站起，用手擦着鼻血。"你怎么知道它是假死？冷血爬行动物是有这特点。"程老师有些羞赧。

这可有点儿过奖了。我并不知道它是假死，只是多年野外探险的经验告诉我，大自然太奇妙了，任凭你想象力如何丰富，也难以描摹，你料想不到的事都可能发生。当然，最重要的是儿时的一段经历。

家境贫寒，父亲早逝，母亲要拉扯四个孩子，当然无力买玩具。有一次，姨母插秧时捉到了一只小乌龟，送给了我。我将小乌龟当成牛车，经常让它驮一些东西在地上爬行。它很好说话，吃点儿掉下的饭粒就满意了。惹恼了，它将头缩进坚硬的甲壳里，任凭我赔礼、说好话，就是不出来。有一次，我用绳子拴住它的颈脖，只要它生气缩进去，我就用绳子硬拉它出来。外婆说，那会勒死它，我解掉了绳子。可有一天，它又发脾气了，整天都喊不出来。我又用绳子拴住它的脖子，只准它老老实实听话，不准它发脾气。二骡子看到后,一定要我借给他玩两天,并允诺他家的甜瓜熟了,可以送一个给我。没隔一天,他送回来了,只见小乌龟的头和脖子无力地耷拉在外面,死了。我伤心地大哭,原来他把小乌龟吊在门上打秋千,吊死了。

外婆连忙走出来,解开了绳子,把它放到阴凉、潮湿的水缸边,说:"不要紧,千年鳖、万年龟,它死不了。"第二天,奇迹发生了,小乌龟竟又爬到了我的脚边……

程老师听后,连连点头,还说南美有种猪鼻蛇就善于装死,在强敌面前,常常以装死来逃过劫难。《伊索寓言》里就有《农夫和蛇》,那是冻僵的蛇以怨报德的故事。

这场有惊有险的风波,更使我想找蛇王老杨。我问程老师:"蛇王怎么还不回来?什么时候能回来?"老杨是动物组的成员。"你去问问你的大学长吧!"他抬颏指向小耳朵。蛇王的出走和小耳朵有关?这倒是故事。

我向老程慢慢打听,才将故事情节逐渐展开——

在茶山那边,一早考察队就开始登山。山那边就是江西。由于交通阻塞,这里的植被还没遭到大的破坏。

发现了一两亩红楠林,还有椴树、红豆杉、华东黄杉、三尖杉。树种丰富,森林郁闭良好,多是参天古木。

动物的种类也很多,熊、云豹、黄山短尾猴、黑麂、苏门羚……

大家的心情都很激动,说是将建议在这里建立自然保护区。

向导说,左边山上还有片杉木林,都是树爷爷、树奶奶。大家兴奋地说往那边去。向导说那边五步龙太多,还有金环蛇、银环蛇、眼镜蛇,不然,那样好的杉木早就被砍了。队员们不吱声了。毒蛇还是有威慑力的。

队长说:"蛇王,你看呢?"老杨一听,顿时来劲,大义凛然,说:"怕什么?有我哩!"

蛇王是考察队请来的。早就听说这里有蛇国，聚居着各种毒蛇。请来蛇王有利于对蛇的考察，也有利于研究对毒蛇的防护。但为请他可费了周折。

老杨中等身材，精瘦瘦，脸灰，成天到晚没精打采，像是病秧子。他原在山里做活儿，传说认了个师父，常年跟着师父在山里挖药、捕蛇。由于狂捕滥杀，蛇的价钱愈来愈高，也愈来愈难捕。连蛇科研究所也感到蛇源匮乏。蛇毒的干粉，比黄金的价格还要高。老杨常来所里卖蛇，一来二去就熟悉了。蛇科所有意请他专门捕蛇。他提了个条件：蛇科所不仅要将他作为正式工人招进，还要负责为他找个姑娘，结婚后也要成为正式工人。蛇花子找不到媳妇不难理解。蛇科所还真的满足了他的条件。谁知他一成为正式工人，就不大愿意再去深山操玩命的捕蛇生涯。蛇科所也感到失策。

听说要去茶山那边，说什么老杨也不愿来考察队，蛇科所也拿他没法儿。最后，队长略施激将法，才将他请出来了。到了队里，队长以上宾对待，队员们都是四个人一个房间，他却一个人占了四张床铺，每晚有酒，队员们又尊之为"蛇王"，捧得他飘飘然。

到达那片杉木林后，老赵都惊呆了。这边林子整整占据了一面山坡，几乎是纯杉木林，郁郁葱葱，树身高大，随手量了一棵的胸径，竟有90多厘米。从林间枯倒的粗杉木看，这里的树龄已多在六七十年。杉木长到六十年，就到老年了。林间铺着厚厚的枯叶，踏上去松软有弹性。大自然神奇地为它更新换代，幼树、亚成年树就在老树的身边成长。老赵说，二十多年都没见到这样的原始林了，尤其是这样的纯杉木林，真是难得的一片净土。大家忙开了，照相机快门的声音连成了一片。

这样的潮湿林间，这样的特殊生境，使程老师感到"蛇国"可能是名不虚传，他要大家不要乱跑，最好是请蛇王在前开路……

话音未落，老杨已疾如闪电般地赤手抓住了一条五步龙。只看清蛇的颜色，那蛇已被掼进蛇笼里。这一手，博得大家的齐声喝彩："真是蛇王！"

程老师问他为什么不用蛇叉。

"我捉蛇还要蛇叉？用蛇叉是三等角色！"那得意样活脱脱画出江湖蛇花子的形象。他找蛇、捉蛇确实神速,伸手就捏住蛇的脖颈提起。蛇根本不挣扎,更别说往他胳膊上缠,特乖,只是张着嘴,任他摆弄。程老师在心里也赞叹起老杨的捉蛇技巧:他不仅眼疾手快,而且根据蛇的大小,拿捏的力度刚好。力小,蛇要脱手;力大,蛇要挣扎,使出缠绕的绝招儿。

没走到100米,老杨已捉了6条五步龙、1条金环蛇。小耳朵一声"蛇王"的惊叫,将大家吓了一跳,以为他被蛇咬了。蛇王好像没听到似的折向左边去了。

小耳朵不是被蛇咬了,而是发现了一条大蛇！顺着他的手指看去:杉树下的腐叶中,正盘着一条像牛粪摊的大蛇,是五步龙。它的头正昂起。那模样确实令人毛骨悚然。

大家都在惊讶这蛇是如此之大。

"蛇王,你别去。这也是蛇王。该不是蛇王怕蛇王吧！"

老杨再不能装聋作哑了,他狠狠地剜了小耳朵一眼,慢吞吞地走来了。他要大家都往后退一退,一扫刚才的神态,没有施展眼疾手快的擒拿术,倒是认真地打量起这条五步龙了,可能他也没见过这样大的五步龙。

"蛇王也怕了！"尽管小耳朵只是咕哝,但大家都听得清清楚楚。蛇王偏头狠狠地盯了他一眼。"有我怕的蛇？你还没生出它吧！""蛇叉。"程老师小声提醒。"你们看好了！"说时迟,那时快,老杨已神速地从衣袋里掏出纸包,往蛇身上一撒,就见一包白色的粉末落到蛇的身上。真怪,大蛇的肌肉立即松弛,头也垂下了……

就在这时,老杨向前一个马步,伸手捏住蛇颈,提起大蛇,这条大蛇却猛地一甩尾,打在老杨腮帮子上,随即缠到胳膊上。

"你们看,蛇王手在抖！"

老杨再也按捺不住,青着脸,将蛇往小耳朵脸上一送:"你能,这条蛇送给你!有空送两条蛇给你玩玩!"

你看小耳朵吧,像兔子一样,撒腿就往山下跑……

蛇是抓住了,老杨的胳膊被勒得青一道紫一道。下山后,当天晚上他就走了,说是送蛇回去……

"我看他是觉得损了面子,跑过江湖的人,将面子看得很重。我估计他不会回来了。唉!你那位学长的嘴巴……"

"你估计那包粉末是什么?"

"我闻到了冰片、麝香之类的气味。这些人都有些诀窍,不会轻易向人说的,我也就没问。"程老师讲完了故事。

我去审问小耳朵了:"你那张臭嘴得罪了蛇王,怕真的放两条五步龙到你床上,报复你,你才急急忙忙搬到我房间,让我当你的保护伞!"

"哪里,哪里!你别听老程乱说。我是为了同学情谊。"他脸涨得通红,一再辩驳。

蹊跷的谜底揭开,我也懒得和他打嘴官司,只是默默地做着准备。明天,我一定要跟他们二进茶山,去探访奇妙的蛇国!

后记:这是1984年在考察队中的一段经历。十多年之后再去拜访,当年作为营地的潘村已经大变。楼房多了,商店多了,街上人群熙熙攘攘,一派繁荣景象。但若还想去体验那份探险的惊心动魄已不可能。那片原始杉木林早已消失,蛇的王国当然不复存在……五步龙在餐厅中,价格每500克100多元。自然失却了自然!

2008年3月6日

鹦鹉唤早

1993年,国际儿童文学研究会在澳大利亚墨尔本召开。

我来到澳大利亚的第一感觉是静,四周静悄悄的,森林、草地、大海、蓝天、白云都是那样静谧。车如水流的公路上,听不到鸣笛声。就连人们说话,也是轻轻的。

我们住在会议中心。那天去找它时,路将我带到一个公园。穿过稠密的森林,浓阴过后突然开朗,一片偌大的绿草地展现在眼前。显然经过了人工的精心管理和修剪,草地微微起伏,荡起流畅的绿波,大树稀疏地点缀在绿茵中,看不到一幢建筑物。邦伯芮教授曾在信中告诉我,会议中心颇有气派。难道它是地下建筑?

我不知道还要走多远。儿时,外祖母对我们进行旅行教育的第一课就是"路在嘴边上"。然而,四野空寂,没有行人,没有喧哗的人声……只有远处传来几声缥缈的鸟叫……

我只能硬着头皮沿着似是主干道的路往前走。眼下是8月,从合肥出发,经香港,正是酷暑难当。一到墨尔本,却是冬末春初的季节,但繁花怒放,绿野滴翠,看不到冬的踪影。澳大利亚在南半球,墨尔本在澳大利亚的南方。我已走得浑身汗津津的了,眼前仍然只有绿树和草地……

我加快步伐穿越一片树林,正想着可能"柳暗花明"时,前面的林中真的出现了会议中心的建筑物,原来它藏在森林中。进到里面,来自各国的朋友三五成群,或坐或站,亲切地交谈。大家都轻轻地谈话,静静地站着,会议接待处聚集了很多人,但也没有一声喧哗。邦伯芮教授、加拿大的艾伦教授都热情地迎了上来。

会议中心有几组建筑,演讲大厅、展览厅、演播室、服务中心、餐厅、各种大小会议室、宾馆,最高的是三层楼,和外界的环境显得无比协调。

后来,看到居民的住宅,大都是掩映在森林中,且多是平房。我的一位老乡董光浩先生,就住在山头上的一片森林中,从事蘑菇养殖业。我戏称他是"山大王",他欣然同意。他们对森林的热爱、对大自然保护的精心,非常令人感动。

我就住在会议中心附近。宁静的环境,再加上每晚会议活动结束时都较晚,我的瞌睡特别多。

似是从遥远处传来一声又一声的鸟叫声。不久,鸟叫声愈来愈近,愈来愈清晰,愈来愈粗粝。这是一种陌生的鸟儿鸣叫,从音色、音质和穿透力的程度判断,应该是种大型的鸟。我终于从沉睡中清醒,一个鲤鱼打挺,起床了。多年来的生活习惯,使我在清晨只要睁开眼就起床,绝不在床上再赖一分钟。

拉开窗帘,清明的晨光,满眼水绿,立即使人感到心旷神怡。

屋外就是公园。在森林中已有散步和晨跑的人,还有母亲带着孩子玩耍。澳大利亚的动物种群独具特色:如多种有袋类的动物,譬如大家最熟悉的袋鼠;原始的哺乳动物鸭嘴兽,在进化史上更是赫赫有名……我这次虽然是参加国际儿童文学研究会,但也想尽量多看一点儿澳大利亚的野生动物世界。既然是鸟鸣声在我到澳大利亚的第一个早晨将我唤醒,应是有缘,理应去结识这些朋友。我带了一把花生米去看望它们。

鸟类在清晨有次活动高潮,喜爱鸣唱、游戏。高大的乔木和灌木丛、草丛,不同的生境分布着不同的鸟类。我正计划着从哪里开始,鸟的啼叫已将我引到草地中的大树下……

风轻柔地吹着,时不时还带来丝丝海的气息;绿草尖上顶着晶莹的露珠;一种大灌木上盛开的黄色小花特别灿烂……

嘿!七八只大鸟正站在枝头,羽色以灰为主,似乎还泛着绿辉;红喙,粗壮带钩楔形。从这一特殊的形状,很容易认出是鹦鹉科的。2只在西边的枝上梳理羽毛,4只在高枝上互相追逐嬉闹,有一只一会儿从树上飞下,在草地上没走两步,又呼的一声飞到了枝上。它们都不时地发出粗粝的叫声,似是示威,又似在抒发快乐。

离这棵大树不远处,有3只另一种鹦鹉,形体比刚才见到的大,毛色也有差异,喙为黑色,叫声依然粗粝,但明显有差别。我没有带望远镜,大树又高,无法分清是另一种鸟还是未成年的幼鸟。我国四川、云南的绯胸鹦鹉,幼鸟的喙为黑色,随着年龄的增长,基部逐渐染红,直到整个喙像红玉一般晶莹闪亮。这种色彩的变化,宣告它们已经长成,取得了参加追逐爱情的资格。

澳大利亚盛产多种鹦鹉,据说以纯白的凤头鹦鹉最为贵重。

我撒了几粒花生米在草地上。它们只在树头观望。有只尾翼特别宽长的鹦鹉,居然歪着头,看看我,又看看花生米,像是在思考和判断,但就是不往下飞。

我又撒了几粒花生米,并对着它,还吃了几粒。有几只鹦鹉飞下来了,但并未落到有花生米处,而是在附近,似是有些害羞,总是不往前走,甚至有两只还互相嬉闹起来。长尾没飞下来,仍然是将头左歪歪、右歪歪,看看我,看看花生米——一副老于世故、深沉的模样……

我再撒几粒花生米在草地上,又故作响声,吧嗒着嘴,咀嚼着……

它们依然不响应我的友好……

这时,一个五六岁的小女孩挣脱了妈妈的手,小跑着来了,金色的头发,圆圆的脸,上身穿着艳红的羊毛外套,配着纯白的羊毛裙,特别可爱。她在地上寻到了花生米,捡起……我正要表示地上的东西不能吃,她用蓝宝石般的眼睛看了看我，又看了看树上的鹦鹉，将花生米往嘴里送，竟然也呷巴着嘴，夸张地做吃香甜可口的食物状。我忍不住笑了，多聪明的小姑娘！一股激情立即溢满心怀。

那个小女孩重复了夸张的吃花生米的动作……

终于，长尾的鹦鹉沉不住气，蹬枝展翅，像箭似的，射向草地上的花生米，迅速啄食。这一突然的戏剧性的变化，立即引得树上的、地上的鹦鹉们蜂拥而至。

没一会儿工夫，花生米已被啄完。但它们不愿离去，依然对着我和小女孩叫喊。直到这时，我才感到花生米带少了，只好无奈地向它们摊开手。

我抱起了小女孩，在她额头上亲吻着，感谢她架设了友谊之桥。她的妈妈在不远处幸福地微笑着。在大自然中，人们是没有年龄的。我问她叫什么名字，她只是对我笑。我才猛然想起，她不会汉语。过了一会儿，她才用手指着鼻子说："尼娜，尼娜。"我想这一定是她的名字。

每天早晨，都是鹦鹉们将我唤醒。无论是午夜还是凌晨两三点才睡，只要一听到它们的叫声，我立即起床，带着花生米，走到草地上、大树下，去追逐它们的踪影。那个叫尼娜的小姑娘也一定在那里。我们一同喂鸟，一同玩耍。两天一过，只要见到我出现在草地上，鹦鹉们就立即向我这边的大树飞来，啄食我带给它们的礼物，然后为我们歌唱，表演各种飞翔姿势。直到快要吃早餐时，我才恋恋不舍地离开。说实话，开头听它们那粗粝的叫声，感到刺耳，有一种不舒服的感觉。但我们成了朋友之后，它们的鸣叫如号角一般，在我心头回荡……

会议结束后的翌晨，我带的花生米特别多。我一边和尼娜喂鹦鹉，一边告诉它们："中午11点，我将返回祖国，感谢你们这么多天给我的欢乐。"我特意将一枚大熊猫的纪念徽章别到尼娜的衣服上，她高兴得立即跑去告诉妈妈……我真的不愿和这些朋友分别，禁不住三步两回首。奇了，长尾的鹦鹉并没有和同伴们飞回树上,而是一直伴随着我,飞翔的速度比我步行要快,于是,它在天空盘旋、等待……鸟也知情……

小尼娜也跑来了,我只好停下等她,直到我再一次抱起她,看着天空的鹦鹉,深深地亲着她的额头……鹦鹉大叫一声,才折回了头。

回来后的第二年,我在四川,向老朋友胡铁卿说了这段经历。他默默地听完,并没有发表什么感想。但在我离开成都时,他送了我一只腓胸大鹦鹉,并特意说明,是向一位养鸟的朋友讨的。

这只大鹦鹉几年来一直生活在我的走廊上。我们并没有调教它学着说话,只是让它自由地歌唱。闲时,我和它还聊聊天。它也喜欢瞪着眼、歪着头审视、沉思,一副哲学家的派头。但来访的朋友较多,久之,它学会说声"你好",那声音莽莽的,很豪放……这时,我总是特别怀念远在墨尔本的长尾、金发的尼娜……

后记:孩子们与动物幼崽之间沟通的本领,常令成人异常惊奇。

多年前,在平武,一个孩子与从山野救护回来的大熊猫幼崽的友谊,曾广为流传。孩子知道它的喜怒哀乐,以至于从事保护工作的父亲,常常需要他来翻译。

这是否因为人类和野生动物原本就是朋友?

2008 年 10 月 13 日

纵 虎

成语"放虎归山""放虎于山""纵虎归山"是警诫人们：千万不要放走敌人，自留祸根。虎号称"百兽之王"，画虎者更是突出它额上的"王"形花纹。它是最大的猫科动物，狮子与它相遇，也要退避三舍，就连庞然大物雌象和傻大粗黑的东北熊，见到它也望风而逃，足见虎的凶猛。

今天，却有大批的科学家，以"纵虎归山"为奋斗目标，甚至献出毕生的精力。这种认识上的极大反差，昭示了人类对自身与大自然关系的认识，很能启迪人们去进行丰富的哲学思考。

我们是在6月最后一天的傍晚，到达横道河子的。横道河子坐落在小兴安岭完达山，苍苍郁郁的大山，将灵秀溢满了盆地。雨后的阳光洒在森林、山原上，东北松焕发出奇异的色彩；溪水高声吟唱，粼光在乱石中流动；三两只山鹰在高空盘旋……东北虎就出没在这片山野。

未喝一口茶，我们就忙着去看虎。穿过一排排养貂的棚舍到达了后场，没走多远，虎啸声已连连响起。我放慢了脚步。

"没事。它们已知道我来了，兴奋了，正在打招呼。"

刘昕晨挺得意，脸上光彩照人，加快了步伐。我们只得一溜小跑。

当我们到达时，一只斑斓的东北虎正在亲吻他的手掌，慈眉善目，虎须排开，低脊摇尾，充满了温情。"你好！日子过得开心吧？吃得好吗？想我了？"刘昕晨用手在虎的面颊上轻轻地拍着，在头上摩搂着，看得人真羡慕。油光闪亮的虎须,诱得小早也要伸手去摸。刘昕晨眼疾手快,一把拉住:"不行,它不熟悉你。一口下去,你就成独手将军了。"

吓得小早连连向后退了两步。

"你们看时,一定要注意它的表情。最好稍远点儿,否则一掌打过来,那可不得了。等两天它熟悉了你们的气味再说。"

小早不服气:"动物园里……"

"那是什么虎?这是什么虎?你看看就明白了。"

眼前这只虎高大威武,两眼炯炯有神,毛色油亮,斑纹华丽,透出旺盛的生命力,确是有种特殊的风采。

"你们看看虎须。这里每只虎的虎须都是直直的、长长的,油光亮丽。虎须不仅为虎壮威,它还是衡量虎的营养状况的标志。你在动物园里很难看到这样的虎须。"

说着,他从口袋里掏出一个本子打开,夹了十几根虎须,让我们仔细看。合上本子之前,他挑了两根长须送给小早,说是留个纪念。

他像个将军似的,领着我们在虎舍中边走边叙说着他的队伍。

"你认识每只虎?"小早听得眼都不眨。

"每只虎都有特点,认虎先认脸,尾纹也不一样。就像人们的指纹一样,世界上没有两只脸纹一样的虎!

"这边的两只虎是1992年出生的,双胞胎。它们的娘是第一次当妈妈,不知该怎样履行职责,只是叼着刚生下的仔虎,在笼内走来走去。我们设法取出,人工饲养。现在有了经验,开头很不顺利,喂牛奶,仔虎不仅不愿吃,即使吃了也拉稀、掉毛。折腾了几天都没想出好办法。其实道理很简单:食草动物的奶和食肉动物的奶能一样吗?这个问题的解决,使我们在饲养科研上跨了一大步。

"饲养中有很多有趣的事。1986年,从广州来的虎,投食牛肉不吃,只吃猪肉,真是怪事。气候的差异?观察、试验了几天,才发现它是不吃水牛肉、老牛肉。第四天我们就开始在猪肉中掺牛肉了,配给过渡性饲料,三天为一周期,不久就将它调整过来了。

"现在国际上公认,这里是东北虎最大的基础群。"

"世界上的虎有好几个亚种:印度支那虎、苏门答腊虎、东北虎、华南虎、孟加拉虎、巴厘虎、新疆虎等。我国原来有三种虎,可是新疆虎已经灭绝。华南虎的分布面较广,种群数也较多。武松打虎的故事,说明历史上山东也有虎。悲剧在于人类崇拜虎,可又将其视为敌人。滥捕滥杀的结果是华南虎在许多地方已经绝迹,据近年的调查,现在野外森林中的华南虎只有50只左右。东北虎的情况更为危险,动用了包括航空调查在内的各种手段,结果发现,野外生存的也只不过20多只。

"前年曾有人报告,说是牛被虎吃了。我们赶到现场查勘,牛的大腿和背脊肌肉丰满处,被啃啮得一片狼藉,但显然不是东北虎的作为。东北虎在猎杀动物时,有一套特殊的技巧和爱好。喏,这个样子:它先是用前掌狠狠一击,这一掌,不说是致命的,起码要将猎物打得一歪趔,失去了速度……"

刘昕晨中等个头,戴着一副深度近视眼镜。他的眼皮耷拉着,像是好几天都没睡好,乍看单薄,细看显得精干。平时似是不多话,但一谈起他的虎,眼大了,闪着光芒,明亮、锐利,语音具有强烈的穿透力,黑黑的脸膛充满了表现力和感染力,闪烁着生命和智慧的火花。

我们第一次见面,就很有戏剧性。那天,我刚吃完晚饭回到住处,见一位青年已在房间,他站起来说:"我是刘昕晨!""你这么年轻?"他很窘,有点儿不知所措。我也觉察到唐突,连忙说:"电视上看到的是位小老头,又黑又瘦的小老头。怎么回事?有反常规了,电视上总是能把人拍得漂亮些。""难怪我老婆说,除了她,没人看上我。"为他这句幽默的话,我们哈哈大笑。笑声中,我们成了朋友。

"东北虎狩猎时,一种方法是隐蔽在潜伏地,它的隐蔽技能高超——等一下再说。猛击一掌,将猎物打倒或使其脑震荡,充分体现了突袭的优势。草食动物都有灵敏的听觉和嗅觉,它们不可能待在那里等着虎大王。这样的机会并不多。另一种方式是追捕,奔跑的速度就成了关键。有的小动物闻到虎味,吓得颤抖,但草食动物多是赛跑的好手。东北虎的体重,总在300千克以上,储存的力量雄厚,距离一长,就显示出了优势。在奔跑中,也只有用掌才是最便捷和快速的。即使是潜伏狩猎,结束战斗也还是靠奔跑的速度和力量。可以说就一种方式。虎的猎食本领的高低,常常就在这一掌。人们常说'虎口余生',并形成成语。其实,说熊口余生、豹口余生,是有可能的,虎口余生是不太可能的。

"打倒猎物之后,虎是先掏开猎物的肛门,由后往前吃,很有绅士风度,不可能东一口西一口。

"这个虎杀牛的案件,就真相大白了。事实说明了一个残酷的现实:东北虎已是高濒危动物了!

"东北虎个体大,觅食的范围广。它主要生活在森林中——严格地说,是森林中的草地。它喜欢游泳,技艺高超,也就是说要寻虎踪,那里的生境一定要有较丰富的水源。虎是典型的夜行性动物,昼伏夜行,平时独来独往。到了繁殖期的三四月份,才互相寻偶,每胎生2至5只。三四岁后性成熟。人类乱砍滥伐森林,使它的生活区域逐渐减少。东北虎主要产于黑龙江和吉林,这样广袤的地区,只有20只左右的野生东北虎。这就使它的繁殖成了问题,寻偶须千里迢迢,跋山涉水……而且,虎在择偶时特别挑剔,有缘分的并不多。

"科学再发达,也无法再恢复哪个已灭绝的物种。东北虎的状态已危在旦夕。除了加强对野生东北虎的保护,再就是人工饲养,待到有了一定的种群数,再设法放回大自然。简单地说,我的计划和目标就是纵虎归山。"

"还有什么好的办法吗？"

"我们还是去看看1986年以来繁殖出的最好的几十只虎吧——去野外跟踪虎迹，那是无比诱人、令人惊心动魄的享受，但现在已是不可能了。我的目标是要使它成为可能，十年后，如果有缘，我们再一道去莽莽的群山、密密的森林中尽情享受那种乐趣吧！今天，我只能领你们在这世界上最大的东北虎基础群饲养场看看。"

高耸明亮的一排排虎舍，在深山中像是一组气势非凡的建筑群。每个笼舍前，都有户主的详细登记。

刚走到一排笼舍前，我们立即感到有种异样的氛围，激得我们神情一震。虎的个体大，像小牛犊一般，胸腹部以及四肢的内侧纯白无瑕，背两侧淡黄色的底色上，黑褐色的花纹行云流水一般，华丽而端庄。长尾肥粗。深陷的眼窝中，两目严峻，光芒慑人。脸颊两边的长鬣毛，衬得它格外威武。像是听到了号令，它们一个个都站立在离门栅1米左右处，俨然像是接受检阅。

"这就是虎威吧！"

"不，美在运动中。它兴奋时，耳向后，眼瞪圆，虎须奓开，身向后一矬，前身一伏，毫无声息，双腿猛蹬，瞬息跃起，几米宽的小河、几尺高的山岩，一跃而过。最美的是虎跃，体型素质、个体品格、灵气、柔韧、阳刚……统统融入了充满力量和速度的一跃中，天宇印出一道壮美无比的弧线！

"我们曾送了2只虎给韩国。到达汉城（今首尔），受到了隆重的欢迎。一看到八面威风的东北虎，他们震惊了，相比之下，动物园中饲养的虎显得那样猥琐。官方派了教授负责饲养。可是，虎病了。专家绞尽脑汁也没有想出好办法。无奈之下，他们才又来找我们。我去看了后，开了剂中药，改变了饲料配方。没两天，虎病消失。那位专家感动得不知如何是好。韩国人民对老虎有种特别的情感。他们的民间故事和童话寓言，常常是以'当老虎吸烟的时候'开始……"

在人工饲养的条件下,如果养不出虎威,那只能说是失败。

不一会儿,刘昕晨证实了我们的感觉,这是选优群,是从历年繁殖的老虎中选出的——体现东北虎的优秀品质,作为繁殖基础群。冠军虎身长从鼻尖到尾根有2.2米,身高98厘米,体重350千克。

"要我说说自己? 我的故乡在乾安县,以井为名,按天、地、人、黄为序。民俗、民风很鲜明。母亲早逝,是爷爷将我扶养大的。当知青时养猪,接手时只有5只小猪,年底时已繁殖成有48头猪的猪场,我成了养猪模范。后来又去改良牛种,当过马贩子,劁猪、养马都干过。听说东北林业大学有野生动物专业,临考前二十五天才开始复习功课,我居然考中了。毕业后先是养貂,解决了很多难题。'貂'在我们这里又叫'狢'。写过两部著作:《毛皮动物饲养法》《养狢问答》。这为以后的虎业积累了经验。

"1985年,在北京,我向负责濒危物种工作的卿建华同志说起纵虎归山的计划,得到了支持。开头真难,第一是虎,第二是经济,第三是各种关系。一只虎每天要吃几斤牛肉,不少朋友劝我别干傻事。世界上很多事是傻人做起来的。没有傻人还有世界? 幸而领导比较支持。

"调虎、运虎,可费尽了周折。1986年初,我胃出血住院,刚巧要到北京接虎,只得从医院逃出。夏天运虎时,中午不敢休息,怕虎受热,只好忍着酸水直冒的胃赶路。《效益手册》上记得很清楚:1986年有三百一十天在外,1987年是三百一十二天在外。女儿出生时我不在家。爷爷去世时,我没有回去,对不住老人家啊! 1987年老同学聚会,同学们纷纷打听,妻子说我嫁给老虎了。

"饲养基地,选中了横道河子,借用原来的养貂场。这里是深山老林,冬天是一片银色的世界,亚洲著名的滑雪场就在附近。不远处就是《林海雪原》中写的夹皮沟、威虎山。这是东北虎的典型栖息地。

"第一关,是解决饲养问题。饲料的配方、投食时间等,成了难题。各地来的虎,口味、习性不同,需要一个过渡性的饲养。再是对虎的饲养,有传统的方法,已形成了模式。如果不将有生育能力的虎养好,繁殖只是空话。我研究后发现,必须向传统的饲养方法挑战。其他人都怕冒风险,我只有自己干。

"化验结果显示,虎粪中含有十多种氨基酸,氮、磷含量特别高,锌含量高,微量元素的含量高。从这些数字中,我得到了启发。围绕饲料配方等一系列的饲养方法的改变,使虎的营养状况大大改善,长势良好。

"1987年,开始搞繁殖,我挑选了一些体格健壮、正是最佳育龄的虎。虎的孕期为一百零八天。当年,就有一胎产了五崽的,这只母虎原在成都、广州,不怀胎,不产崽。我们改变了它们的交配次数,每只雄虎只配2只雌虎。原来是每天交配20多次,后改为控制在4次,保证质量。成功令人陶醉,陶醉中有着忧心,仔虎的成活率不高。教训能使人头脑清醒,失败激人奋发。提高成活率成了主要的课题。1990年,一年就产了28只幼虎。1992年,基地已拥有82只的庞大种群!全世界动物园饲养的东北虎累计数,只有100只。

"产崽成活率达到当时国内外的先进水平,平均一只母虎成活的崽为2至8只,国外能达到此水平的只有18只。国际上各种野生动物养殖、保护机构派人前来参观,这个寂静、荒野的横道河子成了热点。

"压力总是来自胜利。我用什么去养活这82只老虎呢?要来的钱远远不够,很简单的账:维持这个种群,每年需300万元。成功吸引了舆论媒体的宣传,但这样的大笔经费使我处于极大的压力下。我还有另外一项工作——外贸。用做外贸赚来的钱解决工人的工资,填补一部分饲料费。

"向纵虎归山的目标努力,还有不少课题等待研究,科研又需一大笔经费。

"我既是公公又是婆婆,既是研究员又是饲养员,既要养虎又要做生意去赚钱……长时间的重压,有时使人喘不过气来,多想能够舒心地、心里一点不存忧愁地过上几天啊……"刘昕晨说。

"虎跑出来了!"小早一声惊叫,将我吓了一跳。一只颇具虎风的壮年虎走出了笼舍,饲养员正在搞卫生。

刘昕晨迎了上去,拦住它,边走边说:"它是来找我的。它很乖,就是1988年它母亲不会喂奶的那只。它生下来就由饲养员喂,和人的关系特别亲热,两三岁都还跟着饲养员玩。晚上大家在会议室看电视,它也大摇大摆地坐在那里,兴趣盎然地看着各种画面。有动物出现时,它没有特殊的兴奋,很茫然。在它身上,体现了我们的成功,更说明了我们的失败……"

他领我们走向左边。一个偌大的用高铁栅组建的场地,立即吸引了我。若不是有四五只虎在那里走动,真令人误认为是足球场。

"这就是你的驯虎场?"

"我和马戏团驯虎员的职责相反。"

他瞥了一眼正在草丛中觅食的几只鸡,向那边走去,突然弯腰,已捉住了一只鸡的腿。另外几只鸡吓得又是扑翅,又是乱叫。

"你要当个偷鸡贼,收入一定很不错!"

"在乡下时干过。"

他将鸡扔到驯虎场里,4只虎都来了兴趣,一只脸上花纹大而鲜明的虎,立即小快步地向鸡跑去,有2只也跟着去了。还有一只只走了几步就停了下来。鸡开始躲闪、奔跑,大花脸先是不紧不慢地追,随行的2只虎也跟着。鸡、虎捉着迷藏,不紧不慢。最后,还是大花脸猛地跑走,突然一扑,一掌将鸡打趴,用嘴叼住,其他3只虎才拥上来,分享美味。

说实话,这是一场平淡无奇的比赛,是场令观众扫兴的追猎。

"今天已喂过食了。在饥饿的状况下,比现在要好一些,但这已是非常可喜的成绩!"他像看透了我的心思。

擒虎难,纵虎归山更难!

曾几何时,人类庆祝驯化野生动物的胜利。时光流转到今天,要将驯化的动物再放回自然,其艰难程度令人沮丧。

养虎,最多只能说在饲养中保存这个物种,就像是博物馆陈列室里的陈列品;放回自然,在自然中恢复种群,那才是最高的境界和追求。

他曾看过一则报道:笼养的孟加拉虎,两小时未能咬开一头牛;刚捕捉的孟加拉虎,只用二十五分钟就解决了问题。

德国的科研人员,曾在孟加拉国将所养的虎放归自然,每天派人跟踪,最后当然是失败!

现实提出了一个问题:大型肉食动物的捕食能力,究竟是天生的(遗传的)还是后天的?问题似乎很幼稚。但大型肉食动物回归自然,首先是要有捕食能力,能生存才有发展。刘昕晨坚持这种能力是后天的,在残酷的生存竞争中原来的捕食能力和保卫自己的能力往往是不可分的。他在国际会议上和很多专家争论、探讨,终于有一部分人同意了这种见解。

刘昕晨设计的纵虎归山计划,大致分为三步:初级放养地—二级放养地—回归自然。

野生东北虎的捕食能力很特殊,饱食一餐后,可以头十天不进食,只要有水喝就行,抗饥饿、抗环境的能力较强。在零下二三十摄氏度的雪地里,它也能酣然入睡。

体能训练成了重要的问题。

基础群的虎,都是在笼舍中生下、长大的,有的已是好几代了。它们过的是饭来张口的生活,成天不是睡,就是在七八平方米的笼子中踱来踱去。

试想,在房子里能培养出百米冠军或长跑手?

训练场就是为锻炼它们的体能而设计的,他选择了一两岁的幼虎,每天让它们奔跑,练得肌肉结实。

在野外,一只母虎只需一个月,就可教会幼虎捕食。幼虎刚2岁,母虎就要把它撑开,让它独立生活。

他说:"开始时,是将活鸡吊在树上,引它们扑食;让它们追逐,已进了一步。计划用两三年的时间,训练它们的体能和捕食能力。"

初级放养地是什么一种情况呢?

"现在只是轮廓,地方应该是比较大的,人工放养一些供虎捕食的动物,逐渐使其恢复失去的野性,在野外能够繁殖。即使到了二级放养地,那也还是在人的精心保护中。这可能不是一两代虎所能够完成的,可能需要几代……"

纵虎归山的设计师刘昕晨沉默了,将眼光投向了山野,眺望着起伏的山冈,巡视着苍苍茫茫的林海……

"大花脸毕竟给我们带来了希望!"

睡梦中,突然被一声虎啸惊醒。

又是一声,啸震山谷,在夜里特别惊心动魄。

是向刘昕晨诉说,还是对山野的呼唤、向往?

——虎啸!

后记:在当年的横道河子,已有82只东北虎,而全世界动物园中饲养的东北虎总数只有100只。它确实是世界上最大的东北虎种群。刘昕晨所做的野外放养训练也是有科学依据的,至今不仍然是在按照这种模式进行吗?

当时,刘昕晨正在为写一本关于东北虎的著作努力。

数年前,突然听朋友说刘昕晨已离开了虎群,我的那份惊讶是可想而知的。他是那样热爱他的事业,为虎群的壮大和野外放养付出了那么多的艰辛,为什么要突然离开,远去他乡?

2008年8月14日

陇南杨树王

青海高原的8月,正是繁荣的季节。紫红色的野葱花、黄金色的马先蒿、傲慢的点地梅、蓝莹莹的龙胆……高山花卉,开得灿烂、辉煌;就连雪山中的融水,也铮铮响亮;垫状植物更是争分夺秒,书写生命的"年轮"……

我昨晚才从鸟岛回到西宁,今早又出西宁,往循化撒拉族自治县奔去——在黄河边有号称"青海高原的西双版纳"的孟达国家级自然保护区。那里物种丰富,隐藏着杨树王。

刚出西宁,司长小石就自我介绍——喜欢在山野闯荡,喜爱摄影,常年在玉树、格尔木、西宁之间来回,甚至还独自驾车从青海往西藏、川西,直达云南……于是,我们自然地成了朋友,在车厢内开起了流动的探险交流会:

成千上万只藏羚羊,携儿带女,在高原荒漠,浩浩荡荡地迁徙;

蓝马鸡群在森林中嬉戏、争偶;

黄河源头扎陵湖岛上的白唇鹿,夏季怎样游水渡河,冬季怎样从冰上向外游荡;

雪豹攻击时的速度、策略;

岩羊聪明绝顶的周旋;

长江源头各拉丹东壮丽的日出;

……

这些画面,都在他的描述中生动地展现在我们眼前……到了一个小镇,我提醒他有了岔路。"走石峡吧！路在万仞高山相夹中，虽然陡一些，但峡中景色奇绝，悬崖上有红山、红城、红堡……造型别具一格，鬼斧神工……求都求不得的事。"司长自告奋勇。还未等我表态，李老师已很兴奋："听你的！今天一切听你安排。"

我和李老师在天南海北走过很多地方，印象中这是她第一次这样信任司长。小石对西部大漠的深情，十分感人。

小石只从车窗问了一下过路客，就潇洒地将方向盘一打，拐向左边公路，接着讲狩猎岩羊的故事……

车开始盘山而行了。山原的色彩与江南的四五月风景很相似，油菜花已谢，绿荚壳正在变色，麦穗垂头、晒黄。

落雨了，没有朦胧的云、柔柔的风。雨，仍是高原的性格，下得很粗犷，水流带着泥土、碎石从崖上往路面上流泻。我有意将话题转向路途的艰难，小石已理会我很担心塌方，出险。

"没事！比起玉树那边，这算好路。这样稀松的雨，有啥危险？"

我只好简短地说了在川西行车时几次遇险的情况。惊心动魄的经历，对他多少有了影响，再看我和李老师都沉默，他也就专心驾车了。没行多远，就见山崖塌下的石堆，挤得车路窄窄的，路下是陡壁……他瞅了瞅，没有下车就猛踩油门向前冲去。真让人捏了把汗！

直到翻越了险岭，到达山下，雨住了，天空也亮堂起来，他才慢慢拾起话头，说已到化隆回族自治县了，这里的人主要是回族和藏族同胞。话锋一转，谈到了我们的目的地循化县，他说那里的撒拉族信奉伊斯兰教，几世纪以前从中东骑着骆驼经过浩瀚的沙漠、无边的戈壁，一直向着升起的太阳行进，直到看见白骆驼化为一泓甘泉，跋涉的队伍才停下脚步……至今，他们还在圣迹骆驼泉附近建有教堂，保留着古老的民风民俗……

小石正说得热烈时，忽见前面路口有栏杆。小石仍是老姿态，从车窗口问过路客:"咋的?""你们到哪里?""过石峡去循化!""大雨冲断了路。已好几天不通车了!"

小石只愣了片刻,便很洒脱、很优雅地一打方向盘,掉转车头,风驰电掣般沿着原路往回开。不知是对我们还是解嘲,他咕哝了声:"也就多跑70多千米!"

于是,他又热烈地谈起西部地区的种种奇闻、奇遇。翻过险岭,我们又回到岔路口小镇。他正埋怨为何这里不竖牌子告知石峡路断时,就看见路旁立了牌子,通知去循化不能经石峡。李老师和我不禁哈哈大笑。小石眨巴眨巴眼,旋即也豪爽地大笑起来……

天放晴了,无尽的荒漠、山原,使人更感觉路途悠长……

直到下午2点多钟,前面出现浓荫,车如进入绿色隧道,林中现出平房。不久,有了街道,顶着黑纱头巾行走的妇女,浓眉、深眼窝的正玩耍的孩子……小石似是恍然大悟:这不是已到循化县城了吗?你们认识认识,他们就是撒拉族兄弟。

保护区管理局铁将军把门,小石才想起这是星期天,而我们又误了相约的时间。我们几经进出,四处打听,仍不得要领。已是饥肠辘辘,我说先去吃饭吧。小石不焦不躁,索性抱起胳膊,慢慢踱起步子,像是在酝酿惊人的杰作。

正在彷徨之际,有辆破旧的吉普车从院内开出,到了我们车前。小石迎了上去,未听清他说什么,那辆车却飞快地开走了。又等了漫长的半个多小时,那车终于开回来了,从车中走出一位身材高大、戴顶白色小圆帽、浓眉下两眼炯炯的撒拉族汉子。

小石说:"这是保护区的马师傅。"然后,他转过身来,"马师傅,我这就回了,也要到夜里才能回到西宁,明天还要出远车,后面的事就是你的了。"

事情有点儿突然,小石看到我迷惘的神色,才说:"离孟达保护区还有20多千米,马师傅送你们去。他们的马局长也在那边。"

李老师和小石道别,相约回西宁时,还要听他说那些冒险的故事。

马师傅刚发动起车子,就唱起了花儿,好像那是进行曲或必不可少的伴奏。花儿是青海盛行的民歌,风格与陕北的信天游有相似之处,虽然无法听懂每句歌词,但还是感觉出那是在抒发对爱情的向往……

刚出县城,左边出现一条大河,黄水滚滚。

啊,黄河!中华民族的母亲河!

它从青海起步,浩浩荡荡,迂回曲折,直奔大海。

我们神情一振,睁大了眼睛,希望能将它深深印入脑海……

"我们跟着它走!"

花儿歌声戛然而止。唱歌并未影响马师傅对我们的观察。

果然,黄河拐了个弯,向北流去。经过梨园,马师傅停车,一定要我们尝尝这里的梨。梨形如鸭梨,但肉质细腻、鲜嫩、甘甜,没有一丝渣子。再行车时,鸽群在前方盘旋,羽色特殊,马师傅说是野鸽,它们一直在前面领路。不久,果然又见掉在谷底的黄河,路在右岸山崖上逶迤。我们一同上下向前。

两岸高山万仞,山形险峻,山色黄褐,相峙相望,最宽处不过七八十米。我猝然悟出何以此处地名多冠以"峡",也可以说,"峡"字即源于此种地貌。在崖上观黄河,黄河掉在深深的谷底,时而壮阔,时而如线。大水长年累月地冲击,岸也尤为多变。

马师傅说:"这里所产的黄河石最为名贵。前两年枯水断流时,每天车辆云集,蜂拥争采黄河石……"直说得喜爱奇石的李老师跃跃欲试。我告诉她,天色不早,赶路要紧,这样崎岖的路,这样叮叮当当的旧吉普车,还是尽量不要行夜车。

前方山顶上有石,形如骆驼。马师傅停车,对李老师说:"你下车照相吧!"

说得我们面面相觑,好精明的人!他是从她形影不离的摄影包看出的。

我被前方的黄河奇景吸引——深深的峡谷中,巨石犬牙交错,水流似遁入底层。我想看个究竟,迎着呼啸的风,正向崖边攀去。

"风太大,危险。转个弯,才能看清。那是有名的峡口。"

看似只倾心于唱花儿、开车,其实,我们的一切行动,甚至连心里想什么,也未逃过他的眼睛。

确实只拐了一个山嘴,深峡中的黄河断断续续,右岸有四五块巨石向左岸伸去。有一块巨石伸得特别远,似乎站在那里,可以一蹴跃过黄河。

"……跳峡。"

"虎跳峡?"风很大,我未能听清。

"那在云南,是长江上游。这是狐,狐狸的'狐',狐——跳——峡!"

我看着黄河在乱石中翻滚,正在琢磨狐、虎的区别,他很得意地向我眨眨眼:"老虎为王,独来独往,狐狸才需成群结队。有'狐群狗党'的成语,却没有'虎群豹党'的说法。"

他说得我愣愣的,接着是捧腹哈哈大笑!是的,再看右岸的四五块巨石,真如一群狡狐争先恐后地跳跃!其中的哲理还真够让人咀嚼的。警句、警言启发人的智慧。他对动物界的了解,另有独到之处。

又沿河谷转了几个弯,山谷豁然开朗,天广地宽,绿荫闪亮。有塬如城堡屹立于岸边。塬上馒头柳风姿绰约,为这黄褐色的山峰、黄澄澄的水流,平添了耀目的光彩。缓坡上,羊群白花花如云。

"这就是孟达。"在孟达的一个巷口,他将车停下,"去我家喝口茶。"

"你家在这里?"

"我们撒拉人有一支很早就来这里安家落户了。"

不巧得很,他的女儿和小朋友去黄河边了。我们欣赏着门楣、窗格、屋檐处精美的木雕。他说,撒拉人喜爱音乐、歌唱、雕刻,回到循化时,将领我们去看更为精美、恢宏的民居木雕。一棵核桃树从邻院伸来一枝,遮了半个院落,青青的核桃缀满枝头。这里的桃核很有名气,壳薄,肉厚。他还说有棵核桃树王,已有三四百年的历史了……

我们原以为已到保护区,谁知还要赶路。在一山溪流入黄河处,车向深山拐去,风中飘来阵阵带有辛辣的香味。不久,出现了满树缀满红艳小粒果实的花椒树,顿使我怀念起川西花椒林,想起雨夜翻越二郎山的种种惊险……

忽见林木葱茏,满山暗黑的针叶林。这是我们第一次在青海高原看到这样茂密的森林,它与戈壁、荒原、绵延不绝的黄土,形成了反差极大的景观。

"到了。我的车没本事上山,你们得靠它们了!"

顺着他的指示看去,林子旁有一群骡子。

马师傅蹲在地上,写了张条子,交给了一位中年妇女:"你负责把他们送到天池,再让天池的人送他们去帐篷那儿。"他回过头来,对我们说,"过两天我来接你们。一定用撒拉语唱花儿,再走一遭黄河!"

我们很舍不得他这样匆匆而去。是的,一路上都在请他用撒拉语唱花儿,可他说要留点儿新节目给下一次,就像美酒不能一次喝完。

小石和马师傅都是性情中人,给了我们很多智慧。我常年在山野中跋涉,结识的司机朋友得有三四十人,和探险生活有着各种各样的瓜葛,性格各异,很早就萌生写一本"司长录"的念头,今天的两位,更燃起了我的写作激情。

但马师傅并未立即就走,他帮助我们把行李驮到骡背上。李老师虽然在草原上骑过马、骑过牦牛,但现在一会儿看看那似马似驴的骡子,一会儿又瞅瞅即将要攀登的险峻的山道,踌躇又踌躇。马师傅说:"人之所以创造骡子,就是因为它比马乖,比驴子劲大……"话音未落,李老师已踏上脚镫,翻身骑到骡背上。

他笑得很天真。直到我们已登上山路,他才挥手,并大声说了句撒拉语,那意思是"安拉保佑你"。

在黄河边,红日蓝天,此时却飘起细雨。树林稠密,多是针叶树华山松和青杆,间杂着桦树、杨树。路崎岖异常,在林子中蜿蜒,忽起忽落。上坡时,得紧紧抱着骡脖子,否则就会滚落下来。牵骡子的男孩管中年妇女叫"嫂嫂"。嫂嫂时时回头想拉上他一把,男孩拒绝。李老师更不安,几次要下来换那男孩骑上骡子。男孩急了:"我今年16岁了。嫂嫂总把我当小孩。你不信?上鬼见愁时再看吧!"

我提醒李老师放松些,缰绳不要多拉,它们是熟路,腿不要夹得太紧,否则明天不能爬山了。她似乎轻松了些。但只那么一小会儿,骡子开始往陡坡上爬。

坡很陡,有六七十度,土层薄,露出嶙峋的岩。骡子艰难地选择落脚处,稍有差池,即刻打滑。男孩说:"嫂子,你等我上去后,下来接你。"

嫂子站住,证明了男孩的权威。

男孩跟在骡子身后。在最陡处,它突然蹄下打滑,惊得李老师哎哟一声。正在骡子往下滑退、踉跄,眼看就要跌下时,男孩迅速用肩顶住骡子。那骡子随即有机会调整了步伐,往上一耸,上了陡崖。我在后面也惊出一身汗来……

到达天池,李老师将所带的应急干粮、饮料,全都送给了男孩——不,应称他小青年。嫂子脸上堆满了幸福、骄傲的笑容。

雨中天池迷离,深卧在山谷中。我们乘船到达对岸,天也渐渐黑了。四五顶帐篷散落在林中。多日来,我们在大漠、戈壁中跋涉,现在置身于青山绿水之中,确有桃源寻踪的感觉。

我们的帐篷在林中最深处。马局长也是撒拉族人,胖胖的圆脸,脂肪的堆积,使他失却了撒拉人的特征。他用手抓羊肉招待我们。我们早已饿得前胸贴后背了,更感到羊肉的鲜美,直吃得感到满身都是油腻,这才罢休。

帐篷为蒙古包,我们俩人住,显得很宽敞。只是没有热水洗漱,感到有些不便。老马他们离去后,雨似乎特别大。但雨滴声有些不对劲,出来一看,发现包顶铺了一层塑料布防水,是它夸大了雨滴声……

醒来雨还未止,天色微明,两只小鸟在林中鸣叫。鹿蹄草、藤山柳……雨滴如玉,在绿叶上晃动,在红花上闪亮,平添灵秀、生动的情调。迎面的一棵红脉忍冬,鲜红的果实被雨滴包裹,晶莹剔透,淡绿的叶子银光闪烁……

帐篷离天池约有30米,湖上一片烟雨,大山静静环立,浓浓的云层在山脊飞驰,却感觉不到风的拂动。四周似是仍在甜美的梦中。

孟达被称作"青海高原的西双版纳",是因为以青海所处的气候带与自然地理来说,此处物种丰富,据初步考察,其中植物90科,296属,500多种,有巴山冷杉、小叶朴、啤酒花、落新妇等40多种,是青海其他林区根本不存在的植物。从植物区系来说,热带区系有木姜子等9属植物在此生长……凡此种种,引起了植物学家的惊叹。从已观察到的植物种类和葱郁的森林,我们感到这是片神奇的地方。

9点了,仍不见人影。其余几顶帐篷里都是静悄悄的。难道昨夜都渡过天池,去往他处?我去侦察一番,听到帐篷中鼾声四起。怪了,在这荒僻的地方,当然没有什么"不夜的森林"。去厨房看看吧,那里只有一个小伙子睡眼惺忪,似是刚起来小解,很不耐烦地回答,说是昨晚喝酒,直到天亮才散。

已是10点,雨住了,天色也明朗起来,仍不见有人走动。我和李老师商量,决定趁此时上山。虽然没有向导,但我已观察了地形,栖身的帐篷实际上是在一条大山谷中。再说,我曾看过这里的资料,没有大型的凶猛动物,我们俩也不是第一次单独在野外考察。

出帐篷后,我们沿一条小路向右,到达山谷边。根据以往探险山野的经验,这里应有路,果然找到了登山的道。未走几百米,林相有了明显的特点:以针叶青杆为建群树种,雨后的红桦有着特殊的风韵,阔叶的栎树、杨树间杂其中,林下被各种草本植物和小灌木拥挤,文冠果的果实形状很可爱。

李老师发现左边山崖上有棵巨大的青杆,树干上布满了深厚的绿苔,说明林中湿度较大。目测其胸径接近 1 米,并不高,与胸围有些不成比例。我们都觉得它有些怪怪的,但因为林子密,光线较暗,又有段距离,何况其树形原本就很奇特哩!

往深处走,我们发现几乎所有大树都较怪异——多是在 1 米多处长出了数根枝子,却没有主干。主干哪里去了?是什么样的生态环境迫使它们如此生长?

又发现了一棵华山松,也是在 1 米多高处长出了五根枝子,仍然没有主干。华山松又名"五针松",一般的松树其叶多为两针。它也是我们昨天在骑骡子登山处发现的优势树种,因为急于赶路,尚未看清那里的华山松是否也都是这种形态。

我曾走过很多植物区系,看过不同地理、气候带的森林,还从来没见到过这种奇怪的情况,身边又无向导,只好揣着个闷葫芦。这倒更激起我们探索的热情……

走着走着,我想起在热带雨林中第一次见到藤竹时的感受。竹,素以高风亮节、刚直不阿博得赞誉。然而,雨林中的竹却俯首折节,柔曲迂回地生长,甚至攀附大树,竟如藤蔓一样。我不只惊讶,简直是不可思议。但只有这样,才能获取阳光。非如此,它就无法生存。这是环境迫使的。同样,在海南岛,我亲眼见到了刺竹,长得矮矮的、一蓬一蓬的,竹上有尖锐的刺棘。后来在苏轼写于流放地的诗词中,读到了对刺竹的描绘。植物学家揭开了我心中的疑团:为了适应干旱沙地的生境,竹也只好长出刺来,减少它的蒸发量,保存生命的甘泉。

青杆、华山松、栎树,也是因为要适应这里的环境?但并没有发现水、土、热……有什么非同寻常的情况。如果说特殊,就特殊在这里是青海高原,水、土、热的条件较好,才繁育了丰富多样的物种……

右前方的森林突然亮堂起来,吸引我们向那边走去。跨过了几个小水凼、水沟,又越过一道矮坡,出现了一棵奇形巨树——

树基干部如一个卧骆驼,盘桓朋硕,生出七八个枝子,似峰,像角,或直,或斜,或扭曲。周围形成一片偌大的空地,好像其他的树木都退避三舍。

是杨树,难道它就是陇南杨树王?

是它!肯定是它!我和李老师张开手臂一试,只能环其一角,以此推算,应有六七人才能将其环绕,它的树围有近10米。生于上部的枝干,最粗的直径也只不过七八十厘米。凡此种种,树龄应在五六百年,而其枝干却只有四五十年的生长史!

我见过很多杨树:大叶杨、小叶杨、白杨、黑杨……在新疆北屯段额尔齐斯河河谷的"天然杨树基因库",几乎看到了我国所有的杨树树种,却是第一次见到如此巨大、如此奇形的杨树。在西宁时,朋友告诉我,这棵杨树,俗称"青杨树",学名应是"陇南杨"。

它和刚发现的青杆、华山松、栎树一样,是在基干1米多处失却了主干。我细细考察,谜底揭开了:主干是被砍伐掉的,虽然已经过了几百年,但截断面的痕迹明显,从累累的刀痕、锯印判断,刀斧之灾频频降临,也就是说,主干被伐后,侧枝长到一定的粗度,再次被伐。只是近四五十年,才免却了灾祸。

它生命的根却深深地扎进了大地。在遭受挫折时,它没有沮丧,没有颓废,而是积蓄力量,用新的枝叶、新的生命,奋勇地张扬胜利,张扬生命的本质——创造!

它的虬结、它的扭曲、它的再生……强烈地再现了生命的顽强、百折不挠!这是响彻天地的生命交响乐!

它的奇妙在于,主干被伐后,因为有了空间,侧枝改变斜向生长而直立向上,代替了主干。这种生命形态的变化,犹如隐有深奥哲理的大块文章,激人费神理解,激人产生探究的强烈欲望。

为何要伐去主干？那刀斧的痕迹、那累累的伤痕，记载的是怎样一段历史呢？

为什么青杆、华山松……也遭到同样的命运呢？

青杆的侧枝在主干失却后，能直立如主干，这也是罕见的。

我围着陇南杨树王一边看，一边思索着……李老师也不断提出种种假设，又一个个被否定……脑子里逐渐萌生一些念头，出现一幅幅画面……有一幅画面终于鲜明、定格——

有种叫"铁刀木"的树，每棵的主干都只有 1 米多高，然后就没有了主干，只有这之后萌发出的直立枝杈。这些留存的黑褐色的主干，能长到胸径七八十厘米，而枝杈都只有杯口粗。在西双版纳，几乎每个傣族村寨都有这样一片林子。它顽强而旺盛的生命力、它不寻常的造型，与近在咫尺的热带雨林相比，具有奇特的风景。在寻访中，我们终于知道它是傣族人的燃料库，也即是"薪炭林"。傣族同胞伐走它的上部主干，每年还可数次再伐枝杈，以此作为燃料，而这种树的萌发力强，耐烧，火旺，所以又被称为"挨刀木"。傣族人正是用它解决了生活的问题，保护了珍贵的热带雨林。人们惊叹傣族人朴素而又伟大的保护意识。

陇南杨树王、青杆、华山松的上部主干被伐的原因，也是如此？大约只能是被伐作燃料。

人们的智慧在于：既获得了资源，又保护了这里的植被。在大西北，在青海，千万年来形成的生态环境是脆弱的，植被也是脆弱的，一旦失去了植被的保护，随即会迅速地沦为荒漠、沙漠。我们曾在新疆看到无数惨不忍睹的场面，如塔里木河下游垦区，由于胡杨林遭到了砍伐，失去了水源涵养，失去了森林的护卫，绿洲很快就成了沙漠！

这也是孟达被称为"青海高原的西双版纳"的原因？是森林之子傣族同胞和大漠之子撒拉族同胞，聪明智慧和伟大的保护自然意识的相互印证……

我突然想起，前年，临离开西双版纳首府那天，还是争取了两小时去重游曼听。十多年前在那里参加泼水节时，我曾目睹珍贵的眼镜猴被拍卖的情景，它所受到的虐待，深深地印在我的脑海中，常常激励我去呼吁人们保护大自然、善待动物朋友。我和李老师是步行去的，快到曼听时，忽见路旁有棵巨树，目测其胸径，当在2米左右，浓浓的绿荫遮去了半条街。再看那叶，是典型的杨树叶，那树干也与这里的榕树树干相似。西双版纳虽以物种丰富著称，但那是热带雨林，印象中尚未看到在北方随处可见的杨树。我不敢肯定了，连忙去问巨树旁的居民。他证实了确是杨树，确属稀罕，因而筑坛保护……

由此，再审视这些残缺的林木，发现了它们的另一种美、另一种艰辛、另一种生活的选择……

陇南杨树王，你的年轮中，应最详明地记载了宇宙、风、霜、雨、雪的变化，人类的觉醒……

附记：保护区小马说，历史上这里曾建有烧炭窑，四十年前已逐渐消失。

后记：树王的生命形态，也是多种多样的。在福建龙栖山，有棵红豆杉树王，其寿已近千年，树干已多处被蛀蚀，繁枝中大部分枯萎，但主干依然苍绿。在皖南山区，一棵九百多年的古银杏，树干中空，有两枝曾被雷击，但树冠绿茵茵的。主干虽空，但在离地50至120厘米处的树皮上，却萌发出很多新枝、新叶。

在云南梅里雪山下的一个村寨，有一个古柏树群，胸径多在1米以上，已在这里生活了千年，但树干遒劲，闪着泛红的玛瑙色，树冠尤为生机勃勃。历史、风霜雨雪怎么也奈何不了它的壮阔！陇南杨树王却是另一种独特存在。

2008年8月12日

初探白头叶猴

和研究生命科学的潘文石教授再次相聚,已是十多年之后的事了。

生命科学具有无穷的奥妙,人类是生命体,却在苦苦探索着生命的起源、生命的本质和生命的形态……

1981年,我们同在卧龙大熊猫自然保护区的高山营地,追踪大熊猫。这年的11月,在南充开会时,我们又住在同一个房间。他对事业的执着、满怀的探险精神,自有一种魅力。有时,我们竟彻夜长谈。这在拙作《热爱祖国的每一片绿叶》中,已作了部分描述。遗憾的是,这十多年中,他竟然没收到我寄给他的书。但我在报刊上和与朋友的交谈中,还是不断知道他的消息。

数年前我去北京办事,行前就计划了一定去拜访老朋友。记忆中是4月间难得的风和日丽的一天,他在北京大学校园外等我,然后领着我走到他的工作室。楼前的一棵丁香,像是为我们的相逢特意盛开。

老朋友多年未见,相逢时当然话也稠,意也浓。他离开卧龙后,选择秦岭作为研究大熊猫的基地,在深山里一待就是十多年。他住在帐篷中,过着野人般的生活,观察大熊猫的生活习性、繁殖规律……终于揭开了大熊猫神秘生活的帷幕,特别是它们独特的社群生活,如:在大熊猫社群中,是女儿离开母亲的领地,开拓新的生活。为保护濒临灭绝的大熊猫,他提出了自己的观点……

关于这些,电视专题片以及大量的报道和他的著作里,都已有了最好的说明。

正是在这次长谈中,他告诉我已在广西安了一个点,考察、研究白头叶猴的社会行为,已观察到它们的一些奇特的生活……

动物社会行为学是一个崭新的尖端学科。

也就是在这时,我对他的研究课题、对白头叶猴产生了浓厚兴趣。

白头叶猴属灵长类动物。灵长类动物是人类的近亲。我国的叶猴有白头叶猴、黑叶猴、灰叶猴、戴帽叶猴四种,都是国家一级保护动物,都属濒危动物,可见珍贵、稀有。

遭到猴群围攻

2000年,我和李老师在青藏高原、横断山脉跋涉了两个月之后,回到家中稍事休整——主要是冲印100多卷胶卷,整理照片和材料——然后,又于10月份踏上了去广西的行程。

合肥的10月,需穿毛衣了,南宁却是骄阳似火,繁花似锦,只能穿T恤衫。

这次去广西,寻访白头叶猴是重点之一。自然保护部门的朋友建议我们去弄岗、大新、崇左自然保护区,因为那里是白头叶猴分布较为集中的地方。有的保护区同时还栖息着黑叶猴。

朋友们同时告诫我们:由于生态环境不断恶化,在野外已很难见到白头叶猴和黑叶猴了,如果只是一般的看看,可直接去崇左自然保护区。潘文石教授的工作站就在那里,他们已找到了几群白头叶猴。

我们当然不是"一般的看看",又何况弄岗、大新两个自然保护区丰富的生物世界中,还生长着蚬木等其他珍贵的动植物。蚬木是热带珍稀树木。

黑叶猴在贵州有分布,集中在黔东北沿河土家族自治县。白头叶猴只生活在广西,我们将去的三个自然保护区却都在桂西南,两地相距何止千里?

中间为何有了这样大的一个断带？

傍晚时，我们到达了龙虎山自然保护区，它离南宁只有八九十千米。喀斯特地貌的山峰陡峭，河流在深谷中纵横，林木葱茏。

这里原来是卫生部门的一个下属单位，因为这一地区有珍贵的药用植物，如金果榄、青天葵、石仙桃……后来建立保护区，可能是因为这里还生活着近千只猕猴。

俗称"小儿麻痹症"的脊髓灰质炎，曾给人类带来了深重的灾难和不幸。科学家们经过苦心研究，终于在猕猴的肾脏中发现了脊髓灰质炎的病毒，制出了预防它的疫苗，给人类带来了福音。

猕猴是重要的生物资源，由于它在医药实验甚至航天飞行方面的特殊用途，国际上对猕猴的需求量逐年加大，价格也疯涨，每只价值七八百美元。广西已建立了多处养猴场，产业化已初具规模。卫生部曾每年都要下达捕捉猕猴的任务，用于制造预防脊髓灰质炎的疫苗。

猴鸣声将我们唤醒。它们起得挺早的。

白雾在山谷中浮起，在绿色树冠上缭绕。从高处看，比较容易发现猴群，只要见到树冠上枝叶乱动的，那里就一定有猴群在活动。向导小林说："这里的猴子分成了8群，每群都有猴王，号称'八大猴王'。它们各有领地，不容侵犯，否则就要发生猴战。旅游区有一群猴子，你们想去看哪一处？"

"绝对不去旅游区。"不知哪根神经出了问题，可能是一到大自然，我的心情特别轻松，"很想看到猴战。"话一出口，带有顽皮的语调，连自己也吃惊。

"你这不是给我出难题吗？猴头们也不愿天天打仗。再说，引起战端总得有原因吧？这8群的领土都相对稳定，赶都赶不到一起，我有什么神机妙算让它们打起来？"

"那就看你的了。"

小林沉思了片刻，说："好吧！要是打出祸端来，可得由你负责！说实话，我还没见过猴子打仗哩……对了,要是我挑得它们打了起来,你可得有奖励。"

"要什么?"

"看样子你看过猴子干仗,就讲它们干仗的故事!条件不高吧?"

"我还以为你要块金牌哩。这个简单,行!"

看他那副天真顽皮的神情,我笑了。小林给我们的印象,是位忠厚的小青年,办事挺干练。他现在说话的神情、语调与印象中的完全不一样。其实,到了山野,我们都是老顽童。扪心自问,我所提要求并非没有恶作剧的成分。

因为我曾在黄山参加过数年对短尾猴的考察,不仅目睹过短尾猴社群内部的战争,也观察过两群相遇时的对外战争。按照这次行程计划,我们在这里只有上午半天。要了解这里的猴群,最好的机会是碰巧能看到猴战。猴战是生存竞争矛盾的激化,最能展示出它们的社群生活、结构……

沿着山谷中的小道,过桥后再登山。河水带有淡淡的绿色。岩溶地貌非常发育,石峰、巨岩奇形怪状,树木多扎根在岩石中。

小林说:"你们顺着这条道往上走,不多远处有群猴。我去那边把另一群猴赶过来,要是能打起来,那里是观战的最好的地方。"

还未等我有所反应,他就拐进了林子,没几步路就不见身影了。

这家伙,搞什么鬼?

他的形迹引起我的警惕。我抢先几步,走到了李老师的前面,然后很仔细地观察了要走的路线。

林子太密,看不清10多米以外的景象。我心想:"这里虽有熊和豹子,大约已很稀少了,若真是见到,也算幸事,何必那么紧张?至于猴子,我和它们打过几年交道,更没什么可怕的。"

岩溶地貌很难走,好在有路,又有鸟鸣声相伴,也挺惬意的。

左前方突然有了嗖嗖声,我正在搜索,一个毛茸茸的身影已自天而降,扑向李老师。待到回头,只见它已落到地下,左手抓住李老师的摄影包,右手摊开前伸,身子直立……

李老师一惊,本能地去保护摄影包,幸而还未将照相机取出。大约是看到它又尖又长又脏的指甲,李老师只好躲闪。

我笑了:"是向你讨吃的!"

李老师说:"哪有东西给它吃?"

我说:"你也摊开手掌好了。"

李老师如法炮制。可那只小猴不依不饶,既淘气,又可笑。

"你不是有口香糖吗?"

李老师醒悟,立即从衣袋中掏出一个给它。就在它接住口香糖、放了摄影包的瞬间,只听头顶一片哗啦声。好家伙!十几只猴子从树上跳了下来,也有从林间蹿出的,全都围住李老师。有一个小家伙还跳到了她的肩上。

我已从这些猴子的举止,看出它们是旅游区的。游客们无节制的投食,娇惯了这些家伙,一个个都长得肥头大耳的。可旅游区离这里还有段路呀!事态有些严重了。我赶快说:"把所有的口香糖都扔到远处!"

猴子们都去抢口香糖了。趁这个机会,我拉起李老师疾步往前,并紧紧地盯住在树上的一只大猴——虽然还判断不出它是不是猴王,但肯定是个小头目——要对付的就是这家伙!

由于游客戏弄猴子,甚至伤害它们,猴子也学着开始攻击游客。报纸上不断有这类报道。

但我们没有走出多远,只听到树冠上空传来一声哼唧,猴儿们又全聚到我们周围。有的伸手拉摄影包,有的拽腿,甚至肆无忌惮地将我们的头和肩作为跳板,蹬一下又飞蹿而去。

我想起了几次对付猴群袭击的办法,站住,高举双手大声喊叫:"啊——"

猴子们一惊,纷纷逃开。我在森林中,最少有三次是用这个方法吓退猴子的。我正在为这一招儿屡试不爽高兴时,却见树上的那只大猴跳下,拦住去路。逃开的猴子又一拥而上。

大约也是吃柿子拣软的捏,它们专找李老师的麻烦,总是想夺下摄影包,有的还扯住了她的腿。

谁知道旅游区来的猴子不吃这一套!

我知道麻烦大了。当然,早已瞥见路旁有枯树木棍,也有碎石可用,但我不敢,若是它们以其人之道还治其人之身,我们肯定敌不过它们。最让我担心的是李老师胆小,虽然有我在身旁,但时间长了,她要被吓坏的。

这真应了我们家乡的一句俗话:豆腐掉进了灰里——吹不得,打不得。

万般无奈下,我只得再次声嘶力竭地喊:"啊——"

李老师也如法炮制:"啊——"她还将高举着的双拳紧握,摇动。

看她那副模样,与其说是恫吓猴子,还不如说是为了壮胆。

猴头们又逃开了,但那只大猴仍未离去,那些猴头也回头向这边蹿来……

突然,一声尖厉的嘶声在右前方响起。

原来是暗算

那只大猴一震,立即缩肩、弓腰、蹬腿,向响起尖厉嘶声的方向蹿出五六米远,其他猴子也刮起一阵风,顷刻消失。

我和李老师相视,真是啼笑皆非!

"你在山里头追踪猴子好几年,还没碰到过今天这样的阵势吧?"

"这肯定是旅游区的猴子!人工投食,游客投食、戏弄,生存环境的改变,使它们的生活习惯也大大改变了……"

相互检查一番,幸而没有受伤,只是不知什么时候,有只猴子将大便拉在我的后背。我突然想起:"那个小林呢?"

"我不是来了吗？出了什么事？"他笑眯眯地、一步一顿地向我们走来。

我心里一顿，随之将目光射定他的眼睛。他的眼神游离，但只瞬间就又回来了："我正在找猴子，听到你们这里大喊大叫，以为出了什么事，就赶紧跑来了……"

看李老师要搭话，我立即拽了拽她的衣角，气愤地问："你刚才在哪里？"

"你不是想看猴群干仗吗？我去找它们，想办法撺弄它们打起来呀！"

我大步向前，迎面就是一掌，直打得他向后踉跄几步。

"干吗？干吗？"李老师一惊。

"你这个调皮捣蛋的家伙，看你面似憨憨厚厚的。我也算是个山里人了，没想到今天着了你的暗算！"

他满脸无奈："刘老师，你越说，我越听不懂了！难道猴子是我撵来的？"

"你这是不打自招！说说看，为什么要耍我们？"

"冤枉呀，冤枉呀！你想看猴子打仗，我帮你去撵猴子，想尽办法，挑拨引诱，结果却犯了错……哎呀，真是好人做不得呀！天哪，以后这日子可怎么过呀？"

李老师也恍然大悟，却笑不出来。

他还真有表演才能！

"我也在想，这里离旅游区还远着哩，猴子怎么知道我们走这条路？"李老师喃喃自语。

这当然是引起我疑窦的起因。

"哼！你还想骗我？只有经常给它们投食的饲养员，才能用特殊的信号将猴子们唤走！"

在观察黄山短尾猴时，每天负责投食的小张，是唱支山歌，以山歌建立信号，让猴子们产生条件反射。每当山歌响起，那就标志着将得到食物，猴子们因而蜂拥而至。

小林还得串通好饲养员,那召唤猴子的信号才会适时响起。

"我哪有那样的本领?"说着,他禁不住掩嘴笑了起来。

我想:"这真是咎由自取了!我的不经意的带有顽皮性的话语,引发了他的顽皮。怪谁呢?"

这时,他来当好人了,说:"李老师,我请你喝茶,压压惊!"

李老师也气得用手点着他:"你比我们的小二子还淘气!"

是的,以年龄论,他和小早不相上下。

听了这话,他突然张嘴、举手,在大喊声中,摇动紧握的双拳。

这个家伙,肯定是躲在林子里看尽了我们的笑话。

在大自然中,人的天性得到了充分的展示。

走到旅游区,在一条绿河边,小林请我们去喝茶。有几只猴子散落在河边。猴山却在500米以外。看样子,这群猴因为食物丰富,依靠个体也能得到游客的食物,甚至更多,因而群体性已有所淡化。

有游客丢花生给它们,是向水里丢,于是猴子就游水去捞花生。若是丢远了,它们只是看看,却不愿泅水。时间稍长,我们发现下游河湾处有猴在一根横出河面的树枝上。这里丢远的花生,顺水刚好流到树枝下。那猴立即用双脚钩住树枝,倒吊起来,利用弹力,有时能很准确地将花生抓到手里,有时却不能如愿,但它只是又坐到树枝上等待。

猴头们学精了。

小林说:"刘老师,你得兑现诺言,讲黄山猴子打仗的故事了吧?"

李老师是厚道人:"你也没让我们看到这里的猴子打仗呀。"

"谁说的?赖皮可不行!"他拿眼神紧盯着我。

我一想刚才和十几只猴子冲突的情景,忍不住将一口茶笑着喷了出来,就势狠狠推了他一把。他差点儿连人带椅跌进河中。

李老师恍然大悟,忍不住笑出了声:"该把他扔河里去,他把我们当猴要了。"

小林也笑得直不起腰来，之后，又像个孩子一样，死乞白赖，要我讲故事。

拿这样的孩子有什么办法呢？尽管父母们要孩子们规规矩矩，但事实总是偏爱调皮的。我当过十年教师，从不隐瞒喜欢调皮的学生，他能给你带来很多的乐趣、生活的智慧。

我只好说起黄山短尾猴的故事——

猴群内激烈的斗争，主要是争夺王位的政变。短尾猴一群可由二三十只、五六十只数量不等的猴子组成。猴王享有与群内所有雌猴交配、优先进食等特权，但更负有领导猴群找到丰富食物、安全的栖息地以及保护猴群的责任。猴王既不是世袭的，也不是永久的，是在打斗中产生的。

成年雄猴觉得足够强大了，就开始觊觎王位。机智的，先要做些准备工作，如讨好雌猴，对猴王的左臣右相表示好感，对猴王的指令阳奉阴违……等到时机成熟，不知在哪天早晨或傍晚，才猝然向猴王发起攻击，张开血盆大口，龇起锋利的牙齿，拳脚相加……那是一种肉搏，血肉横飞……母猴和仔猴基本上不参与，只是静静地在一旁观望；有的甚至还在采集树叶，不断往嘴里送。成年公猴有时也呐喊助威，那多是不满意老猴王的表示。最后的结果，真正是"成者为王，败者为寇"。有时是老猴王及时镇压了政变，有时则是新猴王诞生。失败的老猴王下场很悲惨，要么被逐出猴群，要么沦为最低等级。

没有不带伤疤的猴王！我见过一只猴王的伤口，从眼下一直拉到下巴，血红的肉翻开，尤显得狰狞、恐怖！这是统治欲的需要，也是猴群保持种群强大的需要！

猴群的对外战争，导火线肯定是争夺食物丰盛的栖息地。当入侵者来临时，猴王会大声恫吓。识趣的，就退出；若强行侵入，战争就爆发了。这时，猴王一马当先，直取对方猴王，接着成年公猴们参战，但雌猴和仔猴受到各自群体的保护。

猴战的激烈程度,若不是亲眼所见,你很难想象,那真是惊心动魄:猴王与猴王捉对单打,成年雄猴们开始时还有各自的目标,不一会儿打红了眼,就混战一场了。它们从地上打到树上,再从这棵树打到那棵树。只见猴影飞蹿腾越,吼叫、嘶喊连天,时而三四只攻击一只,时而七八只打成一团……

有 10 多只猴子的毛,已被鲜血染红……

雌猴、仔猴的惊叫声突起,凄厉、惊恐。入侵者中已有三四只突破了守卫,去攻击它们,拎起仔猴就扔,对雌猴又打又咬……

猴王见此,已无心恋战,一声尖吼,带领猴群突围……

胜利者只是稍作追赶,也就连忙退回,享用胜利的果实。

我们得出了经验:凡是群体中母猴、仔猴受伤较多的,那肯定是战败的一方。这一方再见到以前的敌人时,和狗一样,立即闻风而逃。

猎蜜人

弄岗国家级自然保护区以动植物资源丰富著称。它在北回归线以南,与越南接壤,森林覆盖面积达 97%,大约是北回归线以南森林保存得最好的地方。其特点是石灰岩的山地,从气候带和林木的组成看,它处于北热带,生长着热带雨林中特有的标志种——龙脑香科的望天树,以及热带属性较强的蚬木、金丝李、肥牛树等等。

在科学考察中,我发现了弄岗金花茶、弄岗石柯、弄岗叉桂花等 29 个新种,而这些植物尤以嗜钙性为显著的特点。

在龙川和保护区的朋友商谈时,他们对于寻找到白头叶猴、黑叶猴面有难色,而讨论时用的又是方言,明显是不想让我们听到。小林似乎在努力做说服工作。

等到他们的讨论告一段落,我问小林。他说:"路况不好,两天前还下了场暴雨,与下面的保护站联系不上,不知道白头叶猴最近的情况。"

见我要说什么,小林说:"明天一早出发。"

听了这句话,我悬着的心总算落了下来。

已是 11 月初了,龙川依然没有凉意。我们乘了一辆皮卡车,向保护区前进。

车行约半小时,一位戴着贝雷帽的老人,骑着自行车迎面而来——双手扶着车把,肩上挑了个担子,没用手扶车把,任其自由前行,但平衡得很好。在赞叹他的骑术高明的同时,我心里也着实奇怪。

两车相向而行,他又是下坡,那身影只从面前一闪而过。在这瞬间,我看到他肩上作为扁担用的,只是一段树棍,每边都吊了五六个不同形状的物体,像是蜂巢……

我越想越觉得有些蹊跷,但和开车的师傅不太熟悉,怕麻烦他,于是有些犹豫,再转而一想,机会难得,如果失去,那将造成遗憾。

"师傅,请停车。掉头,去追那个挑着担子骑单车的。"

大家一愣,不知出了什么事。听我那口气,师傅虽有点儿迟疑,还是掉转了车头。车上的气氛也顿时一变。

那位老人已在视线中。我说开到他前面 50 米处将车停下,同时要李老师准备好照相机,因为我已基本判断出他挑的东西了。

车刚停下,我和李老师急匆匆下了车:"到 20 米距离时就拍,不要吝惜胶卷。"

老人看我们拦头直拍照片,又都看着他,不知出了什么事,到了车前也就下车了。我特别注意,他下车时并没有抽出一只手去扶担子,两脚像钉子一样落在地面,身不摇肩不晃,只是将身子稍稍后仰一下,就消除了那一丝轻微的惯性。这一连串的动作,竟是一气呵成,熟练、敏捷!

真是大开眼界,见到一位奇人!

不错,树棍挑起的的确是蜂的巢脾。巢的外表为灰白色,也有褐色的,里面透出黄的光晕。前后两头各有五六个。

我想稳定一下老人的情绪,敬了一支烟。他摇了摇手,说不会。我赶紧夸赞他骑车的技术。他说:"小玩意儿,不值一提。"

贝雷帽下的眼神,总算基本上稳定;那黧黑的脸庞上,有些疑惑,不知我们是干什么的。

我问:"老伯,您这是去哪里?"

他说:"去前面镇子上卖蜜,野蜂蜜!"

"这不是蜂巢吗?"

"里面都是蜂子酿的蜜呀!"他有些得意,也可能是因为收获颇丰。

蜂巢的形态各异,有半椭圆形的,有像哈密瓜般的……最大的也不过小号面盆那样。

我在山野里,曾见过挂在高树上有稻箩大的牛蜂窝,外面涂满了黄褐色的泥草。大牛蜂成群进进出出,多远就能听到嗡嗡声,真是触目惊心!

儿时,我家院里的牡丹花枝上,吊着扁圆形的黄蜂巢。门前水沟桥旁有棵柳树空了,有一年,马蜂在里面筑了巢,行人常受其害,被叮。我和几个小朋友常躲在远处,甩烂泥巴砸,目的是要糊住树洞口。也有被它蜇过的经历,伤口肿得又粗又红。有时也将洞口糊住了,可没一会儿,那些黑马蜂又将洞口掏开。

想了多种办法,都没有将为害的这群马蜂除掉。直到冬天,人们才将这棵树锯倒,剖开。哎哟,那马蜂巢呈扁圆形,共有7层,如宝塔一般。

我在川西看过岩峰——栖息在岩石洞中——还参加过挖它的蜜。敲开石头后,洞里的蜜是固体的,黄黄的颜色。那次竟挖出了30多斤蜜。我们都称这是"蜜矿"。

可我还是第一次看到这样的蜂巢,第一次见到蜂巢里装满了金黄色的蜜汁!

我已仔细地看了每个蜂巢,一只蜂蛹也未发现。按理说,这些六方形的巢脾应是幼蜂的摇篮,为何竟然只是储满蜜汁呢?是采蜜人将一个个蜂蛹从其中取出了?不可能,蜂巢这种六方形是互不相通的构造,正是这样,才引起仿生学家的发明创造,制造容器和隔离舱。

它的巢脾构造也很特殊,不像一般蜜蜂那样,只有一面排满了六方形的格子,而是一层一层连在一起。难道这种巢脾原本就不是用来抚育幼蜂,而是专门储藏酿出的蜜?那么,它们又在哪里繁殖呢?真奇!

我细细观察,发现老人裸露在外面的皮肤并没有被蜇过的痕迹。

老人见我那样打量着他,有些不自在,忙说:"你们尝点儿蜜吧!鲜甜不腻人,还有股花的清香,止咳,治哮喘。"

我赶忙说:"等一会儿要买一点儿。您是在哪里找到这些蜜的?"

"在我们家山边的树棵里。"

"是大树,还是小树?"

"大树下面不就是小树吗?没小树哪有大树呢?"他微笑着。

我知道问得很笨,也笑了起来,然后又换了话题:"蜜好卖不好卖?多少钱一斤?"

他说:"这种蜜一到市场上就被抢掉了,因为是野蜂蜜。现在养蜂的蜜,油菜花打过农药,有污染。野蜂蜜没有这些事。这里中草药多,采的是它们的花,能治很多种病。十二三元一斤(是商品蜜的三倍),有时还能卖到十四五元一斤……"

话从这里说起,就自然得多了。我耐心地设计着话题,希望能了解这是一种什么蜂,它们在哪里筑巢,怎样才能将蜂驱走,采到有蜜的蜂巢。

他说是一种黑色的小蜂,现在正是最好的季节,一天能找到一两个蜂巢就很不错了……但对于后面的问题,全都是模糊的说法,让听者不着边际。我绕来绕去,他就是不说在什么地方才能找到蜜,怎样才能采到装满蜜的巢。

问急了,他就推说听不懂我的话……

我有些急躁了,抽出一支烟想平稳一下情绪。刚吸了两口烟,我心里顿然明白:保守狩猎的秘密,是猎人的天性。我怎么连这点儿起码的常识都忘了呢?

说话间,他始终没有将肩上的担子放下——当然也无法放下,两手扶着车把。但那蜂巢上的蜜在往外面溢,时而还滴下一两滴——由此判断,这十几个蜂巢十几斤蜜,都是在近一两天采到的。老人是这行当中的高手。

在我们谈话时,小林和保护区的小孟一句话没搭,看样子他们对这种蜂也不知道,这说明这种蜂和蜜很特殊。这也更引起我的兴趣。

显然,再问下去也不会有收获。我今天犯了个大错误——直奔主题。我想既然在这里还有好几天,总是能了解到其中的神秘。于是我买了一个蜂巢,原以为只是估重,谁知老人从后腰上神奇地取出了秤。

一位非常平凡的老人给我们留下了诱人的神秘,我多么向往和他一同去猎蜜!

神秘经常隐含在看似平凡之中……

蚬木王

眼前的景象突然变了。平地上陡然矗立起一座座山峰,茂密的森林将山峰装扮得碧绿。山峰相间之处,是一片种着甘蔗或庄稼的田地。不知什么时候,车已进入被地质学家们称作"峰丛洼地""峰丛谷地"的地方。贵州也是喀斯特地貌发育的地区,却没见到过这种景象。

车在两湖中间行驶。湖不大,但水色碧绿,山峰倒影别有情趣。不久,车停下了。

保护区的小孟说:"下来休息一下吧!前面有地下水冒上来,还算奇特,值得看看。天热,还可以洗洗脸。"我也顺便问问白头叶猴的情况。

左前方有块平地。

穿过田间小路,就见一股水流从地下涌出,流入水沟。这水沟不是人工砌成的,而是自然形成的,其实就是地质学家们说的溶槽或溶沟。石头光滑、温润且常有石孔。在远处看似是石块的平地,近前才发现原来有好几个天然的水池,最大的如短道游泳池。地下水沿着几条溶沟,从这个池流到那个池。

小林说:"这些池子都被用来养鱼了。"

果然,在远处有几间竹棚,小孟正从那里往回走。

小林又说:"这里明水不多,刚才看到的小湖,大约算是最大的了。因为这里是喀斯特地貌,溶洞多,很难存住水。地下水却很丰富。保护区内有两条地下河,都很长,西达那边的有六七千米长。妙在途中还有'天窗',可以看景,也可取水,很像吐鲁番的坎儿井。"

我和李老师惊叹大自然的造化。

小孟回来了,说是养鱼的人讲的,他们已有好长时间没见到白头叶猴。

这次寻找白头叶猴,心里一直不踏实。从保护区朋友面有难色判断,有理由为这里的白头叶猴担心。因为它们的栖息地相对说来比较稳定,一般情况下,很难发生大的迁徙。也就是说,找到它们应该不是太困难的事。可是……

小孟安慰我,说是到了西边那片,肯定能找到白头叶猴的踪迹。

车岔进一条崎岖的小路,小孟说:"刘老师,现在去看蚬木王……"小林立即不让他说下去,说是要我去发现,我叫停车就停车;要不然就一直开下去,看不到蚬木王,概不负责。他的淘气劲又上来了!

第一次见到"蚬木"二字时,心里就觉得怪,是木,为何用了"虫"字旁?是因为树形像海蚬,还是和蚬有什么关系?谁也没有回答我。

蚬木是热带珍贵树种,我国只有桂西南和云南的南部出产。它高大,能长到40多米高。木质坚硬,比重大于水。边材淡红色,心材深红色,是制作高级家具、造船等的上等用材。过去,龙川出产一种砧板很有名气,远销东南亚,材料就是蚬木,可见当时蚬木资源的丰富。然而,它现在已被列入濒危植物红皮书了……

李老师示意我注意左前方的溶峰。山峰不高,似乎有几座溶峰连在一起。墨绿色的树冠在阳光下闪闪发光。她又示意我看溶峰下部。是的,那里的树冠不平整,有一处特别高耸,颜色也更深……

我正要说蚬木王在那边时,车已戛然而停,原来车已驶到路的尽头。有段便道是专为蚬木王修的。

这个淘气鬼小林!下车后从这个角度看,山坡上的浓绿似是一片汪洋,高低不同的树冠很抢眼,也有树干从中挺出的。仔细地观察,从椭圆形的树叶、膨大的叶柄、占了半边坡来看,这里生长着一个蚬木的群落,有好几棵。

有一个灰色的树干,矗立出石峰。树干巨大,有棱,更显出其粗壮。树冠尤其浓密,比一般的热带雨林中的树的树冠大得多。可能是因为它生在森林外围,才能占有如此广阔的空间。以目测,总在 40 多米高。

小林说:"90 年代初测量,已近 49 米,现在应该有 50 多米高了。"

它的奇特在于,50 多米高的巨树,一干通天,透出无限豪迈、磅礴的气势。大山似乎不存在了,因为它就是一座绿色的山峰,矗立在云霄中的山峰!它以自己雄壮的身躯展示着生命的伟大!

沿着丛莽中的一条小路上山,到达它的身旁,更感到它的不凡。

树根下面全是溶石——我非常惊奇,连忙尽己所能,扒开树根周围丛生的植物,探究着这块山石的面貌,触目惊心的是无数的石缝!

这些石缝基本上是以树根为圆心,向四周辐射!有两三条石缝特别宽大!

这些石缝告诉了我们什么呢?

当年——数百年前的一天,石缝中有颗蚬木的种子生出了幼芽,扎下了根,以无比强大的生命力,在每一秒、每一分中壮大,积聚力量。

蚬木要生存,要成长,就必须冲破石缝的桎梏。是的,它就是以无比的韧性、无比的顽强、无比的不屈与石头较量,硬是用自己的躯体,将巨石撑开,从石缝中挺拔而出!

一首最朴实又最壮丽的、响彻了山野的生命颂歌!

扎根于岩石的黄山松,以其虬结盘根的形态,高唱着生命的赞歌!

我在黄山桃花溪的山道上,见到一棵与岩石抗争的枫树。那块巨岩形状奇特,在左边向外伸出一角。1975年,我登黄山时,巨岩伸出部位刚好有棵枫树,树干挺拔、通直,石和树相映成趣,也就在我心里留下了印象。

1982年,我登黄山时,见枫树的树干与巨岩伸出的部分已经相接。我为它担心:"矗立的大树要被顶弯了。"

1983年,我去黄山时,见枫树与巨岩接触处有些异样。

1986年,我再经过它的身旁时,与巨岩相接的枫树树干已经变形,不是弯曲,而是向外伸张!但它依然保持着挺直的身躯。

2000年,我再去时,枫树树干与巨岩相接,岩石竟然两边都张开一大块!

枫树仍然是那样挺拔、那样雄伟!这是树让石了,让得有原则!

蚬木王的胸径为3米多。蚬木要巨石让路,要将那坚硬的石头中心地带撑开直径3米多的裂缝,这需要何等的勇气、何等强大的力量!这种勇气须持续五六百年,这种力量是数百年的积累!生命的真谛就隐含在这里!

我们考察着蚬木的树根,从石缝中窥视根的游动的形态,从地面上看它的走向,有几处根高高隆起。

小孟说:"这是板根!这样的大树,生长在石灰岩上,必须有一套支撑系统!"

他的话是对的。但那根并不是典型的板根。在西双版纳的石灰岩季雨林中,我见过1米多高的如板一样的根!

蚬木王的树根,基本上呈扁圆形,与其说是板根,不如说更像盘根!我沿着这个巨大的扁圆形的树根,向山坡上走去。它有一半在石缝中。两旁的岩石龇牙咧嘴,没走几步,我一脚踩进石缝,脚和脚踝被石头挤硌,疼得钻心。左脚别在里面,我试了几次,毫无松动的余地,拔了几次,也未能将脚拔出。

小林、小孟疾步赶来帮忙。

急得李老师大喊:"别碰他!"两人同时惊愣,呆立。

她大步向我走来,边走边说:"这不是拔萝卜。先把鞋带解开。"

听她这样一说,脑子顿然明白。可那脚别得尴尬,靠着一条腿独立,我无法顺利地摸到鞋带并解开。

李老师也费了好长时间,才将鞋带解开。试了两次,我终于金蝉脱壳,将脚抽了出来,坐到了树根上。

她将鞋子取出后,就要脱我的袜子看伤情。我推开了她的手。在野外,碰到这样的情况,我总是先试着活动腿脚,而不去看具体的伤口,免得心理上有负担。幸而穿的是爬山鞋,无大碍,只是脚踝很疼。

小林对李老师竖起大拇指:"你要不喊那一声,我们真的要去拔萝卜了,不是脚坏,就是腿折。"

我责备自己糊涂,怎么连这点儿道理也没想起?李老师在危急时,常常比我清醒,有高招儿。

这条根往山上爬了20来米,才在石缝中消失。目测它,其直径至少在1米!

小孟说:"蚬木嗜钙,喜爱在石头中求生存,求发展。在酸性的土壤中,绝对找不到它的身影!它耐贫瘠,耐干旱!"

它的繁殖也非常有趣!蚬木的自然更新能力强,这里确是一个群落,总有10多棵。幼树、成树都是树王的子孙。

在引种过程中,遭遇过周折,原因是它的发芽率很低。

其实,它的发芽力很强,这可从它的果实为椭圆形看出。它在自然中的发芽也证实了这一点。但它的果实成熟后,随着时间的流逝,在较短的时间内会很快丧失发芽力。平时,人们采集了树种,总是喜欢晒干,再去播种。这一晒却是致命的。因而,人工繁育需随采种子随播种!这大约也是蚬木对石灰岩生境适应的结果。

黑蜂旋起蘑菇云

车渐渐爬上了山坡。我以为要翻过前面的山岭,谁知它只在不高的山坡上蜿蜒。

迎面驶来了三辆摩托车。会车后,有两辆停了下来,另一辆却掉头追来,在车前20米处停下。

原来是保护站的巡护员。他们说前面的路被水冲断了。小孟问白头叶猴最近的活动情况,他们说师范大学有位老师带着两个学生在那边,今天正是去看他们的,路断了,没有两三天修不好,只好回来。

这真是令人沮丧的消息。大家呆立在路边。

小林说:"刘老师,往那边山坡上看。对,就是树冠特别绿、特别亮的……对!它就是金丝李,是珍贵的热带树种,每年开花两次,结果两次。第二次结的果,要到明年才成熟……"

我很感激地对他笑笑。在野外探险中,碰到这样的情况,是最为懊恼的事。

白头叶猴,你们在哪里?

在回龙川的路上,我问小孟:"既然蚬木的自然更新能力强,为什么到了渐危的地步?"他说:"等到了县城,我带你去参观几个地方。"

到了县城,我正想提醒小孟时,车刚好停在一个家具厂厂牌前,走了一段路,发现厂牌已有两个,前面的是"高级家具厂",后面的是"红木家具厂"。

我心里正纳闷时,已听到小孟在和老板寒暄。营业间摆满了各种硬木家具,色调全是暗红色的,只在北面有两组绛红色的。我用手提了提一张椅子,嗬,一只手竟提不起来,很沉重。

我已认出这都是用蚬木做的家具。

再听老板报价,更是一惊,比一般硬木家具贵几倍。

我心里已经明白:蚬木被用来充当红木了。红木是论斤作价的。

小孟又领我们去看了另一个家具厂,然后告诉我:"像这样的家具厂,在这小小的县城中竟有近10家!"

"蚬木属国家保护植物,为什么不禁伐?"

"就凭保护区的几个人,能管得了几十万亩的大山?"

"那么县里为什么不把这些家具厂关闭?"

小孟一耸肩,我也觉得这样的问题幼稚。如此明目张胆,明摆着是关系到县财政嘛!

晚饭时,我要李老师把昨天买的蜂巢蜜带上。她问:"干什么?"我说:"你只管带着好了。"

明天要离开这里了,朋友们来得较多。正在斟酒时,我拿出了蜂巢蜜,桌上一片叫好声!

有的说:"你从哪里搞到这样的稀罕物?"

有的说:"你也是个酒中仙啊!"

李老师莫名其妙。

那位老刘,伸手来夺。我却闪开:"谁能说出这是什么蜂子产的蜜,在哪里采到的,怎样才能采到,这巢蜜就是奖品。"

老刘又伸手来夺,我还是闪开了。他说:"你算问到人了。我家乡就有,这是一种黑色的小蜂子酿的蜜。"

"是中国蜂?我国养蜂业的品种,主要是中国蜂和意大利蜂。颜色上中国蜂偏黑,意大利蜂偏黄。"

"是我们这里的一种土蜂,比常见的蜜蜂要小一半。我们就叫它'土蜂'。"

他又伸手来抢。

"你还没说清怎样才能找到。"

"我小时候也贪嘴。奶奶说,不怕太阳毒,中午到小树棵里去看。有一次,还真让我看到了。那太阳真厉害,都能闻到头发的焦煳味。只见村西头灌木丛中,突然飞出一群土蜂。那蜂密密麻麻的,总有好几百只。中间有个大的,想必就是蜂王。它们不飞走,只在灌木丛上空盘旋,像是旋风似的。顶上大,下面较细,有些像蘑菇云。忽上忽下,总有一顿饭时间,才又下落到灌木丛中。

"奶奶说,记住那地方,秋后去收蜜。蜜罐子就是巢。不过,那蜂子叮到人可特别疼,要疼七八天,怕疼就别去……刺棵里毒虫、毒蛇多,怕被咬了,也别去。"

说到此处,老刘竟然不说了,是想起了童年的生活,还是……大家都在等待。

冷场了一会儿,老刘才接着说:"开头,我总是每天中午就去灌木丛看,十有八九能见到那群土蜂起阵,在盘旋。终于盼到了深秋,几次动了念头,但怕蜂子叮,毒蛇、毒虫咬,始终没敢去采蜜……"

小林叹了口气:"唉!你的胆小害得我们受罪,只能是望'蜜'兴叹了!"

"别急。那年,有一天,我看到一个外乡的中年人,戴了顶贝雷帽,中午在村子四周转悠,总盯着那片灌木丛。我多了个心眼,一直注意他。果然,那群黑蜂又起阵了。

"戴贝雷帽的中年人掏出一盒油,往两条腿上抹;然后,卷了支又粗又长的土烟,点着后,一边抽,一边向外喷吐着浓烟,一边向灌木丛里走。他走得很小心,每挪一步都将脚下看得仔仔细细。对蜂群,他只是时不时地瞟上一眼。

"那天中午,一丝风也没有,也像现在这样的天气。快到蜂群时,他不吐烟了,只是用眼在灌木丛中搜索……突然,他猛吸几口,将浓浓的烟雾向蜂群喷去,烟头都冒出了火。奇事发生了,黑蜂顿时乱了阵脚,蜂王迅速突出了烟雾的包围,蜂群顷刻作鸟兽散,四处乱飞。

"那人闪电般伸出手去,扭动了两下,取出了一个大大的、扁扁的蜂巢,蜜汁在太阳下闪着金黄色的光芒……

"他走到我的身边,撕下一块蜂巢给我。可我一溜烟地跑走了……我为自己的胆怯羞耻!生活中常常是这样,就是那么一丝胆怯你就失去了机会,就成了失败者。勇敢者、懦弱者是由自己选择的。有时,选择的时间就在那瞬间……"

山里人喜爱将蜂蜜掺到白酒中,制成一种特殊的调和酒(西方人称之为"鸡尾酒")。

大约是1986年,我跟随胡锦矗教授在川西南地区考察大熊猫。这一天来到了孟获村——相传是被诸葛亮七擒七纵的那个孟获的故乡——中午,他正在为无酒担忧时,朋友不仅拿来了酒,还从蜂箱里取来了天麻蜜。乐得他像个孩子,赶快将蜜灌入酒中调制。我虽不善酒,但经不住他们的鼓吹。有的说,此酒味美;有的说,不仅祛风祛湿,且滋阴壮阳;有的说,天麻能调理大脑神经……总之,神奇极了。眼下,正是天麻开花的季节。我喝了两口,实在不明其中滋味。但那天的收获是巨大的。酒后,胡教授帮我在山野中找到了天麻,拍到了它的花。天麻只从土里冒出花箭,没有一片绿叶。

采天麻,以未出花箭的为上品。寻找到它的踪迹需要丰富的经验。作为中药的天麻,见到的人不少,但在野外见到,甚至亲手去挖出的,可能就稀罕了。后来,我在高黎贡山,才知道天麻是兰科植物,属腐生兰。

带蜂巢蜜来,是希望对这位酿蜜的精灵有更多的了解,绝没想到会引出这样的故事!

沉默了一会儿,大家都说,奖品应属于老刘!这时的他,却静静地坐在那里。

"这样吧,我来将蜜掺到酒中调制,大家猜拳,猜拳有新规则,反过来,赢者喝。"小林的顽皮劲又上来了,但这次很适时。

奇特的蛤蚧

我对大新自然保护区非常向往,不仅因为那里有黑叶猴,而且因为曾有过白化的黑叶猴和短尾猴,就是说它们全身雪白。有关动物的白化现象常有报道,如白熊、白猴等等。但黑叶猴和白头叶猴之间的特殊关系,使得黑叶猴的白化具有另一重意义。

在南宁时,得知赖工曾研究过黑叶猴。在动物园的饲养过程中,曾生出一只酷似白头叶猴的幼崽,课题组对此惊诧不已,猜想着黑叶猴和白头叶猴之间进化的关系。后来得到了赖工的证实。可惜,这个课题未能研究完毕。

那么,这只酷似白头叶猴的,是否即是白化?

或者说黑叶猴的白化,是进化中的现象?

到达大新后,我们提出立即去寻找黑叶猴。主人说还要做些准备工作,下午先参观蛤蚧养殖场。

广西在养殖业方面很有成效。养殖场在县城附近。其实,这里也养殖从南美引进的肉用龟。

蛤蚧栖息在石灰岩的山洞或树洞中。我第一次见到它,是在海南的三亚。那时,我们正在等待天气好转,乘直升机去西沙群岛。晚上,我听到树上传来奇怪的叫声,以为是种大型的鸟的鸣叫,因为声音洪亮,连忙取来手电筒,打开一照,原来是一只壁虎样的动物,趴在树洞边。同行的朋友伸手就去捉,谁知它却闪电般地爬进了洞中。朋友说:"这是蛤蚧。"

进入养蛤蚧的房间,却见墙壁上已用帷幔遮了起来。老板说:"眼下是它冬眠季节,要为它遮光、保暖。"

掀开帷幔,有七八只紫灰色的蛤蚧趴在墙上,它们的周围是正在孵化的卵。

李老师很奇怪它们居然趴在墙上,我说它又叫"大壁虎",是爬行动物。

蛤蚧的紫灰色背上有着斑斑点点,尾上有环状的斑纹,数了数,有7环。别看其貌不扬,嘴也不大,它除了吃昆虫,还捕食小鸟和蛇哩!

老板说:"蛤蚧清明后开始繁殖。你听到的叫声,是它的求偶声。6月初产卵,8月份再次产卵。自然孵化,一百天之后,小蛤蚧就出来了。这个养殖场,每年可出产上千只蛤蚧。"

蛤蚧是珍贵的中药,具有补肺益肾的功效。

回到办公室,老板开始介绍养殖场经营的项目。没说三句话,他往后一靠,就将一双臭脚跷到桌子上,摆得还算方正。我对他看了一眼,他竟然毫无反应。

小林笑眯眯地说:"喂!你把那双脚扛到自己的肩膀上,不是更舒服一些吗?"

老板惊愕之间,我们已站起扬长而去!

根据黑叶猴的生活习性,我希望明早在它们出洞之前,赶到它们的栖息地。他们说还没有和保护站联系上,也就是说没有向导,那么只有在傍晚时到达那里了。

主人一片好意,安排我们先去德天瀑布。德天瀑布在中越边界的53号界碑处,可以算得上是个国际瀑布。有点似尼亚加拉大瀑布,一半在加拿大,一半在美国。

听到如雷的沉闷的瀑落声,我们又走了很长一段路,才见到飞溅的水在河谷上空。瀑布宏大,有近百米的宽度,水从崖上跌落,四叠之后才落入河中,层次分明,错落有致……

因为牵挂着黑叶猴,我催促小林往那边赶。

下午4点,我们赶到了目的地。

两座石山为一条小河环绕,成了猴岛。山不高,相对高差大约只有百米,林木葱茏。保护站说,这两座山有两群黑叶猴:一为大群,约10只;一为小群,只有四五只。

我们在河对面,注视着山腰上部的一个岩洞,那群猴子就住在里面。

我发现距离远了,提出上山去。向导说:"你别看这山不高,要爬上去不容易,石峰嶙峋……再说,现在到哪里找船?"

在等待猴群归来时,我询问有关白化黑叶猴的事。向导说:"多少年前发现过一只,这几年根本没见到。"

探索野生动物世界,是需要耐心的,耐心常常有收获。可在这次的等待中,随着时间的推移,烦躁有增无减。原因是问了几件事,他们的回答让我生疑,如问最近一次看到猴群在这洞中是什么时候,一个说是二十天前,一个说有个把月了……

太阳已经落山了,李老师支起的三脚架晒得发烫。我们眼都瞅得又酸又疼,仍不见猴影……

失望、沮丧、为黑叶猴和白头叶猴命运的担忧,使我整晚情绪低沉。

和小林商量后,我们决定尽快往崇左赶。

到达崇左县城,又走了几十千米,我们才到达保护区。时值中午,我感到四肢酸痛,浑身不适。李老师看我午饭时没吃两口,很关切地问这问那。我说可能是这几晚没休息好。

饭后在保护区的值班室休息,我越睡越冷,浑身发烫。我知道有麻烦了,悄悄地吃了两颗退烧的药片。到下午3点钟时,我还是催促大家上路。

李老师用眼神询问,我做出非常轻松的姿态。

我们先去找潘文石教授的工作站。车进入一废弃的建筑物大门,左拐右转,才在浓荫深处找到一幢平房。向导说:"这里原来闲置。潘教授来后在此安营扎寨。"

两位研究生接待了我们,这时才知潘教授回北京大学了,我心里涌起一丝惆怅。

正在攻读博士的小王很热情,带上高倍望远镜,就领着我们出发了。

石灰岩山峰列阵,多在一两百米高,山上森林茂密,但看不到大树,似是次生林。

在山间小路上走着,小王进行了简单的介绍:"这一带是白头叶猴集中分布区。我们观察、研究的这片,有16至18群,180多只。第一次来这里,是1996年。潘老师经过考察后,决定将野外工作站设在这里。

"这里多是石灰岩的山地,只有小块的峰丛洼地。老百姓的生活,基本上还处于贫困状态。

"近来,我们主要观察附近的三四群。白头叶猴栖息在山上的岩洞中,每天早晨6点前后出洞,晚上六七点钟进洞。现在还早,我们先去看北面的一群。"

这里原来似乎没有路,是小王他们每天走出来的,两边的茅草将路挤得只剩一线。我们好不容易才走到了山边。

初探白头叶猴

这时候的白头叶猴还在山上漫游,我们几人分片寻找。小王架起炮筒般的望远镜搜索。

在寻找中,我对白头叶猴的生活环境有了印象:石灰岩的山上,随处都突起大大小小的峰丛。峰丛之间形成了错综复杂的沟壑,植物就生长在这些石灰岩上,多数虬结,难得见到参天大树。陡峭的石壁特多,光滑如镜,偶尔也有绿树从中倔强地生出……这是充满艰难、危险的生活环境。

黑叶猴也是生活在石灰岩的山地。贵州麻阳河自然保护区内的黑叶猴,选择的是峡谷。这个峡谷奇特,上部只有百多米宽,底部即是麻阳河的绿莹莹的水,只有20多米宽,峡谷的相对高差却有100多米。地质学家称其为"箱式峡谷"。

峡谷两边全是陡峭的石灰岩石壁,坡度很小。从岸上下到峡谷中的猴洞,相对高差大约只有60米,我们却用了一个多小时,还弄得遍体鳞伤。黑叶猴就生存在这极其艰险的环境中。

在这种生活环境,是因它们的喜爱,还是为生活所迫?

搜寻的结果,只见到两处的树冠时时有剧烈的晃动,可是,一只猴影也没看到。我们只好转移。

需穿越两座石峰之间的一条小路,我们才能到达南边的"飞机场"。小路几乎是条石缝,全是嶙峋的石灰岩,很难走,走得我满身汗水。我感到头重,四肢无力,像是要散架一般。我只得坐下,请他们先走。

李老师走过来摸了摸我的头:"好烫!"

我用严厉的眼神制止了她,并示意她跟小王、小林先走。如果在这时一说开,大家肯定要将我送回去,这几天辗转跋涉的辛苦就白费了。

"你们先走吧,我也有点儿累。"

她坐到了我的身边,小声说:"吃点儿药吧。"我说:"吃过了。"

小林和小王也停了下来,关切地看着这边。

我咬咬牙站了起来,小声对李老师说:"你现在最好的办法是赶上他们,我慢慢走,不会有事的。"

多年共同探险的经历,使她很容易明白这一切,但作为妻子,她无法扔下我不管。处于极端矛盾中的她,还是选择了和我在一起。我也只好强打起精神,慢慢向前走。

好容易挨到走出石缝,天地忽然开朗,前面是一块山峰环绕的大平地,种有甘蔗等。想必这就是"飞机场"了——历史上曾计划在这里修建机场,机场没有修起来,倒是留下了名字。

平地的野草很深,中间有条水渠,我们来来往往于水渠两边。东面和西北面的山上各有一个猴群。

我感到头发晕,耳鸣如鼓,便坐在草棵中。各色小虫在身上爬来飞去,我连手也懒得抬起赶它们,只是漫无目的地看着西边的山石……

突然,有道白光在绿树中闪了一下,激得我每根神经都活跃,我猛然站起……

感谢阳光普照这片山坡,我准确地再次捕捉到那一丝难以察觉的白色,它在闪动,时时隐入绿色树冠,又不时浮出。树冠上有了动静,有几个白点在活动……

终于,有一只猴子露面了:好漂亮的精灵,头部的冠毛也如黑叶猴的一样尖尖的,只是整个的头部,一直到肩,全是银色的,如戴了顶银帽,又披了一领银肩,脸颊两侧蓬起的银色如一饰物。黑叶猴尖尖的冠毛乌黑油亮,两颊却各有一道白纹如倒置的八字胡。但白头叶猴从下巴到胸前的毛色带有橙红色,这样一衬,那脸面就呈现棕色,两只眼睛泛着一种特殊的光泽,显得尤为有神!

悠然之间,有四五只猴子蹿到了树上,全部将目光向这边投来。它们也发现了我。

它们坐下了,嘿,奇景出现了——下垂的尾巴是那样圆浑、那样长,似乎比身子还要长,怪在尾巴的颜色上黑下白,而黑白长短不一。

我在川西的原始森林中追踪过金丝猴,第一眼看到的,是那些如奇果般垂挂在树上的长尾,继而才发现它们五彩斑斓的面孔。

黑叶猴的长尾是全黑的。

后来我才听说，白头叶猴尾巴的白色部分，标志着它的年龄。年龄愈长，白色部分愈大。

鸟类中也有相似的现象。寿带鸟异常美丽，中国画的画家们常用它的形象来象征长寿——纯白如银的羽毛，长长的尾羽——其实，寿带鸟在年轻时是栗色的，只是到了寿星的年龄，羽色才完全变为白色。

我连忙通知李老师。小王也已将望远镜对准了这边。

这是一个家族，见到的有七八只。我在努力寻找酋长，距离太远，它们没感受到威胁，因而酋长也就没有突出。

小王可能已注意到了我的眼神，说："刘老师，你往右上方看，酋长在那边。"

我仍然没有找到酋长，倒是见到一只头顶白帽、身裹金黄色的小家伙。显然，它才出生不久。你看，它时时紧随着母亲抓耳挠腮，母亲也时时将它抱起，显出无限的温情。

在麻阳河探寻黑叶猴时，我曾要了点儿计谋，潜到它们群体的附近，目睹了黑妈妈生出的竟是一个金色的娃娃！那份喜悦至今还留在我的心间。

黑冠长臂猿的幼崽也是金黄色的，它的母亲也是金黄色的。

白颊长臂猿的幼崽是金黄色的，它的母亲也如黑叶猴是黑色的。

这是为什么？是进化树上它们有着血缘关系？这种幼崽的毛色，是它们对遗传基因的保留？

有两只猴子从树上跳下，一闪不见了。这才让我发现了溶洞的洞口，有一棵树刚好遮去了一半……

李老师示意，要我注意一面石壁。那石壁上有只猴子趴着，背部对着我们，很像一只大蜘蛛。它在干什么？为什么是这种姿态？在麻阳河黑叶猴自然保护区时，听说当地土家族的老乡又叫它"蛛猴"，说黑叶猴善于爬石壁。我们在这里开了眼界。

可它半天都不动,只是时时有只手或脚动一下……这究竟是在干什么?

西天的霞光正在消失,四五只鸟掠过甘蔗林的上空,急急寻觅夜宿的林子。

那只猴还趴在那里,我开始为它担心。生存的特殊本领总是在极端艰难的环境中取得的。以我的观察,白头叶猴也和黑叶猴一样,并非原来就喜欢岩山险石……

响起了一声猴鸣,那只趴在石壁上的猴子一震,立即想从那边跃起,跳到右边的岩上,可是,就在快要到达时,它却猝然落下……

光线渐暗,不断有猴子进入洞中……有只猴子却守在洞口,用眼神巡视着山野。我相信,它就是酋长,是这群猴的家长!

小王的答复是肯定的。

我问:"白头叶猴的社群结构,是否也和黑叶猴一样,由一只体格健壮的成年公猴担任酋长,统治着几只成年雌猴以及它们的子女?"答复是肯定的。一连串的思绪在心里翻腾。

太阳下山了,蚊子已经起阵,黑乎乎的、一团一团的,直往身上扑。小王说:"快走!这些家伙穷凶极恶到顶了,明早再来吧!"

刚往回走,神经一松弛,我突然又感到疲乏极了,浑身发烫,头如灌了铅一般,连一步路也不想走。但我只能强忍着,时时告诫自己要打起精神。李老师不离我左右。

我们相约明早6点会合,再去"飞机场"那边。

野外工作站无法住下我们4个人,我们只得开车回到县城。

新酋长的行为

在车上,我已昏昏睡去。住下来后,我还得陪着小林和师傅吃饭。其实,我一口饭都不想吃。回到房间,我就瘫倒在床上。李老师忙把门关起来,说是赶快去医院,以她估计,大概已烧到 39 摄氏度。

我要她再取出两粒治感冒的药吃了,说:"这人生地不熟的,去医院肯定要惊动小林,等等看再说吧。"

她很焦急,但更知道我的脾气,若是这时去惊动小林他们,我是绝对不会去医院的。

大汗淋漓之后,稍感轻松,我劝李老师休息,没多久,我又浑身不自在了。她赶快用湿毛巾敷在我头上,我全身像着了火似的,烧得昏天黑地。我担心会出现昏迷,告诉她:"如果去医院,千万记住我对葡萄糖过敏。"她又要我去医院,我指了指她的手表:"凌晨 3 点,何必把大家都轰起来? 天亮后再说吧。"

按约定,应该在 4 点就要起来,6 点才能赶到飞机场。可我实在起不来。

9 点时退热了,下午正准备走时,又发烧了,我只好去医院。一位中年大夫看的,做了一些检查之后,说是要吊水。李老师仔细检查了药品后,我就在观察室吊水。

回到住处后,体温继续升高到 40 摄氏度。李老师焦急万分。我安慰她:"才拍过 X 光片,又抽了血检查,没什么大事,可能是重感冒。"

我请小林设法通知小王,今天去不了了。

李老师一夜未眠,细心地看护我。她说:"我有点儿怕,明天回家吧。我们毕竟都是 60 多岁的人了⋯⋯"我笑了:"死不了。我和大自然相处这么多年,还有那么多的话没有说完,它才不会放我走哩! 明天再说吧。"

早上 8 点,还是高烧不退,我同意暂回南宁。小林忙着和各方面联系。

李老师已拖着箱子出门了,我突然感到有些轻松,说:"你回来,再等一等吧。"又过了一会儿,我要体温表。

嘿,体温基本正常了。我感到有些神清气爽,竟然想抽烟了。有吸烟嗜好的人,在感冒时绝不想抽烟。

小林还是劝我回南宁,医疗条件好一些。

我决定不走了,但听从了李老师的意见,继续吊水。

还是昨天那位医生开的药。李老师取了药后检查,发现竟然有两瓶葡萄糖输液,连忙去找那位糊涂医生,可他已不知去向。别的医生又不敢改他的处方,找到主任才解决了问题。医院直道歉。李老师说:"人命关天,不要说这两瓶了,半瓶输进去,就没命了。"

我也惊出一身冷汗。

没有再发烧了。

凌晨4点醒来,李老师说:"别忙,我先去外面看看天气。"

她回来后说:"很凉,我们晚点儿去吧,你烧了几天才好。再说,现在已是11月了,太阳出来得晚,猴群也会相应推迟出洞的时间。"

5点时,我们出发了。冥冥的天空中,星斗淡淡,四野还在沉睡中。

与小王会合后,我们直奔"飞机场"。

太阳已经出山了,但天气很凉,架照相机时冻得手疼。以我们所带的照相机的变焦镜头,那天的距离太远了。还有个麻烦事,就是视角的问题,这四周的石山都较陡。但也只有碰运气了。

刚把准备工作做完,猴群已出洞了。很好,西面和北面的两群猴子都出来了。大约是我们正在忙乎时,酋长已完成了先行出洞侦察的职责。黑叶猴也是酋长先出洞,感到平安无事,才招呼猴群出洞的。小王他们在这里观察已有很长时间,它们应该习惯了。

早晨的猴群是欢乐的,温暖的太阳、清新的空气、丰富的食物,充满了诗情画意。它们纵上跳下,嬉闹玩耍……

"刘老师,注意那只将尾巴竖起的。"

看到了,它将黑白两截的长尾,像旗帜一样竖起,很活跃,主动与其他猴子接触。不久,我发现它总是围绕在一只大猴身边,一会儿为它捋毛,一会儿又用臂去碰它。

那只大猴终于爬到它的身上,它随即温驯地趴倒。这时却拥上来三四只猴子,未看清怎么一下,大猴歪倒了……

那根高扬的尾巴可能是一种标志,或许是发情了,那它可能是雌猴;而那大猴,是酋长无疑了。

又过了一会儿,才见高扬尾巴的猴子,又与酋长到一起,但在树丛后,只能见到晃动的枝叶,无法观察到它们的行迹。

后来,小王告诉我,我的猜测是对的。白头叶猴在交配时,其他的雌猴会来瞎掺和,有的拽腿,有的扯腰,更有甚者,还将酋长推下来。恼怒的酋长会对来搅了好事的雌猴动以拳脚,但雌猴们仍会不屈不挠地干扰。小林说:"争风吃醋看来是本能,一夫多妻,麻烦事还真不少!"

潘教授还观察到一个奇怪的现象:在一大群猴子中,某一天早晨,突然有两只年长的猴子,带走四五只仔猴,搬到附近的一个山岩上,每天竭尽全力去照顾那些仔猴。经过长时间的观察,发现那两只成年猴子是哥哥和姐姐,它们是主动为母亲抚养孩子的。这种行为,引起潘文石长时间的思索,产生过各种猜想。他偏向于其中的一个猜想:动物的本能是复制自己的DNA,也即是繁殖,延续自己的生命和种群。它们的弟妹有和自己一样的DNA,抚养它们等于延续了生命,壮大了种群。当然,这需要更深入的观察和研究。

我想:这和刚才的景象有无联系呢?作为雄猴,取得交配权,要当上酋长,其道路是漫长而艰难的。对雌猴说来,要取得交配权,也不是容易的。

记得看过美国作家写的一本书,她观察到在鸟类世界,也有兄姐代替父母抚育弟妹的现象。

猴群开始向上移动。以它们洞穴的高度,按黑叶猴的生活习性,这时应该平移或向下,是不是因为今天的人太多了?

小王说:"有时它们也向上,食物起着主要作用。它们的巢区不大,主要采食树叶和树果。这片山上的植被,主要由高山榕、小叶榕、构树、剑叶龙血树等组成。白头叶猴基本上是游食,这片吃完,待新叶长出,再回来……"

小林问:"你们一年三百六十五天,无论风霜雨雪还是酷暑炎夏,每天都这样进行观察,觉不觉得单调?"

"科学是以事实为依据的,动物社会行为学是门新兴的学科。每天观察白头叶猴的行为,就是一种基本的研究。只有日积月累,才能窥视到它们的神秘生活。潘老师在秦岭深山经过十多年的观察,才揭示了大熊猫的诸多社会行为的含义……其实,你观察长了,你就会认出它们每一位,有忠厚的,有顽皮的……你就会喜欢上它们,你就有可能理解它们的每一个行为……"

小林感叹:"这就是献身精神!"

"哇——哇——"北面的一群猴鸣声骤起,白冠在绿海中乱窜,枝叶剧烈晃动。那里发生了骚乱……

有天敌来袭击?这里虽然没有豹子、老虎,但有分布着豹猫,还生存着大灵猫和小灵猫。

白头叶猴是善良、弱小的动物,它们没有抵御敌人的强有力武器,所以才选择了陡峭的山崖,把溶洞作为栖息地,这也是避开强敌的一种策略吧!

我们为白头叶猴的安危担心。观察了半天,我们也没发现其他动物的身影,更没见到猴群遭受攻击的迹象。

或许是它们内部的纷争,酋长已经平息了吧。你看,猴群已安定下来了。

在麻阳河探索黑叶猴王国时,有两个问题没有得到答案:它们分不分群?怎样分群?

小王说:"我们正观察的这群,就是1998年分群出来的。母群是一个已有18只猴子的大群。1只雄猴带领7只雌猴,在一个阳光灿烂的日子里脱离了猴群,从那边的石山来到了这边,组织起了新的群体。

"当群体达到饱和数时,分群是必然的。否则作为一个物种,它就无法发展壮大!

"新的猴群在生活中逐渐稳定。这年的12月,第一只仔猴出生了。现在,这个家族已增加到14只。原先,因为生活贫困,每年秋冬,周围的老百姓都要上山砍柴,这对白头叶猴栖息地的破坏很大。潘老师来后,出主意帮助这里的群众脱贫,喝上洁净的水,大家也就逐渐认识到保护白头叶猴的意义了。"

"分群或许是一种较为和平的发展方式。那么,有没有也像短尾猴那样,群内发生向酋长挑战,新酋长应运而生的情况呢?"

"有。奇异的是,新酋长一旦诞生,带崽的母猴特别紧张:有的紧紧地搂住自己的孩子,有的则躲了起来。但是,新酋长残酷地夺下仔猴,将它们统统杀死!这就是最为怪异的'杀婴'行为……灵长类动物中,常有这种行为……"

小王的语调,渐渐低沉……

灵长类动物是人类的近亲,人类至今还属灵长类,只是在进化树的顶端……这不免让人想到远古战争中,胜利者实施的屠杀,甚至有"屠城"。

对动物行为学的研究,绝不仅仅是对那种动物的研究。因为那里遗留着人类早期的生活影子,遗传基因还在血液中残存……

当年,在完成了对黄山短尾猴的阶段性考察后,又过了几年,有几位动物学家又去进行观察、研究。后来,听朋友说,他们也观察到了"杀婴"行为。但他们有着这样一种解释:猴王为了控制社群中的数量,采取了"控制人口",甚至是"计划生育"。我对此一直持怀疑态度。

白头叶猴新的酋长,要将所有的幼崽杀死,对此,动物学家们有一种解释:新酋长需要尽快复制自己的DNA,而带崽的母猴是无法发情的。杀死幼崽,可以使母猴提前发情,参加繁殖。

《走进非洲》的作者,美国的动物学家,在观察非洲狮时,也发现了新的狮王要将刚占有的狮群中的幼崽全都杀死。他也是作了如上的解释。

这种解释有合理、科学的一面。

猴群继续向山顶移动,那里的森林稠密,它们时时在我们的视线中消失,只能偶尔看到银色的冠毛。有了追踪黑叶猴的经验——它们总是要在你的上方才感到安全,你上山,它们便往更高处走——我们当然不再作徒劳的追踪,只得耐心地等待。

小王说:"通过这三四年的观察、研究,关于白头叶猴的社会行为已积累了大量的资料,潘老师正在作各方面的深入研究。从另一方面来说,要保护一个物种,还是应该从它的社群着手,才有可能提出切实可行的办法……"

有一只猴子在树冠上飞跃,长长的尾巴甩在空中,姿势异常优美。我突然想起那天晚上从石壁上跌下的猴子。

小王说:"这两天都没看到它……这里的老乡说,他们常能在险岩、绝壁下捡到摔死的猴子……"

生命是欢乐的,但也常常上演悲壮!

我的思绪猛然翻涌:根据动物生存法则,白头叶猴的生存环境——栖息地,原来一定是非常良好的,那么是谁把它们撵到如此艰险的环境中?

人,只有人!人类强占了最好的生存环境!

当人类的朋友都灭绝之后,人类还能生存?

后记:比之于五上青藏高原、六探高黎贡山,初探白头叶猴的行程有着更为惊险的情节。我在山野跋涉多年,在途中生病,那是唯一的一次。若不是李老师细心呵护,后果真是……因而,记忆中也就多了一层色彩。

我特别记挂崇左的那群白头叶猴。听朋友说,那里采取的保护措施、区社共建卓有成效,白头叶猴种群已有了较大的增加。应该为白头叶猴们祝福。

2008 年 8 月 13 日

银 杉 王

地质年代是以千万年来计算的,化石记载着地质的历史。化石与我们的时空差距实在太遥远了,因而对化石进行解读,必须穿越时空隧道。

当人们发现那化石尚未被历史凝固,在地球上的某一天,突然发现它依然鲜活,依然蓬蓬勃勃地生长着时,那是怎样的一种兴奋和喜悦?

2000年11月,我们踏上了寻访"活化石"银杉之路。这不是一次穿越时空隧道的旅行,而是一次穿越时空隧道的探险。

松科植物中的水杉和银杉被称为"活化石植物"。

震惊世界的水杉的发现,是20世纪40年代的事。如今,我们在南方旅行,已能常常见到它美丽的身影。

水杉树干挺拔,绿冠如伞,其叶羽状。春天,它新叶嫩黄;夏天,满树碧绿;秋天,羽叶一片金光灿烂!一年三变,多姿多彩!

水杉被广为栽培,成了园林、造林的树种,成为观赏植物,是中国植物学家的贡献!

与水杉发现的时间相隔并不久远,十多年后,中国的植物学家又发现了第三纪的孑遗植物:"活化石"银杉!

它曾经在欧亚大陆生存,经历了地球史上最严酷的干旱、冰川之后,人们以为它已经消失。谁也不曾料到,在中国这块神奇的土地上,依然有它顽强的生命!

继水杉之后,银杉的发现,再一次震惊了世界!

从此,鲜为人知的广西东北的花坪,成了圣地——银杉就生活在那里。

银杉被发现之后,我国的植物学家,相继在贵州、湖南、四川以及广西的大瑶山又发现了它。这种岛状的分布,相距又是那样远,是什么原因?

统计银杉,是以株来计算的,我国四省的现存量也只不过数千株。这也就是全世界的现存量,足见其珍贵、稀有!

我们的行程,第一目的地是大瑶山,真正的银杉王就生活在那里的丛林中。

到达金秀瑶族自治县已近傍晚。县城在层峦叠嶂的山谷中,一条清亮的小河在城区蜿蜒,使得这座美丽的小城有了灵气。

瑶族是个大家庭,曾分为盘瑶、茶山瑶、山子瑶等五大支系。据保护区一位朋友说,曾有美国的瑶族同胞来访,相谈之时竟无须翻译,因为他们的语言是相通的。日本、越南的瑶族,与我国盘瑶的语言、风俗也是相通的。这在民族地理学方面,确是非常有意思的。

晚上,经朋友指点,我们去观赏了瑶族同胞的歌舞表演。节目中有"上刀山""过火海"。在云南傈僳族、景颇族等少数民族的节目中,也有相同的表演。这是否从一个侧面反映了他们之间的联系?也是在这次晚会上,我们才看到了瑶族同胞的服饰。

一夜之间,老天变脸了,早晨就下起了小雨,但我们还是出发了。车在山谷中穿行,从这个山谷迂回到另一个山谷。

虽然已是11月的天气,但雨中的大瑶山依然满山滴翠。红叶、金叶点缀其间,使山川多了几分色彩,勾勒出了丰富的层次。

大瑶山刚好在北亚热带向南亚热带过渡的地段,雨量充沛,造就了它生物的多样性。据考察报告,这里有高等植物2335种,属于国家保护的濒危珍稀植物的有31种;野生动物有372种,属于国家保护的有十几种。大瑶山自然保护区的面积,只占广西总面积的0.88%,却有着全省植物总类的39%、鸟类的33.3%、两栖爬行类动物的60%。珍贵的鳄蜥,就生活在这里。

途中,主人领我们去看了一棵杉木王。据说在门头乡,还有一棵胸径为1.58米的杉木王。它虽不及贵州习水的杉木王高大粗壮,但仍不失为一方之王,伟岸的躯干,展示了无限的风姿。

有股奇特又有些熟悉的香味飘来。徐工指了指山坡上的林子。这片林子的树冠如伞,枝叶繁茂,不难看出有精细的人工养护。

我看了看徐工,他却笑着说:"自己去发现吧!"

上了山坡,香味渐浓,难道是它散发出来的?我摘了一片树叶闻了闻,确是它的香味。樟树的叶子也有股香味,但从香型和树形都能确定它绝不是樟树。

正在枝头搜寻时,我突然发现树上有花有果。花是白色的小朵,但花蕊艳红。那果是青色的,呈角状,像是一个个不规则的菱形的拼凑。我猛然醒悟:"是八角?"

"对!这是大名鼎鼎的八角,谁家厨房中不备有它呢?然而就是这常见、常闻的香料,怎么到了跟前反而不认识了?也难怪,你们那里没有此物。"

李老师在惊奇中,问了一连串的问题。徐工原来就不善言谈,这时更不知该先回答哪一个问题了。

我笑了,说:"你别难为他了。还是先看看这树上的花、果有什么特点吧。"

李老师很快有了发现:即使在同一棵树上,有盛开的花,也有才打蕾的;有的花已谢并结了小果,果有幼果,也有大果……

"难道它一年四季都结果?"

我说:"看样子是的。""这些幼果大约要到明年才能成熟。"徐工点头。

成熟的八角摘下后,先用开水烫,然后晾干,其时颜色才成了常见的酱色。近来,也有人用其树叶蒸馏,制取八角油。八角还是一种药用植物,具有止咳等功效。随着人们对八角的认识,它的经济价值上涨,收购时的青八角,已是八九元一斤。

徐工说这里还有一种特产香料植物灵香草。可我们在附近没有找到。

到了银杉王管理站,老天又开始下雨了,且渐渐大了起来。待到雨稍小,我说还是登山吧。

管理站在一个小山谷中,为大山和天然林环绕。虽然有一条小路,但在茂密的树林中很不显眼,且弯弯曲曲,布满青苔。

正在艰难行进中,青苔上有一炸开的果实:外壳如绣金色,内壳则鲜红得耀眼,果仁金黄色。李老师将它放在掌心,看着如花的容颜,真是爱不释手。

徐工说:"这是伯乐树的种子。""和相马的伯乐有关系吗?"徐工摇了摇头。

李老师的发现,带来了一连串的稀奇:布满各种苔藓的红榍树,如披了件蓑衣的大汉;头巾杜鹃、羊角杜鹃的树干为紫砂色,不知名的苔藓和菌类植物如彩色的画笔,狂放地在那上面泼洒,于是形成了各种图案,很似野兽派画家的作品……面对这些色彩斑斓、构图奇绝的印在树干上的图画,你的想象的翅膀会顿然飞起……

大自然的杰作,引起了我们的奇想:"为五光十色的树干留影,将来一定能集中出一册《天画》!"

一串鸟鸣声骤然响彻山谷。不久,另一个岭头也有鸟声相和,婉转多变。乍一听,像是画眉,细细体味,却与画眉有别,想来也是鹛类王国中的一位高手。

一记沉闷的枪声在森林深处响起,鸟鸣声戛然而止。

我们面面相觑。这是保护区啊!

在来管理站的路上,隐藏在树丛中的一辆摩托车,就曾引起我们的各种猜测。保护区还生存着鹧鸪、两三种雉类、竹鸡，都是偷猎者的目标。

在这一段路上，20米的距离内，我已发现了十几个树种，有荷木、甜槠、红苞木、白花含笑……因为和杜鹃的特殊缘分，我对四五种乔木类的杜鹃格外注意。保护站的向导说："要是春天来这里，就像是在花海里浮沉。"

鸟鸣声又在山谷里响起，雨也渐渐停了。我们都已走得浑身大汗，正想休息时，左前方的岭上又传来枪声。

保护站的向导立即闪进了森林："我去看看。反正徐工认识路。"

徐工说："过去，这里的年轻男子出门总要背支枪。现在土制猎枪都已上交了，但总有些心怀叵测的。"

拐过一个山弯，路渐陡峭，林子也更加茂密。

眼前忽然一亮，这里似乎开了个天窗，一片湛蓝的天空，隐约映出松科树的虬枝、针叶，如一幅铁画。天也有情，太阳出来了。我们紧走几步，又一路小跑。

啊！赭红色的粗壮树干，从山岩上矗立而出，如云片般的树冠，弥漫起银色的雾霭。在视野中，还有另一种针叶树，但我已从它弥漫的银色光芒中，猜出它就是银杉王！

我跑上去，喘着粗气，伸开双臂抱住了它，心里涨满了喜悦与激情，就像见到了一位从未晤面但已心交很久的朋友！

想想吧，它来自千万年之久的自然，比人类早了千万年生于地球。它穿越了千万年时空，保留了千万年来宇宙的信息、生命的内涵。

我紧紧地贴着它，倾听它对生命的演讲……

赭红色的树干上，印有无数的白色的印记，我不知道那是图案还是文字，或许是另一种象形字……

我久久地去辨认，希冀找到解读的途径……一会儿似乎读通了一点儿，一会儿又似乎走入茫茫……

其实,它的存在、它矗立的雄姿、它的虬枝、它那如云的树冠,已是内涵丰富的形象展示!

难得阳光为我们灿烂,把山谷中的森林、山岭上的森林,以及在浓淡不一的绿海中的红叶、闪耀金光的枝头……织成了自然锦绣。

在银杉王身旁,有四五株长苞冷杉、铁杉。在前方的悬崖边,也有一棵银杉,其旁还有一棵,显然是银杉王的子孙,它们共同组成了一个群落。

而在千万年之前的第三纪,你生存在怎样的一个植物世界?因为只有你和为数不多的植物流传下来了,其他都已从地球上灭绝,或者演变成其他植物……

一群四五只绿嘴红尾的小鸟,叽叽喳喳地从右前方的山岭,越过山谷上空,向我们这边飞来。我们没有再听到枪声。

保护区的谭主任说:"1986年,在这里考察五针松时,发现一棵特殊的松科树的幼苗,很似银杉。经过与银杉的对比,确认了是银杉。但它为何只有一棵幼苗呢?这棵幼苗的种子是从哪里来的?

"那些天,大家既兴奋又焦急,成天在山岭上的森林中寻找,终于找到了它的母树,那是一棵高大的银杉。这就可以确定,在大瑶山有着银杉的分布。大瑶山距桂东北的花坪还有上千里的路,为何这里也有分布?而且这里银杉生长的海拔比花坪要低。

"经过多次考察,我们共找到了219株,分布在11个小的区域。最喜人的是发现了银杉王!这棵银杉高31米,胸径87厘米,比花坪的高,比花坪的粗。林学家们是以树木的胸径的大小划定树王的。

综合考察队曾在这片大山勘察过,但没有发现它。因为这里的森林太茂密了,树种繁多,银杉又是上层树种。"

李老师在忙着拍照片,阳光时而被云层遮去,且此处又较陡险,要寻找到一个好的角度,实在太难!

不知什么时候,徐工在银杉旁边的一处山崖下打转转,左看右瞅,且不时蹲下又站起。他发现了什么宝贝?是一棵像野菜的植物,叶子碧绿,有些像海棠的叶子,叶脉鼓凸。我似乎在什么地方见过相似的植物……他要我将边上的杂草扒开,拍了两张照片。

徐工喜爱摄影,拍过很多优秀的野生生物的照片,有些是很难得的镜头。这是他从事自然保护工作的享受。

李老师也走过来了,问他:"这叫什么?"

我对徐工摇了摇手,说:"让我想想……是不是叫'苣苔'?"

徐工很惊奇:"不错,它就是瑶山苣苔,是大瑶山的特有种。你怎么认识?"

记得是和植物分类学家吴诚和在黄山考察时,他教我认识的。记忆中它的花形像长筒状,既粗又长,很有点儿像洗澡花。吴诚和说它学名叫"粗筒苣苔",产于浙江和皖南一带,属于稀有植物。

"这棵有花!"

李老师常有意外发现,听我说有花,她真的就找到了开花的瑶山苣苔,只是它的花朵不大。但乐得徐工忙不迭地从不同角度拍了四五张照片。

天又开始阴沉了,阳光只给了我们两个小时的光景,但已够我们高兴的了。

大瑶山不仅是丰富的动植物世界,而且是众多小河的发源地。保护这里的森林,也就保护了周围7个县市的水源。保护区有一条标语非常生动:"森林是水库!"

因而,大瑶山自然保护区的管委会,由周围7个县市的政府负责人组成,由自治区政府协调。各县以用水情况(受益情况)缴纳费用,以用于保护区的管理和建设。

这是我国自然保护区中,一种较为成功的管理模式!

在探索了瑶山鳄蜥的栖息地之后,我们又紧张地赶往桂东北的花坪。

快出金秀县时,徐工特意领我们去看七建乡皆村的古樟树群。路旁一棵古樟树的树干上,已爬满了榕树的气根。从侧面看,这些气根恰似一张面孔,狰狞恐怖,张牙舞爪——它正妄想绞杀这棵古樟树!

只见到远处浓郁的古樟树的树冠,但在阡陌纵横的田野中,不知该走哪条路。我们经过多次询问,才迂回地来到了村中。

最大的两棵巨樟树,树根连在一起,但相距数米,各撑起一片绿云。其胸径有 2.5 米,树高 30 多米,应当有七八百年的历史。

村民见我们又是拍照,又是摄像,主动前来介绍、领路。他们说:"这些樟树是祖先栽下的,管着这片风水,润泽子孙。先人曾留下这样的话:'樟树茂,人丁兴;樟树枯,灾难临。'"

不说别的,仅是村里的蚊虫、菜地里的虫害,就因有这些樟树而少得多!他们已制定了保护古樟树的村民公约。

七建乡皆村连绵有 500 多米长,古樟树群落也就沿着村落生长,它们已融为一体。这是一幅人与自然和谐相处、共存共荣的景象……

这是我见过的最大、最壮观的古樟树群落。

车转入大道未行多久,眼前突然出现无数石峰。它们与我在桂东北看到的溶岩不同,全是拔地而起的石山。在广阔的平原地带,它们显出了另一种姿态和风韵,是典型的漓江山水。

在荔浦吃中饭,荔浦的芋头不可不尝。它确实有一股醇香,只有亲口吃过道地的荔浦芋头,才能体味到它难以言明的鲜美。

过阳朔时,路两旁摆满了金黄色的柿子、青黄色的柚子。眼下正是收获的季节,因为要赶路,我们只是匆匆每样买了一点儿。

从桂林到花坪,整整开了一天的车。有段路在修,尘土飞扬。在龙胜,主人希望我们能留下,去温泉小憩,那里有几条大鲵,最大者有十几千克重。另有龙脊梯田——山势如龙脊,梯田如鳞,构成了具有特殊含义的画面——也是风景胜地。

我担心天气有变,又急切地想见到花坪的银杉,于是说:"等回程时再看吧!"

花坪自然保护区管理局在山上,那里正在搞基建。因为常有来瞻仰银杉的游客,他们在山谷中建了几幢木屋,眼下正是淡季,于是我们就住进了木屋中。

木屋下的山谷似漏斗一般,晚霞将山野幻化出一层彩雾。右下方有一瀑布,水雾中不时有彩虹架起。

正在欣赏晚霞的变幻时,李老师要我看她的发现:"顺着那银练的闪动,对,对,有一段被树遮去了。3点钟方向,水流又出来了。就在那个弯的上方,靠我们这边,看到没有?大树上挂了个东西……像灯笼一样……"

是的,看到了,真是意外的发现。不过,真有她的,居然说像只大灯笼。

"是牛蜂窝!大牛蜂的巢!是曾吃过它苦头的大牛蜂的巢。"

真的,我已多年没看到这样巨大的牛蜂巢了。我们连忙取来了照相机,忙不迭地往沟谷中走去。没有找到路。管他哩!脚走过去不就是路?估计一下,也不过五六百米的距离吧!

在山谷上方看,到达那树边应不太困难,可一进入丛莽,就完全不是那回事了。荆棘很多,多到如一排排篱笆,根本无法通行,只得再迂回找路。走了一会儿,又有巨石挡道……

我突然止步了,山野的光线已起了变化:如火的晚霞正在变为绛色,犹如一团火正在熄灭。

李老师也明白了我为何止步,连忙端起照相机拍。其实,距离太远了,不会有好效果。我安慰她:"明天再来吧。"

刚往回走,已听到山岭上小刘在呼叫,我连忙答应。

走着走着,天色就昏暗下来。山谷中的傍晚是短暂的,太阳一下就掉了下去,只有天还是明亮的。

小刘直埋怨我们,不该在这深山中独自行动,这里有毒蛇,有野兽,再说也很容易迷路。

我们只是傻笑着,就像顽皮了一次得到快乐后的孩子,任凭大人怎么数说。

11月的花坪,已很有凉意。晚上,在木屋的凉台上,我请同行的小刘和林业局的罗局长喝茶。茶叶是带来的黄山毛峰。罗局长已切除了半叶肺,但这次执意要同行,说是很久未看到银杉了,还真想念哩!小刘是个胖小伙子,他从事保护工作已有些年头了,但还未见过银杉王。

两口醇厚的茶喝下后,他们都赞叹黄山毛峰,犹如一股暖流穿肠过肚,回味微甜,生津止渴。我请他们说说当年发现银杉的故事——

那是20世纪50年代的事。

1954年,钟济新教授带领广西农学院林学系的学生,在暑期去临桂县实习,发现了一片天然林。经初步考察,林中保留了较好的原始性。这给钟教授留下了深刻的印象。

1955年初,钟教授利用寒假,带领着华南植物研究所和广西分所的7名科研人员,再次来到这片原始森林。在考察中,他们发现这里层峦叠嶂,地形复杂,形成了众多的特殊生境。植物种类繁多,植被类型复杂,是较为典型的亚热带常绿阔叶林,同时又有亚热带山地落叶林。在高山地区还有山顶矮林,有着明显的垂直分布带,已发现了一些珍贵的树种。初步勘察的结果是:原始森林面积较大,地跨两个县。

在结束了一个多月的考察工作后,钟教授怀着激动的心情,给华南植物研究所所长陈焕镛教授、学术委员会写了一封热情洋溢的信,建议组织力量,进行大规模的考察。

陈焕镛教授迅速作出了答复。于是,在这年的4月,钟济新、何椿年教授,带领由华南植物研究所、广西分所,以及中山大学生物系组成的考察队,第三次进入这片原始森林。

一位考察队队员采集到一种奇特的裸子植物,它生活在海拔1300米左右的山岩上。

钟教授具有丰富的野外考察经验,对广西的植物世界又有着较深的研究。

这棵奇特的植物,具有松科植物的一般特征,但与已知的这一科各属的树种,都有着明显的区别,确实是从未见过的。凭着科学家的敏感,他猜想可能是个新种。

科学是严谨的,一个新种的确定的道路是艰难和漫长的。为了证明自己的猜想,钟教授在1956年春天,四进这片原始森林,翻过一座又一座山岭,穿过一个又一个山谷。经过无数次的寻觅,他终于摸清了这种奇特植物的基本情况,最为重要的是采到了它的完整的标本。

钟教授将标本整理好之后,寄给了著名的植物分类学家陈焕镛。

陈教授与中国植物研究所的匡可任教授共同鉴定了标本。结果是令人兴奋的:这种植物只在第三纪欧亚大陆的化石中有发现。它不仅是一个新种,是第三纪的孑遗植物,而且现今只在中国发现。因其叶表面为绿色,而背面是银色,故定名为"银杉"。

银杉的发现震惊了世界。这不仅仅是一个新的物种的发现,更大的意义在于它被发现的过程,是一个新的生命被发现的过程。

是生命对生命的追求。

风在山谷中掀起波澜,树叶的哗哗声惊得夜鸟扑棱起翅膀。我们都沉浸在故事中没有说到、需要用想象来补充的情节中……

我夜里被雨声惊醒,山区的小气候多变。早晨推开窗户,山谷满溢乳雾,小鸟的鸣叫,显得那样遥远……

在雾蒙蒙、雨蒙蒙中,我们出发了,沿着山膀上的小路疾行,到深山峻岭处去瞻仰世界著名的银杉王。

朦胧有朦胧的意境,树上不断落下水滴,枝叶发出噼啪声,森林和大山融为一体……

一阵大风吹过,雾向远方飘去,树的绿叶显示出花的色彩明丽。

右边出现了银荷,高大、粗壮。保护区的杨主任指着一棵叶如鸭脚形的树,问李老师可认得。这是五加皮,小有名气,可当地老乡都叫它"鸭脚木"。

森林茂密,路不好走,也就多了谈话的机会。罗局长兴致很高,发出感叹:"这棵杉木已长得这样粗!这棵银鹊要保护好啊……"大约是大病之后,他多了一分对生命的关爱。

拐过一个山弯,世界突然亮堂了,太阳已经冲破了薄云。左面一个偌大的山坡上全是荒草,只有一两米高的长着硕大叶子的泡桐,它们长得茂盛。看样子这里原是垦荒地。

杨主任说:"别看现在这些紫花泡桐长得好,四五年后会死去的。因为那时它们正需要大量的水分,而这是个旱坡。"

由此,他谈到了这几年的观察,说是原来林间有些庄稼地,猴子、熊、灵猫、獐子等都喜欢到庄稼地里偷食。老百姓说野兽多,前几年不准在保护区内种庄稼了,幼树又还未长起来,野兽反而少了。这是什么道理?

最有意思的是,山里小溪、小河中的鱼很多。过去,老百姓常进山将茶饼撒进河溪捕鱼,收获颇丰。这两年禁止用茶饼毒鱼,嘿,河溪里的鱼反而少而又少了。这又是什么原因呢?

就以鱼来说吧,我揣摩,茶饼毒鱼,同时也消灭了对鱼有害的生物,起了消毒作用,有利于鱼儿生长。

小刘说:"生态学上有这样的说法,生境的多样化,有利于野生动物的生存、繁盛。你说的这些很有意义,是保护区应该研究的重要课题。有人说保护和利用是双刃剑,其实应该能很好地统一的。杨主任,希望你就研究这个课题,把课题设计一下报来,想办法给你争取一些经费。"

兴趣广泛的话题,引来了一路的讨论。直到走过了这片荒坡,山路陡险了,我们才只顾小心翼翼地上坡下坎了。

内粗江管理站在密林中,绿莹莹的竹海,掩映了一条潺潺的小河。我们已走两三个小时了。杨主任说:"前面要爬山,路也险,还是在此休息一下吧!"

我担心天气有变,只在火塘边喝了点儿水,就催促着上路。

出了管理站就爬山。林子更密了,小道上铺满了落叶,色泽枯槁,厚厚的一层。天又下起小雨,路显得很滑。

鸟多了起来,羽毛花哨的啄木鸟笃笃声不断。林鹛鸟、噪鹛,还有些不知名的小鸟,都在唱着,飞起、落下。从这些鸟鸣声判断,这里海拔在1000米左右。鸟在山区也有垂直分布的情况。银杉王在海拔1300米左右,也就是说还要爬两三百米的山路。

小刘是个胖子,登山需要付出更多的体力,渐渐落后了。罗局长虽然喘着粗气,却总想走到前面,时时告诉李老师那是青枫栎,这是罗浮栲,那是大穗鹅耳枥,这是安息香……丰富多彩的森林世界,常常使我们忘记了对天气的担忧,趴在岩石上眺望起伏的群山、雄伟的参天古树……

我们艰难地登上了山口。杨主任说:"到了!"

山口实际上是一个悬崖,前面是峰拥峦摧,大有一览众山小的感觉,只是在右边有崖错落,可以下探。

要李老师跟在后面,我就顺着崖边的石缝往下走。走一段,再回过身来扶她下来。她的摄影包很累赘,我让她赶快给我。下了有七八步的光景,回头接她时,突然有白光耀了一下眼。待她下来后,我再抬头:啊!杜鹃花,一树盛开的白色的杜鹃花!那花朵如银色的号角,对着群山吹响!

11月,在花坪,在银杉王的附近,有一树灿烂的杜鹃花,真是喜出望外!

我和杜鹃花有着特殊的缘分,这在拙作《圆梦大树杜鹃王》中已有表述。但这确实是我第一次在11月看到盛开的杜鹃花!

它是变色杜鹃,上午花色雪白,下午开始变色,直至红艳!

阵阵云雾,时时掩去眼前的一切,我们必须格外小心谨慎,若一失足,那就……

下到稍平缓的岩上——其实是巨岩的顶上——我们有机会看风景了。眼前有五针松、青枫栎、栲树,远处还有似是铁杉的身影。可是,银杉在哪里?找来找去,就是不见银杉的身影。

正在焦急之时,忽听崖下有人在喊,听声音是杨主任。他什么时候潜到了悬崖的下方?难道有路?找到了,在左边的石缝中。

我拉着李老师慢慢从石缝处往下挨,风卷着云雾从头顶掠过,幸好石缝中有几棵小树,可以攀着借力。

下了一程后,云淡了,显出右下方的一片针叶树冠。我靠在岩上搜寻,发现了叶呈条状形的树冠。那叶不像铁杉、五针松的细针形,而是窄窄的带子样的条状形,枝条遒劲。我连忙指给李老师看:"在那里,银杉王!"

"对,树干是赭红色的。肯定是它!"按捺着激动的心情,我们慢慢地下到稍平的崖上……

天真有情,云雾渐散,已露出片片蓝天。我们在野外探险,最少有五六次这样的经历:出发下雨,途中下雨,但到了目的地,老天总是能给一个笑脸。是我们感动了上苍,还是上苍眷顾我们?

花坪的银杉王屹立在险峰,一干通天,枝如铁,冠如云,古朴苍劲,犹如一位神采奕奕的历史老人,俯视着千山万壑、茫茫林海。

这是一个历经千万年沧桑的生命,对历史的俯视,对芸芸众生的俯视!

到达它的身旁,向上看去,银光闪耀在蓝天、白云中,使它具有明亮的光环!

杨主任向我们招手。他在一株银杉的幼树旁,指着那叶说:"绿色,有三四毫米宽,很似罗汉松的叶片;翻开背面,银灰色,且有两条气孔。"

我们知道,当年考察时,正是这一最为显著的特点,吸引了考察队队员,使他采集了标本;也正是这一显著特点,引得钟教授兴奋不已。

生命的形态,总是生命本质的反映!

这就是钟济新前后历经三年,几十位考察队队员忍受着种种艰难困苦,走遍这处原始森林,寻找到的千万年之前第三纪的孑遗植物——银杉!

在第三纪时,欧亚大陆不乏它的身影,为何却经不住严酷的第三纪的干旱、第四纪的冰川,在其他地方消亡,却唯独仍在这里生存、繁衍呢?

结论只有一个:因为中国的土地神圣!

后记:《银杉王》记叙的是我和李老师 2000 年 10 月去广西拜访银杉的奇遇。

2007 年 12 月,中央电视台播放了纪录片《森林之歌》,其中有一集是介绍银杉的,荧屏上展示了并未成为凝固的历史、依然鲜活地生长在中国的银杉。生命的壮美与顽强,洋溢着无限的魅力!解说词优美感人。后来,一位年轻的朋友特意送了一套碟子给我,于是我和李老师就常常播放,回味着那年寻觅的艰辛与快乐。

2008 年 2 月

寻访红艳艳的厚嘴唇

那红艳艳的厚嘴唇、那黑白相间的华美的衣装、那深蓝色的朝天鼻……别具一格的美姿,洋溢着别具一格的魅力……

我们在雪域高原寻访。

它是中国的特产,喜爱冰川银峰,是灵长类动物中,生活在海拔最高处的动物——生活在横断山脉3000米附近的针叶林中,而且只在藏东南、滇西北的一条狭长地带——是红皮书上极端濒危的动物。

2000年7月,我和李老师在青海探索了三江源之后,由囊谦到西藏昌都,经历了魔鬼峡的陡隘、吉普车方向杆突然断裂、怒江大峡谷深夜汽车无油种种艰险,惊心动魄地进入横断山脉。

过了囊谦后,我们基本上是沿着澜沧江走,一会儿在高山上,俯视大峡谷中的江水如一线曲折,一会儿在江边,仰望高天如一湾蓝水。

离开藏东南的芒康几小时之后,前面的雪山银峰下,突然浮出一片林海绿云。到了西藏类乌齐县,我第一次见到那样壮观的森林,印象中的苍凉一扫而光。后来才知道,西藏是我国几大林区之一,至今还保存着大片的原始森林,储量有几亿立方米。我想那该是红拉山自然保护区(后更名为西藏芒康滇金丝猴国家级自然保护区)了。

这片森林绵延数十千米,全是高大的冷杉、云杉、铁杉,间杂着青枫栎、桦树,遒劲的古柏连片。我们不时下车寻觅金丝猴的踪迹,但毫无收获。好不容易找到了保护站,只有一位藏族汉子和一位大嫂,可他们都不会说汉语。藏族汉子指着西北方向说了半天,司机才弄明白,常见到金丝猴在山上游荡,偶尔也来保护站的附近,但这半个月离这里较近的一群猴,是在他指的那边林子里——离这里直线距离有八九千米,且是在山谷中。别说我们未带野营的设备,即使带着马帮,没有四五天时间也难以到达那边。我们还是抱着一线希望,在林中寻觅。这里虽不像亚热带森林中灌木、荆棘丛生,但石岩嶙峋,再加上倒木、水溪,没一会儿我们就浑身大汗。这里盛产珍贵的松茸,价格在七八百元一斤。偶尔也还有采松茸人踏出的小道……只见到几粒滇金丝猴的陈旧的粪便。这说明它们的确在这里生活,我们心中多少有了安慰。

德钦是个多民族、多宗教的地区,藏族、回族、傈僳族、汉族等各族人民和睦相处,县城中并立着天主教堂、藏传佛教寺院、清真寺。为我们开车的马师傅是藏族人,他父亲信奉伊斯兰教,母亲却是天主教教徒,而他自己则信奉藏传佛教。一家人亲密无间,其乐融融。这种多民族、多宗教的融合,形成了一种特殊的文化,神秘而又博大精深。据说,这里是《消失的地平线》所描绘的香格里拉,人世间的世外桃源。

那几日时而大雨如注,时而阴雨连绵。我们白天在藏式木楼中领略着风情民俗,夜晚在松茸市场,看到采菇人从怀中掏出一个小包,解开层层缠裹的松萝,露出又肥又嫩的松茸时,那脸上灿烂的笑容,伴随着寻觅中的传奇,令人心花怒放。最为高兴的是结识了藏族青年格马加措。他说自己与滇金丝猴的感情,犹如"初恋"。为了寻访"初恋"的对象,他曾多次潜入白马雪山中的原始森林,出发时总是背着三口鼎锅、三双鞋、一卷自织的羊毛毡子。一口锅野炊做饭,一口锅做菜,一口锅烧水。三双鞋子轮流穿,都穿烂了,也就是该撤出森林回家的时候了。夜宿山洞或岩宕处,裹一条羊毛毡子,既防潮又暖和。白马雪山中的滇金丝猴,总是以各种姿态、奇特的社群生活,给予他无限的欢乐。他如数家珍般地告诉我们,叶日那边有一群,约 200 只;茨卡桶有一个 150 只左右的群体……正是在多次的探访中,他走进了滇金丝猴社群,和一个小家庭——1 只雄猴、2 只母猴、2 只仔猴——相处了五六天,跟随它们游荡,采食它们吃过的食物……结下了深厚的友谊。仔猴甚至爬到他的肩上玩耍。他对金丝猴的了解,纠正了动物学家的一些描述,比如,它们经常在林间地下采食各种植物。

故事的结尾却意想不到地沉重。20 世纪 80 年代中期,在白马雪山海拔 3900 米至 4000 米的冷杉林中,发生了高山小毛虫灾害,这一区域正好是滇金丝猴的生活区。有几千亩树被吃光,鸟死了,野兽也死了。金丝猴也遭殃了,只有一小部分突围转移……

这是天灾,人祸更是残忍……

长时间,他都将头埋在胸前,但我还是看到了他溢出眼眶的泪水……

我们去白马雪山,还能见到它们吗?

心中虽然忧虑,但还是希望有奇迹出现。在考察了梅里雪山、明永冰川后,我们决定去白马雪山。

租来的车子 6 点准时到达。开出两三千米后,突然有座小土山将路堵住。司机说刚来时还好好的,也就十几分钟吧,怎么就滑坡了?半个坡垮下了,那绿绿的树还行列有致地长在上面。司机抱歉地说:"我的车倒回去也走不了了,你们只有重新租车,从上面那条路走。"

天色已经明朗,阳光将雪山映得如披着红纱奋蹄腾跃的骏马!

路在雪山下的林中蜿蜒,当我们看到整面整面的山坡,都是被砍伐后留下的黑黑的树桩时,心也凉了半截。连司机都咬牙切齿地说:"这太残酷了!"森林遭到如此破坏,金丝猴肯定是逃难了。果然,我们数小时在荒凉的山谷、残存的林间艰难地搜索,没有见到它们的一丝踪迹。我想这次是无缘了,失望、沮丧、愤怒如乌云般笼罩在心头。

在丽江,突然听说近来有群猴在老君山现身,顾不得倾盆大雨,我们连忙找了部车向那边开。自然保护区的朋友说那边塌方了。我说:"管他哩,走到哪里是哪里。"

大雨如注,挡风玻璃上的雨刷不断摆动,又是一辆叮当响的吉普。不断有小的塌方、泥石堆在崎岖的道路上,山崖上的碎石,时时击打着车身,真是难为司机师傅了。向导几次要折回头,我坚持向前。师傅不时将车停下,冒雨前去探察山崖、路况,然后再小心翼翼地驾车。

愈往高山,植被愈好。路被高大的林木夹持,山谷中的雨雾在绿海中勾画出无尽的诗情画意。

终于到保护站了,大家都松了一口气。

等到雨略小了些,我要李老师留下在这边观察,自己沿着一条小路,向林中走去。

森林的郁闭度很好,以针叶树种为主,间杂着一些阔叶树。高大粗壮的云杉、铁杉、冷杉上垂挂着长长的松萝。槭树、花楸、西南桦、红桦和杜鹃很旺盛。

多年来的探险生活,使我一进入林中,所有的感觉细胞就特别灵敏。林中的雨滴很大,落在枝叶上的声音干扰了听觉。光线很暗,我只能仔细地观察。有红色扰了眼,心一紧,连忙潜行。难道是那红艳艳的厚嘴唇?走了七八步之后,发现原来是一树红果,艳红艳红的,就在左下方的山坡上。坡有些陡,我未敢贸然下去,但那不是花楸果就是火棘果,都是滇金丝猴的美食……我的心里涌起了喜悦。

正在这时,前方的树上隐约有窸窣声。我悄悄又悄悄地接近,忽然头顶响声大作,惊得我往后一仰。一只花白小兽从三四米高处斜刺里跳下,落到左前方的丛莽中,丛莽中立即有两只花翎野雉飞起。

这家伙,吓了我一跳!转而一想,是我扰了它狩猎,真是抱歉。

裤子早就湿透了,上身也淋湿了,虽是 8 月的天气,神经一松弛,还是寒气逼人。小路早没有了踪影,我只能凭着感觉摸索。最为糟糕的是,向导没有来,雨雾天气,在这样茂密的原始森林中最易迷路,因而还得时时留下路标。

倒木多了起来,它们真是拦路虎,又粗又长,残留的枝丫犹如战场上用作防御的拒马。跨不过去,需"翻越",那种腐霉味和各种寄生的昆虫,令我不由得头皮发麻。但正是这样原始、未遭破坏的生境,坚定了我向前追踪的信心。

前面又有一丝红色,我心跳加速,步伐却异常地缓慢,生怕惊扰了那位红嘴唇的朋友。那红色就在1米多高的树干上,枝叶太密,我只好迂回接近。刚拐过一个山崖,哪里是滇金丝猴啊!是一个红红的圆盘,从树干斜斜地伸出!它是什么?我在森林中从未见过,我快步走过去。从种种迹象来看,它应该是蘑菇一类的。我自认为对蘑菇世界并不陌生,无论是草原上的、沙漠中的还是森林里的。为了探索蘑菇世界,我曾在黄山的腹地,在滂沱大雨中独自跋涉了几十里山路。但确实未曾见过这样的蘑菇,它鲜红鲜红的,显得有些妖艳,大得出奇,总有大号磁盘那样的规模,直径不会小于30厘米,只有灵芝可以相比。蘑菇属真菌,这个世界千奇百怪,既有美味又有剧毒。朋友曾教我一个简单的识别方法:对颜色特别妖艳的,需格外当心。我只是细心地观察,连碰一碰它也不敢,这是种可望不"敢"即的无奈⋯⋯

然而回程时,它诱得我置朋友的忠告于不顾,采下了。保护站的朋友一见就高兴得跳了起来,说多少年没见过这样的大红菇了。这是连日阴雨送来的礼物,是这一带林中的特产,其他地方根本见不到。为此,他们现杀了一只鸡,让我们尝到了至今难忘的红菇炖鸡的美味⋯⋯

左前方上空微微传来扯物声。经验告诉我立即停住脚步,既不躲藏,也不做大幅度的动作,只是呆立搜索。不久,又是一阵扯物声,将我的视线带到了一棵冷杉上。

啊!浓密枝叶中露出白色、黑色、艳红⋯⋯一点儿不错,它就是我寻访多日的有着红艳艳厚嘴唇的朋友!

它正不断伸出手去扯树上的松萝,一次次塞到嘴中。一般的松萝都较长,山民们称之为"树挂面"。但这种松萝较短,应是金丝猴爱吃的黑松萝。右手臂伸出时,露出了长长的、茸茸的黑毛;左手臂伸出时,内侧白色的毛非常显眼。我看不清它的面孔,只见到它头顶黑色的冠毛,也未见到下垂的长尾。但我只能忍受着渴望的折磨,动也不敢动。

我有过在川西跟踪川金丝猴的经验,此时只要稍有动作,它会立即闪电般消逝。滇金丝猴也是营群生活,群体中必然有放哨警戒的……我在它的附近搜索,奇怪,一点儿动静、蛛丝马迹也没有,这使我更加谨慎。

如孩童做"看谁是个木头人"的游戏一般,长时间的呆立,使我浑身都不舒服。

远处,有两只鸟在鸣叫,虽只一两声,但它们报告了森林中平安无事。

终于它动了动身子,我看见它的头部如戴了顶黑帽子,淡黄色的脸膛儿终于露出来了。它没有黔金丝猴(又称"灰金丝猴")、川金丝猴面部翠蓝色的斑斓,但表现了另一种雍容、端庄。深陷的眼窝中略显小了一些的眼睛,不时向我这边瞥一眼。我庆幸没有耍小聪明,其实,它早已发现了我的闯入。我也就在它瞥视时,用眼神安抚它,告诉它只是来拜访久慕的朋友,想一睹它的风采,别无企图。

它也更为大方,连小小的蓝色的鼻端,黑洞般的朝天鼻孔都露出了,还有乳白色的颈部、胸腹,那肥厚的嘴唇红艳艳,猩红一般。按西方的时髦说法,"充满了性感";按东方的审美标准,显示出的是温顺、憨厚、纯朴。它是那样动人,富有魅力!这是它独特的美,川金丝猴和黔金丝猴的嘴唇都缺少这种色彩。

它猩红猩红的嘴唇,还标志着雄性的阳刚之美。

它站起来了,扭转身躯去扯上面的松萝,将黑黑的背、长长的尾都显示了出来。大熊猫的毛色也是黑白分明,川金丝猴的毛色金黄,黔金丝猴的毛色偏灰。正因为它的皮毛黑白相间,很多动物学家认为,滇金丝猴应该叫黑白金丝猴。

只听咔嚓一声,那挂满松萝的树枝断了。一只松鼠哧溜一声,蹿向旁边的大树,它立即蹬腿跃起。我以为它是去追松鼠,谁知在空中它却将甩直的长尾一摇,已横向飞出五六米(它还抽空瞥了我一眼),落到一棵西南桦树上,就手掰了根细枝,像吃甘蔗似的,露出黄黄的牙齿,啃啮嫩芽,而不是用手摘下嫩芽。这种吃法很怪,是金丝猴特有的进食方法。难怪在捡到的它们吃后丢下的树枝上,留有一个个齿痕……

它加快了采食的速度,手、嘴忙个不停,配合得娴熟、流畅。正当它跃向另一棵树时——突然银光一闪,响起了我熟悉的相机的快门声。它愣子也未打,连续几个腾跳,已在十几米之外,陡然又跳到地上,迈动起四肢,如一个绒毛团风驰电掣……

再埋怨李老师也没用,滇金丝猴在林间飞跃时所展现的美,使任何一个摄影家也抑制不住拍摄的冲动……

李老师是循着我留下的路标找来的。

约定了联系信号,我们俩就分头奔走,在林中搜寻。

但我们在林中走了一个多小时,别说见到猴群,就连它们啃食后丢下的树枝也未找到。

滇金丝猴和川金丝猴、黔金丝猴一样,在10月、11月的交配期和三四月的产崽期,常集大群生活。有人见过五六百只的群体。这时的社群组织也格外严密。它们平时都是营小群活动。眼下才8月中旬,为何只见到1只?

这是只哨猴?不太可能。哨猴怎能远离群体?若群体就在附近,无论是采食还是休憩,都会有大的声响。它在受惊逃逸时,既未发出警报,也未听到猴群的动作……

173

只有一种可能——它落单了。为什么落了单？

是失去王位被逐出猴群的猴王，还是闯荡世界的年轻的公猴？

我们在森林中寻找着答案，可是既没有听到猴群发出的呼喊声，也没有听到失群的呼叫……

后记：2000年7月，我们开始了准备了近两年的三江源之行。由西宁至玛多、黄河源、通天河、玉树、囊谦，追随着澜沧江到西藏昌都。在八宿访问过怒江、然乌湖之后，再折向左贡，进入横断山脉。沿着澜沧江大峡谷到芒康、云南的德钦，再到三江并流处的丽江，历时两个月。

进入横断山脉后，拜访滇金丝猴一直是我们所向往的，终于在老君山如愿。

2008年2月

麋鹿找家

生命是美。

在自然中生活、奋斗,开放出的生命之花辉煌、灿烂!

回归祖国

为了寻觅那失而复得的美,为了寻觅它丰富的历史蕴含,为了它在科学上的特殊价值,我们曾三次去黄海之滨、云梦泽之乡探访麋鹿世界。

2000年5月初,黄海之滨百花争艳,海风轻轻拂面,我们到达大丰麋鹿国家级自然保护区时已是深夜。

黎明鸟一声呼唤,东方亮起来了,晨曦已漫中天,星星悄悄地眨眼。

画眉、八哥、白头鹎……亮开歌喉,唱起了晨曲。

地气从草滩上浮起,飘飘忽忽。

我们隐蔽在树丛中,巡视着草滩上的变化。远处有几排杨树、刺槐。草深没膝,狼尾草、白茅是优势种。狼尾草高大,叶阔,草尖顶着晶莹的露珠。

草的青气、野花的芳香,洋溢在空气中。

可恶的蚊虫不断发起攻击,简直防不胜防,逼得我们只好脱下衣服蒙在头上。

我碰了碰李老师的胳膊,要她注意10点钟方向:草的异样,影影绰绰的形象。

天亮堂起来了，霞光从东方扯出，射向高空。

啊！那是一只麋鹿，高昂的头颅上，犄角美丽、壮观，体魄健壮、雄伟。它正注视着升起的太阳。

红彤彤的旭日腾地跃出大海，阳光初照，普天灿烂！

霎时，它金光四射，犹如一尊雕像。

那尊"雕像"的身子往后一矬，长鸣一声，腾空跃起。

草丛中瞬间跃出了鹿群，跟随在雄鹿的身后狂奔。

蹄声响雷般敲击着大地，如万面威风锣鼓骤起。

英姿勃勃的雄鹿在草海中如飞，那弥漫起的白雾飘逸在身旁，犹如腾云驾雾。

奔跑中的鹿群，浩浩荡荡地向着太阳奔去！

它们飞进了一轮又圆又大的红日，红日将它们幻化为神韵。

它们欢跃、奋发，迎接着升起的太阳！

难怪自古以来一直将它奉为祥瑞的化身！

麋鹿逐日的壮美图景，永刻在我们心间。

然而，为了在祖国的土地上欣赏到麋鹿的壮美，我们已等得太久、太久……

因为它有着一段流落异国他乡、灾难深重的历史……

在我们国家悠久的文化长河中，麋鹿与龙、虎在象征意义上有着同等的地位——祥瑞。

虎是大自然中实有的生命。

龙和麒麟是先民们创造的，被赋予了神话色彩。

如果说龙的原型与蛇有关系，那么触发先民们创造麒麟的灵感的，应是麋鹿。

民间剪纸、绘画中有"麒麟送子"图。那麒麟与麋鹿有着太多的相似。也有人考证,麒麟的原型可能是长颈鹿,遗憾的是它的脖子太长,且又生活在遥远的非洲。只有麋鹿才是地道的中国出产,只有中国才有特产动物麋鹿。

龙有恶龙,虎有恶虎。

麒麟只有唯一的形象,将真善美集于一身——祥瑞!

有人考证,野生麋鹿种群已在一千年前消失。姑且存疑。有记载的历史证明:到了19世纪中叶,只有清王朝皇家猎苑中尚存一个圈养的种群,在大自然中已没有了麋鹿的踪迹。也就是说,曾经能和蚁群相匹的众多麋鹿,在并不长的时间内,已在野外被人类消灭得干干净净!

这是多么可怕而残酷的事实!

这仅存的在圈内的麋鹿,仍是供帝王将相狩猎娱乐的牺牲品!

从这个意义上说,我们倒要感谢法国传教士阿曼德·戴维。

西方殖民主义国家用大炮轰开了中国的大门。清朝的腐朽已使国运险象环生。

1865年,戴维来到中国已经三年了。传教士是他的身份或者说是职业。其实,他另有兴趣、志好,他很快就知道了北京的南苑有座皇家猎场。

他去南苑探察,但守卫的兵丁不许他靠近。在那交通不便的时代,骑马或是骑驴走几十里路到南苑,不是件愉快的事。戴维没有气馁,干脆住了下来,每天站在一个小山冈上,向南苑里面张望。终于,麋鹿以特有的魅力,占据了戴维的视线。他以特有的敏感认定它是稀有的异兽。

在以后的时间里,戴维绞尽脑汁,设计了种种方案,目的是要将麋鹿猎取到手。

麋鹿俗称"四不像"。这是因为:

其角似鹿。角大,眉杈多枝,与梅花鹿有较多的相似之处,很美。不像驯鹿那样,角呈板状。

身材似驴。驴身修长适中,秀逸。国画大师黄胄对驴的描绘,至深至精。

面孔似马。马脸长,鼻孔大,善于奔跑。

蹄似牛。麋鹿为偶蹄类。一足有四蹄,中间一对较大,有皮腱膜相连,减轻了着地时的压力;能在沼泽地中生活,耐跋涉……

兼有四种动物的特点,却又不是四种中的哪一种;在似与不似之间,创造了另一种美!

麋鹿化石出现在三百万年前的地质层中,它早于人类两百多万年来到了地球。

在中国,从南到北,都有它的化石被发现。它经受了地球上干旱、冰川和各种严酷环境的考验,生机勃勃地生存了下来。

我国的古籍中多有记载,如有"麋沸蚁动"(《淮南子·兵略训》"攻城略地,莫不降下,天下为之麋沸蚁动")一词,可见远古时代麋鹿是多么庞大的家族!人类的生存发展,总是离不了对其他生物的杀戮。我们的先民们,一面崇拜麋鹿,编撰了大量美丽的神话故事,其中有一则在《封神演义》中:姜子牙碰到了危难,拜求元始天尊,元始天尊赠"四不像"为其坐骑,从此,姜太公百无禁忌,无往不胜;另一面却又无情地对其大加残杀,在石鼓文中就记载有声势浩大的猎杀麋鹿场面。

在一个月黑风高的夜晚,戴维终于用银子买通了南苑的守卫。守卫从阴沟里送出了一副头骨和两张麋鹿的皮张。

经过巴黎自然博物馆主任米勒·爱德华的鉴定,两年后,宣布发现了新的物种——"戴维鹿"。

麋鹿惊动了世界。

阿曼德·戴维三次来到中国,接着是大熊猫、金丝猴、黄腹角雉……一批珍贵的中国特产动物登上了国际舞台。戴维也从这些物种的发现中得到了特殊的荣耀!

八国联军侵入北京,皇家猎苑被抢杀一空。天灾人祸,从此,麋鹿在中国消失!

在英格兰中部,乌邦寺庄园。主人是伯德福德公爵。庄园是在1143年建立的,初建时是座修道院。在16世纪政教之争中,亨利六世将它赏赐给了功臣伯德福德公爵,从此世袭。

其后,英国十一世伯德福德公爵赫布兰德,热爱自然,热爱麋鹿。他感到麋鹿这一物种的危机,从1890年开始,花重金收集散落在欧洲各地的麋鹿,至1891年共得到18只,但只有11只有生育能力。

乌邦寺的面积有6平方千米,经过数百年的经营,古木参天,绿草如茵。麋鹿在这块土地上,奇迹般地生存了下来,并且繁衍生息。我们有理由为它们新的生活高兴,有理由相信它具有祥瑞的神奇。

当第一次世界大战的硝烟弥漫欧洲时,伯德福德公爵为麋鹿的命运担忧,将"所有的蛋放在一只篮子里"是危险而愚蠢的。于是,公爵将乌邦寺的麋鹿分散到英国各地的动物园中。

到了第二次世界大战,德国对英国实施了狂轰滥炸。出于同样的理由,乌邦寺的主人将麋鹿分散到美洲。

就这样,世界上很多国家有了麋鹿美丽的身影。

伯德福德公爵对大自然、对野生动物的热爱是感人的。

乌邦寺还有件事值得一提。世袭的伯德福德公爵一直在政府任职,但到了十三世的公爵,不再担任公职了。土地是国有的,世袭的遗产税又很重,怎样才能维持庄园的运转呢?1955年,十三世伯德福德公爵决定在原有的基础上,将庄园建成野生动物园,于是运来了长颈鹿、河马、斑马……现在每年前去乌邦寺参观麋鹿的游客,为庄园带来了上千万英镑的收入。

斗转星移,到了20世纪80年代,中国的繁荣富强,令世界瞩目。十一世伯德福德公爵的曾孙特瓦斯托克侯爵,于1985年将首批22只麋鹿赠送我国,放养在麋鹿在祖国的最后栖息地——南苑。

1986年,国家林业部(1998年改为国家林业局)又接受了英国赠送的一批。这就是麋鹿的第一次回归！它们受到祖国人民的热烈欢迎。

麋鹿这段辛酸的历史,充分地昭示了——国运盛,鹿运昌！

当麋鹿还未回到祖国时,我国的科学家们已在筹划它的第二次回归——走向故乡,走向自然！

为此,分别于1986年、1991年在江苏的黄海之滨大丰、湖北云梦泽的石首建立了两个国家级自然保护区。

灰头麦鸡的愤怒

2002年6月,我们在江汉平原疾驰。车窗外闪过繁星般的湖泊,莲花盛开,绿荷拂动,菱角、芡实、荠菇与绿油油的秧苗向无垠的天边铺展,圩堤上的树林,映着蓝天白云。

湖北有"千湖之省"的美誉。车过潜江,前行至后湖,下汉宜高速公路,向西南方向的石首进发。据史料记载,古云梦泽应在潜江西南方向,也即我们正在行进的地区。风景依然美丽,但已失却了云梦泽无际水域的缥缈。

古云梦泽,也即今天的江汉平原。江汉平原由两水带来的大量泥沙冲积而成,是典型的湿地,生物多样性丰富。史书上有"荆有云梦,犀兕麋鹿满之"之说,因而春秋时楚王选了这里作为游猎区。

这里应是麋鹿的故乡。

麋鹿保护区在石首。保护区管理局在一道圩堤下,虽然已过去了四年,已经过整修,但从墙体上依然看到2米多高的水渍,这是1998年长江特大洪水留下的。温华军主任说,两层楼有一半被泥沙淤积,基本设施被破坏殆尽。这次大水,对于我们要讲述的故事太重要了。

急切的心情难耐,只喝了两口水,我们就急匆匆地要去寻鹿。

我们出了管理局,登上圩堤,只见一道围栏,绵延几千米,将13平方米至

34 平方千米的保护区围起。眼前,圩内溢满了绿色的芦苇、青翠的意杨林、闪亮的水泊。这一切表明了,它们不久前还是水沼,还是泥滩。

我们走上一条纵向的大堤。堤上草深,中间一条裸露的黄土路,像蛇一般游动。我们也就顺着它的游迹疾行。

到了一条横堤时,我们原以为要潜入芦苇荡中去,可向导说,还要向前。李老师问要不要做点儿准备工作,向导说不用。她很纳闷,因为我们在探访野生动物世界时,主人总要给以诸多的告诫和指导。就是在大丰,主人就说了很多的"不准"。前文记叙的那天黎明前的探访,实际上是我们偷偷溜去的。这个谜,很快就揭开了。

水光在前面闪烁,一条大河银亮,这是长江的故道。

到了大堤的尽头,还未等向导指点,前方顿时生辉——我们已看到两群麋鹿在 2 点钟方向:斜斜的江滩上,铺着茂盛的绿草,直到水边;再往前,左侧是密密的芦苇。

麋鹿群就在草地、芦苇之间的沼泽地带。

鹿群是金色的,阳光中弥漫着迷离的霞光,犹如瑞气冉冉。水色粉银,芦苇碧绿——这是充满祥和、宁静、温馨、诗意的大自然美景。

两群鹿相距只有 100 多米,每群有四五十只。

两群鹿中各有一只雄鹿。麋鹿只有雄鹿才长犄角,不像驯鹿,雌雄都长犄角。梅花鹿、马鹿、水鹿、坡鹿都是雄鹿才长犄角。

雄麋鹿的犄角特大,左右犄角上部的间距也很大。每一个犄角在八九十厘米处再分为前后两枝,眉杈各有四五枝。雄鹿显得异常英武、雄壮。麋鹿的体色是黄褐色的,甚至可以称为金黄色。然而,面前的雄鹿通体都是黑褐色的,最为奇怪的是,那已经惊人的犄角上还挂着水草。这是为什么?

夏季是麋鹿的繁殖期,从目前的情况来看,这里的鹿群已完成了雄鹿的角斗,产生了鹿王。这两只雄鹿都是鹿王,各圈定了一群母鹿,作为妻妾嫔妃。

要解开这些谜团,只有接近鹿群,仔细观察,寻找答案。

我和李老师下了堤,踏进草滩,慢慢向鹿群接近。鹿群在近千米之外。

草很深,踩上去软软的,有着很舒服的弹性;只是时不时有个小水凼,豆科植物的叶片深绿,蓼子红艳艳的……一种俗称"巴根草"的植物,在平常地方,只见到短短的茎紧紧贴地,在这里却向上长,我随手捡起一根,竟然有40多厘米长。成片的益母草开着紫色白瓣的小花,娇艳、可爱……

突然,身旁扑棱棱声起,吓得我一闪,接着就见一只鸟飞起,嘎嘎地叫着,声音洪亮、尖锐,在头上盘旋。

我停下脚步,仰起脸来想看清它是谁,它却陡然向高空飞去,只见到黑色、淡红色、白色的,似乎还有黄色的羽毛……无法判别。从翅形看,有点像是鸥类的,更何况是在水边。

我收回视线,未走几步路,那鸟又俯冲下来,在我头顶更加急速地叫起。听出来了,那叫声中充满了愤怒!

心头一惊,现在是繁殖季节,我肯定是闯入了它的巢区!

为了护卫巢区,亲鸟在繁殖季节特别机警、凶猛。我们在山野常有这样的经历,拙作《鸟战风云录》,对猛禽鹞子被黑卷尾追逐、驱赶有过描绘。前年在漓江上,我还观察到鹰被乌鸦追得抱头鼠窜的精彩一幕。至于巴音布鲁克的天鹅,群起攻击前来偷袭的狐狸,直至将狐狸置于死地的故事,更是在牧民中广为流传。

我赶快拉起李老师,躬起身子向前跑去,以表明绝无侵害它的意思。

那鸟果然收敛了翅膀,优雅而快速地落到了草丛中。

我正在庆幸醒悟及时,身旁左右又扑棱声起,随即是那愤怒的嘎嘎声,两只鸟盘旋在头顶……

这次它们起飞时,我看清了,那鸟原来是灰头麦鸡。它们是候鸟,每年要从北方迁到南方繁殖。这种美丽的鸟群体性强,在迁徙中,几百只的鸟群蔚为壮观。就连筑巢,它们也喜欢相依相傍。

我认出了是它们,知道了它们的愤怒,心想不妙。因为在自然中,动物之间有着信息网络。这儿是麋鹿生活的区域,它能容忍灰头麦鸡筑巢产卵,相互间很可能已结成了互助……

果然,鹿群抬起了头,向我们这边眺望。

我知道麻烦事来了,灰头麦鸡的嘎嘎声不仅仅表示愤怒,同时也是报警声。

李老师想猫下腰去,借助深草隐蔽起来。我摇了摇头,这不仅无助于鹿群放松警惕,反而会引起更大的猜疑。营群性的动物,多有放哨警戒的。

太阳已经西斜,时间已是下午4点多钟。我们无法长时间等待,更何况前面肯定还有灰头麦鸡的巢区。

李老师依然沿着这个方向缓缓向前,我则从另外一条路快速向前,希冀在鹿群行动前能到达芦苇荡,挡住它们遁入稠密的苇丛中……

没行多远,灰头麦鸡们又飞起,惊叫,鹿群中的母鹿开始行动了。

1点钟方向的鹿群离李老师较近,母鹿们停止了吃草,将目光齐刷刷地对着她。千万别以为那是行注目礼,那是一双双异常警惕的眼睛。

随着李老师的接近,母鹿开始向芦苇荡那边走去,仔鹿夹杂在中间,不慌不忙地跟在妈妈的身后。

鹿王八面威风

母鹿们还未走多远,鹿王突然吼起,吼声雄浑、洪亮。母鹿们未予理睬,仍然向前。鹿王愤怒了,立即狂奔,边吼边跑,溅起的水花飞迸。

这时,另一群的鹿王摇了摇巨大的叉角,猛地吼了一声,准备迎战。显然,它们误会了,这群的鹿王以为嫔妃们要投入那个鹿群,而那位鹿王又以为这位鹿王有侵略意图……

误会很快消除了。因为这群的鹿王赶到母鹿前头后就掉转身,回头怒目盯视不听召唤的母鹿们。

由于沟汊、泥沼,尽管我们加快了速度,仍距离苇荡尚远。最为麻烦的还是灰头麦鸡们,惊乍乍地飞起,愤怒地叫着。每当这时,鹿群就有了反应。

1点钟方向鹿群中的母鹿,顽强地折回头,又向芦苇那边走去。很可能是由于我的出现,另一群鹿也开始惊动起来。

我刚到达苇荡,突然从中冲出一只雄鹿,通体黑褐色,叉角上挂了很多水草,眼眶下面张开一个口子,突然间像是睁开了4只眼睛,显得无比怪异……猎人们称这种眶下线为"义眼"。

正想迅速让开它时——我可不愿挨它一角——它却一扬蹄子,吼了两声,往上方跑去。显然它刚才是潜伏在芦苇中,准备有所作为,是我惊动了它……

一阵蹄子敲动大地的声音响起。

我刚转过头来,鹿群已经起阵,正在奔跑。领队的麋鹿到达河沟,跳入水中,只露出一个黄色的头在外,迅速游到这边。

麋鹿是湿地动物,游水应是其喜爱的项目,我特别注意这时它们的社群行为。

这条小沟很长,流向长江故道,只有两三米宽。通常情况下,麋鹿可以一跃而过,但它们还是选择了游水。只有一个泅渡点,它们没有争先恐后,更未纷纷跳入水中。鹿群在奔跑中是采取"一"字长蛇阵的,泅渡秩序井然,一个个下水,偶尔也有2只同时渡河的。从形体上看,显然是幼鹿跟随着母亲。

两群之间有着一定的距离。鹿王都在各自群体的后面。当第一个鹿群过去了十几只之后,苇荡里响起了雄鹿的吼叫。

啊!原来在水边的苇荡中,还隐藏着4只雄鹿,卧在水里。这时,它们全都站起来了,角上挂着苇叶,盯着过河的母鹿。奇怪,这些雄鹿下半身的毛色是黄的呀!

殿后的鹿王刚听到苇荡中雄鹿的吼叫,全身一震,立即奔跑起来,水花四溅,同时发出怒吼,快得像闪电一般,纵身越过小河,冲向那几只雄鹿。

有一只雄鹿起步迎战,可当鹿王冲到面前时,它只是虚晃一下叉角,扭头就跑了。另3只却在看到鹿王冲来时,识趣地离开了。

鹿王仍然穷追不舍,将虚晃一角的家伙追得钻进密密的苇丛。鹿王又回过头来去追赶那3只,直到它们的身影也消失。

鹿王这才回转身子,去迎接已经全体渡过来的鹿群。它直接走到队尾压阵,母鹿已将群体领到了刚才雄鹿占据的地方。

另一群鹿也开始了渡河,秩序井然。

希冀拦住鹿群的计划已经破产。在深入野生动物世界时,原计划的失败是常有的事。相反,随着它们自由的选择,常有意外收获。

我潜进了苇丛,想从中慢慢接近鹿群。芦苇高大稠密,进去后只能看到一两米处。但多年的野外探险经历,使我有较强的方向感,因而也就未顾忌迷路——在苇荡中最易迷路,大丰保护区的老丁曾在苇荡中迷路两天——但苇丛中密不透风,只一小会儿就闷热难当。汗水腌得被苇叶割开的口子如火燎。看鹿的心情太急切了,我只穿了件短袖T恤。

突然,我听到李老师的喊声,连忙退了出来。她是跟随鹿群过来的。

"我穿了长袖衬衣。你在外面沿着河汊往长江故道走,在前面等。鹿群有可能还要回来。"

不容我分说,她已钻进了苇丛。

"记住方向。不要深入得太远。当心迷路!"

这边的路很难走,沿河走,泥泞;靠苇边走,水凼多。

身后的苇丛中有了响动,陆续跑出4只雄鹿,是被鹿王追逐的。它们与先头的 1 只会合到了一起。这几只都是在争夺鹿王宝座中的失败者。它们纠集到一起,干什么?

雄鹿只是漫无目的地伫立,昂着头,扬着犄角,时而走动两步,互相间没有接触,也没吃草,但它们时不时将眼光投向鹿群的方向……

5 只雄鹿的集结,很有些文章,特别是那种诡秘的模样,似乎在蓄谋着、等待着什么。

逐渐靠近长江故道,看到了沉水植物,黄丝草、眼子菜、苦菜、茨藻、聚草……眼子菜非常泼皮,适应力强。我在天鹅的故乡——新疆巴音布鲁克天鹅湖中,也看到过它们的身影。

浮水植物有野菱角、荇菜。沟边长着苔草、稗草。

这些都是麋鹿喜食的植物,尤其是大片的芦苇。看来,这里丰富的植物世界,才使得麋鹿膘肥体壮。看到鹿群第一眼时,我就产生了强烈的印象,它们比大丰的鹿群色泽鲜艳。

一阵水响声,李老师回来了,裤子湿淋淋的,衣服上溅满了泥星。她说:"水深了,苇丛太密,看不到鹿群,只能听到它们在水里走动、戏耍。"

时间已是 5 点多钟,河谷里的光线暗了下来。我们只得往回撤。

路上,我问李老师那群的情况。她说:"有母鹿 30 只左右,仔鹿近 20 只。"我说:"这群要小一些,母鹿在 25 只左右,仔鹿有 10 多只。我还看到了最少有 5 只小鹿,是今年才来到这个世界的,它们走路的姿势常有些歪趄,时时要去喝奶。"

我曾在黄山参加过对皖南梅花鹿的考察,也曾对英国乌邦寺的麋鹿有过一些了解,心里不禁时时将它们相互比较。这比较的结果,产生了一连串的问题。

譬如,一只鹿王,能应付得了二三十只母鹿吗?所有处于生育年龄的母鹿,都能参加交配吗?因为这将直接影响麋鹿种群的壮大。

据说在西北片,还有 2 群鹿。既然有这么多雄鹿,为什么不分成更多的小群,而只分成 4 群呢? 它们分群的原则是什么?

野生动物繁殖期的行为,最能揭示那个世界的奥秘。

才走到草地,灰头麦鸡就冲天而上,嘎嘎叫起,我正在奇怪这位为何如此粗心,将巢区建在草地边缘时,却见到一只黄鼬钻了出来。它毫无惧色,两只黑眼珠滴溜溜地转着,微笑着用舌头舔着嘴唇,好像才品尝了一道美味晚餐……

我们为灰头麦鸡难受,也不再忍心去打扰,退出草地,准备从另一条路迂回……

严防偷情

刚往歧路上走,李老师猛然站住,示意苇丛那边——2 只母鹿悄悄地走了出来,向雄鹿群走去。雄鹿们眼睛发亮,乂眼张得更大,没有吼叫,没有激烈的行为。有 2 只起步去迎接。

奇怪,鹿群不是已经走得很远,到了芦苇的那边,连李老师都未看到吗? 这 2 只精灵是怎么知道雄鹿群在这边等待的?

难道雄鹿们潜伏在苇丛中,就是为了等待这一刻?

我和李老师伏下了身子,借助前面的土堆,隐藏了下来。

2 只母鹿与雄鹿会合了。雄鹿们很兴奋,但对母鹿并没有什么亲密的动作,只是站成一圈,将母鹿围在中间。母鹿安详地低下头去吃草,时不时地抬起头来,用眼睛在雄鹿的身上抚慰。抚慰到哪只,哪只就兴奋得用一只蹄子顿一下大地。

落日的余晖映照在它们的身上,柔和的光线使一切都变得暖融融,几只燕子在上空飞掠纵横……

面对这个充满情感、友爱的温馨的世界,我不由得赞美着母鹿的勇敢。

苇丛中一声吼叫,如晴天霹雳般响起。雄鹿们浑身一颤,母鹿似乎毫无反应,仍是低头吃草。

吼声接连不断,直接向这边滚来。那吼声洪亮,具有张力,似乎还有共鸣声,但实在不悦耳,李老师早就说"像猪叫",现在听起来格外像。

苇秆剧烈地晃动,鹿王冲了出来。

鹿王愤怒得嘴边冒着泡沫,庞大的身躯此时无比矫健,几乎是四蹄腾空,像匹骏马飞驰,直冲向雄鹿们围住的母鹿。

"有好戏看了。角斗在所难免。"李老师乐滋滋地说。

几只雄鹿凝神盯着冲来的鹿王,只是没有一只迎战。

鹿王到了跟前,低头扬角,向最近的一只雄鹿攻去……

唉!真是脓包,它连虚晃一枪都没有,掉头就跑。余下的雄鹿见有先例,毫不羞耻地作鸟兽散。

鹿王却没停下脚步,反而更凶猛地追逐雄鹿,一直把它们逼得远远的。

鹿王掉转头来,向母鹿冲去。直到此时,母鹿才停止吃草,抬起头来,满脸无辜。鹿王只是站在它们面前,大声地吼叫,像是在严厉地训斥。母鹿没有动作。鹿王眼见恐吓无效,扬起叉角对着母鹿摆动起来。

这时,2只母鹿才迈起步子,向刚才的来路走去,走得很不情愿,走得慢吞吞的。鹿王更加烦躁地吼起来,用小快步在后面催赶,母鹿也不得不小跑起来。

鹿王正在得意自己的权威时,一只母鹿突然折转身子,往雄鹿逃窜的方向跑去。鹿王怒火中烧,迅速追击,用犄角去刺母鹿。母鹿跳着,左闪右躲,逗得鹿王暴躁得像恶煞一般,疯狂地跑动、攻击。

大概是已满足了报复,母鹿才在躲闪中撒开蹄子,跑向一直在苇丛边等待的那只母鹿。鹿王仍然吼叫,但已没有了先前的愤怒,那神情倒像是哼着凯旋之歌的将军……

麋鹿找家

这出并非异常精彩的戏剧,留下了太多的悬念。

鹿王后来怎么发现有了叛逃者,并且也如母鹿一样,知道雄鹿群的方位?信息是从哪里得到的?母鹿为何要偷情?雄鹿们为何不敢对鹿王作任何的反抗?在那紧要关头,突然可耻地辜负了母鹿的钟情?鹿王的权威是以什么方式维持的?

这些悬念和谜团,最核心的是鹿王是如何产生的。

鹿王是一次产生的,还是也如猴群一样?猴王不是世袭,王位也不固定。

那些竞争鹿王的失败者,为何聚在一起?是在觊觎着王位,还是等待偷情?

鹿茸为何要变成角

我们第一次到大丰时是5月初,保护区主任丁玉华在研究麋鹿方面已有丰硕的成果。他说鹿王已经产生,鹿群已进入繁殖期。但我们在跟踪鹿群时,并未发现鹿王,准确一点儿说,是未听到鹿王的吼叫,或许那时鹿王才诞生不久吧!

到石首时,鹿王也已产生。

麋鹿在野生状态下的生活习性、繁殖规律,我们已经无法知道。因为它的种群在野外早已消失,只能根据古籍中的片断记载去推测,这也更显得现在的观察异常重要。

丁主任和很多朋友讲述了鹿王选拔的过程,因为是亲自观察,所以故事讲得生动有趣——

麋鹿是营群性的,草食动物大多有这样的习性。

一个种群由多少只麋鹿组成?没有记载。大丰和石首的分群是人为的。1986年只有30多只。后来分圈,将1.3平方千米的海滩分成了东西两片,鹿也就分成了两拨。这些年中,它们自由组合。目前,近400只麋鹿基本上成了 4 群,东西各有 2 群,各占一个地区。由此推断,在野外,很可能主要是由食物丰富的程度决定一个群体的数量。

角是雄麋鹿的第二性征。初生的雄仔鹿,当年就能生出茸桩。冬天,不知在哪一天,雄鹿感应到一种生命信号,它找到一棵树或一堆枯草,将角在树干上或草丛中蹭挂,借助这样的力量,老角脱落了。

春天,万物苏醒,生命信号中的密码启动,新茸像一棵嫩芽向外顶,顶去了角桃(老角留下的根部),茸长出来了。这时之所以称之为"茸"而不叫"角",是因为茸较软,其中充满了毛细血管。

表皮上的一层密密茸毛,金光闪烁。叉角像珊瑚一般,显得晶莹、可爱,特别美丽。茸的生长速度很快,据测量,麋鹿茸一天竟能长 7 厘米。

梅花鹿的茸角的生长速度也很惊人。由于梅花鹿的茸有较高的药用价值,茸的质量由各种等级、价格差距拉开,因而猎人们非常注意采茸的时间。

历史上皖南有专门猎茸的打猎队。打猎队供奉的猎神是额头上又生出一只眼的三只眼的二郎神。师傅背着神像。猎队由师傅组建,挑选合把子的四五个人。师傅就是队长。但要当上师傅可不是件容易事,要么是大家公认的权威,要么需要资格论证。

在茫茫的山野中,师傅要能找到鹿。在残酷的生存竞争中,草食动物只有靠自己的机警,才能得以生存。梅花鹿尤其精,要想在山野中一睹它的尊容,那可不是一件容易的事情,但师傅有绝招儿。

在考察皖南梅花鹿时,经过几次探察,我们连鹿影子都未见到。挫折使大家想到了猎人,于是我们请到一位曾是师傅的老猎人当向导。

师傅是个矮小的老头,瘦精精的,少肉的脸庞几乎没有表情。那对眼睛小小的,眼珠是黄褐色的,成天像是没有睡够似的,总是耷拉着眼皮。

说实话,他给我们的第一印象并不佳,但介绍的人将他的很多狩猎故事说得活灵活现。我们也就抱着个闷葫芦吧。

他开头的行动就让我们大吃一惊。

他不往林子里钻,专到林缘地带或草山上去找。草山是指以草本植物为主的山峦,这样的山大多平缓。理由非常简单:梅花鹿喜爱的是这样的生境,而不是森林。两句话就点破了我们几个月的懵懂。

当天,师傅就发现了鹿。以后的考察活动,变得像场非常有趣的智力游戏了。艰难的跋涉成了揭开梅花鹿神秘生活的帷幕、学习的享受,刺激、愉快。

说得简单一点儿,师傅注重寻找鹿粪。山野中草食动物繁多,兔子、青羊、毛冠鹿、黄麂、黑麂、麝……仅鹿科动物就有四五种。他能准确地分辨出哪是鹿粪,哪是鹿粪。开头我们并不相信,因为考察队中除我之外,都是研究动物学的,还有教授。

有一天,王教授在一片草丛中发现了一堆粪粒,很新鲜,水光油亮,就差没有"冒烟",像是梅花鹿留下的。师傅走过去看了一眼,说是毛冠鹿的。知识分子当然相信教授。

只有我没有吭声,因为就在这瘦老头看那堆粪粒时,他将小眼一眯,似是有道精芒一闪,毫光射定了目的物。瞬间,精芒毫光敛起。那副神态如一束激光迸发,顷刻已完成了检测——这深深地震撼了我,我开始觉得他是位奇人。奇人有奇相。

我当然不愿失去机会,用了个小小的伎俩,挑起了他们之间的争论。

当然是谁也说服不了谁。这时,我充当了另外的角色,提出打赌,将激将法使用得淋漓尽致。

师傅说:"证明它是毛冠鹿的并不难,粪是十分钟之前拉的,走得不远。队长同志,我去把它扛来,算请客,今晚吃鹿肉。"

队长就是王教授,很痛快:"酒是我的!"

二十多年前尚未颁布《中华人民共和国野生动物保护法》,但考察队有纪律,猎取野生动物必须经过队长审批。这样的打赌,虽不免有些孩子气,但弄清这堆粪粒是谁留下的,确实关系到今后的考察——梅花鹿的生态。

瘦老头的精气神来了,他要我们在这里等半小时。我要跟着去,他将背在肩上的土铳子往我手上一塞,我也就只好蔫蔫地在原地等待。

也就十几分钟吧,大家听到林子里响起一枪,是土铳子的声音。

大家都兴冲冲地等待结果。

瘦老头果然扛了一只野物走来了。王教授一看,的确是毛冠鹿。

我正想张嘴诘问时,瘦老头用脚在它肚子上一踩,竟有几粒粪从肛门掉下。王教授将两处粪粒一比较,乐得像个孩子似的:"今晚我请客,一醉方休!"

瘦老头奠定了权威的基础。

他说前面林子的草地中有2只梅花鹿,是母的。我们去了,果然抄出了2只梅花鹿。他说这是一只雄鹿,茸已长到二杠,等到见到,一点儿不差,就是二杠。

法宝就是对鹿粪的鉴定。直到最后,一切才真相大白:母鹿的粪粒两头尖尖,呈枣核状。雄鹿的粪粒前凸后凹,呈瓜子状。雄鹿的粪粒上冒油的不同状态——含有脂肪量的多少,表明了鹿茸的大小。鹿茸的生长期是雄鹿生理、健康处于最佳状态的时期。

就是瘦老头告诉我们的:在潇潇春雨中,鹿茸也如春笋一样,生长的速度很快。

茸老后,逐渐角质化,变成了真正的硬角!秋季来临,雄鹿经常在树干上磨头上的角,准备参加繁殖期的角斗。雄鹿之间的角斗激烈而残酷,在这场暴风骤雨的搏斗中,鹿王诞生了!

因为我们来的时间稍晚,无法观察到雄性麋鹿在争夺鹿王前的准备工作,而朋友们的讲述,证明它们和梅花鹿有很多相似之处。记述以上这段,就可以相互印证、比较了。

鹿王在角斗中诞生

雄麋鹿的茸完全角质化之后,也有磨硬角的阶段。

宇宙间存在着无穷的奥秘,只是目前还无法破译。

雄鹿在等待,等待着大自然的信号。大自然有自己的法则,有独特的时轮运转。

否则,分散在各地的候鸟们,为何同时集结队伍,同时起程,开始远涉重洋的迁徙?是哪一天的早晨或者傍晚,或者月高星稀的夜色中,雄鹿们收到了一种神秘的信号,立即兴奋起来,骚动如风暴般卷来,角的碰撞声响彻原野。

开头的几年,鹿群的数量不像现在有几百只。

那年的玫瑰开得非常旺盛。这一天,风和日丽,斑鸠在"咕咕——咕咕"地叫着,前两声和后两声,顿挫有节,韵味十足。

事先没有一点儿征兆,鹿群在霞光中安静地吃草。事后才想起,相对说来,雄鹿们的神情有些凝重,显得诡秘,开始了聚集。当月亮升起来的时候,微风中隐约传来了令人心动的咔嚓声。

在树林下,在草丛中,在水沼边,雄麋鹿两两捉对,展开了激烈的角斗。角斗的双方先是后退,再向前奔跑,然后猛然两角冲击、顶撞。

杨树下的一对雄鹿,打得难分难解。左边的一只已发起三次攻击,对方勇猛抵抗,后腿用力撑住。两角就这样紧紧地抵在一起,一会儿向前,一会儿向后。突然,咔嘣一声,右边雄鹿的后腿骨断了,跌倒在地。胜利者撤回大角,兴奋地吼叫一声。

古代的勇士,两人相斗,也是各骑一匹骏马,手持长戈,相向奔跑,在相遇时挺出长戈，使出致命的一击。

水沼边的一对，斗得更为惨烈。抵角无法分出胜负时，南边的一只首先撤出大角，摆头，用角砍杀、挑刺；北面的一只奋勇以角相迎，伺机用角冲刺对方的肚皮。七八个回合下来，南边的那只掉头就跑，前肩、肚子上鲜血淋漓。

第二天，有人发现有只雄鹿走路时，身下拖着长长的带子。靠近观察，这才发现它满身血污，肚子被挑开口子，是肠子流出拖在地下。幸而肠子未破。人们用麻醉枪使它昏迷，洗净沾在肠子上的草屑、泥土，塞回去，再缝合，整整用了半天时间。麋鹿的生命力非常旺盛，伤愈后，它第二年又参加了角斗。

布谷鸟在夜空中飞着，叫着，飞出很远，不一会儿，那布谷、布谷的声音又渐渐接近鹿群的上空。

初夏的夜，风是柔柔的，飘逸着野花的芬芳，播散着雄鹿们的厮杀声。第一轮的胜出者，接着拼杀。

从整个战场来看，参加角斗的雄鹿，事先并没有确定目标，但似乎弥漫着一种气息，有一种难以言明的氛围。或许是我们尚未判读出那神秘的信息，决定了哪两只雄鹿相互战斗。

犹如足球赛、网球赛，在几轮之后，争夺更加激烈。

战场上突然沉寂下来。母鹿们对这一切似乎都漠然视之，有的卧在草丛中反刍草料——鹿和牛一样是反刍动物——有的抚爱着孩子。刚才打得天昏地暗的雄鹿，受伤的已躲到一边舔着伤口，其他的都静静地立在那里，或低头沉思，或昂头凝望。分不清谁是胜者，谁是败者。

鹿王尚未诞生。

生命的奥秘，就隐含在这宁静中，在这大战前的沉静中。沉静中正酝酿着更为残酷的角斗。

月亮已经西垂，丝丝缕缕的地气已经浮起。黎明前的夜色格外厚重。

一只雄鹿走出鹿群，体格健壮，头上的叉角特别高大，很像两支长戟。为了叙述的方便,以后就称呼它为"大戟"好了。它走得很慢,走得沉着,走得自信。

另一只雄鹿只稍晚了两步,也走出了鹿群,略显修长一些。它迈着方步,若无其事,像是闲暇踱步,头上的叉角在步伐中微微晃动,在月色中闪着光亮,角端异常尖锐。我们称它为"锐角"吧。

它们没有相互看一眼,却一同向草场上的一块平地走去。

大戟首先到达,站在右边,锐角从左侧到达,相互间距离20来米。

它们仍然没有相互看一眼,只是默默地站着。

突然,它们的义眼同时张开,张得很大,八目电石相撞,各自低头扬角猛奔,响起一声惊天动地的砰——各自发力,奋勇向前,两角相抵。

雄性麋鹿身高在1.56米,身长2米多,头上的叉角有2米多长。

这种角的拼撞,声威迸发,撼心摄魄。

它们没有像通常情况下,后退,再奔跑,再相撞。我们在南非,看到大角羚羊战斗时,也是一记记用角顶撞。

足足有五分钟的时间,谁也未能前进一步。

在力的较量中,谁也不能先撤出。谁先撤出,谁就失败。

大戟的喉咙中发出了低沉的声音,像是一道号令,双方同时后退,脱离了接触。这可能是它依仗角的高大,要发挥强项。锐角同意了。

但后退不多远,大戟首先向前,锐角稍晚了半拍,但及时地调整了姿势,又是惊天动地的砰的一声。

接下来,砰然之声不断,尘土飞扬,蹄声如鼓。

有几只雄鹿也走出了鹿群,静静地观看着这场如火如荼的战斗。

战了二十来个回合,它们仍然势均力敌。

大戟开始用心计了,这次在相撞的瞬间,它闪电般地将大角一歪,企图叉住锐角的眉杈,如能叉住,以它那雄壮的角,能轻易将对方的叉角别断。

如若锐角躲闪,大戟的大角则将挑开它的肩胛。

眼看大戟就要得逞了,锐角似乎毫无发觉,但是——世界上很多事,都在"但是"后无常——就在如戟的大角即将插进锐角的眉杈时,锐角却像一位缠着金腰带的拳击冠军,只是将头稍一摆动,同时肩一缩,使对手未别住眉杈,只从肩头的皮毛上滑了过去。它接着一扬大角,狠狠地向对手砍去。原来它缩肩时,已为这一砍蓄积了力量,就像一套天衣无缝的组合拳!

大戟仓皇应战,但已失去先机。然而,它毕竟英勇威武,凭借着大角粗壮的优势,连连向锐角展开了攻击。

锐角的角如长刀一般发亮,如闪电般刺灼着大戟的眼睛。大戟想解除对手的武装,随即猛吼一声,抡起大角左砍右挑,就像"黑旋风"抡起两柄大斧那样,专攻锐角的头部。

十多个回合之后,大戟见锐角的抵抗毫不松懈,随即虚晃一枪,然后拼尽全力砍去。锐角头部挨了一刺,鲜血已染红了半边脸。

大戟见已得手,攻势越发凌厉。锐角似是被逼得只好向右侧稍稍移动,迅速后撤,拉开了距离,就如拳击手一样,脱离了对手的攻击范围。大戟还会放过这样的机会?它无比勇猛地向前冲去,向对手的犄角连施杀手。

锐角只得且战且退,在一次躲闪中,左肩又挨了一刺,鲜血汩汩地向外流。它有些慌乱了,仓促后撤时,竟然跌倒坐地……

大戟猛吼一声,举蹄腾空,奋力一跃,然后低头,将如戟般的大角对准锐角的腹部,准备进行最后的冲刺……

就在这千钧一发的时刻,锐角突然后蹄斜蹬,将身体左移。大戟情知不妙,连忙抬头扭动腰肢,改变方向,但已为时晚矣。锐角只是稍稍抬头,已借助大戟的冲力,狠狠地将锐利的角刺中大戟。

砰的一声,大戟沉重地摔在地上。

锐角原来是坐姿,在刺杀时,已就势站了起来,摆头向对手冲去。大戟确属不凡,在受了重创之后,还能迅速站起,不顾鲜血的喷涌,撒开蹄,一溜烟地跑了,扬起一股尘土。

今年的鹿王诞生了,在腥风血雨中诞生了!

麋鹿新的繁殖年开始了!

王者风范

麋鹿就是以这样的方式,选择种群中的出类拔萃者。

鹿王将把新的、无可匹敌的基因,注入未来的种群,以保持种群的不断强大,繁荣昌盛!

野生动物世界以此为准则,是它们对生命奥秘的理解!

我曾为拙著《云海探奇》写了这样的卷首语:"动物之间的生存竞争,往往是以激烈的搏斗、残酷的掠杀进行着,这时焕发出的生命光华无比耀目、灿烂辉煌,犹如雷霆万钧的生命交响曲。"

争夺交配权,是生存竞争的另一种表现。

胜利者并没有追赶,只是望着远去的大戟,直到它消失在滩涂上,才收回了视线。然后它凝神陷入沉思,是对胜利的怀疑,还是考虑着王位的诸多问题,抑或是大战后的小憩?

曙光将东方的天空渲染得一片灿烂。黄鹂、画眉已亮开了嗓子,婉转多变的乐曲响彻了原野。

鹿王锐角在沉思中苏醒,将凝着鲜血的头颅扭转过来,朝东方看了神圣的一眼,吼声骤起。在雄壮、威武的吼声中,它举蹄飞奔,奔向母鹿群。

鹿王沿着母鹿群跑了一圈又一圈,时而还边跑边撒着尿,像是在画圈。这时,它的义眼深深地翻开,露出黑色的边框,渗出一种气味特殊的浆液。它将浆液蹭擦在树干上。显然这是表示圈地,对占有母鹿群的示威。

母鹿们停止了吃早餐,将视线转移到鹿王的身上。只有仔鹿们在无忧无虑地玩耍、吃草。

鹿王停下了,对着母鹿群不断地吼叫,绵绵不绝,一浪高过一浪,像是在下达明确而庄严的旨意,宣布它们是自己的嫔妃,宣布将给予它们交配权,宣布规章秩序……

母鹿们只是静静地听着,似乎毫无表情。因为母鹿要到发情期,才允许鹿王交配;而它们的发情期却又非常短暂,根据动物学家研究,只有几小时。

嫔妃群小者有10多只,大者有三四十只。如此庞大的一个女儿国,给鹿王的统率、管理带来了很多麻烦。

更有甚者,在鹿王争霸战中失败的雄鹿们,或聚集在一起,或单个隐居,但都随时在勾引已被圈起的母鹿。

鹿王为了应付这种复杂的局面,既要驱强敌于外,又要安定内部。因而在繁殖期的一两个月内,它不吃不喝,成天奔波,以至于到繁殖期结束后,体重减了几十千克。

它是用生命来履行鹿王的职责!

既然如此,雄鹿们为什么又要去争夺王位呢?鹿王为何要以生命为代价去履行职责呢?锐角第二年、第三年,又参加了新的鹿王的角逐,蝉联三届。

第四年,人们考虑到鹿群的基因需要多样化,因而将它关到一个小围栏中,不再让它参加角逐鹿王。

有趣的事情发生了。当新鹿王诞生之后,它并没有圈定嫔妃群,而是如离弦之箭一般,怒吼着飞奔向锐角的囚禁地,用大角冲撞围栏。

锐角听到蹄的敲击声,立即张开义眼,吼叫一声,准备迎战新的鹿王。

新鹿王因为未能和上届鹿王角斗而遗憾?还是英雄找不到敌手的孤独感?抑或是那种打败天下无敌手的骄傲?这为研究动物行为的专家们带来了极大的诱惑和困扰。

这就是生命的无穷奥秘!

从有关的报道中得知,英国乌邦寺庄园中,麋鹿在繁殖期的表现,却是另一番情景:雄鹿们发情后,义眼张开,吼叫着在草地上奔跑,在泥塘里打滚,全身涂满了泥巴,挑起草和树枝挂到角上。它们用奔跑圈了一块地,撒上尿作为标志,形成"求偶场"。这种求偶场不止一处。

雄鹿们在这个圈子中角斗,胜者占据求偶场。母鹿们发情时,才到求偶场去相亲,挑选如意郎君,然后走进去,接受交配。在求偶场的周围,常常聚集了大批的母鹿。在求偶场角斗中失败的雄鹿,则聚集在一起,形成群体。

石首的麋鹿是完全来自乌邦寺的后代,大丰的麋鹿虽然来自包括乌邦寺的好几个动物园,但它们都是从乌邦寺出来的,而乌邦寺的麋鹿却是从中国去的。为什么繁殖行为有如此大的区别呢?

乌邦寺麋鹿的繁殖行为,是它们原来野生状况下的恢复?或者说石首、大丰麋鹿的繁殖行为,是它们回到故乡后,原来野生状况下的恢复?

繁殖行为,是研究动物行为的重要环节,是揭示生命奥秘的一把钥匙。

同宗、同祖的麋鹿,为何在两地呈现出不同的繁殖行为?

有人猜想:生活在乌邦寺的麋鹿,是对环境的学习;因为在乌邦寺,与麋鹿共同生活的还有黄鼦鹿,而鼦鹿的繁殖行为特征,就是雄鹿占领求偶场。

这或者是"女权主义"的一种反映?

有人说笑话:是否麋鹿也像英国人去教堂举行婚礼,中国人则把新娘接来成亲?

疑问愈多,愈能激起动物学家们的探索热情。

寻找走近麋鹿的途径

在武汉自然博物馆展出的曾侯乙墓中的出土文物,令人目不暇接,精美的青铜器、漆饰工艺、编钟……都是稀世之宝。在大厅的北面,有一具鹿的雕像,头上生有硕大的犄角,显然是麋鹿,造型奇特,线条流畅、圆润。

鹿呈坐姿,身上显示了繁星般的斑点。一眼看去,难道是梅花鹿的造型?但那角,又确实不是梅花鹿的,而是麋鹿的。难道是为了创造另一种"不像"的美?

我们询问管理员,她的回答让我们更加吃惊:"青铜像是麋鹿。不信?它头上的角,是麋鹿的真角,不是用青铜铸造的,是装嵌上去的。"

她又说:"在荆州博物馆中,还陈列着多件出土的麋鹿角,大多是作为陪葬品。你们有兴趣的话,还可以去那边看看。"

我猛然醒悟,鹿科动物在刚生下来时,身上都有斑点。这是它们在遗传或进化历程中对远祖的怀念。青铜像的鹿,应是麋鹿的幼崽。

在醒悟的同时,对先民们将麋鹿作为祥瑞的象征、云梦泽的人和麋鹿的关系有了更多的理解。

为了能够迫近观察麋鹿在繁殖期的生活,我们接受了上次的教训。我们设想在水面上可能要好一些,起因是看到它们对渔船的反应。

故道是在长江裁弯取直中形成的,它像一个大大的"U"字形,卧在现行长江水道的北面。那里渔产丰富,且无污染,鱼味鲜美,市场价格较高。这里的渔业也就较发达,捕鱼的小船时时在长江故道中游动。麋鹿们对他们熟视无睹,毫无反应。

从水中接近,另一个优点是避开了灰头麦鸡的通风报信。它们有十足的理由对入侵者嘎嘎怒叫,又何必去打扰它们呢?

麋鹿是聪明的。

上午下了一场大雨,下午雨停了。天还是阴沉着。

去渔村租船,还有一段距离。我和李老师先行,向西北方向的一群麋鹿走去。

不多远,圩堤左边有一片水杨柳林。据说这是1998年洪水带来的树种,在河滩上自然成林。林子稀疏,但偶有成片,较为繁盛。水光闪亮,成了一片柳林沼泽地。

我们正在向林中窥探,轰然响起吼声,是鹿王的声威,接着是它在水中跑动的声音。又有一只鹿的跑动声、水花的溅落声。我们只看到鹿影闪动,景象支离破碎,却无法看到全景。

有一只母鹿在水中的柳林稀疏处,啃着岸边的芦苇,一会儿又躺到水中,反刍着。

3只雄鹿从林中慢慢向它接近,直到走到它面前,它仍然坐在水中,连看也不看对方一眼,那3位好汉十分有风度地站在它的身边。

柳林中响起了鹿王的吼叫,3位"绅士"不自觉地微微一颤,慢慢地掉转头,向旁边走去,鹿王没有出现在视野中。

柳林沼泽的生境,给鹿王的管理增加了困难。

快到江边时,右侧一片绿毯般的草地,油亮亮的。大约50米处,有两支叉角立在草海中。近处有一棵野蓼,四周没有一只鹿。左侧有一条小河,鹿群在离河200来米处。我真有些窃喜,难道是雄鹿在冬季脱落的一副老角?瞅了半天,它毫无动静,这使我更加想入非非。

为了在沼泽地中行走,我今天特意换了深筒胶靴。草海中多是禾本科的植物。奇怪,这样幽静、隐蔽的场所,为什么没有灰头麦鸡的嘎嘎叫声?如果有了它们,我就不需要犹犹豫豫,又充满希望地向前走去。

走了20多米,那架鹿角突然动了,随即鹿头从草中抬起。我的希望顷刻之间化为乌有。确是一只雄鹿,它的处境已说明了它是争王角斗中的失败者,可它潜伏在这里干什么?

远处有了喊声,是保护区的小王。听不清他在说什么,但从手势看,是说小船即将到达,要我们到江边去。

我们刚到江边,就见西北方向有只小船划来。船很小,划船的是位渔家大嫂。

我们上船后,大嫂掉转船头向柳林边的那群麋鹿划去。风浪不大。这一群在柳林和江边之间的草地上,有30多只,分成两三小群。有一群坐卧在草地上。几只仔鹿不安分地走来走去。身子黝黑的鹿王雄赳赳地站在鹿群的旁边,注视着它们的一举一动。

随着桨的咿呀声,我的心情有些忐忑,如果设想出了差错,今天下午的努力就算白费了。天气倒是好了起来,不知不觉中,云散了,太阳从西天露出,鹿群闪起了光辉。

船愈来愈接近鹿群。很好,它们没有像那天,我们在几百米之外就被惊动。只有两三只母鹿,注目看着我们。

60米、50米,太好了,鹿群没有被惊动。鹿王也只是偶尔偏过头来看看。

到达距鹿群三四十米处,有几只母鹿往柳林方向走去,鹿王随即出动,吼声洪亮,奔跑有力,拦住了母鹿的去向,意思是告诉它们:没有危险,用不着大惊小怪。

母鹿们很顺从地回头,安静地立着,只一会儿就低头吃草。

其实我们的船无法再靠近,因为已到岸边了。

成功了,寻找一条接近鹿群的途径成功了!喜悦从心头涌起。

无论是在大丰还是石首,在这之前还是之后,我们距离鹿群还有两三百米,它们就开始躲避逃逸,母鹿的行动,就像是在喊"狼来了"!

人啊!为何让它们感到那样可怕?这一切似乎说明,同是动物的人与它们,原来是和谐相处的。然而人类首先破坏了诚信,对它们进行猎杀,它们才产生了恐惧。即使如此,弱小的野生动物在遭到危难时,还是磨灭不了久远年代留下的记忆,去寻求人类的庇护。

再现失却的自然美景

在山野中跋涉时,有三则小故事至今还感动着我:

麋鹿找家

在考察梅花鹿时,我发现母鹿常常选择居民点的附近作为产房,这与它平时远离人类大相径庭。后来我才明白,母鹿产崽时处于最虚弱的境况,小生命要在几天后,才能跟随母亲在山野中闯荡。其时,它正是红狼、豹子等肉食动物们最佳的猎取对象,因而母鹿选择了居民点,寻求万物之灵——人的庇护。

在川西考察大熊猫的年月中,山民们说过很多大熊猫造访居民家中,登堂入室、喧宾夺主的故事。动物学家告诉我,大熊猫在充当不速之客时,总是被天敌追杀,或者是饥饿驱使,或者是患了重病之时。它们也是在危难时,寻求人类的庇护。

在美国的一位朋友家中,我无意中发现在他家门口右侧不到1米的一棵小树上,竟有个鸟巢。朋友的夫人为这个发现高兴了好几天。因为鸟巢的筑造,诉说了主人的善良、厚道。

鹿王的行动是感人的,因为它知道不会受到伤害。后来,在大丰保护区,我们在寻找野外放养的麋鹿时,来到最北面的围栏。徐主任先爬上去观察,说是有群雄鹿在洼地。我爬上去后,看到了五六只雄鹿卧着休息。它们也只是侧过脸来望望,直到索要照相机的喊声、拍摄的咔嚓声不断,它们才慢慢地站起。

它们同样明白,你没有伤害它们的意图。有道围栏隔着,你也无法使出伤害的手段。

这种喜悦的心情,一直伴随着我们。

纵观整个鹿群,闲逸、安静。这里食物丰富,环境幽雅,只是在景深处的柳林边,有2只浑身黝黑的雄鹿,角上挂有芦苇,站在水中心怀叵测地注视着鹿群……风轻轻地吹着,江水粼光闪闪。

我心中一个激灵,这应是一幅麋鹿在自然中生活的自然图画。

由于麋鹿的野生种群早已消失,无法知道它们那时的生活。这幅生活场景,应是原来在自然中生活的最真实、最活泼的表现,为已失去的历史复原。

于是,我们兴趣盎然地了解它们的生活。

它们并不畏惧人,只是出于生命本能,对外界进行一种审视。

稍远处的一群,发生了小的骚动。2只母鹿发生了争端,张嘴撕咬,相互扭动、躲闪。突然,它们同时立起后腿,用前肢敲打对方。上下敲打的速度很快,像拳击运动员那样,动作滑稽极了,怪模怪样,笑料百出。但只一小会儿,这场精彩的节目就结束了,它们又四蹄落地,相互蹭着、碰撞。是因为不惯久立,或只是玩耍?从体型上推测,似乎是2只幼鹿。

卧在地上的10多只母鹿,长嘴在不停地锉动,反刍。远处的2只小鹿,撅着短短的尾巴,毛茸茸的头像两只玩具似的,走来走去。它们一会儿看看鹿王,一会儿相互抵头,甚至还到水边,用小蹄子在水里搅和,天真、可爱。

一只母鹿的身子,奇怪地摇动着,像是不断被推着。

嘿,原来它的背后,有一只小鹿在拱它,那一定是它今年才出生的孩子。小鹿执着地用嘴拱妈妈的身子,妈妈就是不理不睬。小鹿低低地叫了一声,叫声中充满了渴望。妈妈对它看了一眼,才慢慢地站了起来。

还未等它站稳,小鹿就往后一挫身子,伸嘴往它腹部一撞,接着是缩回再撞……

我不禁笑出了声。李老师忙问。

我说:"它是在喝奶。刚才是要奶喝。我看过梅花鹿的小崽喝奶,和它们一个样。这种哺乳的方式,和大海里的哺乳动物有很多相似之处。小鲸鱼也是在游动中,用嘴去撞击母鲸的乳房,母鲸立即喷射出乳汁,白海豚也是一样……"

李老师满脸诧异,但没一会儿,诧异就变成了惊奇。这时,母鹿弯过头来,用湿漉漉的黑嘴唇在小鹿的身上吻着,伸出长舌舔着——"舐犊情深"一词油然冒出。

那两个小家伙又发现新玩意儿了,追逐起一只黄色的蝴蝶。蝴蝶忽高忽低地飞着,还时时在它们眼前晃晃悠悠。它们就随着蝴蝶的飞行紧跑、慢走,用前蹄去敲打,在草地上兜圈子。

忽然,蝴蝶飞高了,小鹿站起来昂头呆看。正在它们快要失去耐心时,蝴蝶一收翅膀,稳稳地落在其中一只的头上。正当它奇怪蝴蝶骤然失踪时,它的伙伴却举蹄向它的头上敲打,随着砰的一声,蝴蝶飞走了,小家伙的头上却挨了一记。它不干了,举蹄就追,惹祸的小鹿只得飞快地逃跑⋯⋯

母子情

眼前的景象,使我想起了梅花鹿母子之间的关系。

有一天傍晚,我观察的这对母子已在草丛中卧倒、睡下,四五分钟时间内毫无动静。我在这里待了一天,肚子早已咕咕叫了,正准备撤离回营地时,发现猎枪的子弹少了一颗。二十多年前一切都较简陋,没有子弹带,只能装在随身的包里。我记不起是在哪里丢的,是怎样丢的,但肯定是在这潜伏地。

草深,还有小灌丛,天已渐黑。在这样复杂的环境中急不得,我只好耐心地分片寻找。

没多久,听到卧鹿处有了动静,我连忙趴下。只见母鹿已站起身子,它深情地看了几眼地上,就悄悄地迈步走了。在夜色朦胧中,母鹿走了大约40米,停下,又眺望了它刚才睡卧的地方,然后慢慢地躺下。但那头的方向,似乎还是对着这边。

我奇怪极了,也不找子弹了,但也无须趴在地下潜伏。我坐了起来,两眼紧紧盯着母鹿躺下的地方。长时间潜伏是很累人的。

纺织娘叫起来了,夏虫飞起了,蚊子直往脸上扑。这时,我才想起这样的生境还是毒蛇喜爱的地方,也是豹子、红狼、熊等猛兽出没的地方。但母鹿的安危、诡异的行动,却有极大的诱惑,我想看个究竟。

半小时、一小时过去了,母鹿和仔鹿处都没有动静。平时,哺乳期的仔鹿是离不开妈妈的,时常要喝奶,要撒娇,要爱抚。那么可以推断,妈妈是在孩子睡熟后才悄悄溜开的。

母鹿为什么要离开睡熟的宝宝?是遗弃?不,绝对不是,母鹿的母性很强,当仔鹿受到威胁时,它会拼命护子的。

按照常理,母亲是带着孩子过夜的,而它的母性又是那样强烈,可为什么要偷偷地离开呢?

我百思不得其解,万分困惑。

我决定不回营地了。考察队发现我久久不归,会派人出来找,他们知道我的大致方位。倒是自己需要做一些应对突发情况的准备。

因为是考察梅花鹿,我带的是大号霰弹,但总共只有5颗,现在还剩下4颗。检查一遍之后,我将2颗子弹上了膛。这里的豹子、狼、红狼,我已不止一次见过,首先要对付的就是它们。对于那些毒蛇,好办法没有,只能将身旁的草、灌木稍作清理。我突然想起了孬点子:将万金油掏出,涂抹到脚脖子上、鞋上、裤脚上、手上、脸上、脖子上,直到盒中干干净净——毒蛇、小虫、蚊子大约不喜欢这样的气味。

将周围收拾好,我就尽可能地舒舒服服、一心一意地观察梅花鹿母子睡觉的地方,同时将猎枪像旗杆一样竖起,把毛巾搭在上面,好让考察队能较容易地找到。母鹿到现在没有行动,肯定是睡去了。

上弦月已升起,星星顿时略淡。新月在冥冥的天空中,格外清新。我欣赏着仲夏之夜的美丽,只是饥饿难耐,又渴,喉咙冒烟,更何况我是个大肚汉。那时的考察队是吃一顿扎扎实实的早饭——也不过就是干饭——然后再将剩饭、锅巴"瓜分",带在身边,这就是中饭。天亮出门,直到晚上回到营地才有饭吃。

饥渴之火烧得难耐,我几次想顿脚走去。研究动物并非本职,我是个文字匠,是编外队员,但母鹿的行为太诡异了,像一团雾蒙在眼前,那雾团的后面,肯定隐藏着奥妙。

听到身后有声音,我刚回头,就见小邢踏着月色走来。他是个机灵鬼,吃苦耐劳,枪法好。我原来就想到队里可能要派他。

见面后,我顾不得说情况,伸手将带来的饭抢过来,狼吞虎咽,风卷残云般地吃个精光,然后舔了舔嘴唇。

"今天的红烧兔子味道怎样?是我的绝活儿。"

"什么什么?有兔子肉?我怎么没吃到?"

小邢笑了:"真是浪费了我一片好心,特意给你挑了七八块。喏!给,茶。你要是再能将这筒水喝光,那我后天就补请你吃红烧兔子。"

皖南山区的山民上山是用竹筒带茶。竹筒用两节粗毛竹做成,简单实用。我足足喝了半筒茶才停了下来。小邢说老刘牛饮。

小邢听完我的介绍,浑身来劲,要跟我一道揭开这个谜底。

新月已近中天,两人都有些发困,只好轮流抽烟。

小邢突然要我注意左侧——林子里悄悄地走出了3只野兽,从形体上看,是狼。二十多年前,在皖南山区,狼已被杀戮得不成群了。这肯定是红狼,老百姓又叫它"豺狗",是种营群性的凶猛家伙。

我们的心往下一沉,小邢随即将枪端起。我知道,双筒猎枪的射程有限,只能作自卫用。

它们边走边嗅着,很慢,离母鹿尚有段距离。我试了一下风向,更感到大事不妙,母鹿和小鹿都在上风。

那3只家伙突然分开了,1只缩回了林子,2只沿着林子向远方跑去。我长舒了一口气,心情顿时轻松下来。

最多只有十分钟,退回森林中的那只如箭射出,直扑母鹿睡的地方。原来它只是借助夜色的掩护,躲到树丛的后面。

我的心一下提到了喉管。可是,就在它快扑到母鹿时,母鹿突然跃起,尾部突然一片白色——我知道那是尾花朵开,是鹿在启动高速奔跑时的必然动作——在朦胧的夜色中,已腾空飞驰而去。我惊叹鹿在瞬间加速的本领。

它没有叫一声,更没有向孩子酣睡的地方看一眼,只是向远方跑去。

母鹿用自己的优势,很快将距离拉开。红狼毫不气馁,一心一意地追撵。

一会儿,两个身影就融入了无边的夜色中,山野又重新笼罩在新月的恍惚中。刚才两三分钟之间的追逐,好像从未发生。

小鹿睡卧处安安静静,一丝响声也没有。

母鹿偷偷溜走的诱人的谜团,似乎已裂开了缝隙……

好在那三个家伙分开了,否则一只母鹿要对付它们,肯定遭殃!

幸而它是去猎杀母鹿,如果是去偷袭小鹿,它肯定能够得手。

红狼,你也是个蠢家伙!

我正想说回吧,小邢却冷冷地说:"你的结论早了。"

"哪能呢?"

"信不信由你,夜里无法行动,天一亮就有结果了。要是累了,你先回去。我倒要留在这里看个明白。"

黎明鸟刚在山坡上叫起,我和小邢就站了起来。绕过小鹿睡卧处,偷偷地窥视了一番,隐约中它还在酣睡,对夜里那场偷袭毫无知觉。

露水很重,没走几步,鞋子、裤脚都湿了,浑身是那种湿腻腻的感觉。我们向夜里母鹿逃逸的方向走去。

天色大亮时,一群飞旋的乌鸦指示了方向,我们终于看到了结局:母鹿的尸体横陈在草丛的血泊中,胸膛已被扯开,几乎被啃咬殆尽,只留下了头,睁着惊恐的大眼……

乌鸦在上空盘旋,聒噪声响彻天空,似是哀歌。其实是在驱赶我们离开,它们要来享用这顿美好的早餐!

生物世界就是这样,以死者奉养生者。

我们为母鹿的悲壮、生命的悲壮,陷入了沉思。

我们为它伟大的母爱、伟大的自我牺牲,陷入了无尽的沉思。

是的,神秘已经敞开了大门:母鹿先是陪着孩子,哄它进入梦乡,然后再偷偷溜到离它不远处休息。

红狼来了,它们嗅到了鹿的气息。母鹿的个体大,散发的气味浓,浓烈的气味掩盖了小鹿较淡的气味。

它们决定发起猎杀。为了成功,它们设计了方案,2只红狼若无其事地出发了。

估计同伙已到达预定地点,隐藏在林子边的红狼发起了攻击。母鹿及时觉醒,开始奔跑。

母鹿正在奔跑中,突然前方又出现了2只早已等待的红狼。3只红狼经过一番前堵后截,终于达到了目的……

母鹿离开熟睡中的孩子,另卧他处,看似无情,却是深情厚爱!

后来,我们将这一切讲给师傅听,瘦老头浑浊的眼珠渐渐晶莹、湿润起来。他沉默了半天才说:"母鹿对雄鹿也是这样,当雄鹿被猎人追得走投无路时,会突然跑出母鹿来掩护雄鹿跑走,甚至为它挡枪子。真正的猎人绝不向母鹿开枪。"

新郎奇异的婚饰

我向大丰、石首的很多朋友问过,麋鹿是否有这种行为。他们都说没有观察到,因为麋鹿都是营群生活,不像梅花鹿,只是在繁殖季节,母鹿才和雄鹿混群。但是,雄鹿也非常护崽。

有一天,为了给一只小鹿做检查,他们去母鹿身边捉小鹿,母鹿竭尽了办法,还是没有护住小鹿。母鹿跑开了。

几个人正抱着小鹿往回走时,母鹿突然领来了3只雄鹿,拦住去路。接着,它们用三副叉角对付三个人。抱鹿的那人慌忙躲让,虽未被刺中,但被犄角叉住,雄鹿再用力一顶,将他抵在围栏上。他给顶得连气也喘不过来,赶紧放下了小鹿。母鹿迅速将小鹿领走……一只雄鹿的体重有两百五六十千克,发起威来,单对单,谁也不是它的对手。保护区的人赶到,才解救了被雄鹿折腾得狼狈不堪的三人。

雄鹿护崽的故事,在两个保护区都流传得很多。

柳林里不断传来鹿王的吼声。我正在想这里还是平平静静时,这只鹿王也突然吼起,迅速奔跑。

我们这才看到,站在水里的那2只雄鹿,有1只已悄悄地接近鹿群。在它的前面,1只母鹿已潜入水中,只将头部露出水面。

鹿王跳到水中,雄鹿迎了上去,但只一个回合,砰然顶撞声刚落,雄鹿已掉头就跑。鹿王穷追不舍,直将那2只雄鹿追进了柳林。

柳林里也立即响起鹿王的吼叫声和向它们冲去的溅水声。2只雄鹿只得斜刺里往水里跑,一脚踏空,没入水中,慌忙游向远处。

这一切,给了我们强烈的印象,鹿王对圈定的领地的疆界非常清楚,侵略者不可越雷池一步。

天色已经不早,我请大嫂将船掉头,再去看东边的一群。

小船在江上轻快地驶着,鱼跳声在右舷不时响起,引得我很想跳进江里,尾随小船游水。这里还是白鳍豚、江豚的分布区,如能见到,那也是一大幸事!

李老师示意我看江边矮垾上的一只鹿。

那是一只雄鹿,正在泥沼中滚动。我小时候放过牛,牛喜欢在泥水沟里打滚,特别是在天热时。那是为了解暑,清除身上的寄生虫。麋鹿是为了什么?

为了能看得清楚一些,我请大嫂将船往岸边靠。

船的靠近使它站起来了,它浑身是湿淋淋的黑色腐殖土。它向岸上走去,到了草地,低头用角挑草,几次都不成功。它却执着地重复着动作,终于将草挑起,挂到角上。它摆了摆头,像是在测试什么。大约是分量不够,它又低头用角挑草,再摆摇,直到满意为止。记得刚见到公鹿这副模样时,我奇怪它为什么是黑色的,难道和长臂猿一样,雌猿是金黄色的?现在我才明白,这原来是发情后的一种行为。记忆中,雄梅花鹿没有这种行为,只有海南的坡鹿,新郎喜爱在烂泥塘里滚。动物学家说,这是"婚饰"。

是因为黑色标志着庄严、伟岸?角上挂满青草、芦苇,是要显得角大?角是它的第二性征。角大表明了它的强壮,以吸引母鹿的注意。角又是武器,强大的武器首先就是种威慑。鹿王这般武装后,显得无比威武。

目睹过梅花鹿对茸的爱护,那是非常感人的。它在养茸期,从不轻易走进树林,万不得已进入时,是将头深深地往后仰起,那茸就像倒挂在头上。

保护区的朋友说,麋鹿也非常爱茸护茸,茸只要被蹭破一块皮,破损处就会生出叉枝。鹿角如果有断残,也就失去了争夺鹿王的资格。

在海南岛的一个公园中,我曾见到一只雄鹿的犄角外包了一层老化的茸皮,致使那犄角既不像茸又不像角,令人感到非常奇怪。

管理员说:"为了让四季来的游客都能看到鹿茸,只好将它的睾丸摘了。这足以证明茸、角与它的繁殖关系。"

江边散落着几只雄鹿,从它们黑乎乎的身子、叉角上挂着的青草看,都是争王的失败者。我没看到它们喝水、吃草。它们只是听命于体内的那种骚动,忍受着失败的屈辱,和难以平息的骚动的煎熬。

我实在想不明白:"为何经历一次失败之后,就不与鹿王再战了呢?是种本能,还是受生命密码的制约?"

主人说,江北的4群,约200只,最少有三四十只成年雄鹿,但每年只能产生4只鹿王。众多的雄鹿,一生都没有争上鹿王的机会,都成了"陪练",它们生命的本能——复制DNA也就毫无意义了。那么它们为何生存?

有的雄鹿在参加一次或两次鹿王争夺战后,就永远退出了角斗的舞台。

但如果没有雄鹿们的角斗,鹿王如何产生?鹿王的产生,存在的必要,是因为大自然的法则:优胜劣汰。只有如此,才能保持种群的强大。种群强大了,种群中有着它的基因,也就是自己生命的延续?研究动物行为的科学家可能要作这样的解释。在野生动物世界中,常常有这种表现。

这一切既表现了生命的伟大,同时也表现了生命的悲壮!否则,那只已经取得鹿王皇冠的麋鹿,为何还要去寻找被囚禁的上届鹿王角斗?

由此可以推论:繁殖季节结束了,鹿王也就自动结束了王位,成为群体中的普通公民,失去了任何的特权。但"王者之气"可能还存在,只是换了另一种方式。否则,新的鹿王就无从得知上届鹿王未参加角斗!

在麋鹿世界,存在着太多的神秘!

想到这里,我心里泛起嘲笑——这是动物学家思考的问题,我只不过是个闯入麋鹿世界的好奇者,何必那么多愁善感?甚至怀疑是否要把这些写出,以免贻笑大方。

逐出鹿群

我们已到达东边的这群,水边生有稀疏的挺水植物。小船驶过时,船底响起嚓嚓声。由于浅水区较阔,我们距离鹿群较远。

除了临水的一面,其余三面都有穿着"黑"袍、挂着青草的雄鹿,在视线中最少有6只。它们都毫无例外地伫立着,注视着鹿群的一举一动。

鹿王也就特别警惕和辛苦,不管哪一只雄鹿向鹿群靠拢,它都立即吼叫着奔向那里,进行驱逐。观察了半小时,鹿王已出动了10多次。东边的雄鹿刚被赶回苇丛,西边的雄鹿又进行了侵扰。鹿王再奔向西边,驱敌。它刚回到鹿群,南边的雄鹿竟然大摇大摆地往鹿群跑来……

鹿王怒火中烧,向烽烟燃起的南边冲去,那只雄鹿并未立即逃遁,倒是和鹿王周旋上了。雄鹿既不走,也不和鹿王交手,只是忽东忽西地兜着圈子……

这种异常的车轮战术,可能要发生变故。

难道要发生"政变"?猴王是猴群中的统治者,并不是繁殖季节才产生的,因而一年四季都可能有变化。甚至在某一天,猴群中就能发生两三次"政变"。新的成年雄猴向猴王挑战,只要胜利,就是王。但从未听说鹿王在繁殖季节中有变。

我将注意力集中到鹿群,先是扫视,然后分片观察,只是用眼角的余光瞟着鹿王那边。

面对四五十只鹿,需要特别的耐心。果然,鹿群中有了异样。通常,母鹿们聚在一起吃草、嬉戏,并不怎么关心鹿王的举止。现在,有一只母鹿对鹿王的行动表现出了特殊的关心,它隐蔽在同伴中。如若不是因为它的嘴唇特别黑,是无法在鹿群中认出它的。我开始以为它发情了,可能是在等待鹿王归来……我就叫它"黑嘴唇"吧。

正当鹿王和雄鹿周旋得激烈时,只见黑嘴唇异常敏捷地跑出鹿群,向苇丛那边奔腾,尾巴甩直,身体尽可能拉长。只一眨眼的工夫,它已到了苇丛。

嘿!那里正有一只雄鹿等着它。看来,它们早已眉目传情。晃动的苇梢,渐向深处……

这是精心安排的计谋,还是黑嘴唇一直在等待时机?母鹿只有在发情时才接受交配,而它的发情期只有几小时。这或许能为它偷情创造客观条件。

鹿王当然是凯旋,它威风凛凛地站在鹿群的边缘。遗憾的是嫔妃们对大王的归来,几乎没有任何表示,既无热烈的欢呼,也无注目致敬,依然是那样悠闲地吃草。

扫视了一眼鹿群后,鹿王是感到无聊,还是发现了什么,慢慢走到嫔妃中间,向一只母鹿靠去,可母鹿随即走开了。鹿王无趣,又转向另一只母鹿,它却惊得撒腿就跑。倒是一只小鹿,瞪着乌溜溜的眼睛,看着鹿王角上挂的草、涂满黑泥土的身子。

鹿王鼻子打出喷声,又深深地吸了两口气,接着向左右张望……是发现了什么?它犹豫片刻,却并没有采取什么行动。

"那只小鹿身上有斑点,就在6只鹿挤在一处的地方。"

兴奋的李老师弄得划船的大嫂不知是该划船,还是依然停在这里。

我努力去寻找,费了很大劲才终于从它妈妈的腹下发现它。斑点已不明显,只是余留了几点,不经意很难看出。是的,这就是营群性动物给个体带来的好处:安全。

其实,群体就是安全体系,仔鹿和体弱的躲在鹿群中间,当遇到敌人攻击时,受到群体的保护。营群性动物是不会离开群体的。

一群八哥从江面上飞来,扇动着黑白相间的翅膀,从鹿群的上空飞过。天空中的灰头麦鸡嘎嘎叫起,是欢迎,还是警告它们离开巢区?

鹿王吼声响起,向西面跑去。有4只母鹿正向10多米外的一片花丛走去,鹿王去拦截它们……

苇丛处闪动,一只母鹿飞快地向鹿群跑来,表情有种满足的兴奋。对,就是那个黑嘴唇。

4只母鹿服从鹿王的命令,回来了。

鹿王怪模怪样地走进鹿群,义眼张得很大,对直向黑嘴唇走去。至少还有5米远,它就将顶着大角的脑袋一低。黑嘴唇早已警惕地注意,见状一矬身子。

鹿王大吼一声,向它顶去。黑嘴唇迅速折转身子逃跑。鹿王不依不饶,一个劲地穷追。这时,我发现鹿王的吼声是连续不断的,一浪高过一浪,似是盛怒之下,直追得黑嘴唇向苇丛跑去。

鹿王吼叫着回来了,直接冲向另一只母鹿。母鹿情知有变,仓皇逃走,大耳朵可笑地耷着。我就叫它"大耳朵"吧。

这算是清理门户?

待到大耳朵也逃进苇丛,鹿王才偃旗息鼓往回走。

我一直注意着散落在周围的雄鹿,当母鹿走出鹿群时,它们只是阴沉沉地看着,没有任何行动。这使得整个场面怪怪的,笼罩着一股神秘、阴郁的气氛。

没过多长时间,黑嘴唇、大耳朵又走出苇丛,向鹿群靠近。鹿王立即驱赶,毫不留情。

大耳朵趁鹿王忙碌时,又成功地溜回了鹿群,但鹿王一回来,坚决将它逐出。

最少有4次,鹿王将黑嘴唇、大耳朵驱逐出鹿群,甚至不让它们靠近一步!

对于营群性的动物,逐出群体,应是最大的惩罚了!

我将观察的情况,与保护区的朋友相谈。

他们先是说:"不可能!在繁殖期,鹿王绝对不准母鹿离群,怎么可能驱逐它们呢?"我再一次详细叙述了事情的前前后后。出于无奈,我只好自报家门,说是参加过对短尾猴、梅花鹿、大熊猫、金丝猴……的考察,以此证明观察的真实性。

至此,朋友的口气、语言有了松动。

有的说:"很可能是已交配上了,再将它们留在群体的意义不大了。"

有的说:"不可能,交配上的母鹿都留在群体。那2只母鹿为什么特殊?当然,也有可能是它们有病。鹿王为了不使鹿群遭到传染,坚决将它们逐出!"

这时，我才小心翼翼地说出猜测："黑嘴唇的私奔是有预谋的，而且得到了配合。它很机智地选择了最佳时机——发情到来时，逃到已看中的雄鹿处，交配完后再迅速返回鹿群。虽然没有看到前面大耳朵的艳遇，但最起码黑嘴唇的事，是可以作这样的推想的……"

朋友沉吟了半响："母鹿的体型都是差不多的，很难准确地认出张三李四，你是不是看花了眼？怎么能认准那只被逐的就是偷情的？私奔是时有发生的……"

随后，他们竟笑出了声："你们作家善于想象，这样想也无不可。"

我愤怒了，诘问："既然毫无希望，毫无可能，这些雄鹿为何每天要精心打扮，不知疲倦顽强地守候在鹿群的附近？"

朋友宽宏大量地笑了："问得有理。也有可能吧！"

他的笑，使我怀疑起自己的观察，那究竟是真实的，还是看的时间太长，幻化出的影像？

火攻血蜱

1986年8月，一架专机将39只麋鹿从伦敦送回祖国。

它们落户在江苏大丰的海边滩涂。这儿原来是林场，种有大片水杉、杨树、刺槐。滩涂上河汊纵横，长满了白茅、狼尾草、水烛、芦苇……保护区面积780平方千米。

大丰北有黄河，南有长江，是块冲积、淤积的滩涂，它也就兼有了两大河流的灵气。

历史的机遇给了丁玉华，当时他很年轻。舞台就是百万亩滩涂和这些麋鹿。

麋鹿回归祖国，只是回归历程中的第一步，专家们的目的，是要麋鹿回归到大自然中。

大丰麋鹿国家级自然保护区的首要任务,当然是要复壮从异国他乡回归的种群。这39只鹿,由13只雄鹿、26只母鹿组成,来自英国好几家动物园。

它们到达大丰时,一只雄鹿首先下车,快步走到沟边,喝了两口水后,抬起头来看着原野。那种专注,那种深情,犹如游子回到了亲爱的故乡!

它感动了迎接的人群,使大家的心情轻松起来。

丁玉华善于团结同事们一道工作。当时的条件很简陋,要养好这些麋鹿,首先得了解它们。丁玉华穿着一件似是迷彩服的黄大衣,在夜晚、在凌晨,在烈日下、在雨雪中坚持观察,深入麋鹿的世界……

海滨早已没有了凶猛的野兽,这当然是麋鹿的福音;但草莽中有蛇和其他动物,最可怕的是血蜱。

血蜱是种褐色的小虫,成虫绿豆般大小。平时,它生活在草上,当鹿走过时,迅速地附着到鹿的身上,寄生、吸血,最喜爱鹿的柔软区域——腹部,并传播其他病毒。它也吮吸人血。血蜱不仅威胁着鹿群,而且威胁着保护区的工作人员。

我们第一次观察鹿群时,看到了一群白鹭与麋鹿相伴。白鹭们在麋鹿的身上啄食,麋鹿们愉快地接受着它的"践踏",组成了一幅动人的图画。

这在生物学上却有着另外的意义:八哥在牛背上捉虫;犀牛鸟在犀牛身上清除寄生虫,白鹭肯定也是在觅食寄生虫,可能就是血蜱。

保护区中大家最喜爱的一只雄鹿死了,就是第一只欣然走出车厢,深情地喝着故乡甘露的那只。它不是老死,是衰弱而死,因为寄生的血蜱吸尽了它流淌的鲜血,生命之花凋谢了!

它的死如不祥的阴云,弥漫在保护区,弥漫在人们的心头。

丁玉华决心清除魔障,他四处寻访防治血蜱的专家。专家们没有好的办法,有的甚至谈"蜱"色变。现实将他逼到走向对血蜱的研究。他捉来了血蜱,将它们分门别类地装在小瓶子中。没有专门的实验室,他就将实验用的瓶子挂在寝室的墙上,每天观察血蜱产卵、孵化……

去外地开了几天会,丁玉华回来后有些累,洗洗刷刷后便休息了。他被浑身奇痒弄醒,顺手一摸,腿上、肚子上都有种软软的、光滑的家伙,还在蠕动。

拉开电灯一看,好家伙,身上爬满了白色的、如粉末一样的小血蜱。再细细一看,满地、满墙、桌上、鞋上……全是这些出生不久的家伙!

他向墙上看去,有两只瓶子掉在地上,跌得粉碎!

天哪!魔鬼从瓶中跑出来了!血蜱惊人的繁殖速度,令他目瞪口呆。

我问他当时的感觉,他露出了很动人的笑容:"心里不发毛那不真实,血蜱的可怕,我当然一清二楚,但并没有惊慌失措。科学研究道路上的很多故事,不能说对我没影响。墙上的瓶子,只是用胶带粘在上面,很可能是老鼠的活动,将它打翻。魔鬼既然是我放出的,就要想出办法把它收回去;更何况,不久就有了意想不到的灵感……"

是的,就在他清除血蜱时,他突然听到灯泡上响起噼啪声,像是炒芝麻的那种声音。嘿!纷纷掉下的是血蜱。原来血蜱耐不了高温!

这团火花在他脑子里点燃了漫天大火。

既然很多药剂都无效,既然其他的路都走不通,何不采取火攻?

战争史上描写过那么多火攻的壮烈。

这就是丁玉华的不凡之处!

火攻有痛快淋漓的一面,但同时潜伏着巨大的风险。

火,历来是神,也是魔。

仅围栏的面积就有 2.67 平方千米,这把火若是控制不住,灾难是巨大的。

好心人来劝阻,理由并不复杂:保护区有了今天的状况,是大家千辛万苦努力的结果。麋鹿是国家一级保护动物,若是出了意外,谁负得了这责任?

你老丁从一个乡村兽医成长到专家,这容易吗?有了闪失,位子还保得住?

可是怎么防治血蜱呢?能眼看着麋鹿、工作人员遭受它的残害?在科学探索的道路上,能没有风险?丁玉华默默地筹划着,找方方面面的人商讨,设计最佳的方案。

放火的时间定在早春。岂不是有"野火烧不尽,春风吹又生"的意思?计划是周密、详尽的。丁玉华在选择着最佳的气象条件。

大火烧起来了,火光冲天,它以摧枯拉朽之势,席卷大地。几十里路之外,都能看到被映红的天空。

每个职工都坚守在自己的岗位上,日日夜夜忍受着烟熏火烤。风险带来了严格的纪律,谁也不敢妄自行动。总指挥丁玉华更是一步不离火场,熬红了眼睛,疲惫不堪,神经处于高度紧张的状态。最后一个火星终于熄灭了。在灰烬中反复检查,证实血蜱已葬身火海。初战告捷!成绩鼓舞着人们,第二年又点燃了大火,再次扫荡血蜱!

丁玉华创造了灭蜱的新方法。国家林业局的一位负责人说:"只听说有灭火专家。放火专家只有两个,一个是美国人,一个就是丁玉华!"

纵火灭蜱,表现了丁玉华作为自然保护区的管理者和科学家的闪光品质。

明星的故事

在保护区中,流传着很多麋鹿小明星温温和娇娇的故事。

人们津津乐道,是因为故事本身是人与麋鹿的故事、人与自然的故事。

在大丰,十多年前,为了进行人工驯化的试验,工作人员早就盯上了一只快要分娩的母鹿。这天早晨,它离开了鹿群,走到幽静的深草丛。草丛边盛开着各色野花。

母鹿顺利地产下了小鹿。小鹿落地后的第一声啼鸣,惊得妈妈一颤。它从从容容地用蹄子踩断了脐带，再去舔干孩子身上的黏液，舔得认真、仔细，直到干干净净。小鹿挣扎着站起，跌倒，再站起……

工作人员迅速走近，将它抱走。母鹿见有这么多人，转身就走，没一会儿，领来了七八只雄鹿。但这次是有备而来的，人，胜利了。

这只小鹿是雌性，取名温温。还有一只小鹿叫蒙蒙，雄性。

以后的几天，人们常常看到有2只母鹿，在围栏的门口，向抱走小鹿的方向张望。

饲养员用奶瓶喂温温和蒙蒙。它们含着奶嘴，贪婪地吮吸着。牛奶和鹿奶的脂肪含量不同，小鹿常常拉肚子。饲养员抱着给它们擦屁股，竭尽呵护。

在人类的关照下，小鹿们长大了。温温成天像个尾巴一样，跟在饲养员后面，常有些小的表演，乐得大家哈哈大笑。蒙蒙一开始就记仇，对尽心尽力养育它的饲养员漠然视之，整天绷着个脸。

温温接待了无数前来参观的人群，和他们摄影留念，接受爱抚，乐意被人抱起，它所表现出的天真、落落大方、快乐、兴奋，使它的上镜率特高。它的肖像经常出现在报纸上、电视屏幕上……

温温成了大明星。

蒙蒙根本不愿意接待客人，被逼急了，无可奈何地走出来，差点儿将客人撞翻。它高傲、孤僻，对将它从母亲身边夺走的人存有强烈的恶感。蒙蒙终于逃出，回到了鹿群。它是怎样从人们的监视和防范中逃出的，至今还是个谜。

随着年龄的增长，温温有了奇怪的表现。它看到前来参观的男性，特别兴奋，甚至有些顾盼，搔首弄姿，撒娇装憨；而对女性却很不恭敬，尤其对青春焕发的女性，那敌意是显而易见的。

动物园的专家说，"同性相斥，异性相吸"的法则在这里并未消失。就连孔雀，面对花枝招展的女性，也立即开屏。动物能嗅出不同性别的身体散发出的不同气息,人类是因为受到污染,多数已失去了这种功能。所以,动物园在配置饲养员时,很有讲究。

温温的知名度蒸蒸日上,它和各种各样的名人合影,在庭院中过着养尊处优的生活。但它每年也有烦恼,就是每当鹿王洪亮的吼声响彻原野时……

蒙蒙在鹿群中愉快地生活着、游荡着。人们看到它参加了争夺王位的角斗,连续几年,惨遭失败。但它仍顽强不屈地准备着,磨着叉角!

在大丰时,朋友们多次要领我去鹿苑看温温,每次我都坚决地摇了摇头……

也是十多年前,研究东北虎的青年专家刘昕晨领我去横道河子。横道河子在完达山。完达山曾因《林海雪原》成名。刚进入东北虎繁育中心,我就听到了虎喷声——兴奋。刘昕晨说:"是小花知道我来了,正高兴地打招呼。"

果然,一只斑斓大虎从栅栏中伸出了虎掌,刘昕晨与它亲切握手、问候。

小花是只弃婴,它的妈妈生下它后弃之不顾,只好取出人工喂养。从此,它和饲养员、刘昕晨结下了深厚的感情,也成了中心的宠儿。它常跟随在饲养员的身后,进食堂看电视。那时电视上正在播放《动物世界》,它看得津津有味,兴趣盎然。

我特别问了:"它看到虎时是什么神情?"

刘昕晨说:"没有特殊表情。"

两人都陷入了长时间的沉默,人类对野生动物的驯化,是喜?是悲?

如果野生动物失去了野性,还是野生动物吗?

凡是在这样的时候,猎人小张的一句至理名言就浮上了心头:"动物园的兽,是牲口!"

动物的美,正表现在野性上!

如果野生动物失却了野性,它也就失去作为野生物种存在的根本!

我曾数次遭到猴王的袭击,付出了血的代价,但每一次都乐得像孩子一样,欢呼野性的胜利!

娇娇是石首保护区的明星。

1998年,长江特大洪水冲垮了地处江边的保护区的一切设施。

1999年,保护区在艰难中清淤、重建。春天,老乡来报告,在蛟子垸那边的草丛中有只小鹿。

李主任带着人火速赶到。小鹿半跪在草丛中,脐带是断了,但浑身是黏液。它歪歪趔趔挣扎着想站起来,可怎么努力都未成功。

李主任赶快将它抱起,脱下衣服,擦拭着黏液。小鹿乖巧地躺在人类博大的胸怀中。

显然,它刚出生不久,可它妈妈呢?

大家四处寻找,仍不见踪影,只是在一丛益母草处,看到益母草被采食的断枝残叶,地上印有蹄迹。鹿对草药特别敏感,中草药中也常有鹿衔草、鹿蹄草之类。益母草养血,鹿在产后常去寻找益母草,补充产后的虚弱。梅花鹿也有这样的习性。

小鹿蹄印消失在草丛中。

是遭到了突然的变故,还是洪水灾难后的艰难使母鹿弃子不顾?

老李将小鹿带回了家中。妻子和女儿赶快张罗来了米汤、奶粉。它是只雌鹿,因生在蛟子垸,取其谐音,名娇娇。

娇娇为三口之家、为艰难重建保护区的人们带来了欢乐。

娇娇拉屎撒尿,全家人忙得不亦乐乎;伤风咳嗽,全家人更是日夜守护。

娇娇长大了,它和老李的女儿畅畅形影不离。女儿的同学知道了,每天都给它带来萝卜、青菜、黄豆、山芋……娇娇通通接受。

有一天,老李回家后,发现娇娇不在,连忙四处寻找,但没有找到。焦急之际,他忽然想到了女儿,连忙往学校赶去。

刚到学校门口,就见一群孩子正围着娇娇。

老师说:"上课时,先是见到孩子们向外张望,原来是只小鹿站在窗外,撵也撵不走。"

娇娇像个顽皮的孩子,对什么都好奇,时常闯祸,打翻了瓶瓶罐罐,撞坏了这样那样。但它是自由的,没有拴,没有关,只有一个小棚子遮阳避雨。

媒体得知后,纷纷前来采访,娇娇成了明星。但娇娇浑然不知,仍然跟着孩子们玩耍,依旧住在小棚子中。

娇娇又一次的出走惊动了所有的孩子,他们四处寻找,毫无收获。几个孩子急得哭了,畅畅饭也不吃。最后还是保护区的叔叔们找到了它。它已走得很远。

老李想:"是将它送回鹿群的时候了。"

石首人很朴实,用最真挚的感情和麋鹿相处,没有矫揉造作,更没有炒作夸张。那天并没有举行重大的仪式,只是等到女儿上学去了,老李从家里将它领到了野外,送了一程,拍了拍它的背:"走吧,回到你的世界去!"

当老李转身往回走时,娇娇也回来了。撵也撵不走,只好任它回来。

再一次的努力,又失败了。

老李心里焦急,但并不鲁莽,只是耐心地观察着,窥视着麋鹿世界的奥秘。

娇娇终于走了,事前没有一丝征兆,走时也没有任何响动,就像一阵风,消失了……

是神圣的生命召唤?

老李也浑然不觉,直到吃晚饭时才发现它缺席,连忙察看,一直深入原野……

"它没有再回来过?"我问。

"回来过。大约是两个月后。我看到它在家门口百多米处,正张望着它住过的小棚。喊它,似乎有些反应,但不再往前一步。二十多分钟后,它掉转身子走了,走向暮霭之中……"

我发现老李的眼角湿润了,陷入了无边的思念之中……

风柔柔地吹着,送来菖蒲、艾叶的清香。成群的红蜻蜓在荷塘上空飞翔,不时落到艳丽的荷花上。秧鸡一声声地"苦哇、苦哇"地唤着。

我突然想起了十多年前在川西的蜂桶寨,在大熊猫自然保护区。时间好像也是6月。那天疾行了几十里山路,和研究大熊猫的专家胡锦矗教授,探访了一百多年前阿曼德·戴维任职的教堂。

归来时,好像也是这样一个美好的傍晚。当我们看到大熊猫新兴高踞桦树的枝头,时而向往时而忧郁的眼神,眺望着群山、森林时,我们的心灵被深深地震动了,我和教授站在那里看着它……

新兴是从山上被救护下来的。筑路工人发现它时,它正在箭竹丛里一声声地哀叫,瘦骨嶙峋。不远处躺着它远离了人世的母亲。它是幸运的,被连夜送到蜂桶寨救护中心。

在人类精心的呵护下,短短的几个月,它的体重达50千克。

上午,它走出圈舍,立即表演了上树。攀爬白桦树干时,那种一本正经、憨拙的模样,逗得大家笑声飞扬。更绝的是在树上,它一会儿四仰八叉地躺在树干上,露出雪白的肚皮,一会儿以树丫作椅,如一位绅士舒舒服服地靠着……

我们一行中最年轻的是小王,刚大学毕业。他叫着、跳着,要新兴翻跟头——大熊猫对一切圆形的东西都感兴趣,翻跟头是它的本能、爱好。

它真的在树干上,低下了浑圆的头颅。我们的心一下悬了起来,那窄窄的树干是绝对要让它跌下来的。正当我惊慌失措地大喊时,新兴却猛然抬起头来,无比委屈、哀怨地叫了一声,然后就将头埋到胸前……

看到这一表情,连头发斑白的胡教授,也乐得大喊大叫。

之后,它和我捉迷藏,像个孩子一样,用掌将眼睛蒙起——你找不到我!

我拍下了这张照片,一直珍藏。

它的可爱、它的天真、它给我们的快乐,使我们忘记了它的世界,它原本生活的世界!

人啊!千万不要忘记这一点,忘记这一点是可悲的!

我曾多次打听新兴的消息,多么希望它已逃出救护中心,回到壮丽雄伟的山野!

发现老李从沉思中回来,我问:"以后再也没见到娇娇?"

"怎么可能呢?第二年见到了它,有只鹿崽跟在身后。哈哈!它已当妈妈啦,母子俩亲得很哩!"几天的相处中,我是第一次听到他这样开怀大笑!

"近交"不衰的密码

到了1998年,大丰自然保护区的麋鹿已发展到400只,石首自然保护区的也超过100只,北京的麋鹿苑,麋鹿的数目也很可观。全世界的麋鹿大约有2000只,我国的种群数已占了全世界的二分之一。据考古学家推算,在麋鹿的鼎盛时期,它的种群数应是上亿只。

但这2000多只麋鹿,无论是在欧洲、美洲还是中国,都是圈养的。

大丰人感到,实施麋鹿第二次回归的条件已经成熟。

在神秘的麋鹿世界中,还存在着一个特殊的生命之谜,引起了科学家的极大兴趣。这也是实施麋鹿第二次回归的基础条件——种群没有退化的迹象。近亲交配,种群不衰!

根据生物学的常识,当一个物种的群体过小时,必然导致近亲交配。近亲交配,将带来生存能力的薄弱、物种的退化。

二十年前,我去海南陵水的猴岛考察。猴岛实际上是个长形的半岛。因为地理环境的隔绝,这里为数不多的猕猴只能近亲交配,退化现象严重。我看到很多的成年猴,只有猫一样大小,比常见的猕猴小得多。有关方面正在考虑从他处引进猴群,以改变它们的基因。

现在全世界的麋鹿,都来自乌邦寺。当时伯德福德公爵收集来的 18 只麋鹿中,只有 11 只有生育能力。因而这 2000 只麋鹿都是那 11 只的后代。

我们在大丰和石首见到的鹿群都膘肥体壮。动物学家们发现,麋鹿向传统的生物学观点提出了挑战:近亲交配并未影响种群的发展与繁荣。

它体现的生命奥秘,为濒临灭绝的物种带来了福音。揭开这个谜团,有可能会令科学家们窥视到生命的密码。

分子生物学的研究,揭示了基因在生命中的决定性作用。生物的性状是由基因决定的,生物的个体常常会携带一些有害的隐性基因。近亲交配的结果,增加了这些有害隐性基因纯合的可能。再是,近亲的基因容量小,这就使它们的后代的质量差,削弱了应变环境和疾病的能力。

人类近亲婚姻中,常见畸形、智力低下、痴呆的婴儿。

麋鹿为什么不受这种约束呢?它的基因隐含了什么特殊的成分?存在着什么神奇的功能?

浪漫主义的说法比较简单:正是有这样的神奇,先民们才将它奉为祥瑞。

动物学家们试图作出各种说明、推测。

有一种说法是:生物高度近亲交配,可能反而导致有害的隐性基因重合,致使有害的隐性基因死亡,正常基因却存活了下来。这很像中医中常说的"以毒攻毒"!

我对这种说法不太明白,曾向保护区的两个朋友请教过。有位朋友振振有词地说:"水稻杂交的过程,用的就是近亲杂交,待遗传性能稳定下来后,才培育出新的优良品种。新疆细毛羊的选育,应用的也是近亲繁殖……"

我对这两项研究根本不了解,只能认认真真地听着、记着。

我仍然感到这只是一种说法,虽然它充满了魅力。事实仍然是充满神秘的谜!

但这种说法,使科学家们受到了极大的鼓舞。

按照传统的理论:衡量某种动物种群是否还能存在时,临界值是50只个体。换句话说,即动物的某一物种,若还有50只(非近亲交配产生的)个体,这个物种还能保存下来;若少于这个数字,其实已经消亡。

新的理论,使从事研究保护自然的科学家们受到鼓舞。如果这个理论是正确的,恢复东北虎、华南虎这些野外都不足50只的珍稀动物,就成了可能,就值得去努力。

由于人类无尽的掠夺、对环境的破坏,世界上的物种正在高速消亡。

为了保护这些物种,科学家们作了不屈不挠的努力,耗费了大量的资金。

如果这种理论成立,那么为了保护一种濒危的动物,不是只需要保护一个数字较小的种群就可以了吗?它为动物的保护,带来了光明、灿烂的前景。

这种理论如果成立,对其他的生命体呢?尤其是能否为人类带来宏大的福音?

8只麋鹿走向原野

丁玉华的麋鹿回归自然的研究课题获得通过。

这是一个值得纪念的日子。人类有意识地将捕捉、驯化的麋鹿再放回自然,是人类的忏悔和觉醒。

1998年11月5日,经过挑选的1只雄鹿和7只母鹿,从人类营造的保护区走出,走向它们原生的世界,走向生命本能的向往。

当它们刚踏上门前的柏油马路时,隆隆的拖拉机、疾驶的汽车,使它们惊恐地越过马路奔逃……是偶然的巧合,还是一种象征?它们失去了刚到大丰时的那种从容。

还未等到送行人有所行动,麋鹿们已消失在丛莽中……留给人们无限的牵挂。

它们到哪里寻找家园？失去了人类每天提供的食物——每只鹿需50千克青饲料、1至2千克精饲料——是否能够自立谋生？

负责跟踪的小任说："开头是向大海。"不久，光裸的滩涂使它们折回，回到林场的草木丰盛的地方。足迹很凌乱。8只麋鹿又分成了3群，各自以小群体活动。有的一天要走几十里路，活动范围大。

不久，发现它们绕着围栏转，忽东忽西。它们想家，留恋着安逸、舒适的生活。

老徐说："有一天早晨，我往办公区走时，忽然看到前面有几只麋鹿，我很紧张，赶快去查看。看到那么多的蹄印，我急坏了，以为是围栏出了问题，紧急派人去了解。等到派出的人员回来报告围栏里的鹿不少，我才松了一口气，才想到这是放归的鹿回来了。原来靠耕地处的围栏底部有个小洞，它们在绕着围栏转时发现了。但它们这时很机警，有野性，已无法接近。我们又将它们送出了保护区。"

2000年，我们第一次到大丰时，就已听到了这个令人兴奋的消息。从草地到海滨、到林场寻找回归自然的麋鹿，遗憾的是连足迹也没见到。只是在庄稼地的一个小棚子里，听到了它们的故事。

小棚里住着一对垦荒的老夫妇。老大妈说："冬天的夜里，时常听到屋外有笃笃笃的声音，是动物的蹄声。可附近没有养牛、养马的。是谁呢？终于下决心，打开门，夜色中几只鹿见了人，立即离开了。"忠厚善良的夫妇俩这才想起，最近庄稼常被糟蹋，原来是麋鹿们干的。于是，他们时时放一些食物在棚外。

垦荒的生活是艰难的，尤其是一对老夫妇。春耕夏锄，汗水滋润着土地，换来一丝丝收获，维系着生活。

我问了很多问题，老大妈只回答了一句："都是在这荒滩上讨生活，都不容易。野物也是一条命，互相关照着吧！"

老大妈的话,久久地留在我的心里。

麋鹿们再也没有回到保护区。

第二年,小任看到母鹿的身边有了 2 只小鹿,这是它们在放归前就已孕育的。

第三年,小任看到了第三只小鹿,这是真正的大自然之子。

另几只母鹿为什么没有怀孕?是公鹿只顾自己谋讨生活,还是无法产生鹿王?

受到第一批麋鹿回归自然的成绩的鼓舞,2002 年 6 月,他们将第二批雌雄各半的 6 只麋鹿,再放回了自然。我们是 7 月第二次到大丰的。老丁领我们去寻找放归的麋鹿,出了保护区管理局大门,一直向东。无边无际的荒滩、草地、苇荡展现在面前。

灰头麦鸡成群结队地在天空飞翔。羽色华丽的野雉,飞起又落下,鬼鬼祟祟地在草丛中潜行。远处的苇荡中,几只白鹭优雅地站立。

老丁说:"这儿都是保护区的土地。"转到海堤,浩渺的大海扑入眼帘,河汊、港湾、渔船历历在目。

"滩涂每年向大海延伸 100 米。保护区每年增加 6.67 平方千米土地。别看现在是光光的滩涂,一两年内碱蒿、芦苇、大米草就长起来了。这里将是麋鹿的世界!"

这一片土地上没有居民区,只有几座零落的小棚子,是进来种地的人的临时居所。

他有理由自豪,因为这是他理想中的麋鹿们的世外桃源。

但我们没有见到麋鹿的踪迹。有个疑问一直在我脑子里盘旋:既然有这样广袤的土地,既然在冬季每天还要为麋鹿投放大量的饲料,既然有了成功的经验,不是可以加快麋鹿回归自然的进程吗?譬如,今年放出的不是 6 只,而是 60 只、100 只呢?

后来,老徐又领我们去寻找回归的麋鹿。他轻车熟路,到最西最北的围栏外。西边有树、竹的混交林;南边紧贴着围栏的是一片槐树杂木林;中间是农田。

刚进入黄豆田,地上清晰地印着麋鹿的蹄印,4个蹄瓣,陷得较深。最少有三四只麋鹿从这里经过,时间不会超过两小时。印迹新鲜,一直延伸到围栏边。

我们快速地向南边的林子走去,宽阔的水沟拦路。正往下走时,老徐说他穿着高筒靴,过去看看。

不多会儿工夫,他回来了,说是麋鹿不在林子里。

我们再折转去西边有竹子的混交林,仍然一无所获。

麋鹿回到大自然之后,仍然绕着围栏转这一事实,给我留下了深刻的印象。

我又将盘旋在心头的疑问提出。老徐说:"麋鹿对庄稼的破坏不可小看。不断有农民告状,它们曾一夜将几十亩玉米苗扫荡一空,电话都打到市长那里去了。都放出去,我们赔不起庄稼,要将100多万亩的土地全部加上围栏,那是负担不起的一笔巨大投入。总之,周边的老百姓还要有个适应的过程……"

虎牛相搏

在归途中,我想起了十几年前和刘昕晨讨论东北虎回归自然的事。

黑龙江的横道河子是东北虎的故乡。据多次考察,专家们说野外的东北虎只有20只左右。横道河子有人工饲养条件下东北虎的最大种群——80多只虎。刘昕晨正在研究让它们回归自然,希望能够从野生东北虎那里取得新的遗传基因。

实验场有三四百平方米,高大、宽阔。被挑选进实验场的几只虎,个体大,毛色鲜亮。刘昕晨顺手捉了一只鸡扔了进去。

面对众多的虎,我们不知该怎么区别。他说:"认虎先认脸,每只虎的脸纹都是不一样的,就像指纹。"现在刚好可以现烧热卖。

一只脸上花纹大而鲜亮的虎,立即用小快步跑去——我们姑且称之为"大花脸"——有两只跟随过去,还有一只只走几步就停下了。

大花脸先是不紧不慢地追,鸡吓得咯咯叫,东奔西窜,鸡、虎玩着捉迷藏。没几个回合,大花脸猛然一扑,一掌将鸡打翻……

这是一场毫不精彩的游戏,看了后,我更加为虎悲哀。

刘昕晨说:"一只东北虎的领地有几十平方千米,它在饲养场每天要吃七八斤牛肉。这为它回归自然带来了巨大的障碍。"

生存的空间,食物链的建立……

首要问题还是其野性的恢复、捕食能力的提高。在野外的虎,妈妈会很快教会它狩猎、怎样将猎物撕扯开。这在几平方米的笼舍内是根本做不到的。

他设想最少要分成三个阶段:初级放养地—二级放养地—回归自然,还要进行体能、野性、捕食的训练。

当时,他很有信心地说:"十年后你再来吧,我一定领你去原始森林中,追踪回归自然的东北虎!"

曾几何时,人类满腔热情地歌颂打虎英雄,以证明勇敢、英武,但当文明使人类觉醒后——说到底还是为了人类自身的利益——人类再回头努力放虎归山。擒虎难,放虎归山更难!

四年前,为了探寻华南虎的踪迹,我们到了它的故乡——福建梅花山国家级自然保护区。近年来,不断有发现华南虎踪迹的报道,看到了虎的足迹和爬挂。华南虎常在树干上和地上抓爬、撒尿,用这种方式圈定自己的领地,警告同性、吸引异性。猎人称它们留下的抓爬痕迹为"爬挂"。尤为令人高兴的是，保护区在进行夜行动物考察时，在探照灯下看到了远处山林中正在行走的老虎。但没有人近距离地观察到幼虎。

我们曾冒雨攀登海拔1800米的油婆髻山头。虽然在华南虎经常出没的地方，但我们没有见到老虎，更没有看到它的踪迹。但那里的生境，确是应该有虎的。

保护区在山谷中建立了占地1000多平方米的虎苑，希望设计出一种特殊的装置，吸引野生华南虎来拜访，而虎苑的虎却无法出去。

应该承认，创意很奇妙。

在虎苑里，我看到的却是另一番景象。他们将一只麂子放进虎苑，这只麂子是几天前从市场上买来的，很小，还瘸着一条腿。

只有一只虎对它有兴趣，慢慢向前走去。到了麂子前，它嗅了嗅，然后伸出右前掌。那掌刚触到猎物，麂子惊叫，虎吓得一愣，连忙缩回了右前掌。如此三番五次，虎就是没有打出一掌，最后还是悻悻而归……

这太令人悲哀了！

虎威、虎风哪里去了？

两年前，我们在广西寻觅白头叶猴、银杉王……到达桂林时，朋友们说有座熊虎山庄，值得一看。庄主老周也来盛情相邀。

这是一处旅游胜地。它介于常见的动物园与野生动物园之间，有很大的虎苑、黑熊苑，还有一个马戏团，每天有一场虎牛相斗的表演。

老周是位很有经营才干、勤奋好学的人。开头他是靠养殖野生动物起家的，主要养剧毒眼镜蛇、蝮蛇，之后又增加了饲养实验动物猕猴，建成了这个山庄。

第一场虎牛相斗不甚精彩，但虎的野性已使我吃惊。于是，我又在临上飞机之前去看了第二场。

那是在下午，我因为冒雨去看饲养的黑颈长尾雉、黄腹角雉，赶到熊虎山庄时,时间已很紧张了。

老周领我到一座横架在虎苑上空的桥边。桥很高、很窄。我刚登上桥,只来得及匆匆看一眼——围栏里已有一头体型较大的水牛在那里。它对人类的阴谋浑然不知,正埋头吃草。其实,紧贴着围栏的,已有2只虎在兴奋地走动着,从花纹、体型看,是东北虎。

在颤悠晃荡的天桥上,我正在取照相机镜头的盖子时,围栏之间的门已打开。2只虎迅速向水牛奔去。

直到这时牛才感到不妙,扭头欲跑,但虎已迫近。

牛转头用角抵挡,虎闪开。另一只虎从斜刺里扑去,牛再转身应付。

在转身的刹那,率先发起攻击的那只虎纵身跃起,异常矫健、敏捷地一扑,伸出利爪,抓住了牛的项背。

水牛使出蛮力,猛然一摆,但没有甩掉敌人。另一只虎乘机再从侧面进攻,水牛一个歪趔,差点儿倒下。但它凭着强壮的体格,迅速调整好姿势,英勇地反扑,顶得敌人差点儿翻倒……

紧紧抓住水牛项背,一直伏在水牛身上的虎,先收屈下身,然后使劲往后一矬,企图利用一百五六十千克的体重将牛扯倒。

牛被扯得退后两步,但仍然顽强地作战。

另一只虎,几次扑上来,专攻牛的脖子。它们一次都未使出虎在攻击时的典型招数——挥掌猛扑。

刘昕晨向我叙述过东北虎的典型狩猎方式:潜伏,当猎物出现时,它并不急于进攻。待猎物靠近,它猛然扑上去,劈头就是一掌。这一掌即使不致命,也会使猎物晕头转向,然后伺机再用锁喉战术……

我想,他说的猎物肯定是小型动物,如麂子、鹿、狍子之类,像水牛这种体重在五六百千克的大型猎物,是绝对不行的。因为牛头上有犄角,犄角是牛的防身锐器。老虎未必既能躲过犄角的攻击,又能将虎掌拍上;即使拍上,硕大的牛头有坚硬的颅骨保护,也不至于使牛立即就得脑震荡。

景阳冈老虎三剪、三扑攻击武松,是艺术的创造。

又是几个回合,水牛越战越勇,眼见战场上显得胶着……

伏在牛背上的那只虎,突然一纵,落到地上。牛一轻松,立即调整姿势,准备严阵以待……

那虎落地之后,走了个弧线,闪电般地跃起,从侧面向水牛扑去。

水牛见状,将头往左一摆,准备挥角砍杀……

就在一刹那,那只虎在空中迅速扭转脖子,跃进了犄角的空当,张开血盆大口,从下往上,一下就咬住了牛的脖颈,待到后半身转过来时,那体重、那惯性已使水牛踉跄起来。

鲜血从牛脖子上冒了出来,迅速蔓延。

虎的喉头,不断抽动。

一会儿,牛倒下了,倒得很慢:先是前腿一软,前半身伏下,后半身渐渐伏地,在即将全部落地的瞬间,虎用力一挣,牛轰然翻倒——像是一座大厦,慢慢地坍塌……

另一只虎也上来了,也咬住了牛的颈项,吮吸着喷涌出的鲜血。

这只老虎将它们最著名的锁喉战术,运用得如此娴熟、那样巧妙,如此精辟、那样电闪雷鸣,将生命的光华、野性的美,酣畅淋漓地表现了出来,太美了!

对付大型动物,锁喉战术的要领是攻击者必须准确地咬住猎物的大动脉,并用利齿切断。

虎在空中"飞行"时,能陡然扭转脖子,在迅速、准确地咬着牛的颈子时,同时切断大动脉,那身形、那刚、那柔——闪现出炫目的光芒!

在这里,我们看到了放虎归山的希望。

虎还在贪婪地吸着牛血,牛已瞪着无光的大眼一动不动了。

我正想看虎是怎样撕扯开厚厚的牛皮吃肉时——食肉动物捕食的第一步是能利索地将猎物解体,才能使猎物成为食物,在野外,这些生存本领是由它们的妈妈在无数次的行动中教会的,而要学到这种本领,在人工饲养的条件下,几乎是不可能的——一辆防护装置严密的铲车开来了。后来的虎已经站起,锁喉的虎未动。

铲车无情地将死牛铲起,锁喉的虎才十分不情愿地站起。

这可能是从经济上考虑,牛皮、牛肉还可作他用,价值不菲。

这场虎牛相斗,虽然显现出了放虎归山的希望,但也留下了一串问题,特别是铲车从虎口夺走了它的猎物,让虎失去了练习的机会。

野性的呼唤

石首的麋鹿回归自然,却是另一番景象,非常自然,似乎很平常。而在这自然、平常中,却隐含着极不平常,有着更多的启示。

石首麋鹿国家级自然保护区,筹建于1991年。专家们考察了很多地方,最后确定在古云梦泽——麋鹿的故乡来建。

第一批麋鹿却是1993年才来的,有34只。1994年,再来34只,都是从北京麋鹿苑运来的。

麋鹿刚来时,全都放养在只有几亩地的围栏中,四个月后转到十几亩的大圈中。虽然地方太小了,但植被情况好。这里原来都是长江冲积的河滩,芦苇、稗草、马鞭草等长得很茂盛。割草也很方便。冬季投放干草、精饲料。精饲料原来每只每天都要2千克,后来逐渐减少为500克。

直到1995年,圈地近134平方千米的围栏建成了。

在把麋鹿转移到大圈时,电视台、报社的记者和各级领导都来了,由此可见人类对麋鹿的关心。

可麋鹿们就是留恋故居,不肯从过道进入大围栏。这可急坏人了,喊叫、敲击响器……什么招数都使出了，它们有恃无恐，就是不走。

还是学生物的李主任有办法，他请客人们暂且回避一下，然后抱来青草，撒在过道中……

没一会儿，麋鹿们禁不住食物的引诱，终于走向了新的居所。它们一到达大的围栏，立即欢腾雀跃地奔向了草地、苇丛、江边……

准确地说，新的围栏建在长江和故道之间。

临水的一面没有建围栏，一是任麋鹿自由戏水，一是节工省料。

这样的特殊环境，水草肥美的湿地，正是麋鹿们喜爱的地方。它们在苇荡里捉迷藏，在草地上打滚，在水里沐浴、游泳……个个精神焕发，其乐融融。

保护区的鹿群，每年以20%左右的速度增长着。

丰富的食物，养得麋鹿们膘肥体壮。细心的老李经过反复观察、研究，和大家商量，终于作出了重要的决策："革它们的命。"（老李发明的词）不再投放青饲料了。因为繁茂的植物世界足以满足它们的食量。到了冬季，连每只500克的精饲料也不用投放了。它们在北方的祖先，能掘开冰雪寻找草根，在这里的冬季，它们喜爱在浅水区啃食沉水植物。

"革命"成功了，鹿的膘情是最有力的说明。

老温、老李高兴得有些早了，他们还没真正地认识麋鹿。大自然已为麋鹿们恢复野性提供了极优越的条件。因几百年小圈饲养而失去的记忆，正在慢慢地苏醒……

1996年2月，2只麋鹿失踪了。大家冒着严寒，纷纷出去寻找，然而，没有任何消息，连蹄印也没有发现。它们难道上天入地了？

不久，监利那边传来消息，发现了2只奇怪的动物，正在思谋着如何处理时，保护区的人赶到了。

它们是从哪里逃走的？细细考察，才发现它们是从滩头走的。枯水季节，露出的滩头大。这是设计围栏时没有想到的。

麋鹿找家

　　1996年的春天,时常有鹿逃跑的报告,看来鹿们要去探索外面精彩的世界。

　　那年的汛期,使保护区的防汛形势显得格外严峻,正当忙得人寝食不安时,又有1只失踪了!

　　找了几天,毫无收获。那两天广播、电视成天开着,但没有得到一点儿消息。

　　嘿,奇迹发生了:人们看到1只顶着大大犄角的鹿,正在长江中游水,从江南三合垸那边向江北游。

　　正值汛期,江水的流速很快。那鹿迎着波浪前进,两只有神的大眼转悠着,没有惊慌、失措。急流猛力把它往下冲,它就顽强地顶着风浪游,似乎那里有一条航线,它总是要回到这条航线上。

　　长江在这一段,江面有2000多米宽,再加上水流,游程应在3000米。

　　麋鹿顺利地游到了岸边,从容不迫地向围栏里的鹿群走去!

　　它正是失踪的那只麋鹿。在短短的几天里,它两次横渡长江!

　　谁说麋鹿的记忆力差?

　　它认识路,它知道鹿群在哪里,它能像个优秀的水手识得航线,它能在急流中掌握方向!

　　麋鹿的野性让保护区的人大开眼界,大吃一惊!

　　1998年,长江发特大洪水,为保护鹿群,上上下下、方方面面给予了众多关心,采取了各种防范措施。

　　意想不到的情况出现了。为了减轻洪水的威胁,以免造成更大的损失,根据防汛指挥部的命令,这里将成为泄洪区。

　　滔滔的洪水,从炸开的圩堤埂轰隆隆地淹没了田野。保护区的150多只鹿,全部被集中到了大堤上。

　　不久,残留的这段大堤成了孤岛,四面都是滔滔江水。鹿群就生活在孤岛上,没有了围栏,也不再担心它们逃跑。保护区的全体人员分班守护。最困难时,大家有两天没有吃到一口饭。

参加抗洪的解放军帮了很多忙。

麋鹿们泰然处之,并没有惊恐不安。它们爱水,泡在水里舒适、惬意。它们在深水处,下巴放到树丫上,一躺就是半天。

饿了,它们游出去采食露在水面的芦苇、树叶。

一只小鹿不慎落水,被流水冲击得沉沉浮浮。正当人们惊呼,采取营救的办法时,扑通一声,它的妈妈已跳到水中,奋力向孩子游去。快接近小鹿时,妈妈将头低下潜游,再浮出水面时,已将孩子驮在背上……

后来,人们还时常看到,母鹿驮着孩子戏水、采食……

这一幅幅生动的麋鹿戏水图,再现了古云梦泽的大致面貌,再现了它们远祖的生活场景,也使温华军、李鹏飞的脑子开了窍。

他们在建围栏时,原意是要借助长江、故道,将两水之间的河汊作为天然的屏障,谁知歪打正着,无意中造就了麋鹿的天堂。它们在这个天堂里,激活了遗传基因中的密码,很快踏上了复苏野性的道路!

归还麋鹿的生存空间

这场特大洪水,对人类说来是天灾,对麋鹿们说来是个机遇,就像冥冥中发布了神秘的信号。

洪水退去了,一切设施都被洪水吞没、扫荡了。

清理、重建家园的人们,也只能住在小小的窝棚中。

就在这忙忙碌碌中,就在这自然的变故中,就在这不知不觉中,石首的麋鹿群完成了最伟大的历程——回归自然!

回归自然的历程似乎毫无色彩,没有惊险跌宕的情节,其实却是轰轰烈烈、惊天动地。

麋鹿们回到了更为广阔的天地。后来修建的围栏,在某种意义上已是个象征,因为它只具有防止外来入侵的功能。

1999年正月,正当人们在欢度春节时,29只麋鹿突然神秘地失踪了。事前没有一丝征兆,事后没有留下任何痕迹。

大家虽然心急火燎,匆匆从节日的欢乐中走向四野寻找,但有了前几次的经验,倒也没有惊慌失措。

几个搜寻小组向不同的方向搜索。时间一天天过去,仍然没有麋鹿们的消息。

终于,在湖南华容那边有了蛛丝马迹,可那已在保护区七八十千米之外呀!

保护区的人赶到那里。是的,一点儿不错,从种种迹象判断,确实是麋鹿们的作为。然而,这里是一片丘陵地带,它们已分成了几小群,给寻找工作带来了很多意想不到的困难。最后,只找到了20只。搜寻小组只好带着它们回到保护区。

经过这么多天的寻找,温华军他们终于弄清了,麋鹿们是浩浩荡荡地渡过了宽阔的长江,开始了它们出走的道路。

它们为何要放弃安逸的保护区,冒险出游呢?是仅仅为了探索外面精彩的世界,还是去寻找新的家园——它们祖先曾经拥有却又失去的家园?

汛期到了,神奇的一幕出现了。逗留在华容的9只麋鹿自动回来了。去沿途考察的人回来说,它们是沿着河道、沟溪走回来的。是麋鹿有惊人的记忆力,还是它们也像候鸟一样,利用河道、水流作导航?

无论麋鹿们的出走又自动回来有多少个谜团,有一点是无可争辩的:麋鹿们感到保护区的天地狭窄,它们需要新的生存空间,寻找失去的家园。

有一天,养马人到保护区告状,要求赔马。大家很惊诧,询问之下,原来是几只麋鹿将马打伤了。

老温很奇怪,一面要养马人坐下喝茶,一面派人去了解情况。

不久,调查的人回来说,那5只麋鹿已经回来了。情况是这样的——

5只麋鹿出了保护区游玩,途中碰到一匹马。圩区的马实在有些不咋样,见麋鹿的个头小,又恃主人就在附近,毫不客气地向麋鹿发起了攻击。

麋鹿们顷刻之间将马围在中间,雄麋鹿用角顶、砍,母麋鹿用嘴咬,用蹄敲打。若不是马的主人及时解救,那马可就惨了。

情况明白了,养马人只好悻悻而回。老温可乐了,因为从中看到了麋鹿的自卫能力。

不久,又有位农民来告状,说是被麋鹿打伤了。原来是母子俩出游,小麋鹿走到庄稼地吃苗,农民来撵小麋鹿。它的妈妈奔了过去,举蹄就敲,敲中了对手。老温心里乐,可面子上得赔礼道歉,付医药费。

其实,这些故事,都只能为下面的故事作铺垫。

最精彩的仍是1998年,还在那群麋鹿访问湖南之前,有30多只鹿失踪了。经过反反复复的调查,最后才知道,它们游过长江,到了江南的三合垸。多次去人想将它们赶回来,可困难太多。

它们生活在一片树林和芦苇中。那地方紧临江边,原来也是江水冲积形成的淤滩,芦苇丛生,后来又人工栽植了意杨林。经过几次考察,发现鹿群生活得很好!

麋鹿回归自然,不就是保护区的任务吗?既然它们已经选择了生活,自觉而勇敢地回到了自然,又何必再画蛇添足,将它们撵回来呢?

一个伟大的决策,就在平平常常、自自然然中作出了。

事实证明,顺水推舟的决策是英明的。三合垸的种群,在完全的自然条件下,已发展到了近100只!

这是在饲养条件下,麋鹿回归大自然的一大胜利!

温华军个子不高,胖乎乎的,满脸是灿烂的笑容。他是军人出身,是位实干家,朴实无华。李鹏飞和丁玉华一样,是学兽医的,当过教师,为人彬彬有礼,很敬业。两人相得益彰。几天的相处,他们给我们留下了深刻的印象。特别是他们至今依然保持着创业时期的那股劲头,无论是领导还是普通的管护人员,这实在难能可贵。

对麋鹿回归自然的惊人成绩,对这将载入世界史册的功勋,他们似乎浑然不知,更无异样的表情,好像一切都是那样自自然然。

自然具有一种震撼人心的巨大力量!

我又向他们提出盘旋在脑子里的疑问:"为什么不干脆拆除围栏,将麋鹿全部放出?"可话一出口,我就觉得很蠢。

他们向我讲了两件事:

"保护区的面积是 133 平方千米,但土地使用权真正属于保护区的很小。这里原是荒滩,后来有关部门种上了芦苇,又种上了意杨林,每年都有一笔可观的收入。谁愿损失?为麋鹿争取生存的空间,已努力奋斗了好几年。经过各方面多次协商,最后才达成如下协议:

"在保护区的 133 平方千米的土地上,原来种芦苇、种杨树的,不得改变经营项目;可以进来收获,但不得伤害、影响麋鹿的生活。麋鹿可以在苇丛、杨树林中自由活动。

"我们承认,在目前的情况下,这是最佳的方案了。

"第二个事实是麋鹿对庄稼的破坏。保护区外是人口稠密区。麋鹿特别喜爱黄豆、花生、山芋、稻谷。它们还有一个特点,就是发现美味的食物,会向群体发出召唤,顷刻之间全体出动,那种破坏力是惊人的。老百姓看到麋鹿群到了庄稼地,撵又撵不走,打又不敢打,急得抱拳作揖,苦苦哀求……

"经常有老百姓来投诉,麋鹿吃了庄稼。最严重的是 1997 年,盛怒之下的群众,掀翻了我们的饭桌。腊月二十八,200 多名群众聚到保护区,要求赔偿庄稼的损失。经过苦口婆心的解释,群众理解了保护麋鹿的重要性,但血汗被糟践也实在让人伤心。

"怎么办?到哪里筹到这笔款子去赔偿?但我们仍想方设法,在腊月二十九的晚上,挨家挨户送钱、赔礼。虽然那赔款只是他们损失的很小一部分,但老百姓是好说话的,放我们过了关。"

这两件事,再一次触发深层思索。

麋鹿回归自然,成功了!但在一定的意义上,又还不是那种"天人合一"的回归,还有一些不尽如人意的地方。

麋鹿要真正回归自然,说到底,要为麋鹿争取生存的空间。

古云梦泽是河流成网的沼泽地带,天然形成了麋鹿的乐园。那时,麋鹿一定多于人。古籍曾有这样的记载:"(麋鹿)掘食草根……民人随此种,不耕而获,其收百倍。"这和"象耕鸟耘"如出一辙。

我们在石首、在大丰,都见过"麋沸"。几十只的群体,飞奔而过,扬尘飞沙,比万马奔腾更有气势。因为麋鹿的犄角造就了这支队伍的雄威气质。我们也曾去察看过鹿王争霸后留下的战场,所过之处,鹿蹄将土地践踏得像是被耕过一番。在低水平的农业时代,说是"如耕",也并不夸张。

大象践踏后的湿地,我们曾见过,若要以"耕地"来形容,那是一点儿也不过分的。

那时,是人向麋鹿学习耕作或者说是借麋鹿耕田。

但曾几何时,人类迅速地占领了沼泽,猎杀或撵走了麋鹿,排水修坝,将湿地垦殖为良田,致使在很久以前,在野外,麋鹿就被消灭了。

是人类抢夺了麋鹿的生存空间!也只有人类归还麋鹿的生存空间,麋鹿才能真正回归自然!

人啊,请记住这一点!

现实使这条回归之路显得太难。

但如果换一种思维,按现代的意识,将麋鹿作为一种产业呢?

伟大的回归历程

我们决定明天去三合垸,探望回归自然的麋鹿们。

夜里电闪雷鸣,大雨滂沱,原野一片热闹。

早晨,雨还在淅淅沥沥地下着,我们穿上了高筒胶靴,向长江边的码头赶去。昨晚温主任已租了一条船。等我们赶到码头,只看见滔滔的江水、汪洋的苇荡、雨中的杨树。

温主任用手机和船主联系。船主说,那边是沼泽地,又下雨,以为我们不会去了。船要开来,还需等一个多小时。

李老师没闲着,往江边走去,想拍几张照片。她发现江边的苇丛处有只船。

大家跌跌撞撞地赶到那里,确有一艘铁壳船。船是空的,环顾周围,也没人影。正在焦急时,我们听到了脚步声。不久,有位大嫂从柳林边出现,原来她是船主。

温主任请她渡江,她欣然同意。一群人乐滋滋地上了船。

船上很简陋,李老师四处搜索,没有任何救生设备,再看看辽阔的江面、汹涌奔流的江水……

她刚张嘴,我却用手一指:"看到江对面的渚头了吧!11点钟方向,蒙眬中也能看出那里是茂密的苇丛。鹿群就在那里!"

她只好一耸肩,笑了笑,算是理解了我的意思。

江对面发出强烈的诱惑。

这是一条渡船,好不容易又等了几位客人,女老大才开动了船。虽然目的地在下游,但船先要逆水而上。与其说我是在观察她的行驶,不如说是在想象和理解麋鹿们的横渡长江。

关于江面的宽度、航程的距离，都是女老大告诉我的。

柴油发动机轰轰隆隆响，听不到波涛激浪的声音，只看到水花翻涌，奔腾直下。幸好风不大，但雨时时飘到身上，渐渐有了凉意。

经过一个多小时的航行，船靠在渚头。这里是土岸，由于江水的冲刷，不时有堤岸崩塌入水的响声。土岸很高，同行的小王先上去察看，证明确是目的地。我搬了个凳子，让李老师上去，小周又来拉，大家才上了岸。

江边苇丛旁有间棚子。我们先到棚子里躲雨兼了解情况。

一对老夫妇居住在这里，和老温、小王很熟悉。相谈之下，才知道他们是看守芦苇和杨树林的，棚子也是用苇秆搭起的，简陋但很整洁，卧房、厨房分开，外面搭有大大的凉棚，自有一种天然野趣。

大爷对麋鹿的生活习性很了解，说是鹿族人丁兴旺，已见到几只今年才出生的小鹿。近两天鹿群常在杨树林中。

雨稍小，我们告别了大爷，先沿着江边走，窄窄的路已出现了裂缝。小王招呼我们靠里走，堤岸随时有崩塌的危险。可往里一点儿就是芦苇，在芦苇丛中行走，实在困难。

小王对这里的地形、路径很熟悉，因为他常常过来看这群鹿。过去都是先渡江，到石首县城，再从那边过来。今天乘船是应了我的要求，迂回了很长一段距离，才找到了一条路。

在隧道般的苇荡中的小路上穿行，闷热、憋气，稍慢一步，就看不到前面的人，只得大喊。我和李老师穿的是短袖衣，苇叶一拉就是一道血口。

走得热汗淋漓，终于豁然开朗，前面是意杨林了。意杨是速生树种，种了才三四年，胸径已多在二三十厘米了。

挺拔整齐的树干，构筑了一种象征派的意境，林内阴暗，地下植物稀疏，弥漫着神秘的氛围。

在林子里，看似可视范围很远，其实，正是密密的树干掩盖了真实情况。

大家分散开,悄悄地潜行。

林下的土地干裂,看来这里好久没有落过透雨。这些裂缝造成了行走的困难。

只听噔的一声,一只小动物落地——原来是只肥胖的蟾蜍。李老师和小郑都跑来看,李老师还为它拍了几张照片。真是久违了,原来令人厌恶的随处可见的癞蛤蟆,现在居然难得一见。

我却发现了两颗稀罕的蘑菇,长而圆的白色菌头,白色伞柄上有黄斑,似是美味的羊肚菌。

李老师相机快门的咔嚓声连连响起,我听到 2 点钟方向有了动静。

啊!是麋鹿,四五只母鹿和 3 只小鹿,在林缘和苇荡之间。我立即向大家发出信号,然后快速接近。

它们向 12 点钟方向移动。小鹿尖尖地叫了一声,鹿群一眨眼工夫已遁入了苇荡。走到刚才鹿群活动的地方,是个水凼。那里印满了蹄印,粪粒遍地都是。

小王几次示意是否该撤回了,可我依旧向前,总觉得还需要寻找,好像还缺少了点儿什么。

我们又走了很长的路,雨点落下了,击得杨树叶噼啪响。一只大角在苇荡边一闪——一点儿不错,一只高大的雄鹿正向我张望。

啊!它的角真大,非常雄伟,身体是黑色的,角上挂着苇叶——好一位英俊的新郎!

是的,我期待、寻找的就是它——完整的、自然的野生麋鹿群!

鲜活的野性生命之花太美了!

后记:归还濒危野生动物的生存空间,比将它们野放更为困难。

人类对野生动物的猎杀,只是大量物种消失的原因之一。其实,剥夺了它们的生存空间才是最重要的原因。麋鹿群可以自然地回归自然就是最好的说明,但它们原来生活的土地早已被人类占领,我们能够归还吗?

野放华南虎的消息令人振奋。但如果成功了,我们能归还它们生存所必需的空间吗?一只华南虎,需要几十亩森林提供的生物量!难道将它移民非洲?

那么,为它们建立具有足够的生存空间的保护区呢?

2008 年 8 月 13 日

人生三步

三次水中逃生

儿时,我酷爱冒险,凡是可能参加的冒险活动,我都想方设法踊跃参加。这使我吃尽苦头,也使我得到了很多欢乐。

在我十一二岁时,灾难不断袭来。

故乡是在巢湖北岸的一个小村,在长临河镇西,叫"西边湖村"。"边"是临湖的意思。村子不大,二三十户人家,房舍南北两排。住在东头的多姓刘,住在西头的多姓胡。我家在前排东头。

打开大门,可见浩渺的滔天波浪、蓝天上悠悠的白云、姥山上雄伟的宝塔、浮在湖中的孤山。

那时,我们村前的湖边是沙滩,向东延伸到万家河口和孙家凤村,向西漫到回龙庵,总共有三四百米。据说这是方圆几百里的巢湖仅有的一段沙滩(可是,因为围湖造田,这段仅有的沙滩早已消失了)。不知老天爷为何独独给了我们这块宝地,沙粒金黄,一片灿烂。沙滩下是繁茂的柳林和密密的芦苇、蒿苗。这儿是非常神奇的世界,也是我最早的探险世界。柳树被淹没的部分,长满了鲜红鲜红的须根,著名的巢湖白米虾就喜欢在这些须根中觅食、栖息。傍晚游水时,在一棵树下,常可以捉到十几只大虾。在芦苇丛中捉鸟、捕鱼、捉迷藏……更有无穷的乐趣!

在我 11 岁那年初夏，病了数月的母亲去世了。父亲早在我 3 岁时已经去世。慈爱的姨母来到我家，扶养我们姐弟。母亲的逝世，对我打击很大。我不知道将怎样去生活。这不仅因为她非常喜欢我，还因为她从来都是鼓励我勇敢地生活。失去了深厚的母爱，失去了心灵上的依托，我很悲伤、沮丧……

期终考试结束的那天傍晚，同学们蜂拥去万家河口湖边游水。万家河口是一条从青阳山流来的小河入湖口，河上有座石拱桥。河只 10 多米宽，形成了小小的港口，泊满了船只。河口村是个小村，也只十几户人家，五六十米青石铺就的大道和镇南门相连，堤上杨柳依依。乡亲主要从事运输，特别是枯水的冬季，退水后，要将船上的货物驳下来，小船无能为力了。这时，有种用两个高大木轮架起的牛车，可以涉水将货物运到岸上。那挂在车旁的红灯，那咿咿呀呀的轮声，在湖滩上滞涩，到青石板上脆朗，为水乡的夜晚带来一种特殊的情调。泊子上、埂上的青石被碾出深深的凹槽。

河口的风浪大，水深，胆大的孩子多以到这一带游水为荣。傍晚南风正紧，巨浪排山倒海，涛声雷鸣。二三十位同学多是中学生，小学生只有五六位。浪上边顿时就像浮了几十只鸭子。风浪太大，游了一会儿，我们这些小学生就开始跳浪了。

跳浪看起来简单——当大浪来时，纵身一跳，探首波峰，就见浪卷银雪，飞溅激珠，浪谷如壑，骇龙走蛇……身子一晃，沉沉稳稳地落下，就听身后甩响一个炸雷……然后再迎接下一个浪涛的到来。但潜伏的危险，就在于往下落的把捏，若落得不是时候，或是脚没有把牢，一个歪趔，回涌一抽，就会被浪卷走。人们都震慑于惊涛拍岸，识水性的人都知道，最具力量的却是浪的回抽。跳浪的惊险和刺激性——诱惑正在于此。

我就是在得意忘形中被回涌抽走，卷到浪里的。开头，我很害怕，心里清楚碰到了麻烦，特别是在河口这一段。我挣扎着从浪的裹卷中探出了头——

已离岸很远了,正在河道边的涌流中,小朋友们玩得正欢,谁也没有发现我。我张口大喊:"救……"一个排浪又将我压入水底……在这一刹那,脑子里想得很多,难道就这样被淹死?

不!绝对不!

我告诫自己,先不要急,呛水、喝水都没事。平时口渴了,我一次能喝两瓢水。要紧的是脑子不能糊涂,最要紧的先是挣脱河口与浪形成的涌。但这股涌像条蛇一样,死死缠住我的手脚。

又一股涌将我裹去,感到水稍凉了些。我一个激灵,顺势潜游进去。真的,水凉,我感到是进入了河道。浮上来一看,果然是在河道!我松了口气,喜悦给全身增添了巨大的力量。水边的孩子都知道,夏天的水温,不同的地方不一样,水越深,越凉。我就是用了这点儿小聪明,摆脱了涌流。

河道里的水虽然深,但比浪平缓,没有卷浪,更何况还有船只消浪。我在和涌流争斗中已筋疲力尽,但要活命,只能拼命游水,此外没有任何办法。

我干脆将头闷到水里游,喝水就喝水吧,只要游到岸,喝点儿水又有什么关系?

不知过了多长时间,听到有人在喊我。强睁开眼一看,是堂叔法志二爷。

"你喝水了?看你肚子鼓的。走得动?我背你回家。"

"谁说我喝水了?我是吃了个大西瓜。"我用手拍了拍肚子,咚咚响,"正在晒太阳哩!"

是那副淘气相,还是因为……法志二爷摇摇头,走了。

河滩上是那样静,小朋友们早已不知去向。太阳正向西边湖水沉去。我想:今天的事,一定不能让姨母知道,若让她知道了,不仅担惊受怕,而且以后的一切冒险活动我都没有机会参加了。她和妈妈的性格不一样,只要是能学会生活,妈妈从来都是鼓励的。我想妈妈……妈妈若是知道这件事,一定会把眼泪都笑出来,还会摸着我的头夸奖我长大了!

真是祸不单行。没隔几天的下午,我到学校拿成绩单。刚到南头壕沟边上,就有同学喊我。壕沟里已有三四个同学在游水、摸鱼,要我赶快下去。牛满江说他刚摸到条大口昂丫子,手被戳得淌血,还是让鱼跑了。他们都知道我会逮鱼,七嘴八舌地催我下水……

长临镇是水陆交通的要道,这个地方被陈俊之看中了,他把保安团部设到镇上,然后征集民夫,硬是挑起了城墙,分成东、西、南、北城门,站岗放哨,俨然是个土皇帝的城堡。城墙下挖成了环镇的水壕,水壕并不宽,也就八九米。

我每天上学、放学有两条路可走,一是从西门,一是从南门,距离都差不多。西门是条大路。但在夏、秋两季,我特别愿意走南门。南边和西边的壕沟拐弯处是个大塘,水面宽阔。崎岖曲折的小路充满乐趣。有一次放学,我正跨过缺口时,突然听到哗啦一声,一条大青鱼从塘里顺着缺口游到了田里。我慌得鞋都未来得及脱,就追去了。经过几个回合的周旋,还是让它冲回塘里了。我懊恼得狠狠跺了几脚,刚才应该先把它的退路堵上嘛!

没一会儿,几条小鲨鲦子游来了,就在淌水沟里戏水,忽上忽下。我抓了几大把水草,将缺口的下游堵了起来,再将塘边缺口加以改造,把入水口堵得小了一些……好,四五条小鲨鲦子游进去了,我迅速用手里的土将入口堵起……哎,真灵,没一小会儿,水流完了。没费多大事,我就将它们全部捉到了。时间不长,虽然那条大青鱼再也没来,但我捉到了几十条肥嫩的小鲨鲦,确是一顿美味。从此,这个小缺口就成了我捉鱼的专利,我没对任何人说,也没人想起这个办法……

我们村上的两三个小同学,常常是午饭后不睡午觉就去上学,到了壕沟就下水了。摸了鱼、虾,用根柳树枝穿起来,扣在水边,用水草盖起来。放学后拿到湖滩上,捡些枯枝,挖个小坑架起小锅烧鱼汤。等到鱼汤香了,放上早就准备好的盐,几个人围在小铁锅边上吃鱼喝汤。嘿!那个汤真鲜,鲜得眉毛都打战!

摸鱼比用网抓鱼有更多的乐趣。有这样的好事,还用得着他们又劝又拉?我分配了几个人任务。矮墩墩、胖乎乎的牛满江水性好,我叫他在最外面。我叫武斌到东边去。还有位新同学,叫丁之林的,是这学期来我们班插班的,我要他跟我一道。他说不会水,也就算了。一声喊,我们开始"扑通、扑通",打得地动山摇,水花四溅。两个来回,就停下了,这叫"赶鱼"。把鱼吓到水边,我们分头开始摸鱼了。

我手刚伸到边上的水草里,就触到一条鱼,凭感觉它已扎到淤泥中。我顺手往下一按,哈哈,是条鲫鱼!摸鱼时,我最喜欢碰到鲫鱼,只要碰到它,它就像鸵鸟一样,把头往淤泥里扎,最好捉了。碰到黑鱼和鲇胡子,又高兴又烦人,滑不唧溜的,不当心还会被鲇胡子咬一口,它那两排锋利的牙齿可厉害了,嘴又大。只能见机行事,一般是放它过去,自认倒霉。说到黑鱼,我倒是有次意外的收获。

那年,清塘,水放干了,又晒了近半个月,塘底能站人了,才开始起淤泥。淤泥是肥料,挖深了塘又可以多蓄水。嘿,妙事出来了,一锹挖了个大洞,一条两斤多重的大黑鱼正躺在那里。别看只是在烂泥坑里,还是费了很大劲,溅得满身都是泥星子,我才把它捉到。黑鱼性长,躲过了竭泽而渔,机智地在烂泥里造了个逃生洞。

有时,掏水边的洞,能抓到螃蟹。有时,像是捉到黄鳝,但等拿到水面一看,却是一条蛇!经验多了,再摸到像是鳝鱼的,就逆向蹭一下鳞,挡手的,赶快放掉,那是蛇。我们还真的捉到过好几条大黄鳝。

摸鱼最怕、最喜欢的是碰到口昂丫子。过去这种鱼不稀罕,很多,不像现在,被饭店炒得很俏。它全身黄黄的,混着墨绿。四川人叫它"黄辣丁",鱼肉嫩、细腻。它扁头、大嘴,两边各有一根胡子;背鳍上有根直立的长刺,像是三叉戟。这边壕沟里这种鱼多,可我摸了五六条鲫鱼,还是没碰到它。在一丛苇根处，我摸到它了。我小心翼翼地捏住它的鳃，窍门是既不使劲，又不让它逃掉，它就乖乖地随你了。一出水它就"口昂丫、口昂丫"地大叫，像是喊疼，又像是非常不服气。这条可真大，总有半斤多重。

一旁观看的丁之林在对岸乐得大呼小叫，涨得满脸通红，无数的雀斑非常显眼。这引起了我的兴趣。壕沟靠城墙的一边草多，大家都在这边摸鱼。我说："你不是会游一点儿吗？"他说："只会一点点儿，还要把头闷在水里。"我说："你想不想摸鱼？"他狠狠地点了点头。我说："打不透的地方，只不过两庹长，一扑就过去了。你游，我护住你。"

大概是摸鱼太诱惑人了，他又是从城里来的，想也没想，一低头就游起来了。我踩水在旁边护着。眼看快过去了，不知他哪根神经出了岔，竟慌起来，身子往下沉，两手在空中乱舞。我赶快去救他。他一把揪住我就往下按，人一下骑到我的脖子上，两只脚还绞起来盘着，卡得我脖子生疼。我只好憋住气，把他往对岸顶，他却仰身往后挣。我使劲用脚蹬，没往上蹿一点儿，又被他紧紧按住。外婆常说，在水里救人，要特别当心，溺水的人抓住什么，都以为是救命的稻草。

几下一折腾，我也被弄得浑身没劲。难道要两个人一道淹死？真没想到在水沟里会出事。脑子一静，我想应先摆脱他的纠缠，我活了才能救起他。还是淘气淘出了办法，人的两个大腿丫有两根酸筋，我使出了浑身的力气，猛地双手拿捏他大腿丫的酸筋。他往上一蹿，我就势从水里逃出。我浮上水面，见他又沉下去，只有头发像一团水草漂在水面。我迅速抓住他的头发，将他倒拖到岸边……

这时，那两位同学也赶来了，手忙脚乱地帮他控水、捶背……他脸色煞白，雀斑显得又黑又密，却傻笑着，似乎还没明白发生了什么事……

我想：再下水救人之前，先得动动脑子。

我12岁那年，家里生活实在艰难，姨母将我送到三河去当学徒。

三河在巢湖的南岸,是个重镇,也是太平天国时著名的三河大战的战场。这里商业繁荣,一条大河由东向西流向巢湖,将镇分成南北。北岸主要是商业区。

我在一家染坊兼卖颜料的小作坊当学徒,门面在北岸东大街。老板姓丁,大师傅也姓丁,是老板家族的兄弟。姨母曾给过老板妈妈很大的帮助。门面内还有一个布庄,老板姓章。那时,东头圩埂上都是织布的小机房,多为两三张家庭式的织布机。每天,这些小机房主卖完了布,就来颜料坊喝茶、交流信息、买颜料。也有乡下人送来白织布染色的。

我的职责是每天早晨先要将水缸挑满,然后打开店门、烧水,招待这些机房主,忙得团团转。三河是鱼米之乡,每天早晨,卖菱角和藕的叫卖声络绎不绝,叫声悠长流韵,从小提桶里冒出一股温暖的菱角香、藕香。老板们大多以此作为早点,再买几个粑粑,就是很别致的早餐了。但学徒是没有权利享受的,一直要到11点左右才有一餐饭。那是我和老板娘共同操作出的作品。饭端到桌上,老板和大师傅才来。我只能站在一边吃饭,还要瞅着给老板和大师傅添饭。动作稍迟,老板就要骂"笨得像猪"。只要老板一放碗,我就得赶快吃完饭,不管饱没饱,都得放下碗,要不然,老板又要骂"饿死鬼投胎的"。下午是砸烧碱、配颜料、染布。四五点钟吃晚餐,然后就是饥肠辘辘的漫漫长夜。

我得看店堂,只能睡在柜台上。柜台只不过两尺多宽,我有本事睡上后,就不再翻身了。早上起来被子都不乱,从来没掉下来过。这种稳如磐石的平衡本事,在以后的探险生活中,给了我很多意想不到的帮助。

最难忍受的是饥饿。特别是每天早晨,那卖藕、卖菱角的声音一响,我的胃就冒酸水。这种像猫挠的胃疼,一直要延续到中午11点。直到今天,不管在什么地方,只要看到卖煮菱角、煮藕的,我都会毫不犹豫地去买一些。

再想家,想湖边的苇荡、沙滩、学校……我都咬紧牙关忍着。姨母和外婆都曾一再叮嘱我,人应该能吃得苦中苦,"咬口生姜喝口醋",才能自立。我不愿辜负她们的期望。

唯一的趣事,是晚上读书。卖颜料就要包颜料,包颜料的纸都是买来的旧书、旧报。我就是从这些旧书中,读到一个外国作家写的染坊中的故事。那些故事常常使我忍俊不禁,因为我从那里看到了自己生活的影子……要说以后当作家的念头的产生,或许多少与此有些瓜葛……

一个念头萌生了出来:我要读书!发现这个念头时,我也吃了一惊!我怎么才能离开这屈辱的学徒生活?身无分文,能走到哪里?有了念头,就等待下决心了。

初夏,一个雨后的晴天,我去河边淘米、洗菜。桃花汛已将河水涨得满满的,山里放来的木排,长龙般逶迤在河上。我就近上到木排上,放下淘米篮,开始洗菜。正洗着,突然听到一种异样的声音,我循声看去,就见上游有水头冲来。刚意识到是山洪来了,我就见淘米篮已被冲到河里,伸手去抓,它溜溜地转走了,我想也没想就跳到河里……

米篮就在我前面转,速度并不快,可就是抓不住它,总是差那么一点点儿,就像在梦中抓东西一样……等我想起可能是水光在作怪时,气憋不住了,我赶快浮出水面,头却给狠狠碰了一下。坏了,钻到木排肚里了!这是最可怕的事!钻到木排肚里的人,很难逃出。

有了前两次水里逃生的经验,我想第一还是不要慌。一冷静,主意果然出来了。我憋不住气,只好喝水。我伸出手摸清了木头的走向,然后两手扳住木排,朝水流急的方向横向扳,终于出来了。

爬上了木排,我就瘫软在上面。道理很简单,扎木排要将木头一根根直排。水流急,又是河中心……我刚站起来,就见我的老板正气急败坏地向这边跑来,原来是有人报了信,说:"你家小学徒跳水里,钻到木排肚里了……"

我又一次死里逃生!

不久，我接到大哥刘先紫的信，说是大姑母病危，要我赶快回家。大姑母一生无儿无女，最疼我，我当然要回家。老板不愿意，黑着脸说有三年的文书契约。但看我很坚决，他又转为笑脸，许我每天早上可以和他家一道吃早点，小孩的尿布也不要我洗了……

我还是要回家，因为我感到大哥的信里有文章。他一直鼓吹人应该多读书，虽只读过两年私塾，但他完全凭着毅力，自学了数学、物理、化学（第三年，他终于辞去工作，插班高二读书了），难道是要我回家？

夜里，老板给我算了账，说我打碎了一个水瓶、两只碗，理了几次发，除了我姨母放在他那里的2元（当学徒的规矩是身上不能有钱），不仅没有分文工资，反而还欠他2元8角钱……

回家没几天，我真的到合肥考中学了……

三次水里逃生，使我更加热爱冒险。我在《千鸟谷追踪》的卷首语中写下了这么一段话："危险时刻，他虽然腿肚发抖，在生命攸关时，能吓得魂不附体，但在那种令人颤抖的冒险中，同时有着令人难忘的快乐。这种快乐一生中也只有那么几次。这是因为在和危险、恐怖搏斗时，心中油然生起一种自豪——对自我价值的肯定、对生命的赞颂！这是一个懦夫永远体会不到的情感，当然也根本得不到这种快乐。"

我酷爱在大自然中探险。

考　学

我十一二岁时，灾难接踵而来。初夏，久病不起的母亲去世了。父亲早在我3岁时，也因时时遭到日寇的追击，病逝他乡。为给母亲治病，家里已一贫如洗。慈爱的姨母毅然来到我家，和外祖母一同抚养我们姐弟三人。那时大哥在芜湖当学徒。母亲逝世不久，又发大水，庄稼被淹，房子也倒了。我接连两次遇险，差点儿在水中淹死。

母亲的去世，对我打击很大。失去了深厚的母爱，失去了精神依靠，我不知道将怎样面对生活，成天悲伤、沮丧。

　　冬季，常常要忍饥挨饿。异常艰难的生活，使我逐渐想到应该为姨母和外祖母分担生活的重担。我现在是家中最大的男孩子，应该自己去找饭碗。

　　有一天，与姨母同村的丁大奶奶到家里来了。她年轻时守寡，靠针线活儿将两个儿子抚养成人。姨母曾给过她很大的帮助。晚上，她俩絮絮叨叨一夜，大多是感叹姨母命苦。偶尔听到姨母长叹一声"他还太小了"。我敏锐地感到这位丁大奶奶此行与我有关。三天后，我的预感变成了事实，姨母告诉我，丁大奶奶的两个儿子都在三河开作坊，大儿子开了个染坊，愿意收我为学徒。姨母认为我年龄太小，但丁大奶奶一再说："活儿不重，只是看看店堂。我那儿子孝顺，听我的话。你过去对我有恩，我还能亏待孩子？"姨母还是拿不定主意。外婆已泪流满面，哽咽难语。姐姐也眼睛红红的。瘦弱的弟弟低着头一声不吭……我沉默了一会儿，坚决地说："我去！"外婆、姐姐和弟弟都放声大哭，姨母一声不吭，只是不断擦着涌出的泪水。我鼻子发酸，强忍着没有让泪流出："这又不是去跳火坑！三年出师了，我就能顶住大门！"

　　接下来的几天，外婆只要有机会，就对我说："一定要'咬口生姜喝口醋'，顶住苦，不能'贩桃子'，两三个月就跑回来。"姐姐却默默地帮我缝补衣服。弟弟则一步不离地跟在我身后。

　　临行那天，天阴沉沉的。姨母挑着简单的行李送我，沿着巢湖边的圩堤，到施口乘轮船。我是第一次乘轮船横渡巢湖，对即将生活的世界很茫然，但也有着好奇和新鲜，更多的是一种自豪：我将自食其力。

　　在天快黑时，我们的船终于徐徐靠岸。三河给我的印象是大河两岸的商埠，河南、河北的街道就在圩埂上，河北店铺林立。

　　老板开的实际上是个小作坊，染布兼营染布的颜料，在河北东街，紧靠曹柳门巷。门面中还有一家布店，老板姓章。房子很深，后面住着房东一家。店里还有位大师傅,是老板家族的兄弟。丁大奶奶和老板娘一再要我姨母放心,说是将会像家里人一样待我。姨母说了许多的感谢话,第三天就回去了。

  姨母一走,我就正式干活儿了。每天清早起来开店门。门面的排板一块总有3米多长,40来厘米宽,4厘米厚,约15千克。对于个子矮小、瘦弱的12岁的我来说,实在是难以扛起。第一天我咬紧牙关,将它们一块块从门槽中取下。但两块一道扛时,因个子矮,我只得深弯腰,猛吸一口气,攒足了劲扛起来。刚扛起时,板长,重心往下一沉,就砸了下来,将柜台上的东西打得震天响,我也跌坐在地上。我连忙站起来,老板已从里面蹿出,劈头打了我一巴掌。本能的反应使我握了拳头就要往上冲,可突然一惊:我是在当学徒。老板上来又是一巴掌,滚烫的血从我的鼻孔中流出。"你这小东西,胆子不小!想还手?三年生死文书订了,打死你也不偿命!今天跟你讲清了,拳头就是饭,唾沫就是茶。是这个命,你就得认!我就是从这当中熬过来的。要再把门板砸下来,就砸烂你的头!"

  我是个野孩子,从未受过这样的欺侮。记得我9岁时,有一天放学捧着同学送的几只蚕经过城门口,陈俊之自卫团站岗的兵痞子一定要看。小学生中流传说蚕见太阳就要死。我不给他看,他恼了,伸手就把我手中的蚕打掉在地。我气得一头撞过去,撞得他跌了个四脚朝天。他爬起来就用枪托子砸,我却一溜烟跑了,在小圩的窄田埂上和他绕圈圈……以后好几个月我都是绕道南门去上学。

  母亲也常教导我们,不欺侮人,也别受人欺侮。冷静下来,我当然不敢第一天就把饭碗砸掉,鲜血不断从鼻孔中流出,滴到地上,我努力克制着不断翻涌的热血,但肯定是怒目而视。老板身材细条,脸膛白白的,梳了个大背头,油光闪亮,给我最初的印象他是个斯文人。可这时他左右颧骨通红,像是讨债的白面无常,显得狰狞可怖……一定是我那副神情使他没有再动手,愕然地站在那里。直到大师傅拍拍我的肩,我才回过神来。"一次只要扛一块,来,我扛给你看。"

整个过程中没有见到丁大奶奶。直到我铺被子时,她才悄悄地来到我身边,先是抚摸我的头,半天才说:"以后扛门板,一块一块扛,不要贪多。他当学徒时,受的罪比你还要多!唉!常说十年的媳妇熬成婆。别记恨他,当学徒的都有这一关。"我的心往下一沉:他要在我身上讨债了,以后可得格外当心。她待了半个小时,可我一声未吭。

鼻血还未止住,我就去挑水,这是规定给我的生活。我的个子太矮,只好一再将系绳缩短。出门后向左转,经过张一鸣医院,再向南,穿过一条长长的石板路巷子,到达河边的石级码头。从小在家种菜就得经常挑水浇,但我总感到这条巷子是那样长,它被两边的高墙夹住。尤其是在冬天,石板上结了冰,稍不留意就会滑倒,肩上的担子也越来越重,不能换肩,不能停下歇息,只能一步步向前挪。这使它显得更为幽深、漫长。在以后的岁月中,我眼前常常浮现它的无穷幽深,甚至耳边还回荡着沉重的脚步踩在石板路上的一记记回响——特别是在山野和人生道路上进行漫长的跋涉时。直到1988年,电视台拍我的专题片,妻子和孩子一同去了,我才发现这条巷子不过20米。起先,我以为是找错了地方,但经过多次反复考察,确实是它,然而这也未能改变我记忆中它的幽深和漫长——大约正是它锤炼了一个人的毅力和坚韧。

把水缸挑满,我就得赶快去水炉冲开水,洗茶壶、茶杯。街面上已熙熙攘攘了,店里的主顾们也快到了。主顾主要是织布的小机房主。那时在东门外的圩埂上,有很多家庭式的织布作坊,多者七八张织布机,少者两三张。这些小机房主早市去卖布,卖完布后就到这里来买颜料、喝茶、闲聊、交流各种信息。我得负责茶水和招待。他们性格各异,我得时刻谨慎,得罪了主顾,老板是不答应的,同时还要接待那些零散的来染布的顾客。这样一直要忙到近11

点,其间还得帮老板娘淘米、洗菜、烧饭。这时才能吃上第一顿饭。

　　洗完锅碗,得赶快去砸烧碱。烧碱是染布时必不可少的化工原料。一筒烧碱有几十千克重,我当然扛不动,只好从库房里将它滚出来。它是长圆筒状,开它时需有点儿技术,一般是大师傅干。大师傅是个憨厚人,他先是撩起长衫,拿起我递给他的斧头,抡起斧背先行砸一两圈,然后再用斧口劈开咬合的铁皮,之后就是我的事了。要将大块的肉红色烧碱砸成小块,便于包装。这看起来是个简单的力气活儿,其实并不简单。烧碱有强烈的腐蚀性,老板也不给手套,也不给防护镜。一筒烧碱砸完,左手的拇指、食指、中指总是要烂掉一层皮,血迹斑斑,疼得浑身打哆嗦,几天之中拿东西、沾水,火烧火燎疼得钻心。要把大块砸成小块有很多窍门,稍不留意,就右手砸了左手。第一次砸完一筒烧碱后,第二天我发现衣服上有好几个洞,身上皮肤也烂了好几块,再一想,肯定是碎块溅的。有一次,溅到了眼里,赶紧用水不断冲,但还是红肿了一个多星期。后来大师傅说我幸运,因为曾有人把眼烧瞎。从此,每次砸的时候我都将眼眯起来。虽然要把大块砸成小块,但碎粉若多了,老板就要骂"败家子"。因为细碎的小块和粉很快就溶化了。有了经验,砸完了烧碱,我总是赶快去洗澡。冬天洗澡,我得向老板拿钱。当学徒有规矩,身上不能装分文。姨母走时交了2块钱给老板,说明是给我剃头、洗澡的。每逢这时,老板总是眼一斜:"身上生蛆啦!"我也总是翻眼看着他,重复一句话:"拿三姨娘留给我的。"

　　傍晚,是第二餐饭,也是一天中的最后一餐饭。晚上老板三天两头就要出去在饭店里"抬石头"或叫"打平和"。我得一直等到深夜,直到他回来。逢到他高兴时,也还对我说几句关心的话。关上了门,我才能把被子铺到两尺多宽的柜台上。那种磨炼,使我能一夜不翻身,也从未跌下来过。对面布庄的学徒小贺,睡在比柜台宽得多的春凳上,却隔三岔五要跌下来。

　　老板娘生下第二个孩子时,我的工作更加繁重,不仅要带大孩子,还要为婴儿洗尿布。

  晚上等到把一切杂事都做完了,老板娘和大师傅都睡下,不再支使我做这做那,这时我才有自由的天地,虽然这个天地很小,只能局限在店堂的10多平方米内。老板有规定,不可擅自离开一步。最初的日子,一到这时,湖边的各种趣事,沙滩、芦苇的种种神奇,海阔天空、无拘无束的自由……全都涌现出来。得意和欢乐,常常使我笑出声来……是的,我想家,想外婆、三姨娘、姐姐和弟弟,想我大哥。特别想妈妈,她绝不会让我忍受这么多的屈辱。我明白了这一点,狠狠地捶了捶头,外婆说过"吃得苦中苦,才能自立"。连这点儿苦都不能吃,还想担起支撑家庭的担子?从这以后,只要这些影像一出现,我就立即抑制。

  我终于在书中找到了最大的乐趣。包颜料的纸都是廉价收购来的旧书报,五花八门、各色各样。我在如豆的油灯下,贪婪地读着这些已被撕开的书的片断,幸运时,还能碰到整本的书,以至于老板娘数次警告我耗油太多。记得曾读过一个外国作家写的关于染坊的各种人物和生活的作品。那些幽默的语言、鲜活的形象,特别贴近我的生活,使我忍不住大笑。它使我心里朦朦胧胧中产生了一种欲望:也把我当学徒的染坊里的故事告诉人……这或许与我以后想当作家有些瓜葛。

  最难耐的是饥肠辘辘的漫漫长夜。作坊里每天只有两餐饭,但老板和家人及大师傅早上有一餐早点。三河的早点非常丰富:狮子头、烧卖、油条、煮干丝……尤其是卖煮菱和煮藕的,叫卖声悠长流韵,小桶里冒出热腾腾的菱香、藕香,使人馋涎欲滴。老板每天总是要买很多的点心,但小学徒是没有享用这些美味的权利的,这个规矩老板第一天就宣布了。我只能看着他们快乐地吃着,听他们不时地赞美菱的清香和藕的绵软。以后,只要一听到叫卖菱藕声,我就胃酸翻涌,像猫抓般难受。关于吃饭时我的处境,在《三次水中逃生》中已有简单的叙述。尽管我做了种种设计,减少程序,加快吃饭的速度,但总是只能吃个七八成饱。若是碰上孩子拉屎,或是被支使去临时干件事,那可就惨了。刷锅洗碗时,若老板娘不在旁监视,我也可以乘机偷偷塞些饭团到嘴里,但这样的机会不多。也有特殊的时候,老板的妈妈丁大奶奶在这里住时,每次刷锅,她都要我再吃点儿饭,并帮我望风。我曾埋怨过她在姨母面前把学徒生活说得那么轻松,把她的儿子说得那么好……这时,我原谅她了。

但是,好景不长,在一次为家务事的纠纷中,我亲眼见到老板打了他的妈妈。我冲上去护住她,老板一下将我搡出多远,我爬起来就把老板撞到一边,大喊一声:"她是你妈!"老板愣住了,少顷,放声大哭。老人没有掉一滴泪,只是木木地坐着,不吃不喝。我担心要出事,陪她坐在那里,想说几句安慰的话,可心里乱成一团麻,怎么也说不出一句。夜已很深了,她轻轻地说:"他不是有意的,是急了。不要对外人说。你去睡吧。"我怯怯地走了。想起姨母说的她20多岁守寡,全凭手中的针线将两个儿子拉扯大,把一生的幸福、一生的期望都倾注在儿子的身上,然而……第二天早上我见到她时,她似是变了个人,满脸憔悴,白发平添了许多。她走了,回到乡下去了。她的二儿子在斜对门做丝线,因儿媳妇容不下她,她才到大儿子这边来的。没过多久,她就满怀辛酸、悲伤和失望地离开了人世。这件事,对我心灵产生剧烈的震荡,久久难以平复。

一个十二三岁的孩子,每天的劳作又是那样繁重,食物对他来说是何等重要。冬季天短,第二餐饭相应地要早一点儿,在下午4点钟左右,只是夜晚那饥饿感更为难耐。开始时,像是猫爪在胃里挠,渐渐地,老鼠、狗、兔的爪子都来抓了。突然,像有团火轰地一下点燃,饥火烧灼得我坐立不安。我常在这时冲到水缸边喝上一瓢凉水,可没一小会儿,那火又烧起来了……它使我想起了许多事。就是因为在家中挨饿挨怕了,我才愿意出来当学徒的,但在家中,饭再少,外婆、姨母、姐姐总是要多给我和弟弟。饿了,我们还可以随时到菜园里摘点儿瓜呀果的填饥,可现在……这种饥饿的感觉,比在家里更为难受……我开始怀疑来当学徒是否正确了。读书,是帮助我度过饥饿煎熬的漫漫长夜的唯一食粮,书籍已经打开了精彩的世界,使我这个生于湖边、长于湖边的野孩子,看到了五光十色的生活,心田扩展开了,有着各种向往,那时最令我向往的是既不挨饿又能读书。那是多么美好!

初夏雨后的一天,上午9点多,我去河边淘米洗菜。乘桃花汛放来的木排挤满了河边。来河边洗刷的人都上到木排上。我淘完了米,正在洗菜,突然听到异样的声音,循声看去,好家伙,山洪来了。我赶快收拾后撤,谁知淘米篮已被水头冲去,只见它滴溜溜地转。想也没想我就跳进河中去追,只见它在前面转,伸手就可抓到,却总是抓不到,像是在梦中一样……几个回合下来,我明白了可能是水光在作怪,也憋不住气了,上去吧。往上一浮,头却被撞了一下。坏了,钻到木排肚里了。我在水边长大的,深知钻到木排肚里的危险,因为木排长,总是尽量往岸边靠,能活着出来的人并不多。难道这次真的会在水中淹死?不,绝对不能!在家乡时,我曾两次水中逃生,经验告诉我,最紧要的是不要慌,头脑要清醒。冷静下来之后,为了不让水呛着,我只好主动喝水,缓解憋闷。再一想,心里亮堂了。我摸清了木头的走向,感觉到了水流急的方向,然后用手沿着木排横向向水流急的方向扳……终于从木排肚里钻了出来……木排是一根根竖向编的,而水流急的方向,正是河的中间。我就是凭着这点儿小聪明救了自己。等我爬到木排上,挺着个胀肚子瘫软地躺着,看到老板气急败坏地跑来了。原来有人去报了信:"你家小学徒跳水里,钻到木排肚里了……"

老板把我一顿臭骂,说我想要挟他。因为他对我的刻薄已引起了街坊邻居的议论。

晚上,一个念头突然冒出:我要离开这里,去读书!我自己也被这个念头吓了一跳。怎么向姨母、外婆、姐姐、弟弟交代呢?但我就这样苦熬下去,连自己都保不住,还能履行对他们的许诺?还能担负起支撑家庭的重任?可怎么离开呢?什么时候离开呢?离开后又到哪里去寻找饭碗呢?

最重要的是,我已经有了这样的想法,余下的是下决心和等待时机了。

不久后的一天,我突然接到一封信,看笔迹是大哥刘先紫写来的。自从到三河当学徒,我按照姨母的嘱咐,不往家里写信,家里也不给我写信,理由是防止我想家。我感到拆信的手在颤抖,心在急速地跳动,费了很大劲才将信纸抽出,隐约觉得这封信将给我带来重要的消息。信很短,大哥说大姑母病危,要我立即回家。脑子里立即一片空白,接着是因大姑母病危而生的悲伤充满了心间。大姑母非常聪慧,但一生坎坷,无儿无女,患有肺结核,长期和我们住在一起。她平时较疼我,以我母亲的话是"吃虾子也少不了我一条腿"。但她给我食品时,只要母亲看到,总是要说她。可她仍是笑眯眯地偷偷塞给我:"我未沾过嘴,不会把病传给你。"现在大哥叫我回去,看样子是病得很严重。

我将信交给了老板。老板说他也收到了我大哥的信,我既不顶家主事,大哥又已回去了,我不必去了。我列举了种种理由,说明应该回。他说来时就订过三年生死文书契约……接着老板娘出动了,尽拣好的说,并且许诺以后和她家人同吃早饭,孩子的尿布也不要我洗了。三年学徒,眼看就要熬出头了……总之,是劝我不要回家。

无论是反对还是劝说,他们的话印证了我的感觉,这封信中藏着重要的内容,只有回家才能知道。难道是让我读书?我很清楚,在决定我去当学徒时,姨母并没有征求大哥的意见。原因是他远在芜湖,出师时间不长,工资微薄,已到了成家的年龄。大哥是十四五岁出去当学徒的。在战乱的年月里,他断断续续读过几年私塾。但他一向鼓吹要读书,认为读了书才能使人聪明,才有出路。我惊喜得不敢再往下想。

老板看我已在收拾行装,深知我人虽小,但决心一定,是会拼命的。老板娘又变了一副面孔,要我早去早回。晚上,我向老板要路费乘船,他煞有介事地把算盘拨拉得震天响,说,不仅姨母留下的2元钱用完,还倒欠他2元8角。原因是我两年中打碎了一个水瓶、两只碗,剃头,洗澡……工资当然是分文没有。

"明天我起早走!"我说得斩钉截铁。

大师傅闻声从阁楼上下来了,正要张口时,老板把算盘珠一拨:"再借5角钱给你。"随即在账上记下,从抽斗里拿出了钱(船票是4角5分钱)。

我很感激大师傅。他平时言语不多,说话和和气气,从不欺侮我。只要他看到,总是帮我干这干那。我大学毕业工作后多次寻找,希望能当面表达我的感谢,然而都未成功,直到现在,还觉得是件憾事。

轮船一出河口,我就看到了巢湖中的孤山。我的眼睛湿润了。我强行压制着心绪的涌动,可越是强压,那思绪越是澎湃翻涌,胸口涨得发痛,非常想放声大哭一场。可轮船上挤满了乘客,我不想让别人看到一个男人的眼泪,于是,疾步走到船舷捧起水使劲喝……我家在巢湖北岸,每天打开大门就看到浮在湖中的孤山,它曾引发过我无限的遐想。现在见到它,就像是见到了家——苦难而充满温暖的家。

从施口下船,走过漫长的湖滩,终于看到西边湖村的浓绿的杨柳了,马上就要见到在梦中给我欢乐的故乡了。越是快到村口,我的心里越是胆怯起来,我把草帽压得很低,不希望见到任何人。可是刚到村口西头的小塘边,我还是被书法家大嫂看到了,只听她惊呼一声:"这不是先平吗?"仅仅是这一句话,就触及了我在船上看到孤山时的思绪,我一溜小跑往家里赶。刚踏进大门,那奔涌的思绪冲开了闸门,我放声大哭,哭得山摇地动,以致外婆上来抱住劝慰,也停不下来,直惹得外婆也号啕大哭……

大哥闻讯赶回家了,满脸惊讶:"哭什么?"

"我马上去湖西吴村。"

"干什么?"

"你不是说大姑母病重了?"

他笑眯眯地用指关节在我头上敲了两记:"叫你回来考学校!现在是新中国,中——华——人——民——共——和——国!"

"那你信上怎么……"

"不那样写,老板能放你回来?"

我还是不敢相信:"你现在有钱了?"

"学徒再当下去,你就变成个大傻瓜了!告诉你吧,新中国一切都不一样了。现在穷人家孩子去读书,只要你成绩好,国家就给饭吃,就免掉学费,这叫人——民——助——学——金!"

在苦难的熬煎中盼望了那么久的福音,真正来临时,心里反而平静了下来。相比之下,大哥满口的新名词、新的消息、新的世界,更引起我的无比好奇。

大哥不容置疑地向我宣布,既然考学校,就要到合肥去考,考当时最好的学校——合肥第二初级中学。一问考试时间,只有八九天了。我有点儿顾虑。大哥却豪迈地说:"志向要高,努力要实。你有灵气,再难考的学校,也是人考的嘛!我只读过私塾,但现在再学数理化,也没什么难的!关键在志气!"

大哥比我大6岁,由于他年少时就出去当学徒了,我们在一起生活的时间并不多,但他一直是我们的榜样。只是他在水边长大,却不会游水(可能至今还不会游水),这多少有损他在我心目中的光辉形象。

我赶快找课本,曾读过的小学课本却让弟弟搞掉了。再是由于在船上喝了那么多的脏水,我到家就开始拉肚子,拉得浑身无力。但第二天,我还是强忍着肚痛,走了很长的路,跑到寺门口村,找同班同学刘先武借来了书——他已上中学了。

我发现姨母对此事一直不太热情,不敢问,也无暇问,只恨白天的时间太短,有那么多的书要看。多少年后我都非常惊奇,在那五六天中,读书是那样入脑子。

报名截止的最后一天,也就是临考前的一天,天刚亮,外婆就喊醒了我。五姑父带着小表哥也出了门,他是特意送小表哥去合肥考试的。大哥穿着件短裤头(他平时总是衣冠整齐)跑来嘱托五姑父,一路上一定要照顾我。五姑父满口答应。为了省2角钱的船票,我们走了10多里地到三叉河乘木船。

五姑父在船上反复督促小表哥背书。小表哥其实只比我大月份,是应届毕业生,在班里总是前三名。他背起书来有韵有辙,朗朗不绝,使我很羡慕。五姑父听得心花怒放,得意之中,突然问一句:"你这次去,考不取怎么办?"小表哥先是垂下眼皮,但在五姑父威严目光的紧逼下,脱口而出:"考不取,我就投大河!"五姑父更得意:"男儿应有志气。"转而又问我,"先平,你考不取怎么办?"他明明知道我已荒废了两年学业,现在这样一问,不是把前面要小表哥背书等的用意表现得太清楚了吗?我笑着说:"反正我不投大河!"他无奈地摇摇头。

小表哥性格温顺,懂得的知识也较多,我们都喜欢跟他玩。五姑父很看重读书,有些家学的底子,但仕途坎坷。大约是抗战胜利后,他带着五姑母和两个表哥回到了家乡。他家在罗胜四村,兄弟五人,老宅已无立身之地。他是老大,当然不能再往老宅中挤,于是在我家南边菜地,含辛茹苦地盖起了三间草屋,放下架子,水一身泥一身,与姑母种菜为生,将无限的希望寄托在儿子的身上。他为人耿直,严于律己,对生活从无怨言,只是苦挣苦累,但仍不失儒雅之风。1959年,他去世了,最终未能看到他儿子成功。我常常为他感到不平。夜晚,常常听到他教小表哥琅琅读书的声音。有一次姨母在我家,很感慨地说:"先平应该向他学习,不用苦功,哪能读好书?"母亲却不以为然:"他爸爸(我的父亲曾任庐州师范教师)在世时说过,读书有各种读法,何必强求一致？五哥把孩子管得太死了。读死书害人。"

小木船在淝河中蜿蜒，下午三四点钟才到达合肥。嗬！好大的城市！繁华的三河镇也只不过是它的一个角角。但我心事重重，无心赏景。我先跟着到大表哥处，大表哥当时在粮站工作，正在河滩上收购粮食。五姑父和他说了几句话，就领着我们急急忙忙往西门赶。

合肥第二初级中学的校址是原府学，前面的状元桥和后面的文庙都还在。校内到处是考生，因为是报名的最后一天，外地的考生都赶来了。操场上有面新中国的鲜艳的国旗在飘扬，我默默地长久仰头注视，满腔的希望都倾注在那耀目的红艳中。

排队等待报名时，眨眼之间，小表哥已插到另一队前面。等到他把一切手续都办好了，身材魁梧的五姑父拉起他说："先平，我们到你大表哥那里去了！"

我很愕然，这不是要甩了我吗？可我将脖子一梗："你们走吧！"

我又佩服起大哥了。他深知五姑父的脾气，昨晚特意多加了2块钱给我，担心五姑父不愿受牵累。现在想起来，这或许就是他教育孩子的一种方法。

等我报完了名，天已傍晚。这下我真的傻眼了，到哪里栖身过夜呢？明天就要考试了呀！真是四顾茫然。转而一想，现在天热，我又带了线单，就在教室外睡一夜，问题也不大，就怕看门的来撵。这时，我发现有两个大同学一直在注意我，还小声议论着什么，接着发现他们胸前都佩有"考生服务团"的标志。我眼睛一亮，立即上前问："晚上有住的地方吗？"大约是穿着土布褂子、短裤头，斜肩背着一床线单，提着一只土布口袋的我，茫然的样子早已使他们心中有数，他们忙说："有，有！最近的是第七小学。出校门向右拐，没几步路就到了。我们送你去。"我无限感激地说："不用，我能找到。"

第七小学是一座祠堂的旧址，有很大的天井和回廊，全是青石铺就的。

后殿祖先牌位上已空空荡荡。上到阁楼,见几位同学已在那里。住处落实了,我才感到饿得慌,还是早上在家吃的饭。等到从外面填饱肚子回来,小阁楼上已挤满了考生。我只好在楼梯口挤了块地方,铺上线单。这些考生中只有一位王裕祥后来成了我的同学。天太热了,窗户又小,挤了四五十人的阁楼简直像蒸笼。我提了线单、口袋下到天井,选了西廊沿的石板,可石板也烫人,无法睡。我突然发现口袋外沤了一片墨水,慌忙取出墨水瓶——还好,是瓶盖不严渗出的,还有半瓶哩!这只口袋是外婆用纺纱换来的土布做的,用了三尺布。外婆在袋口折一层,再用线编成带子穿进去,一提袋口就自然收紧了。我特意要她在袋里靠底处再缝个小袋子装墨水,这就是我的书包。这个书包曾为我背过很多很多的书,一直伴随着我读完大学、工作。我一直珍藏着它,因为那里面装满了外婆的希望和我求学的艰辛。

墨水提醒我明天就要考试。为了考试,必须睡,心一静,没一会儿,我进入了梦乡。

考完的第二天,我在轮船码头碰到了大表哥兄弟。五姑父早已回去了。小表哥的满脸憔悴使我惊讶!考试中我几次见到小表哥,可没和他说一句话。仅两三天的时间,他怎么变化这么大?!大表哥那时正和东湖村的一位姑娘热恋着。到了船上,我异常坚决地把买船票的钱塞到大表哥的衣袋里,直到今天依然记得清楚:4角5分钱!大表哥非常不高兴,可我不管,只求他一件事,发榜时,请他顺便帮我看一下,并写信告诉我。

大哥听说我考完后感觉良好,就回芜湖了。姨母还是那样淡淡的。我很纳闷,但又不敢问。在亲友中,我最怵的是姨母,姨母比我母亲大12岁(我母亲是在她背上长大的),常常说她把孩子惯坏了。母亲却不以为然,认为培养孩子独立才是最重要的,凡是有助于我们将来自主生活的事,她一概赞成,赞成孩子去冒险、去闯荡。

姐姐偷偷告诉我,大哥对姨母没有商量就让我去当学徒有意见。他说现在根本不想成家,父母亲走得早,没有遗产,没有靠山,只希望我们都能多读点儿书,将来自立。为了说服姨母,他用自己的全部积蓄买了10担米,一是给家里,再是给我作为上学费用。姨母一生在土地中讨生活,姨父客逝外乡,小儿子幼年夭折,女儿和女婿都被日本鬼子残杀了。命运的乖戾、生活的坎坷使她非常实在。她希望大哥成家后定下心来承担家庭的责任,顾虑那几担米根本维持不了我读书,特别是听说大哥也想读书后,她更感到未来虚幻。对于人民助学金一说,我将信将疑。她提出我若是考不取学校,还应回去当学徒,否则大哥就需应承永远负担我的学费。我非常理解姨母的心情,并暗暗决定:若是考不取学校,得不到助学金,那就一定要寻找到端饭碗的地方。

没隔两年,大哥真的辞去了工作,经过考试插班高二。后来才知道,他还鼓动了同在芜湖的治仁表哥共同自学,共同考入淮南中学。大哥后来毕业于华东水利学院,一直在科学院工作。治仁表哥后来毕业于浙江大学。

在等待发榜的日子里,为了取得姨母的支持,我拼命在菜园和地里干活儿。一天早晨,外婆对我说:"你心事太重,夜夜听到你沉重的叹气声。小人心事太重不好。你能考得取。考不取也不去当学徒了,菜园上的人都能活,也饿不死你一个人。听奶奶的话。"我满含着泪水点了点头。

发榜已经三四天,可一点儿消息也没有,但我注意到五姑父家里的反应。有一天夜里,听到五姑父怒斥小表哥的吼声,我想:"坏了!小表哥肯定没考取,大表哥已经来过信了。"我请别人去他家打听,果然是没有考取。五姑父还说我也没有考取。既然如此,他为什么不直接告诉我呢?心里直打鼓。最奇怪的是,我在考试时碰到小学同学胡锡兰,她也挂着"考生服务团"的条子。我郑重托她帮我看榜,还买了邮票交给她,她也没有来信。是怕我受不了打击?若说小表哥未考取是个意外,我考不取似是情理之中的事,毕竟荒废了两年。

没过两天，姨母突然对我说："长临河中学正在招生，你去报考吧！"这不啻是个大赦令，我惊喜得像个木头人似的，很长时间才回过神来，哽咽了半天也说不出话。

考场就在我曾读书的长临小学，那时中学和小学在一起。第一门数学考完后，布告栏贴了标准答案。我一对照，几乎全对。而这份试卷和合肥第二初级中学的试卷几乎一模一样。我心里非常纳闷，决定这里一考完，就到合肥去看榜。考第二门课交卷时，发现监考的是小学同班的柳大个子。他也认出了我，我们都很惊讶。临出教室门时，他说丁老师那里有我一封信，快去拿。我的心一下提到喉咙口，感到信中一定有命运攸关的大事。

丁老师教美术，身体瘦弱，讲话有点儿结巴，为人和善慈爱，就住在学校后面。我一阵风跑到他家，刚进门，丁老师就认出了我，说："邮局有封信不知该往哪投，拿来让我认。我叫他放这里，可又记不清你是哪个村的，学校又在放假。"

那是只旧式的牛皮纸长信封，我刚看到左边盖的是"皖北合肥第二初级中学"长印，心就怦怦跳。投信地址是毛笔写的"合肥东乡长临河"。收信人"刘先平"三个大字赫然在上。但那时，我的名字肯定不是长临河人都知道的，感谢聪明的邮递员送到了学校。拆开信封时，"录取通知"几个字让我一下跳了起来，我拔腿就跑。丁老师追着我的身影说："这是我……我们长临……长临小学的光荣！"

我闯进教室去拿墨水，柳大个子伸手来拦，我将墨水往地下一掼，说了声"再见"，就飞快地往家跑。出了南门，见姨母在棉田里锄草，我喊了声"三姨娘"，举着那份录取通知一口气跑去。她抬头看了看。我将录取通知往她手上一塞："我考取了！"

"不是才考两门吗？"她只将两眼紧紧盯着我。

"是合肥的！"

自觉声音并不太高,但她一震,拄着锄头挺直了腰,深深地舒了一口气。后来,姨母一直跟随我生活。70多岁时,她还背着孙子上楼。每当我和妻发生矛盾时,她总是义不容辞地责备我,数说我的种种不是,巧妙地赞扬妻的贤惠。满天的乌云顿时消散。有一次在饭桌上,大儿子有所感,说:"爸爸是我们家的最高权威。"小儿子立即反驳:"不对,爸爸怕奶奶!"说得老人把饭喷了一桌子。我是一米八几的大个子,但历来不善饮酒,这造成了很多误会。有一次我被朋友灌多了,回家刚开开门,就听到她在床上说:"40多岁的人,还把握不住自己?酒多误事!"但一当我过了50岁生日,她就劝我每晚要喝一小杯酒活血脉。

我的孩子10多岁了,还不知道她是我的姨母,而不是母亲。她在向我儿子叙述这段往事时,两眼炯炯,盈着喜悦的泪花,说她开始时不同意我考学读书,但我太想读书了。她谆谆告诫她的孙子们要自信,要有韧性,不知艰难,就不知奋斗!她在94岁高寿时,离我们而去。

我被录取后,几乎一个村子的人都来祝贺。外婆乐得又是哭又是笑:"是菩萨保佑你这无父无母的伢子!"

还未高兴够,我就愁起了学费、伙食费。录取通知上写明:报到时要交学杂费、书本费2元多,一个月的伙食费6元。也就是说我最少要带9元。可到哪里去筹措这笔钱呢?

是新中国设立的人民助学金,使我终于又回到了学校。在到校的第一天,我再一次仰头注视着飘扬在蓝天中的鲜艳的国旗,久久地站立着。

我主要是靠人民助学金读完初中、高中、大学的!

在一次回答外国朋友的问题时,我非常自豪地说:"我是靠人民助学金才读上书的,是祖国人民的血汗养大的,这就是我的作品中洋溢着高昂的爱国主义的原因!"

我的老师

大年初一的早晨过得很隆重,沐浴焚香,先拜天地祖先,鸣炮开门,再拜父母、师长……

自姨母在94岁高龄仙逝之后,每年大年初一,我总是带着儿子、孙子先给老师拜年。父母的早逝,是我的不幸,但我有幸遇到了几位好老师,他们总是在我最艰难的时候,给我传道、授业、解惑。

接到合肥第二初级中学的录取通知后,还未高兴够,我就犯愁了,录取通知上写明报到时要交学杂费、书本费2元多,一个月伙食费6元,也就是说,我最少要带9元钱,可到哪里去筹措这笔钱呢?

上学心切,又想到有人民助学金,我就提前两天到了学校,好不容易找到了班主任姚老师。他长得很英俊,穿着讲究,操着江苏口音,一问知道我才带了6元钱,不容分说,就讲:"赶快回家讨钱。"我说:"不是有助学金吗?"他说:"那也要等到上课之后再评,第一个月不行。"说完转身就走了,把我孤零零地晾在那里。好心的传达室师傅大约是看到我很茫然,走来领我到了宿舍:"别急,先住下再说。"

已是下午3点多钟了,水米还未沾牙。学校对面即是菜市场,我用4分钱买了两个烧饼,边走边嚼着,无意中看到了一篮子大蒜头,饱满得发亮,紫莹莹的皮色,是好种子。上前一问,价格比家乡的便宜不少。眼下正是种大蒜的时候,前天姨母还在说今年要种多少。心里算了一下,我急忙跑回宿舍,将外婆给我做的书包倒空,再回到菜市场买了整整一口袋蒜种。

第二天,我改乘火车到桥头集,虽然路远了七八里,且又是下午的车次,但我可以先到外婆家的三家罗。因为它比轮船票便宜了5分钱!

到了桥头集已是下午5点左右,离三家罗还有近10千米的路。我扛起30多斤的蒜种一溜小跑。不一会儿,汗水腌得眼疼,我干脆脱下长裤、上衣,打起赤膊,攒足了劲赶路,希望在天黑之前赶到三家罗。似乎是直到这时,我才想起要走一大段山路,才想起关于山里狼的种种传闻……

三家罗村在青阳山脚下。在家里的菜地里趁有露水干活儿时,只要看到菜叶上映出红光,我就会立即抬头站起来,一轮红红的太阳从翠绿的青阳山升起,反射出满目的光辉灿烂。傍晚,那鲜红的太阳又焕映出满湖的晚霞……心中涌起对大自然的无限赞美之情……

可现在,前途的不测、青阳山的神秘,只能使我心中忐忑,加紧脚步。蒜种太重了,中午我只花4分钱买了两个烧饼,肚子早就空空,喉咙冒火,真想歇一会儿,可狼的凶残使我不敢歇。脑中浮现出在三河当学徒,每天挑水时要走的那条幽深、悠长的窄巷……肩上神奇地感到轻了。

我已走到青阳山下了,爬了一段山路。在石牛背上,眺望到浩渺的巢湖一片橙黄闪红,夕阳已近湖面,彩色霞光四射,我心里又喜又急。但我还是留恋大自然的馈赠,深深地舒了口气……

一位不速之客,我最不愿碰到的一位陌生的朋友,已神不知鬼不觉地威风凛凛地立在30米开外。它那灰褐色的毛、硕大的头颅、三角形的嘴、龇在唇外的尖牙、雄壮的躯体,尤其是那扫帚一样的尾巴……一切都说明了它就是传闻中吃人的狼!

多希望它只是一只狗!可传说中,狗的尾巴是抬起的,不粗;狼的尾巴才是拖着的,如扫帚一般!

我恐惧、紧张得直喘粗气。

更要命的是,我和它都在一口山塘的高埂上,都在互相盯视,它还不时伸出舌头在嘴唇上左抹右抹,似乎是在打量着眼前的美味。我偷空观察四周,选择逃跑的路线——四野没有一个人影,村子在两三里外;左边是满塘的水,面积不小,右边埂下2米多深才是湿漉漉的田地。是的,我可以跳到埂下逃跑,虽说有把握不致摔伤,但狼纵身一跃,不是更有优势?跳到塘里游水?常听人说"狗父狼舅"。头十岁时，村里有条黑狗特别爱跟在我后面转，我经常将树棍扔到塘里，它就一跃入水将棍衔回。狼是狗的舅舅，外甥会游水，舅舅还能不会？即使我的水性比它好，可要是它坐在岸上等着，还不是玩猫捉老鼠的游戏？三次水中逃生的经验提醒我，千万要冷静，心不能乱。这样一想，我觉得首先是搞清它是不是狼。我只是听说过狼是"铜头、铁尾（扫帚尾）、豆腐腰"，可从来没见过它是什么模样。再是必须想出对付它的办法。刚上塘埂时，我看到了一头驴。我回头一看，它还在那里埋头吃草，拴驴的木桩清清楚楚，不粗。有一袋蒜种可做武器，但也只能抵挡一阵。然而那是我的学费啊！想起考学的曲折、读书的艰难……最好是既丢不了蒜种，又能逃走。

那狼见我不动，突然浑身一摇，张开血盆大口，露出雪白尖利的牙齿，却一声不吭。常说咬人的狗不叫，狼也是这秉性？是示威还是发起进攻的冲锋号？

黄昏已经降临，远处村子升起的炊烟在橙色的暮霭中青青袅袅……

我已想好了让它自报家门的灵丹妙药，也算计好了逃跑的办法。那位好心的主人一定是预计到了我在这里要碰到厄难，才把那头驴放在那里。事不宜迟，我决定按想好的方案实施了。我装作不经意转身往回走了几步，过了驴的身边四五步，弯腰做捡石块的举动再猛回身，迎面向它冲去。突然，"灵丹妙药"起作用了，一阵狂叫响起。我浑身一软，跌坐在地上……

天哪，它叫的是汪汪汪，只是狼的外甥！气得我爬起来就扔过去一块泥巴！它也就夹着那扫帚般的尾巴跑了……

还是儿时的顽皮给了我智慧。狗对生人猜忌心重，只要你做出怪异的似是攻击它的动作，它就会回应。如果是狼，我就拔起拴驴的木桩，骑到驴身上跑，或者以驴作为屏障和它周旋……

当我在满天星斗、淡淡的夜色中赶到三家罗村时，表嫂善兰大姐吓了一跳——我穿着短裤，打赤膊，浑身如水洗一般。我的双腿发软，想将肩上的30

斤蒜种放下,却怎么也使不上劲,可我还是强撑着。正放假在家的治荣表哥连忙取下我肩上扛着的蒜种,见口袋都是湿的,惊讶不已……我只是咧着嘴笑着,伸手逗了逗在凉床上的侄儿小盟。他们一家人已吃完晚饭,在场地上乘凉。见脸盆里还有稀饭,我端起来就酣畅淋漓地吸溜起来。善兰大姐一再说:"慢点儿,慢点儿,别呛着。我马上给你摊粑粑。"

二舅英年早逝,舅妈在生下治荣表哥后,也撒手追随二舅而去。表哥是在我妈妈背上长大的,我们也就如亲兄弟一般,对表嫂也以姐弟相称。她家在丁家桥村,离我家只2千米,是位漂亮、热情、忠厚、泼辣、干起农活如旋风一般的姑娘。为了能够阅读表哥的来信和写信给表哥,她20多岁才住到我家学识字,夜晚和我们围在一盏豆油灯下学习,妈妈、姐姐和我都是老师。两年后,她终于如愿以偿。她非常孝顺我的外婆,任劳任怨地服侍她一生,也特别关照我们……

第二天回到家,三姨母看了半天蒜种,惊讶的眼光又反反复复在我脸上抚摸……嘴角露出了笑容,转身将准备买蒜种的钱拿出。外婆在枕头底下摸索,也拿出了6角多钱。姐姐从衣袋里抠出1角多钱。总算凑足了9元钱。

我终于又回到了学校,依靠人民助学金读书。那时的乡村孩子,脑子非常简单,现在想起往事,觉得自己是那样愚笨。两个月要洗一次被子,也需回家讨点儿咸菜,背上6斤重的被子,为了省几角钱车船费,我硬是起早走30多千米的路到家。我常和孩子们讲,笨到不晓得将被子拆了,只带被里和被面;学习很用功,只知道学习有饭吃,不知道为什么学。乡村来的孩子,面对城市里的同学,有着特别的自尊。这种自尊往往会表现得非常强烈,以至于同学们很难接受。

开学时的那个姚老师不久就调走了。感谢班主任方明老师。他教政治常识,是位从乡村走出的知识分子,理解乡村学生的艰难,理解那份可贵的自尊,尽量对我给予照顾和理解。他忠厚、热心。我的助学金已很高了,但每月还要交1元多伙食费。家里时常不能及时带来,我就时常接到停伙通知,方老师也就赶快写担保条,我才又能到食堂吃饭。他使我知道一个人不是为了自己活着,应该有理想,理想会给人无穷的力量。最使我难忘的是1963年,因一篇评论文章,再次被省报点名批判后,我陷入了极度的恐慌和苦闷之中,是方老师给我温暖,为我排解忧虑……他是我学业、事业上的真正的启蒙老师。在以后风风雨雨的五十多年中,我们之间深厚的师生友谊,一直让很多人羡慕。

我从初中开始热爱写作,有了当作家的梦。但我的作品只是发表在黑板报上,投到报纸和文学杂志的稿子都被退回来了。同学们经常嘲笑我,可我不在乎,也从不怕人嘲笑。我从小就有这脾气,想干的事,谁也阻挡不了。到了高中,这种愿望非常强烈,每个星期都要写首诗,学校的黑板报常常将它登在头条。我的作文较好,经常受到语文老师的表扬。

记得是高二清明节假,全班同学都到我的家乡巢湖远足。这当然是因为我平时的宣传起了作用,大家都知道长临河一带很美。回来后语文老师要我们围绕这次春游写篇作文。我洋洋洒洒地在作文本上写了10多页,记叙春游的美妙,其中不断夹杂着"山歌对唱"。我很得意,盼着作文评讲。我想这一次一定会以我的作文做范文……

终于盼来了作文评讲,我的大作也确实做了范文。李光业老师胖胖的、矮墩墩的、黑黑的,戴一副眼镜,当过报纸编辑,一口合肥话,语言生动有趣。他读了我的一段文字和诗,然后大声地说:"写诗的朋友们,诗不同于小说、散文,诗有内在的韵律,是语言的歌,不能只要分行的就是诗。写诗写得不好,就很容易成了我们合肥话说'诗'字时,一滑,变成了……"

"屎!"同学们同时大喊,乐得大笑,都将眼光投向了我。我顿时感到像被电击火灼,脸涨得通红。可我没有低头,两眼直视李老师。我发觉他轻轻地怔了一下,然后语气一变:"写诗的朋友们,我也很爱诗,写诗要先读诗,常说

'熟读唐诗三百首,不会作诗也会吟'嘛。读多了,就有体会,有了感悟。特别是这个'悟'字非常重要,悟多了,就能写出真正的诗……"

在以后几天,教室中常常能听到捣蛋虫们"屎人""诗人"的叫声。

"哎哟,我肚子疼死了!"

"干吗忍着?快去喷涌而出,不就有了一手(首)又一手(首)吗?"

我从这最大的难堪中悟出了道理。我真的去认真读诗了,慢慢地能够一点儿一点儿去品味……后来,我确实写出了诗。在那时能发表十几首诗,也是小小的轰动。

学文学,靠的就是悟,没有这种悟,不可能产生灵感。

大学毕业后我回到合肥工作,在师专教书。有一天,走在大街上,我眼睛一亮,迎面来的正是李光业老师。总有10多米吧,我大声喊:"李老师!"

我深深地鞠了一躬。不管多少人惊奇的目光,我只顾紧紧地握住李老师的双手。李老师表情复杂地微微笑着,突然朗声大笑:"我读过你的诗,真真切切是诗——《不夜的茶山》《巢湖的琴声》……"这都是我回到安徽后,发表在报刊上的。

"感谢老师的教诲,终生铭记!"我羞赧着脸,但一字一顿说出了积存在心中多年的话。

"老夫喜欢说笑。爱之切切,下药也重。"

我一定要请李老师吃饭。他说已退休了,正要去办一件事,以后肯定有机会。1980年,我的第一部长篇小说出版了,要送一本给李老师,却怎么也找不到他了。他住的地方房子已拆,面目全非。我问了很多同学,又去母校合肥一中打听。因他在校教书时间短,又经过了"文化大革命",谁也不知道他的去向。不时想起,总感到留了个深深的遗憾。

高三下学期,开始分科复习。我的理工科成绩一向较好,"学会数理化,走遍天下都不怕"的影响根深蒂固。总是因为饿饭饿怕了,虽然热爱文学,但我还是报考理工科,希冀有个铁饭碗。在复习迎考中,关于将来从事何种职业,感情和理智的矛盾不断激化,心情变得烦躁。一个星期六的晚上,我不知不觉地走向李淑德老师家。

李老师是教生物的,性格开朗、豪爽,讲课生动。初一时,她就教我们植物课,在宿舍和教室之间有块实习园地。因为我是农村来的,又会种菜,课也听得有味,挖地、种草莓、马铃薯、麦子的劳动,当然是我做得较好。她就要我当植物兴趣小组组长。我以后热爱在大自然探险,热爱生物学,追根求源,和李老师有着莫大的关系。不久新办了三初中,李老师调去了,我也调去了。我考上合肥一中,她也调到了一中。她常说:"这个小刘先平(她喜欢在我名字前冠以'小'字,一直到现在还是常常冒出这个'小'字),我们就是有缘。我到哪,他到哪;他到哪,我到哪!"三初中在城外,周末回家进城,那时没有公共汽车,她常常喊我同行。她因为怀有身孕,就扶着我的肩膀(我个头曾一直很矮,高一时我排在队尾,高三时就成了排头兵),艰难地一步步走。我一直要将她送到家。她留我吃饭,我也从不客气。她的几个孩子都喊我大哥哥。

到了她家,她正和殷老师说话。殷老师是位文弱书生,在教育厅工作。两人都很惊喜我的到来,因为那年的招生数字只有107000。上一年还动员同学们考大学,今年却早就开始动员大家上山下乡了。在这样紧张复习的时候,还有空来,肯定有事。说了半天学习的情况,我才向李老师说了我的心事。话音刚落,李老师快人快语:"小刘先平,一个人如果不能从事热爱的工作,一生都是很痛苦的……"

"你怎么这样说?现在是什么时候了?离考试只有两个月!"殷老师急了。

我还未见过殷老师这样大声说话。他平时语调温和,慢声细语,对李老师特别尊重,他们是一对很多人羡慕的恩爱夫妻。

李老师说:"小刘先平没有父母,就当是我家的孩子。他是来听真话的,能讲假话糊他?你别为他考学校担心,他有毅力,有韧性,只要是定下心的事,一定能成功!这个时候,他还来和我们谈这事,就是位特殊的学生!"

真是一语点醒了我。我说:"我决定了,考文学。非常感谢李老师的话。殷老师也别为我担心。我走了,回学校报告班主任,找文科复习材料!"

说完,我拔脚就走。身后传来了殷老师埋怨李老师的声音。

班主任一再劝我别改。正如李老师说的,只要是定下的事,我就不会改。是的,只有两个月的复习时间,但我相信够了。

接到杭州大学中文系的录取通知书,到合肥办完了各种手续后,我去李老师家辞行。李老师拉住我的手,向殷老师说:"你看,他这不是如愿以偿了吗?你一生都求稳,冒冒险,有时能得到意想不到的成果!"

人们常说运气、命运。人生道路上需要抉择时,一个人、一句话、一件小事,就能影响人一生的道路。我就是这样的幸运者!因为我有几位崇高的、慈爱的老师。

"文化大革命"中,李老师和殷老师被下放到南陵县师范学校。我出差时去看望了他们。七八口人挤在两间房子里。他们共有七个儿女,三姐已嫁到肥东县,小四子有残疾留在合肥,还有90多岁的老母需要赡养,一家人被活活分开几处。李老师还是那样爽朗地大笑,乐呵呵的,可殷老师眉结间的凄凉,让我心酸。我鼓动她往合肥调,她说正在找人。

不久,一个深夜,李老师摸到我家,说是今天去过市革命委员会政工组,看来调回无望了,准备明天回南陵县。我说:"你别急,政工组组长是军代表冯亚,我认识他。因为搞文学辅导,我还认识他夫人,是位挺热情的女同志。明天我带你去他家,成不成就是这一锤子。你迟一天走,也没什么关系。"李老师说:"我一生不求人,没想到老了,还要为一家老小去求人。算了。"我说:"李老师,你教过那么多的学生,对社会的贡献有多大!这不是求人,家人团聚是你该得到的,这是去要回、争回自己的东西!"李老师笑了:"还是小刘先平能说动我。"她又担心去了也无用,那时军代表的权势令人敬畏。我说:"说得好听,就说;说得不好听,我们拔腿就走。他又不是凶神恶煞!"

那时我正在一家文学杂志编辑部工作,曾耳闻冯亚同志非常尊敬他的老师。我想这或许是个好的机遇……

第二天,我先给冯亚同志的夫人打了个电话,她告诉我在吃晚饭时去最好。我陪李老师按时去了。很巧,他们正在吃饭。我们等了一小会儿,冯亚同志出来了。他认识我。我将李老师介绍给他,然后开门见山地说,她是著名的教师,曾经怎样教育我,教育过多少学生,同学们怎样尊敬她。又说到她十口之家分在三处的艰难……当时,李老师种种感人的事情,全都涌上心头。自始至终,李老师没说一句话,冯亚也未插问一句,只听我滔滔不绝地说。等我说完了,冯亚同志说:"我们有很多好老师是应该得到尊重的。李老师,你明天上午9点直接找教革小组。"李老师还愣在那里。我连忙说:"我代表李老师过去所有的学生、将来所有的学生,感谢你!"

我知道已经大功告成,连忙告辞。李老师木木的,大约还未反应过来。冯亚夫妇非常恭敬地送李老师出门。

不久,李老师一家在合肥团聚了。

今年李老师已是90多岁高寿,依然红光满面,朗声大笑。大年初一我带孙子去拜年,她脱口而出:"小刘先平,叫你别带礼品,你还是带……"说着又是大笑,拉过我的孙子,"我叫你爷爷小刘先平,你没意见吧?"

小时候,常听老人说:上有天堂,下有苏杭。在杭州大学读书,而且是热爱的文学专业,那满腔的喜悦,涨得胸口都疼。开学不久,我被同学们选为班主席。后来,又主编了学生会的油印刊物《水滴石》,我面前的世界,真是一片灿烂。

但当时学校的气氛,也有让我不安的因素。这是1957年的秋季,学校到处可见反右派的大字报。高年级同学每天还在开批判右派的大会。好在我们是刚入学的新生,并没有受多少牵连。但那种激烈的气氛,还是让人不寒而栗。

1958年春,开始了"插红旗、拔白旗""向党交心"的运动,我们新生也不例外。我开头并未在意,但不久就听到同学中有人说《水滴石》上发表的作品有问题。风越刮越大,终于牵扯到一个编委。他是我同班同寝室的好同学,是团员。团支部首先开始"帮助"他,说他的一篇散文充满了资产阶级的情调。我很不服气,在一次班级会议上说:"这篇作品是歌颂社会主义春天的,若是这篇散文有问题,应该由我负责,我是主编。再说,我们是学生,即使写得不太好,也应该是善意的帮助。"我这样说当然也因为担心那位同学被开除团籍。这下可惹了大祸,由班级扩大到年级,说是辩论,却上纲上线。"既然刘先平跳出来了,那么就剥下他的伪装,看看《水滴石》是什么货色,他是什么货色。"霎时,乌云密布,事情很快升级。有同学揭发我"信奉丁玲'一本书主义'",一心想当作家。还说中文系是作家摇篮,要想当作家,现在就要努力学习各种知识,锻炼写作各种文体,一位作家不能只会写诗,却不能写小说,不能写戏剧。文学是综合的,小说中就有诗和戏剧。"水滴石穿,就是宣扬个人奋斗。"最后的结论是:"刘先平是高高飘扬在中文系上空的一面大白旗!"最让人不解的是,那位团员同学已在团支部会上作了自我批判……

世界发生了什么变化?昨天还是笑脸相迎、可亲可爱的同学,怎么一夜之间都成了充满敌意的陌生人?而且那些批判,全是歪曲我的话。想当作家有什么错?作家不是人类灵魂工程师吗?

有一天,我突然听一位同学说年级支部正在组织写大字报,要把我拿到全校批判。我又慌又气。这段风波目前只局限在年级,到了学校,我还怎么做人?我找辅导老师,用木刻制作《水滴石》封面时,他还主动借了一套木刻刀给我。他很紧张,说是已向组织上交代曾借过木刻刀给我,要我认真接受批判,彻底改造思想。我的心一下凉了半截。我想了想,就去找系总支浦书记。

浦书记是位女同志,才从北京下放来的。她听完了我的申诉后说:"学校的任务是教育学生,如果学生的思想观点都是正确的,还要学校干什么?想当作家不是坏事,人民需要自己的作家,我希望你将来能成为作家,大作家。对同学们的批评,要有正确的态度。有则改之,无则加勉。你们年级已来汇报过此事,很多老师也来反映要爱护学生,我们不赞成再批判了。我很赞成一些老师的话,学校、老师重要的责任是爱护学生。你是学徒出身,家庭是贫农成分,根子正。安心学习,不要有思想负担。挫折会磨炼一个人。你这样一个大个子,心里还装不下这一点儿委屈?"

我感动得一句话也说不出,生怕一开口憋不住的眼泪就会流下来。我点了点头,就离开了她的办公室,心情也豁然开朗。

过了几天我才知道,教文艺理论的秦亢宗老师曾在教师会上慷慨陈词:"中文系的学生想当作家是应该鼓励的。刘先平说想当作家现在就要努力学习,要锻炼写各种文体,是很有见地的。把正确的东西批了,错误的不就变成正确的了?"有好几位老师都支持他的意见,但也有个别老师反驳他的看法。他是研究文艺理论的,在系里有一定的影响。

这场风波似乎已经平息。过了两三周后,我决心辞去班主席职务,被批准了。

有一天早晨,有位同学小声告诉我,学校大字报栏有大字报批判我。当时我的脑子一炸,三步并作两步跑去了。果然,总有十几米长的批判专栏,贴满了批判"大白旗"刘先平的大字报,前面围满了数学系、物理系、化学系……的同学,还有人对我指指戳戳!突然,我想起三次水中逃生的事,告诫自己要冷静。我看完了全部的大字报,感到全是置我于死地的一派胡说,事态严重。

我又去找浦书记。浦书记显得很激动,冷场了五六分钟,也才稍平静地说:"我们的态度没变。这是你们年级搞的。我们态度很明确,事情到此为止。"

我不至于笨到再说什么了。

从12岁离开家乡后,我虽然也经了坎坎坷坷,但总的说来还是一帆风顺,还没有经过这样暴风骤雨的打击,思想上非常苦闷。我每天走路都是低着头,在食堂也是躲到角落。我想不通很多事,尤其是对同学的变化,更是想不通。不久,严重的失眠使我几乎无法再坚持学习。再加上年级又压低我的助学金等级,我到月底,连买牙膏的钱都没有。大哥当时正在华东水利学院读书。我写了封信给他,想休学,有人介绍我去师范学校代课。大哥迅速回信:"为什么这点儿挫折都经受不了?如此艰难争取来的读书机会怎么能放弃?想想你的学徒生活吧!"

一天下午,我正从教室往宿舍走,只听有人喊:"刘先平同学!"回头一看,是盛静霞老师,从另外一条路岔过来的,走得很急。我喊了声:"盛老师!"

盛老师教我们古典文学,在词学上很有造诣。她的诗词,和著名的词学家,也给我们授课的夏承焘老师的词,在同学们中广为流传。她的先生蒋礼鸿老师是古文字学教授。等我转过身子,盛老师说:"你为什么走路都低着头,喊了两三声才听见?心事太重了。我知道你受了批判,其实没什么了不起,你又没做过见不得人的事,有什么难看的呢?你知道,交心时,我把和你蒋老师枕边的话都说了,后来就批我这些。难看的是我吗?我在从旧社会、旧家庭中走出,寻求独立自主、民主自由时,也是受过很多煎熬的。想当作家,有志气。志气是个宝。你这样忧心忡忡,对谁有好处呢?也有人曾嘲笑我填词写诗是自命不凡,想当李清照。要是因为这个我就不写诗填词,不是证明我真的是自命不凡吗?我看过你写的作业,有灵气,有可能成为一个大作家。人不能因为别人说三道四不走自己的路。我看你有点儿沉沦,心里很难受。抬起头来走路!奋斗是医疗痛苦的良药,挫折能使人学得聪明。你去读读文学史,有哪位作家是一帆风顺的?李白、杜甫、司马迁……我和蒋老师欢迎你有时间到我家来聊天,来啊,一定来!"

我现在提笔写这一段时,盛老师纯真的、恳切的、充满慈爱的神情,额头上沁满细细的汗珠的样子,仍鲜活地浮在我的眼前,还感受到了那天阳光无比灿烂、无比温暖……

盛老师,我不会辜负你的教诲。离开盛老师,我果然抬起了头,挺起胸膛大步向前走,世界在我面前依然是光明的。心境转变后,我重新安排了学习和生活,不久,失眠症也离我而去。

1980年,我的第一部长篇小说《云海探奇》出版了。我特意去了杭州,拜见盛老师,深深鞠了三躬,将书奉上。两位老师接过书时,微微地笑着,轻轻地打开书页,细心地看了起来……以后,只要去杭州,我就要去看望盛老师、蒋老师。前年,我还邀了几位同学一同去。蒋老师已作古了,中国失去了一位著名的古文字学家。盛老还是那样神清气爽,慈爱地和我们共同回忆当年的杭州大学生活。

我很幸运,在人生的关隘,总有敬爱的老师给我指路!大学毕业后,我也从事过十年教师工作,正因为我有着可敬可爱的老师。如今,我也常在各种场合,遇到叫我刘老师的学生。

2006年9月,我去北京参观国际图书博览会,在浙江的展台上,突然看到了《蒋礼鸿文集》,捧着厚厚的四卷,伫立翻阅,思绪激涌……他和盛老师充满睿智、慈爱的微笑,时时浮现……

山谷里升起一朵白云

我是1957年开始发表文学作品的,先是诗歌、散文,后来因为从事教学,我将重点转移到美学研究和理论批评。

1961年,大学毕业前夕,学校给1958年对我的批判平了反,并进行了"赔礼道歉",认为《水滴石》是健康的学生刊物,我所发表的作品也是歌颂社会主义的。毕业后分回合肥教书，我写作得也较勤奋。

1963年，正值"反修防修"，开始对文艺界进行批判。首当其冲的是发表在省文学杂志上的一部中篇小说，报纸上用整版的篇幅集中火力批判，认为这部中篇小说宣扬人性论，宣扬修正主义文学观点。其中重点点到一篇赞扬这部小说的评论。这篇评论的作者就是我。写批判文章的作者，显然是权威机构的负责人。一份省的权威报纸，点了一位普通中学教师的名，其影响可想而知。读了报纸，我感到掉进了冰窖。

这部中篇小说在杂志上刊出后，编辑部召集了作品讨论会。会上就有两种意见，一种认为是优秀的小说，一种认为是宣扬了资产阶级的人性论。出于正义，我认为作品应是那个时代省里较为优秀的小说，写了寡妇的爱情，不应该作为资产阶级人性论。会后，杂志发了一组评论，其中就有我根据发言整理成文的《时代的颂歌》，刊登位置显著。

当时"反修防修"声势浩大，但也有学术问题和政治问题分开的精神。正巧，我教书的学校是"社教"试点单位，教育局管人事的副局长郭刚带队蹲点。虽然感受到压力，但因我的教学受到学生欢迎，又小有名气，学校的领导对我还好。批判不断升温，报社组织了座谈会，凡是写过赞扬、批判这部小说的文章的作者都要参加。我接到通知后，决定不出席。因为根本不同意那种批判，若是参加会议，以我的个性，肯定要据理力争，事态会变得严重。开会前一天，报社打电话给学校，点名要我务必参加会议。学校领导感到事态严重，先是赵校长找我谈话。赵校长是位工农干部，为人忠厚，很有长者风度。我简单说了不去参加会议的原因，他沉吟了半天，最后说："我们研究一下，请示蹲点的郭刚副局长再说吧。"

下午快放学时，郭刚找我谈话。他是苏北人，曾任新四军的骑兵连连长，吸烟的水平很高，据说每天只用三根火柴。他听过我的课。省里组织业余作者外出参观、访问，都是他同意我去的。但省里和大学来调我时，他坚决不同意:"没有好教师,我怎么当教育局局长?"彼此的印象都还好。我较为详细地说明了不参加会议的原因,并态度坚决地说:"绝不会检讨。"大概是因为我说得很激动,他想了一下,吸了两支烟,笑着说:"刘老师,你不参加会议,总得有个能摆到桌面上的理由吧?我也不能像你这样说的答复报社。"

我也被他的机智、友好感染,笑了:"赵校长还能找不到理由?明天上午我有四节课,是高三毕业班的。"

他很爽快:"就这样吧!你明天别接任何电话,也别出校门一步。"报社离学校很近。

果然,据参加会议的人说,凡是写过赞扬那个中篇小说的文章的,都作了检讨,会上还点名我未参加会议。虽然因为有校长、局长保了我,表面上看来还算平静,但内伤是看不见的,种种遭遇使我再一次深深感到,在那种环境下从事文学创作,真是危机四伏。经过痛苦的思索,在一天傍晚,我狠狠地将钢笔甩掉——它竟然越过前面的屋脊,飞得远远的——决心不再为文学写一个字了。

命运有时真会开玩笑。三转两不转,1972年,我又被调到了文学杂志编辑部,那是因为纪念《在延安文艺座谈会上的讲话》三十周年,要恢复一些杂志。全国各省的杂志的名称大概都叫《征文作品》。虽然在文学部门工作,那时的大批判文章也很吃香,也有领导、好友劝我写点儿文章,但我仍然坚持一字不写,只是做个文字匠。

在编辑部工作,每个月都要下去。我看重的就是这一点。儿时喜爱冒险、喜爱在山水之间的兴趣得到了充分的发展。我主动要求看皖南地区的来稿。皖南是山区,以著名的黄山为核心,多是名山名水。我做了个大致计划,每个月总有一周时间,是在皖南山水中漫游的,寻着大诗人李白、杜牧、陶渊明……的游踪。山民的淳朴、大自然千奇百怪的造化,深深地吸引了我,我常常在山岩上一睡就是几小时。这使我忘掉了现实生活中五花八门的"批判"、纷争的世事,心灵是那样宁静、纯洁。我听到了很多山野的故事,见到了从未想过的神奇。

逐渐地,我产生了徒步穿越石台—祁门—黟县—黄山原始森林的念头。我计划背个背包,独自一人,风餐露宿,用双脚去丈量那片崇山峻岭,每天记下见闻……不是决心不再为文学写一个字吗?这个决心不会改变,但我可以留给妻子、儿子读。

每次出差回来,我都是蓬头垢面,妻子嘲笑我是"野人归来"。就是在这样的漫游中,在山野,非常偶然的机会,遇到了几位从事动物考察的大学教师。我们年龄相仿,有着同样的经历、相似的生活环境,又是在大自然中,大家很快就解除了防备的盔甲,袒露胸怀……我就是从他们那里知道了"自然保护"、"生态平衡"、人与自然的和谐、珍贵稀有野生生物对人类的意义……他们领着我到达山顶,回头一看,我所走过的那片世界已完全改变,是一片崭新的、神奇的世界,充满了科学,充满了神秘。

他们背着背包、干粮——最原始、简单的装备,有的还正在挨批斗,但为什么还要如此忘我地工作呢?只能说是为了科学,为了事业。这是一种什么精神?大山是大自然的筋骨,他们是人类的筋骨!

我一次次跟随着他们在山野中跋涉,想方设法谋取机会,去江河湖海、荒漠戈壁中去寻求儿时的梦,去寻求自然的爱抚。我常常梦幻般地与大自然对话,倾诉心中的郁积,倾听它们的呼喊。

是的,是这些科学家领我走出了"大自然属于人类"的误区。

是的,是他们把我领到"人类属于大自然"的境界。在这个境界里,每走一步,都美不胜收。

但是,目睹了大片森林被乱砍滥伐、水土流失加重、工业污染蔓延……自然生态被严重破坏的恶果,使我们痛心疾首。

我们在莽莽的原始森林中,追踪野人的足迹,考察短尾猴的社群结构,在三十六岗寻觅梅花鹿的身影,在山谷中倾听相思鸟的歌唱,窥视喧嚣的野生动植物世界残酷的生存竞争,窥视香花与毒草形成的特殊的生境……我们深深地被大自然的魅力、野生动植物世界的魅力、探险生活的魅力、人生哲理的魅力所诱惑。

大自然是部丰富多彩的百科全书,我贪婪地汲取着它的营养,同时也阅读了大量的生物学书籍。我和考察队结下了深厚的友谊,甚至成了其中的一员。

"四人帮"被粉碎了。严寒已经过去,春天来了。

大约是 1977 年下半年,人民文学出版社的资深编辑周达宝来安徽组稿。在一次会议上,她也热情地向我组稿,我只笑了笑。我觉得她并不太了解我的情况,虽然当时的形势有了变化,虽然 1963 年被批判的那部中篇小说及其作者都得到了平反,可被牵连的我并没有得到平反,那件事还时不时被人有意或无意地提起。我还要补充说一件事,1974 年,有一份很有"权威"的杂志,点名批判了我们刊物上发表的《除夕之夜》,说它是"无冲突论"的代表。《除夕之夜》是我编发的。这把当时的领导弄得非常紧张,事态虽然没有扩大,但曾有过这件事。在小气候中,我的处境并不妙。

然而,周达宝大姐的组稿,确实在我心里掀起了波澜,毕竟我曾那样热爱过文学。文学曾给我的生活带来了无穷的乐趣,又使我吃过那么多的苦头,这种千丝万缕的纠葛,割舍得了?最重要的是,春天毕竟来了!

这些年来的探险生活,更使我内心文学的波澜逐渐壮阔起来,形成了强烈的创作冲动。然而,我已停笔十多年了,当年的毛头小伙子已成了年届不惑的中年人,有了家庭、孩子,有了生活的负担和责任。为了重新拿起笔来,我还得努力做各种准备工作。

1978 年对我说来,是非常重要的一年。5 月,纠缠了我两年的一件极不正常的事,终于有了结果。这个结果,出乎意料,对当时的我来说,无疑是惨痛的。很多好朋友得知此事,都担心我经受不了这样的打击和深刻的委屈,想方设法来安慰时,我已被大自然召唤到崇山峻岭中去了。

是的,那个决定宣布的第三天,我就赶到了考察队的营地。营地在深山中。经过两三天的紧张工作,我们出发了,这次主要是想彻底揭开"野人"——黄山短尾猴的秘密,同时,在野外寻找到皖南梅花鹿的踪迹。目的地是滴水崖一带的"猴子街"。山民们传说,那里是猴子的天下,它们自开商店,买卖兴隆;自开作坊,酿酒做糖……比《西游记》中的水帘洞更神奇。"滴水崖"在我心里一震,我很自然地想到当年主编的学生会油印刊物《水滴石》,是命运的巧合?

第一天探山,就很让我们吃了苦头。这是一片三县交界的深山区,途中见到很多残存的房基地。这里曾有过居民,但几十年前的一场血吸虫灾难,已使这地方变成了无人区。到处是稠密的次生林和亚热带地区的荆棘、金刚刺和老虎藤,每走一步,都得用砍刀开路。草丛、灌木上布满了可怕的无孔不入的旱蚂蟥。途中,在一小河滩休息,每人挑了一块石头坐下。刚点着香烟,猎人小张做了个怪相,示意我的裆下。低头一看,我惊得一蹦三尺高,好家伙,一条五步蛇正从我坐的石头下探出,昂起了头!这就是山民们谈"蛇"色变的剧毒五步龙呀!大约是我坐上去后,石头压了它。大家先是一惊,接着哗然大笑:"是你侵犯了它的领地,没咬着你算你运气好!""你大富大贵呀,小龙出来迎接!"说笑中,大家还是纷纷急急站起……

我们好不容易才到达了山顶。在山顶上,我们仔细地观察了对面的滴水崖。

云雾中,山体陡峭,原始森林郁郁葱葱。滴水崖在两座大山中间,如练的高山小河奔腾而下,到了巨崖断头,果然有个大的瀑布。但断崖下,正好有个小岭,挡住了我们的视线。向导说,那座小岭叫"龙吐珠"。以生境推测,那里很可能就是传闻中的"猴子街",生存着我们考察了数年的、被当地人称为

"野人"的黄山短尾猴。科学是以事实说话的,但至今未采到标本。我们这次的主要任务之一,是采到标本。在确定了明天考察的基本路线后,我们就决定下山。

麻烦事来了,向导迷路了。我们只好找水溪,依据水向低处流的原理摸索着往山下去。天色转暗,太阳已经落山。真是祸不单行,溪流断头,巨崖笔立,总有五六米高,无路可走。不要说我们未带行李,即使带了,在这样布满毒蛇、旱蚂蟥、野兽的山野,临时也无法宿营。我们只有硬着头皮,顺着边缘往下爬。俗话说:"上山容易下山难。"这时,我们也顾不得防备旱蚂蟥和毒蛇了,一心往下。我踩松了一块石头,骨碌碌就跌了下去。幸而岩下是烂泥,没受大伤,但也跌得够惨的。

摸黑回到宿营地——当地开采的一个小的铅锌矿工棚。矿长不在,会计管家,很不友好,连盐也不愿借一点儿,更别说蔬菜和食油了。我们只好清汤寡水地煮笋,每人还是吃了三大碗饭。笋子虽然是美味,但清水笋到肚子里,胃就开始难受,我难受得腰都直不起来。

但这次考察的收获是丰硕的,我们在滴水崖采到了短尾猴的标本,揭示了它生命史上的很多奥秘,寻找到了"猴子街"这个特殊的生境,不仅解决了它的分布界线,而且为以后大规模捕猴(完成科研后再放回山野)提供了可贵的借鉴。这些惊心动魄的场面,以后都编织到《云海探奇》中了。

那几天,每天都有惊人的发现,生活充满了乐趣,我已彻底忘掉了那沉重的打击和种种不快。由于每天吃水煮笋,我原有的胃溃疡迅速加剧,先是黑便,接着开始吐血。但我很好地掩盖了这一切,因为我感到这是一次难得的机遇,决不能放弃这次机遇,否则要后悔一辈子。

这一天,我们辗转来到了石门国——不知是如何的鬼斧神工,竟将一堵万丈巨崖劈开一道窄窄的石缝——穿过石门,天地豁然开朗。这是一片桃红柳绿、鸟语花香的天地,如进入桃花源。种种奇妙的景色、民俗、民情,使考察队员们惊喜不已。我们要在这里寻觅皖南野生梅花鹿的身影,落脚在一个叫"汪河水家"的地方。

汪河水家在三县交界点,北面、东面、南面和西面是三个县。山头上是孤零零的四五间瓦房。男主人出门了,女主人带着三个孩子在家。汪河水是孩子们曾祖父的名字。想当年,他只身一人,来这绵延几百里的三十六岗荒无人烟、野兽出没的岭头上安身立命,那要具备何等的胆量!这里过去丈量土地时,实行的是"锣音亩"。敲一声锣,凡是方圆能听到的地方,这中间的一块地就是一亩。

这样寂静的孤零零的房子,一下来了个奇装异服、背枪挑担,担头挂满采到的动物标本的小队伍,女主人以为是玩把戏的到了,乐得嘴都合不拢,露出两排玉米般的黄牙。烧饭时,猎人小张发现锅太脏,幸好门口就有山泉汇聚的小塘。他挑了三担水洗锅,但等到煮好饭,揭开锅一看,满锅饭还是像放了红豆,映着蓝黑的颜色。

晚上,我们全睡在牛屋上面简易的阁楼上。牛粪、牛尿的臊臭,从板缝中冲鼻子,跳蚤成把抓。但大家太疲倦了,都很快进入了梦乡,只有我因为胃疼睡得稍晚了点儿。不久,我又被哗哗的水声惊醒,以为是下雨了,却听不到瓦响。很长的时间,水声滴答而止,这才明白:好大的一泡牛尿!

黎明,我在鸟的叫声中醒来,走到山岭,山野的清香扑面。我深深地吸了几口,似乎已将一夜的污浊涤荡。

晨曦正将天宇展现,在欢快的鸟鸣声中,山谷里逸出了淡淡的、丝丝缕缕的云丝。山岚飘忽着,在绿的森林上空汇聚,宛如怒放的望春花。清风裹着花的芬芳,柔柔地拂动着,露珠滴滴答答地响着……

啊!山谷里升起一朵白云,冉冉飘浮,云花灿烂,在绿海中,在山的怀抱中,变幻无穷。山在动,树在动,鸟在唱……充满生机,充满欢快,大自然无比壮丽、宏伟,这惊人的和谐之美!太阳出来了,一道电光石火突然耀起——创作的冲动，使我激动得透不过气来，听到了大自然的呼唤，心灵已追着森林、白云、红日……这么多年来，在大自然中探险的种种生活，都成了生动的、无穷的画卷……

是的，就在那个早晨，就在那座山岭，就在山谷里升起一朵白云时，以后几部长篇小说中的无数场景、人物都鲜活地在脑海中展现……

是的，就是面对着山谷里升起的一朵朵白云，我决定恢复文学创作，写我在大自然中的见闻、思考，写我和大自然息息相通的对话。面前所展现的画卷，只有长篇小说才能表达。虽然我停笔了十多年，虽然我从未写过小说，更未写过长篇小说，但我有着最坚强的依靠——大自然母亲。

目睹了梅花鹿在两片森林中往往复复和我们捉迷藏之后，因为吐血加剧，我只得离开营地，回到家中，整整躺了五天。

那年大旱，酷热。7月，我背了一包稿纸，较隐蔽地到了大别山佛子岭水库的招待所，开始了大自然文学的跋涉……这就是以后描写在野生动物世界探险的长篇小说《云海探奇》《呦呦鹿鸣》《千鸟谷追踪》的开始。

后记：1999年，为庆祝新中国成立五十周年，著名作家葛翠琳大姐受出版社委托主编一本书——作家们畅谈与共和国一同成长。每人写三篇（学习高尔基三部曲的模式）。那本装帧精美的书出来后，葛大姐在电话中对我说："读了你的《三次水中逃生》《我的老师》《山谷里升起一朵白云》后，很感动，也非常惊奇。没想到你这个魁梧的大汉，少年时期吃过那样多的苦，深受磨难后终于又回到了学校……现在还能这样热情洋溢、豁达豪放，大概是大自然给予的吧！在考学校中肯定还有故事，我非常希望你能写得精彩、详细一些，对现在的年轻朋友一定有意义……"

其实，那段生活我对外一直封锁，只让它不时在心里翻涌。葛大姐的话，促使我写了《考学》。其中有些与《三次水中逃生》有些重叠，读者肯定能够理解。写完七八天后，年轻朋友李晓打来电话说："刘老师，许燕（他的夫人）昨天回来后，晚上就读从你家拿来的一篇作品，一边读，一边哭，哭得非常伤心。我问她，她不吭声，很久才冒出一句话：'我们真应该过好每一天，不要辜负了今天的幸福生活。'刘老师，那究竟是篇什么作品？"

许燕读的是《考学》。

2008 年 8 月 11 日

后记

我的三十年
——跋涉在大自然文学

1978年已载入史册,闪耀着划时代的光芒:党的十一届三中全会吹响了改革开放的号角,从此展开了中华人民共和国辉煌的新篇章。

1978年对我来说,也是人生新的一页。这年7月,我带着一包稿纸,捡起已搁置了十五年的笔,悄悄地来到大别山的佛子岭水库,开始了艰难的文学之路和大自然探险之路,三十年来一直在天地之间跋涉。

父母早逝,我的求学道路充满了坎坷。为了找到一个端饭碗的地方,12岁时我只得辍学,离家到三河当学徒,受尽屈辱,是大哥刘先紫帮助我脱离了学徒生活。考取中学后,我依靠人民助学金完成了学业。

1957年高考时,我报的是理工科,这不仅因为我数理化成绩好,更重要的是没饭吃饿怕了,"学好数理化,走遍天下都不怕"的思想根深蒂固。但我热爱文学,思想上很矛盾。高考前一个多月,我去李淑德老师家中,她快人快语:"不能从事热爱的工作,那是一生的苦恼。"真是一语点破了朦胧。回到学校,不管班主任如何规劝,我还是改学文科,后来考进了浙江大学中文系。

1957年,我开始发表文学作品,先是诗歌、散文,后因从事教学工作,涉足美学。

1963年,因为一篇评论文章,我再次受到批判。第一次是在1958年,学生会刊物《水滴石》受到批判，我是主编，当然难辞其咎。"刘先平是中文系上空高高飘扬的一面白旗"——专栏批判的大字报有十几米长。在大学毕业前夕的1961年，我虽然得到了平反，接受了"赔礼道歉"，但仍心有余悸。这次来势凶猛，大块批判文章署名的是"反修防修"领导小组的人。一份省级党报点了一个中学教师的名，其压力可想而知，更为严重的是我拒绝检讨。虽然当时已有学术和政治问题分开的说法，有赵校长和在校搞"四清"蹲点的郭刚局长的保护，而且我的教学又受学生欢迎，还未造成大的波澜，但内伤是看不见的。种种遭遇说明，在那种环境下从事文学创作，危机四伏。我已有了家庭，也就多了一份责任。经过痛苦的思索，一天傍晚，我用力将钢笔甩掉，它竟越过前面的屋脊，落到远处，一点声息也没有。我决心再不为文学写一个字。

"文化大革命"中被批、被斗、被抄家，那是可以想见的，我也懒得再去说了，只是心疼十多年的日记、读书笔记、文稿被付之一炬。

命运有时真会开玩笑。三转两不转，1972年，上级又把我调到了文学杂志编辑部。那是因为纪念《在延安文艺座谈会上的讲话》发表三十周年，省里要恢复一些刊物。

在编辑部工作，每月都要下去组稿。我看重的就是这一点，儿时就喜爱冒险、喜爱山水。我主动要求看皖南地区的来稿。每月总有一周时间以黄山为核心，循着大诗人李白、杜牧、陶渊明等的游踪踏遍山水，常常能在山岩上一睡就是几小时。大自然千奇百怪的造化，使我忘掉了现实生活中五花八门的"批判"、纷争的世事，心灵是那样宁静、纯洁。

渐渐地，我产生了徒步穿越石台—祁门—黟县—黄山原始森林的念头。计划独自一人，风餐露宿，用双脚去丈量那片崇山峻岭，寻觅一直萦绕在心头的梦想。

每次出差回来，都是蓬头垢面，妻子嘲笑我是"野人归来"。就是在这样的漫游中,一个非常偶然的机会,我在山野遇到了几位从事动物考察的大学教师。我们年龄相仿,有着相似的经历、相似的生活环境,又是在大自然中,大家很快就解除了防备的盔甲,袒露胸怀。正因他们的点化,我突然明白了这么多年在大自然中寻找的是什么,突然明白了自然保护、生态平衡、人与自然的和谐、野生动植物世界对人类的意义……他们领着我到达山顶,回头一看,我所走过的那片世界已完全改变,是一片崭新的、神奇的世界,充满了科学,充满了神秘。

后来才知道,在那阶级斗争开展得热火朝天的环境下,还能在全国开展珍稀野生动物调查,正是林业部巧妙地运作起来的,它开创了我国自然保护事业的新篇章。

是的,是这些科学家领我走出了"大自然属于人类"的误区。

是的,是他们把我领到"人类属于大自然"的境界。在这个境界里,每走一步,都美不胜收。

我们在莽莽原始森林中,追踪野人的足迹,考察短尾猴的社群结构。在三十六岗寻觅梅花鹿的身影,在山谷中倾听相思鸟的歌唱,窥视喧嚣的野生动植物世界残酷的生存竞争,窥视香花与毒草形成的特殊的生存环境……我们深深地被大自然的魅力、野生动植物世界的魅力、探险生活的魅力和人生哲理的魅力所诱惑。

目睹了大片森林被乱砍滥伐,水土流失正在加剧……自然生态遭严重破坏的恶果,我们痛心疾首。

我和考察队队员们结下了深厚的友谊,甚至成了他们中的一员。

1976年,"四人帮"被粉碎了。严寒已经过去,春天来了。

大约是1977年下半年,人民文学出版社的资深编辑周达宝来安徽组稿,我只笑了笑。她并不太了解我的情况,虽然当时的形势有了变化,虽然1963年被批判的那部中篇小说及其作者都得到了平反,可被牵连的我并没有得到平反。

然而,心里确实掀起了波澜,毕竟我曾那样热爱文学。最重要的是春天毕竟来了!

这些年来的探险生活,更使我内心文学的波澜逐渐壮阔起来,形成了强烈的创作冲动。然而,我已停笔十多年了,当年的毛头小伙子,已成了年届不惑的中年人,有了家庭、孩子,有了生活的负担和责任。

1978年对我来说,是非常重要的一年。5月,一件纠缠了我两年的极不正常的事,终于有了出乎意料的结果。很多好朋友都担心我经受不了这样深重的委屈,想方设法来安慰我,可此时的我已被大自然召唤到崇山峻岭中去了。

是的,在那个决定宣布的第三天,我就赶到了考察队的营地。

每天都有惊人的发现,生活充满了乐趣。由于每天吃水煮笋,原有的胃溃疡迅速加剧,先是黑便,接着是开始吐血。但我很好地掩饰了这一切,因为感到这是一次难得的机遇,否则要后悔一辈子。

这天,我们辗转来到了一个叫"石门国"的地方。不知是如何的鬼斧神工,竟将一堵万丈巨崖劈开一道窄窄的石缝。穿过石门,天地豁然开朗:一片桃红柳绿,鸟语花香,如进入桃花源。种种奇妙的景色、民俗、民情,使考察队队员们惊喜不已。我们要在这里寻觅皖南野生梅花鹿的身影,落脚在一个叫汪河水家的地方。

汪河水家是山头上孤零零的四五间瓦房,坐落在三县交界点。

晚上,我们全睡在牛屋上面简易的阁楼里。牛尿、牛粪的臊臭从木板缝中直冲鼻子,跳蚤成把抓。

黎明,我在鸟的叫声中醒来,走到山岭,山野清香扑面。我深深地吸了几口,似乎已将一夜的污浊涤荡干净。

晨曦正将天宇展现,欢快的鸟鸣声中,山谷里逸出了淡淡的、丝丝缕缕的云丝。山岚飘忽着,在绿色的森林上空汇聚,宛如怒放的望春花。清风裹着花的芬芳,柔柔地拂动,露珠滴滴答答地响着……

啊!山谷里升起一朵白云,冉冉飘浮,云花灿烂,在绿海中,在山的怀抱中,变幻无穷;山在动,树在摇,鸟在唱……充满生命的欢乐,大自然展示出无比壮丽、宏伟、惊人的和谐之美。太阳出来了,一道电光石火突然耀起。创作的冲动,使我激动得透不过气来,我听到了大自然的呼唤,心灵已追着森林、白云、红日……这么多年来,在大自然中探险的种种生活,都变成了生动的画卷展开。

是的,就在那个早晨,就在那座山岭,就在山谷里升起一朵白云时,以后几部长篇小说中的无数场景、人物都鲜活地在脑海中展现。

是的,就是面对着山谷里升起的一朵朵白云,我决定恢复文学创作,写我在大自然中的见闻、思考,写我和大自然息息相通的对话。面前所展现的画卷,只有长篇小说才能表达。虽然我停笔了十多年,虽然我从未写过小说,更未想过写长篇小说,但我有着最坚强的依靠——大自然母亲。

目睹了梅花鹿在两片森林中往往复复和我们捉迷藏之后,因为吐血加剧,我只得离开营地,回到家中,整整躺了五天。

在为写作做着种种安排和准备时,无数充满稚气、渴望的乌黑闪亮的眼睛,时时闯入思绪。当我意识到这是十年教师生活的影响时,我便毫不犹豫地决定为孩子们写作,因为他们正是自然保护事业的未来。当然,一部作品应该满足多层次读者的审美需求,但这并不影响以某一层次的读者为主。"老少咸宜"的关键在于作品的深厚、丰富,更何况是大自然文学呢!以后接到很多成年尤其是老年读者的来信,我很高兴。

写到第三天,人物和场景都鲜活起来了,信心也足了。终于在10月中旬脱稿。中国少年儿童出版社总编辑李小文来信索要此稿。11月下旬,李小文大姐在收到稿子一个星期之后来信,说是决定出版,只需做些编辑工作。

妻收到这封信,欣喜地在楼下就喊我。我俩都为我圆了作家梦高兴得哽咽无语。

但我仍然于12月到了北京,住在中少社的招待所斗室中,修改了近两个月。这就是描写在猿猴世界探险的长篇小说《云海探奇》,同时利用这段创作假期,我开始写作《呦呦鹿鸣》。

1980年初,《云海探奇》出版了,受到了读者、评论界的欢迎。《人民日报》发表了评论《开拓出一片新天地》。该书第一版就发行了13万册。不久,天津人民广播电台又进行了长达一个多月的连播。《云海探奇》所颂扬的感恩自然、保护野生动物世界、人与自然和谐等主题,在改革开放前是根本不允许出版的,甚至要被批判为宣扬"阶级斗争熄灭论"。

在北京改稿期间,我和老作家秦兆阳先生有过交往。我熟知他的被选入中学课本中的作品。他风趣、幽默、睿智、正直、忠厚的人格具有强烈的魅力,而且他还是位书画大家,这些都使我非常敬慕。那时他虽已得到平反,却未安排工作。我去他家时,他总要领我到北池子附近的一家饭店,帮我"改善生活"。他到中少社招待所,我只能请他喝安徽的茶。1979年春的一个上午,他骑自行车到招待所,要我从已定稿的《云海探奇》中节选五六万字,发在《当代》创刊号上,并要我征得中少社的同意。这时才知道,人民文学出版社已委任他筹办新刊物《当代》,我向他表示热烈祝贺。大约是三天后,他仍然骑着自行车来了,得知中少社未能同意,很遗憾,语重心长地对我说:"从事文学创作,要耐得住寂寞,千万别追求一时的轰动效应。人与自然是永恒的主题,你以崭新的视角写人与自然的关系,在野生动物世界探险,尊重所有的生命,写别人从未写过的世界,一定很难。你已开了头,就一定要坚持下去。不管别人怎么讲,我相信三十年、五十年,甚至更长的时间之后,依然会有人读你的作品。千万要有信心!"

我很感动,感动得一句话也说不出来。他的谆谆告诫,一直激励着我在山野中跋涉！三十年后，那洪亮的声音，依然萦绕在耳边。

1979年，描写在梅花鹿世界探险的长篇小说《呦呦鹿鸣》已经脱稿。为了表示对周达宝大姐的感谢，我交给了人民文学出版社，于1981年出版。

描写在鸟类世界探险的长篇小说《千鸟谷追踪》也在1980年底脱稿，后来交给了中国少年儿童出版社。

《云海探奇》《呦呦鹿鸣》《千鸟谷追踪》是三个姊妹篇，都是描写黄山地区的野生动物世界，有着相同的人物，事件串联，但又各自独立成篇。

1981年，我去林业部，保护处的卿建华先生热情地介绍了自然保护事业的发展，我们从此结下深厚的友谊，我一直铭记着他对自然保护事业的贡献。在他的帮助下，我离开了生活基地黄山，走向更广阔的世界。

1983年，在写完《大熊猫传奇》初稿之后，我想对这一阶段的创作进行思考，希望有新的尝试，希望我国的大自然文学更加多样化。

1987年，记叙大自然探险中的奇遇的《山野寻趣》结集出版了。这种新的尝试，受到了读者的欢迎和评论家的关注，它也影响着我以后的创作。

著名的文学评论家、北师大的浦漫汀教授第一个说："你以崭新的人与自然的关系审美，写出的是最新的大自然文学，有鲜明的特点，是中国的大自然文学。世界上大自然文学流派的真正兴起，也是在20世纪七八十年代。"我很感动于她的理解与鼓励，她也给了我很多的帮助与指点。1996年，中国青年出版社将几部长篇小说结集，"刘先平大自然探险长篇系列"就是由她定名的。

大约是1988年前后，苏联儿童文学杂志介绍了中国的一批儿童文学作家，其中对我的创作作了介绍。

1991年，应国际儿童文学研究会的邀请，我去巴黎参加了会议，介绍了我国的儿童文学和大自然文学，引起了强烈的反响。这篇讲稿被收在论文集中，由法国兰希出版社出版。如果没有改革开放，大自然文学要走出国门，那是根本不可能的。

　　正是在参加改革开放的实践中,我对大自然文学有了更多的思考和新的想法。

　　世界各国五彩缤纷的大自然文学,以及数年来在创作过程中的感受,使我原来的愿望逐渐鲜明和强烈:创作具有中国特色的大自然文学,将中国丰富多彩的野生动植物世界谱写成壮美的诗篇和回荡在天宇的乐章。朝这个目标努力,必须用自己的双脚去认识大自然,亲身体验中国大自然的特殊风貌和底蕴。

　　于是,我把考察大自然看作第一重要,然后才是把考察、探险的所得写成大自然探险纪实,希冀以充分的真实性的魅力,给读者一个真实的奇妙的自然世界。这比创作一个惊险离奇的故事困难得多,因为在大自然中探索,并非每天都会发生充满刺激的事件,或有新鲜稀奇的发现,更多的是只有自己才知道的长途跋涉的艰辛、危险中的战栗、难耐的孤寂。我给自己出了难题。我喜欢创作上的难题,它往往能调动生命的全部力量去迎接挑战,去探索。无论是成功还是失败,生命都更加充满活力、闪耀光华。

　　于是,我走向四川、云南、福建、贵州、黑龙江、新疆、海南、广西……大漠戈壁、雪山冰川、江河湖海……如诗如画的美丽大自然被破坏得支离破碎,激起了我无限的悲愤和忧虑。

　　我生长在巢湖边,对水有着特殊的感情,但是,在城市的周围已很难看到一条没有被污染的河流。五大淡水湖中的太湖、巢湖已是一湖臭水。饮水不安全已严重威胁着生命。

　　水是生命的源泉。

　　我国的水源在西部,西部是我国生态关键区之一。自20世纪90年代,我的注意力主要放在西部地区,先是探索河流源头,1999年、2000年、2003年、2004年、2005年五次上青藏高原,到达珠穆朗玛峰海拔5200米处、雅鲁藏布江大峡谷、林芝的高山森林……特别是2000年,先是探索三江源,再追随澜沧江大峡谷,由青海转入西藏怒江大峡谷,再进入云南金沙江大峡谷、三江并流地区,历时两个月。

江之源在高山,在雪峰,在冰川。为了探索山之源,2004年、2005年,我又横穿中国,从南北两线,走进帕米尔高原。

多次穿行于横断山脉,有时带着马帮、帐篷露宿在无人区。寻找大树杜鹃王、银杉、滇金丝猴……奇妙的生物世界和少数民族异彩纷呈的文化让我着迷。仅为了进入独龙江(地处中缅交界处),就历经了2002年、2006年4月和10月三次怒江大峡谷探险,才终于到达了这个独特的野生生物世界。

正是在丈量大地、探索祖国大自然的神秘中,我逐渐领悟到生态平衡的意义:首先是"人"本身的生态平衡,这主要是指一个人自身的心理和生理的平衡,精神和物质的统一;再是自然界的生态平衡;最高的境界则是人与自然的和谐、共荣共存——天人合一。建设良好的生态与和谐的社会,必须建立生态道德。只有人们都尊崇生态道德,以其修身济国,和谐之花才会遍地开放。

说得简单一点,生态道德就是处理人和自然关系的准则。人类几千年的文明史,已规范了很多人与人之间、个人与社会之间的行为准则、道德。但尚没有较为系统的人与自然之间相处的法则。究其原因,人类历来只把大自然看成属于自己的财富,在"大自然属于人类"的误区中走得太久,直到大自然开始惩罚,环境危机的压力愈来愈大,人类才重新审视与大自然的关系。审视的结果令人震惊:是人类属于大自然,人只不过是大自然万千成员中的一员,必须扫除唯"人"为大的狂妄。没有了大自然,失去了家园,人类将怎样生存?这个认识上的飞跃,是人类认识史上最为重要的一章。环境危机是后工业化时期才愈加显现的。全世界都在寻求解决的办法,生态道德的建立,或许不失为一剂良方。当然,构建生态道德的道路是漫长、艰难的,需要启蒙和教育。

因而我对自然的观察,就具有了另一种视角和另一种含义,实际上是和大自然相处,融入自然,对话交流。于是,探索的过程——通往沙漠深处的红柳、滂沱大雨中飞入胸膛的小鸟、青藏高原毁香跳崖的麝、天鹅湖畔麝鼠的城堡、柴达木盆地奇妙的盐湖、诡异的大树杜鹃王、南海红树林中的蛇鳗、雨林中野象伸出的长鼻、进入箱式峡谷寻找的黑叶猴王国——往往比结果更有意义。发现过程的艰辛,自有一种蕴藏在平常中的特殊魅力。

于是,我将它们结构成一篇篇真实的故事,发表在《人民文学》《当代》《儿童文学》等刊物上,之后集合为《山野寻趣》《东海有飞蟹》《黑麂的呼唤》《麋鹿回归》《黑叶猴王国探险记》《寻找麋鹿》《胭脂太阳》《夜探红树林》《相思鸟要回家》等书,努力展现隐藏在森林或大漠深处的野生生物世界和神秘的大自然,宣扬生态道德。

《云海探奇》于1982年获全国儿童文学优秀作品奖。《山野寻趣》于1989年获新时期儿童文学优秀作品奖。"刘先平大自然探险长篇系列"(5册,《云海探奇》《呦呦鹿鸣》《千鸟谷追踪》《大熊猫传奇》《山野寻趣》)于1997年获全国"五个一工程"奖、国家图书奖、冰心图书奖,并被推荐给联合国教科文组织。《山野寻趣》《黑叶猴王国探险记》分别于1999年、2001年获得第四届、第五届全国优秀儿童文学奖。"刘先平大自然探险系列"(4册)于2003年获宋庆龄儿童文学奖。"东方之子刘先平大自然探险系列"(彩图本,8册)于2003年获国家图书奖、中国少儿读物一等奖。这足以说明全社会对大自然文学的重视。我更感到肩上的分量,只有更加努力。

2001年,受中央电视台的邀请,我走进《东方之子》栏目,讲述了我在大自然中的欢乐与忧虑,讲述了大自然文学的主旨。

我国的大自然文学,经历了三十年的发展,涌现了一批作家和优秀作品,已成为一面美学的旗帜。著名文学评论家束沛德先生在2001年写道:"时代呼唤着大自然文学。新时代赋予大自然文学以新的艺术魅力和审美价值。当代大自然文学蕴含的保护地球的意识,在审美中占据着主导位置;而吸取最新的科学成果,从新的角度观望自然的本质、生命的本质,审视自然的美、生命的美,又使它在审美视角、审美意识上进入一个新的层次,从而使大自然文学这面绿色文学旗帜在新世纪闪耀着绚丽的美学光辉。"(《新景观　大趋势——世纪之交儿童文学扫描》)

　　2007年我学习了党的十七大报告,备受鼓舞。这份划时代的文件明确提出了将建设生态文明、使"生态文明观念在全社会牢固树立"作为奔小康的任务。在面对环境危机的各国政府中,中国政府树立了榜样,对于建设和谐富强的中国、振兴中华民族具有重大而深远的意义。建设生态文明,必将加快生态道德的构建。

　　我突然明白了,三十年来,实际上只做了一件事:启蒙和宣扬生态道德、树立生态道德观念。

　　从1956年建立第一批自然保护区之后,我国的自然保护事业发展缓慢,"文化大革命"期间几乎停顿。改革开放三十年来,我国的自然保护事业已取得了迅猛的发展。到2007年底,我国已建立了各种类型的自然保护区3000多处,国家级自然保护区200多处,已制定、实施了保护自然和野生动物的一系列法规,已就天然林的保护、大江大河水源的保护、生态补偿等制定了有效的措施。作为陆地主要生态体系的森林面积正在稳步扩大。

　　"生态文明观念在全社会牢固树立",赋予了大自然文学崇高的使命,大自然文学定将有更大的繁荣,为建设生态文明做出应有的贡献!

2008年2月

附录

刘先平四十多年大自然考察、探险主要经历

1974—1980 年

- 参加野生动物科学考察队和筹备建立自然保护区的考察,主要区域在皖南的黄山和皖西的大别山。
- 1980 年以前,这里一直是刘先平的生活基地,至今每年至少会去考察两三次。美丽奇绝的自然风光、深厚的人文底蕴,曾吸引了诗仙李白等长期在此漫游。目睹了生态的恶化、珍稀动物的灭绝、人与自然的矛盾,他于 1978 年重新拿起笔来呼唤生态道德,孕育了描写在野生动物世界探险的长篇小说《云海探奇》《呦呦鹿鸣》《千鸟谷追踪》及散文集《山野寻趣》等。1978 年完成、1980 年出版的《云海探奇》,被认为是中国大自然文学的开篇之作、标志性作品。
- 那时的野外考察异常艰难,在山里行走,只能凭着"量天尺"——双脚。根本没有野营装备,只能搭山棚宿营。使用的还是定量的粮票、布票……

1982 年
- 在浙江舟山群岛考察生态和小叶鹅耳枥(当时是全世界唯一的一棵)。

1985 年
- 7 月,在辽宁丹东、黑龙江小兴安岭考察森林生态。

1988 年
- 在甘肃酒泉、敦煌等地考察生态。

1981 年
- 4 月,考察云南西双版纳热带雨林及访问昆明植物研究所。为热带雨林繁花似锦的生物多样性所震撼,从此走向更为广阔的自然,将认识大自然作为第一要务。5 月,到四川平武、黄龙、九寨沟、红原、卧龙等地探险,参加对大熊猫的考察。之后,前后历时六年,参加保护大熊猫、金丝猴的考察。著有长篇小说《大熊猫传奇》、考察手记《在大熊猫故乡探险》《五彩猴树》等。

1983 年
- 10 月,在大连考察鸟类迁徙路线。11 月,在广东万山群岛考察猕猴,到海南岛考察热带雨林、长臂猿、坡鹿、珊瑚。

1986 年
- 8 月,在新疆吐鲁番、乌苏、喀什等地探险及考察生态。

305

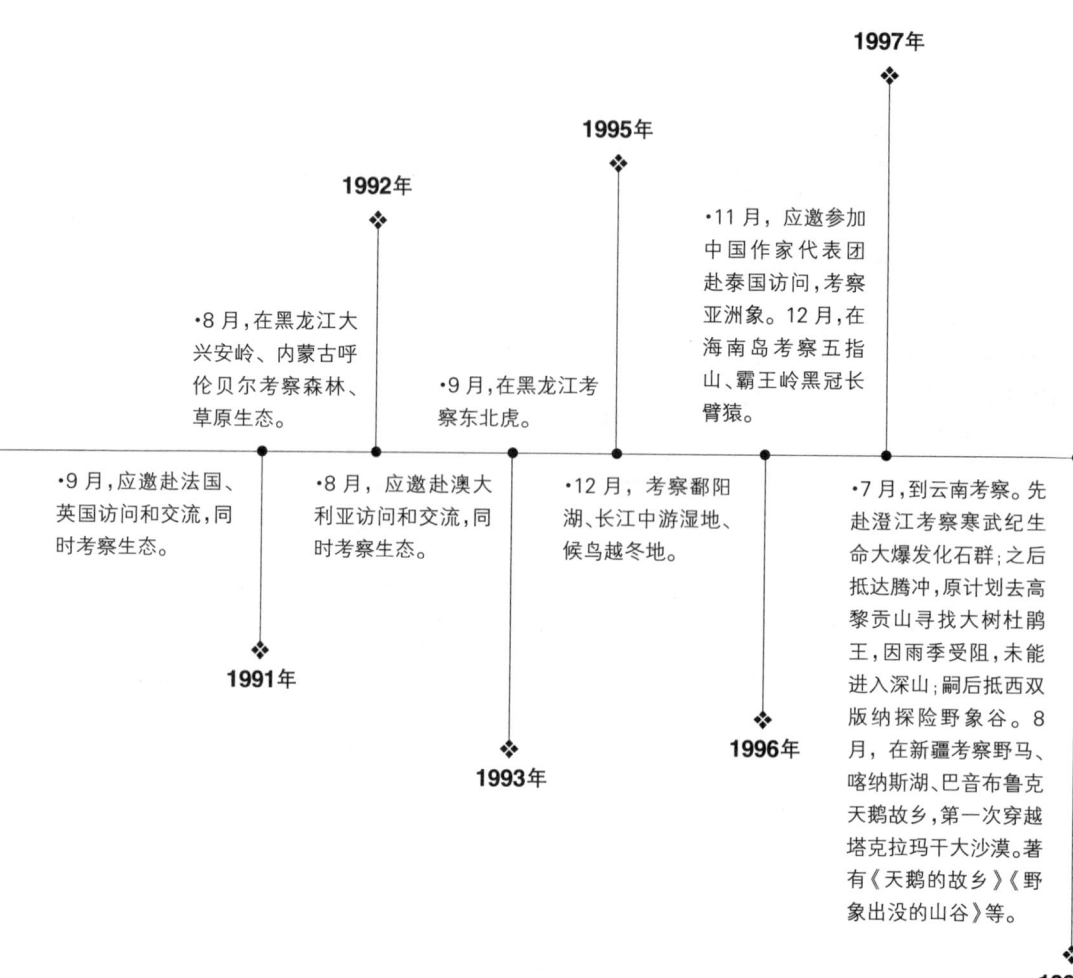

1999年

·4月，在福建考察武夷山等地的自然保护区及动物模式标本产地、小鸟天堂，寻找华南虎虎踪。7月，应邀赴加拿大、美国访问和交流，考察两国国家公园。8月，一上青藏高原，主要考察青海湖。9月，在贵州探险，考察麻阳河黑叶猴、梵净山黔金丝猴。著有《黑叶猴王国探险记》《金丝猴的特种部队》。

2000年

·1月，考察深圳仙湖植物园。5月，考察江苏大丰麋鹿国家级自然保护区。7月，二上青藏高原。探险黄河源、长江源、澜沧江源。由青海囊谦澜沧江源头和大峡谷至西藏类乌齐、昌都、八宿（怒江上游），再至云南德钦、丽江、泸沽湖。沿三江并流地区寻找滇金丝猴。10月，在广西考察白头叶猴。11月，至海南，再次考察大田坡鹿、红树林生态变化。著有《掩护行动——坡鹿的故事》。

2001年

·8月，应邀赴南非访问和交流，考察野生动植物。

2002年

·3月，考察砀山。4月，在高黎贡山寻找大树杜鹃王，终于得偿心系二十一年的夙愿。一探怒江大峡谷，但因大雪封山，未能到达独龙江。6月，在湖北石首考察麋鹿。7月，再去江苏大丰考察麋鹿。8月，三上青藏高原，探险林芝巨柏群、雅鲁藏布江大峡谷、珠穆朗玛峰国家级自然保护区。著有《圆梦大树杜鹃王》《峡谷奇观》《麋鹿回归》等。

2003年

·4月，在四川北川、青川考察川金丝猴、大熊猫、羚牛。8月，应邀访问英国、挪威、丹麦、瑞典，由挪威进入北极圈。著有《谁在跟踪》。

2004年

·8月，横穿中国，由南线走进帕米尔高原，考察山之源生态、风土人情。路线及主要考察对象为：青海柴达木盆地、察尔汗盐湖→可可西里→雅丹地貌→花土沟油田→翻越阿尔金山到新疆若羌→第二次穿越塔克拉玛干大沙漠→帕米尔高原。10月，随中国作家代表团访问南非、毛里求斯、新加坡。著有《鸵鸟小骑士》等。

2005年

·7月，横穿中国，由北线走进帕米尔高原，寻找雪豹、大角羊、野骆驼。路线是：甘肃河西走廊→罗布泊边缘→从北线再次穿越柴达木盆地到花土沟油田→回敦煌（原计划进入阿尔金山国家级自然保护区，未成行）→库尔勒→第三次穿越塔克拉玛干大沙漠→托木尔峰→伽师→帕米尔高原→红其拉甫。10月，在重庆金佛山寻找黑叶猴，到沿河土家族自治县再探黑叶猴。著有《走进帕米尔高原——穿越柴达木盆地》等。

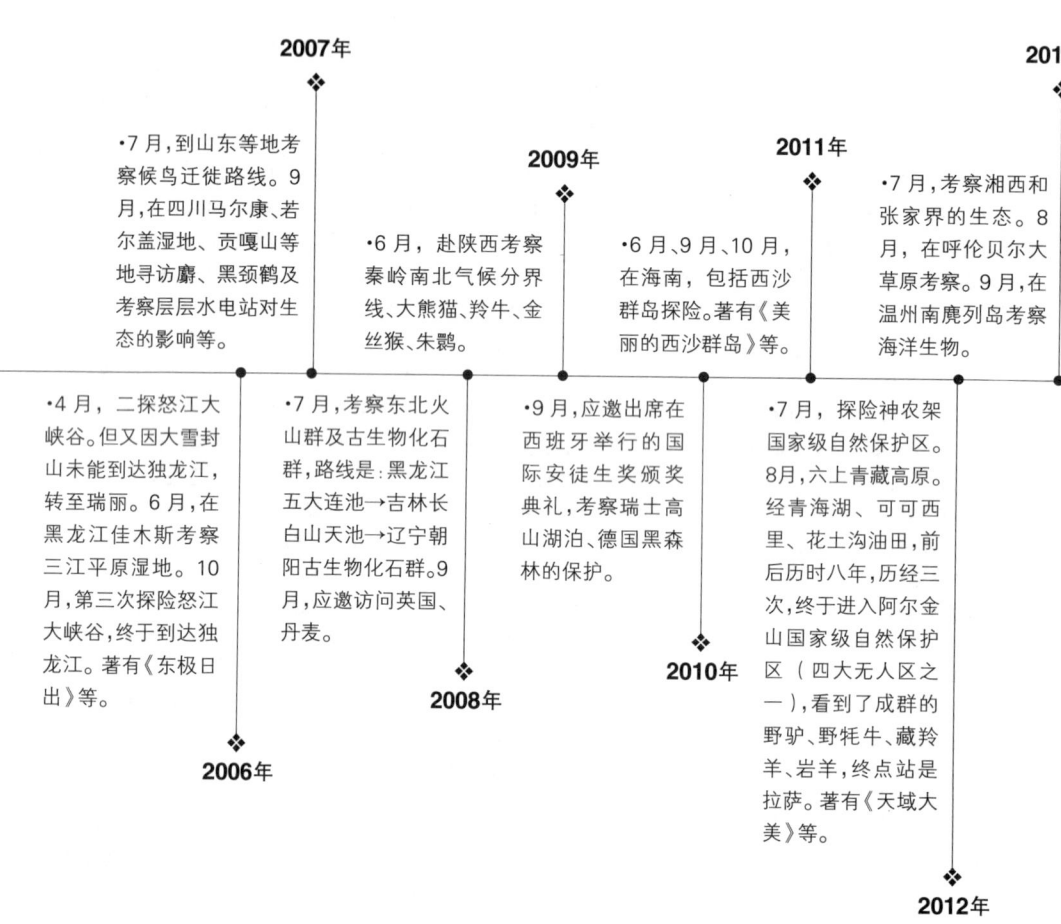

2019年

2017年

2015年

- 4月，考察安徽芜湖丫山国家地质公园。5月、6月，考察黄山九龙峰省级自然保护区。7月，考察青岛滩涂海洋生物。8月，考察九龙峰省级自然保护区。11月，考察四川攀枝花苏铁国家级自然保护区、宜宾金沙江和岷江汇合处、重庆嘉陵江与长江汇合处。

- 4月，在牯牛降考察云豹的生存状况。10月，在福建、广东考察海洋滩涂生物。11月，在黄山市徽州区考察中华蜂的保护状况。

- 3月，在南海考察珊瑚。8月，在宁夏考察贺兰山、六盘山、沙坡头、白芨滩、哈巴湖自然保护区。著有《追梦珊瑚》《一个人的绿龟岛》等。

- 3月，在云南、贵州考察喀斯特地貌的森林和毕节百里杜鹃——"地球彩带"。

- 7月，在英国考察皇家植物园和白崖。9月，考察黄山九龙峰省级自然保护区。10月，考察长江三峡自然保护区、恩施鱼木寨、水杉王、恩施大峡谷。

- 2月，重返高黎贡山，终于亲眼一睹盛花时节的大树杜鹃王。3月，在当涂考察蜜蜂养殖。5月，到雷州半岛考察海洋滩涂生物。8月，考察长江三峡地区生态变化。9月，到昆明植物研究所考察。12月，在高黎贡山考察沟谷雨林和季雨林。著有《续梦大树杜鹃王——37年，三登高黎贡山》等。

- 10月，应邀去江西横峰讲课，同时考察那里的生态。

2014年

2016年

2018年

2020年

309